独钓江湖

赵安东 著

中国文联出版社
http://www.clapnet.cn

图书在版编目（CIP）数据

独钓江湖 / 赵安东著. -- 北京：中国文联出版社，
2019.7（2023.3 重印）

ISBN 978 - 7 - 5190 - 4099 - 4

Ⅰ.①独… Ⅱ.①赵… Ⅲ.①长篇历史小说—中国—
当代 Ⅳ.①I247.5

中国版本图书馆 CIP 数据核字（2019）第 144595 号

著　　者　赵安东
责任编辑　周小丽
责任校对　李海慧
封面设计　东方朝阳

出版发行　中国文联出版社有限公司
地　　址　北京市朝阳区农展馆南里 10 号　　　　邮编　100125
电　　话　010 - 85923025（发行部）　　　　85923091（总编室）
经　　销　全国新华书店等
印　　刷　三河市华东印刷有限公司

开　　本　710 毫米×1000 毫米　　1/16
印　　张　18.5
字　　数　352 千字
版　　次　2023 年 3 月第 1 版第 2 次印刷
定　　价　89.00 元

代序

人性的沉沦与坚守
——江湖也需节操

吴达宣

中国文学史上，以"钓"名世的艺术形象颇为罕见，《封神演义》中的姜太公当属典型。他在混浊的渭水河畔无饵直钩垂钓，不仅钓到了鱼，而且钓到了求贤若渴的周文王，从此开启了一段波澜壮阔的商周更迭历史大剧。

赵安东先生新近推出的长篇小说《独钓江湖》，为我们塑造了一个新的"钓"者形象——庐山"得失门"新任掌门汤仁和。汤仁和以冲破门规、弃善从恶、卖身投靠元人及"得失门"独门武功为钓饵，钓到了"江南武林盟主"之位，以及元军统帅伯颜的青睐重用，从而开始了"千里杀将"和企图掘毁抗元英雄文天祥尸骸、摧垮民众精神支柱的"建功立业"之路。汤仁和人性沉沦嬗变的过程，在中华民族的历史进程中有着独特的人文和艺术价值，于今更有着醒世和警世的重要作用。

让我们进入文本，加以具体分析。

一、汤仁和及"得失门"的得与失

庐山"得失门"两代老掌门，定下了"看清得失、不计得失、放下得失、自有得失"的十六字门规，禁止门众下山闯荡江湖，门内众徒遁山出世，自给自足，过着悠然自得的生活。老掌门过世后，汤仁和继任掌门，他破弃门规，入身江湖，追名逐利，投靠元人。汤仁和的第一个目标是江南武林盟主之位，但三次铩羽而归后领悟，盖世武功敌不过"十长老"大肆受贿、还得依仗后台要硬的潜规则。于是，在宋元朝代更迭的历史转折中，弃善从恶，不断沉沦，卖身投靠元廷权要伯颜，在第四次下山争夺武林盟主之位时，得到伯颜赏识和重用，顺利夺得武林盟主之位。同时他也失去了妻儿的亲情和社会希望坚守的气节、操守。对于社会来说，这也意味着一种对于普遍价值的颠覆，对于人文进步的反动。

对于"得失门"来说，汤仁和的祖父和父亲创立"得失门"以及冠盖群雄的武林绝技"仙人杖法"，又以十六字门规选择平和出世，并希望代代相传。他们当然有选择生活取向的权利，即使这种选择本身充满了让人无法释然的矛盾，然而，作为生命个体的某种价值的自我实现，那也是可以被接受的。

问题在于，他们既是长辈，又是一派之主，其所定下的门规和作为尊者的生活选择，最终成为汤仁和生活选择的一种桎梏。历久经年，这种压迫性的力量必然产生某种反作用力，且时间越长，反抗越深；压力越大，反抗越烈。

因此，从这个意义上说，汤仁和对于得失门规的反叛，只是一种结果，而产生这一结果的因由，其实早就植根于汤氏上两代的生活选择之中了。也许，这就是佛家所说的因果报应吧。

汤仁和反叛祖辈出世的门规，一反闭锁，潜心入世，张扬个性，这本是一件值得称道的好事。然而，他选择的入世路径，却是一条充满血腥、罪恶的肮脏之途。

汤仁和是如何走上这条歧路，又经过了哪些心路历程呢？

二、一个清醒的沉沦者

汤仁和的沉沦经历了三个阶段，亦即文本的上、中、下三篇。第一阶段，争夺武林盟主之位；第二阶段，千里杀将，汤仁和作为内奸潜入二十年宋旗不倒的钓鱼城，里应外合，攻陷城池；第三阶段，阴谋掘墓毁旗，在精神上彻底摧垮宋民的反抗意识。这三个阶段，是汤仁和人性沉沦逐步升级的过程，同时也是他经过算计，清醒地在泥潭中越陷越深、不想自拔的过程。

在争夺武林盟主之位的第一阶段，汤仁和为了摆脱传统的"善"，蓄意奸村妇，杀善人，逛窑子，他铁心要把自己变成一个"恶"人。然而，他奸村妇，又施以金钱；杀善人，却不越货；逛窑子，心中还念叨发妻。在施行这一系列恶行时，残存的善念还在顽强地隐隐闪现。当汤仁和意识到此时，心中暗念"还不配做一个大恶之人"。也正是有了这种认知，所以他在人性沉沦的道路上，开始迈出更加残忍的步伐，朝着大恶的目标飞奔。

在千里杀将的第二阶段，汤仁和感激元帅伯颜的知遇重用之恩，领命潜入钓鱼城，行千里杀将之恶行。此时卖身投靠元人的汤仁和，已经从个人行为的小恶，升级为背叛民族的大奸大恶。这个人性沉沦蜕变的过程，文本为读者提供了两条可供追寻的线索：一条是汤仁和所犯命案的司法追索；另一条是妻儿失踪的亲情寻找。

汤仁和在向伯颜领命入川杀将之后，对六扇门捕头雷龙正的尾随十分忐忑。他清醒地盘算出，立了大功、攻下钓鱼城后，一个小小捕头又岂能奈何得了自己。他认为在权与法的较量中，只要有了大权，法只不过是匍匐于威权脚下的婢女。

汤仁和作为一个工于心计的大恶之人，对孤身潜入钓鱼城杀将的凶险，不是莽夫般的头脑发热，他也有过一番得失盘算，他认为："自古富贵险中求，有多大的胆才可做多大的事。人生重大关头，只有放胆搏一次了！更不可行差踏错，失了良机，懊悔一辈子！"于是，他周密筹划，以组建抗元义军为掩护，带着一帮网罗的江湖强人，跋山涉水，混进钓鱼城，千里杀将，以求一逞。

然而，尽管汤仁和算计如此精密，他却没有料到在刺杀钓鱼城主将张钰时，自己的亲生儿子竟出现在楚天行大侠的身边，并加入保卫张钰将军的行列，同时也目睹了自己背叛民族、刺杀抗元砥柱的不耻恶行。在情与理的撞击中，汤仁和以为亲情可以战胜天理，他想将儿子汤清远从楚天行、张钰阵营拉回自己身边，了却他对妻儿的愧疚和思念。但是，他只能眼睁睁地看着儿子以毫不犹豫的鄙视，毅然离他而去，随楚大侠护卫张钰将军永远地离开。汤仁和清楚地知道，他已经彻底失去了自己的亲生儿子。

在江湖沉舟的第三阶段，汤仁和的沉沦不仅是清醒的，而且是疯狂的、失去理智的。他的清醒，表现在他知道盗掘文天祥墓葬是对民族抗元精神的沉重一击，砍倒文天祥这杆树立在民众心中的英雄旗帜，对于浇灭人民心中的反抗烈火有着至关重要的作用，必能受到元廷的极大赏识，得到梦寐以求的高官厚禄。他的疯狂，则体现在已经知道伯颜元帅并不赞成自己去盗掘文墓，进而引发新的抗元风潮后，仍失去理智坚持犯险。如果说，第一阶段和第二阶段的沉沦还有着不得不听命元人的外部因素，那第三阶段的掘墓之行，则完全是其主观自觉地实施恶行了。

宋代大学者欧阳修在《诲学说》中说："人性因物而迁，不学则舍君子而为小人，可不念哉？"

汤仁和人性沉沦的过程，正是因物而迁的过程，这个"物"就是庐山得失门外的花花世界，就是"武林盟主"之位，就是得元人赏识后的高官厚禄，就是伯颜所赐婀娜多姿的蒙古婆娘。而汤仁和的"不学"，则是他不察善恶，不分正义与邪魅，从而最终走上不归之路。

三、一批执着的坚守者

文本在浓墨重彩刻画汤仁和"大恶"形象的同时，也为读者塑造了一批坚守气节和操守的江湖侠士形象，从而反衬出汤仁和的阴暗和无耻，为作品增添了不可或缺的亮色。

安东先生为我们在硝烟弥漫的抗元烽火中，萃取了三类坚守江湖道义的典型人物。

第一类如隐侠楚天行。这是一位隐世高人，武功深不可测，但在亡宋灭族的动乱之中，毅然现身，重出江湖。他并无一己私利，出手相救家破人亡的汤仁和之子汤清远，并将其收为关门弟子，悉心调教，传授武学；又携汤清远坐镇钓鱼城，辅佐张钰将军在钓鱼城高扬宋旗，抵抗围城之元军。在楚天行的身上闪耀着坚守人性节操和追寻江湖正义的光芒。当然，这种坚守和追寻，也清晰地镌刻着作家理想主义的人文烙印。

第二类典型是六县总捕头雷龙正。这是一个具有双重身份的形象，他因怀有探案绝技，效力六扇门，同时他又是武林中江南霹雳堂的右路巡察使，专司对汤仁和等人的监控。显然，文本的这一设计，是为了让雷龙正与汤仁和如影随形，当汤氏罪恶之花绽放之时，总有雷氏善之剑高悬于顶。

中国进入封建社会以后，无论是和平时期，还是动乱时期，烧杀抢掠都是法之不容的罪恶。汤仁和自下庐山后，一路作奸犯科，落入雷龙正视线。尽管汤仁和已经远遁江西、福建，远离了雷龙正掌管的六县之辖，但惩恶扬善的职责所系，他成了汤仁和一直挥之不去的一块心理阴影，即使汤仁和已经成了元廷的红人，也卸不去压在心头的重负。正所谓邪不压正，正义和人性永远是不可扭曲和战胜的。

第三类典型则是泰山少侠花临风师兄妹、蜀中唐门少庄主唐浩品、文天祥之子文道生、汤仁和之子汤清远等一批青年才俊。这些承载着民族希望的年轻人，具有一个共同的特点：坚守民族大义，不惧强权暴政，虽行走在江湖之中，但视气节和操守若生命。这种对于节操的坚守与汤仁和人性的彻底沉沦形成强烈的反差，使汤仁和这个全新的艺术形象更具震撼力。

在这里不能不对作家对人物设置的匠心做一些分析。文本塑造的主要人物是一个逐步丧失人性的反面形象，如果再设置一个与之较量的正面形象，那必然会使汤仁和的塑造达不到应有的冲击力，从而落入武侠小说的老套之中。为了避开这一矛盾，作家采用了散点透视的手法，以楚天行、雷龙正、一群年轻侠士等众多人物，从不同角度聚焦到一个核心点上，这个聚焦点就是节操的坚守和人性的善良。

从文本的阅读效果看，不能不令人感叹：作家突出汤仁和形象，同时又展示坚守节操和人性的侠士群像，这双重艺术效果完全达到了预期。

四、布局者被破局

《独钓江湖》几十万字的鸿篇巨制，人物众多，情节精彩。书中非主要角色，如六扇门总捕头雷龙正、青城山牛道人，也都形象生动、情趣盎然，然而作家最精妙的构思却是着墨不多的另一个半隐人物——元廷大军统帅伯颜。整部作品中，伯颜是一个使汤仁和沉沦的布局者，他用一个位子（江南武林盟主之位）、一把刀子（宝石嵌鞘的随身金刀）、一名女子（蒙古贵族之妃），牢牢地控制住汤仁和，让他在设计好的棋局里，充当一个过了河（失去节操的道德之河）的卒子。汤仁和的沉沦三阶段，正是伯颜为他设计的三部曲。只是第三步汤仁和没有按照伯颜的曲调起舞，他心有旁骛，又成了一个破局者，沉舟在云谲波诡的江湖之中。

伯颜是一个真实的历史人物，在宋元更迭的历史进程中，他横刀立马，能征善战，同时具有清醒的政治头脑。作家对这个人物的描写取客观公允的态度，没有主观随意地为他贴上简单的正反标签。正因为有伯颜这样的统帅，读者也才能够理解为什么元能灭宋，以及历史在元人的铁蹄下走过的一百多年的艰辛岁月。

伯颜为汤仁和布局的第三步，原本是让汤仁和站稳脚跟，再对其委以重任，让他去做以汉制汉的更多大事。但汤仁和一边坐在伯颜的船上，另一边又想着投元相阿合马一伙的所好，在元廷将相两个重臣之间搞双保险。聪明反被聪明误，结果他自以为得逞，其实掉进了文道生等一群年轻人为他布下的天网之中，又在楚大侠和自己儿子的面前，变成了一个疯癫之人。

作家两次描写了汤仁和与儿子汤清远的相遇，且都是在他人性沉沦的关键时刻，亲情的呼唤，唤不醒他的良知。他刺向张钰将军和楚大侠的剑，使他两次亲手斩断了与儿子的亲情纽带，但是作家并没有为汤仁和安排曝尸荒野的结局。楚大侠制止了汤清远对受伤的亲父汤仁和的追杀，这一细节，恰恰展示了以楚天行为代表的江湖侠士对人性的执着坚守。

五、历史是一面镜子

布局者被破局，作家布设的这条情节暗线，其实有着更加深刻的期许。

伯颜是一个征战沙场的军事家，更是一个有远见的政治家，而阿合马作为宰相，一味推行镇压汉人的铁血政策，将汉民定为社会最末流的贱民，其结果只能是汉民族的集体抗争。伯颜则希望以汤仁和这个汉人，演一出以汉制汉的大戏，不过这个局被汤仁和搅乱了。从文本的这一演绎，读者可以清晰地发现无论是二十年宋旗不倒的钓鱼城，还是汉人对元朝暴政的不屈反抗，使用内奸，从内部攻破堡垒，这是最有效的方法。伯颜布下的这个杀局，正像一面历史的照妖镜，使生活在当下的国人，似乎有了一种强烈的似曾相识的感觉。让我们拨开现实的迷雾，看一看当今的花花世界，自会体悟到当今世界隐含着的温柔杀局。

安东先生的著作《独钓江湖》，为现实中的混沌者，提供了一面照妖镜。它不仅让人们看到了社会潜藏的危机，更使沉迷于网络游戏，失去信仰，一味逐金，贪图享乐的些许青年如醍醐灌顶，从而清醒起来，走上自立自强、振兴中华、报效祖国的光明大道。

十分难能可贵的是，赵安东先生的这部重要作品问世之时，正是某大国已经公然向中国和世界发起了史无前例的"贸易战"的关键时刻。这是一场没有硝烟的较量，该大国期冀在经济上对中国一剑封喉。《独钓江湖》的面世，可以使更多的年轻人，在欣赏小说时，发现相似的危机就在身边，从而引起警觉并逐渐警醒。

因此，《独钓江湖》的价值，不仅是文学的，也是历史的，更是现实的。

笔者与安东先生相识相交数十年，长期关注其小说创作，熟悉其全部作品，深感作者近年出版的几部新作，愈加走进生活，愈加贴近地气，愈加深入刻画人性，行文也至挥洒自如、收放由心之境。以至笔者撰写此文时，脑中不时闪现安东兄在治学、创作之路上跋涉攀登的坚毅身影……

2018 年盛夏于南京东郊国宾馆

注：序作者系资深新闻工作者、文艺评论家、知名企划专家。

C 目 录
ontent

上篇：武林逐尊

一、门主不甘山中老

"我为什么不能成为江南武林盟主？为什么？"汤仁和脑海中轰鸣着这一疑问。

从武夷山大王峰返回庐山"得失门"主庭五天，汤仁和也在仙人洞内沮丧地独坐了五天。

"得失门"大小数十徒众，尽悉门主第三次竞逐"江南武林盟主"铩羽而归，心绪不佳，但汤门主自闭圣堂仙人洞内五日不出，倒是前两次竞逐盟主失利后没有过的。这就引发了众人的不安、猜测，甚至焦虑。

人们难以猜测汤门主此时此刻的心态，是因为不知道前几日竞逐武林盟主之位时的场景。

汤仁和将自己幽闭在静寂的仙人洞内，浸没在近似疯狂的失望、痛恨、诅咒的黑暗里。

此届"盟主"的当选，令汤仁和的心滴血、剧痛。他难以遏制地一回回陷入那日的场面中——

做足了准备的汤仁和，自较技锣敲响，不敢稍有懈怠，以狮虎搏兔也尽全力的姿态，与所在小组的高手一场场拼斗，直至连赢六场，与前两届一样，杀入了前四名，获得决赛资格。

汤仁和甚感欣慰，报名参赛逐尊的武林人士，都是各方俊杰，个个身怀独门绝技，功夫过人。自己能再一次有惊无险地杀出重围，通过预赛，实是全凭实力，招招无虚。事不过三！这次该汤某人独占鳌头了吧！按规矩，即便是轮，也该轮到自己了！

"武林十老评判团"闭门研究后，即将公开宣布四名胜者中究竟何人登上"十三届江南武林盟主"之尊。

一呼一吸间，汤仁和的心"怦怦"激颤，几欲蹦出咽喉。他头脑中一片空白，听不到耳畔的喧哗，看不清四周的景象，仿佛万物都静止、凝固、消失了。他强抑呼吸，期待着那声"汤仁和"的宣告。

然而，他失望了，又一次失望了！"十老"为首者，宣布的武林盟主是——"汪武能！"

"汪武能？"谁啊？汤仁和蒙住了，身子软得站立不住。

喜笑颜开的汪武能一记前空翻，跃上丈高台阶，领受盟主金牌时，汤仁和才得以看清，一个白皮嫩肉、肥肥嘟嘟、公子哥儿神情的青年，披一袭大红锦袍，连连向台下拱手致意，浑身散发娇气，满脸堆积骄色。

"这……这种俗不可耐之徒……也能当武林盟主？"志在必得的汤仁和难以相信眼前这一幕。从脚底板升起的寒气，直贯头顶。这时，汤仁和不是感到失望、失意，而是满心绝望，懊丧至极。

仪式结束，"英雄宴"开席，听着一圈朋友低谈笑语，汤仁和才厘清这位新盟主的底细及当选之由。

"十三届江南武林盟主"——"红袍银枪"汪武能，乃前朝闽侯府大公子，其父权势遍及东南。虽然大宋易帜，但当政者尚不及治理地方，闽侯爷依旧位尊如昔，又独家资助了这届武林大会，"评判团十老"名单，也由侯爷过目审定。汪武能所在竞技小组的另六名选手，都被汪大公子暗地里重金收买。故而，擂台搏击时，六人只是佯作格斗，眼花缭乱地走上十几个回合，均告"不敌"。汪武能兵不血刃地打进了"前四名"。

汤仁和全力应对自己所在组内比试，无暇分神琢磨他人，只看过两三场汪武能与同组竞技人的"切磋"。觉得这胖子技艺平平，招式浮滑，难有胜算，瞥上几眼，即抽身退场，没有上心打听过此人。

"这是搞的什么呀！"汤仁和明白此番后，杯中美酒再难下咽，各款佳肴无法入喉，只在心中勃然怒骂："武林竟然不堪于斯！江湖已经腐烂至此！连续三届都不明不白地被淘汰出局，老子难不成流年不利、撞上缠身之鬼了！"

竞尊大会散后，汤仁和思前想后，心中所创愈加痛彻，满腔怨愤全控灵智，不禁咬牙切齿："这般世道，老子还有前路可去吗？！"

"江南武林盟主"之位三年一竞。以往，"得失门"老门主汤中合每次接到相邀赴会的"英雄帖"，都是看过后即在烛火上燃了，从不谈讲此事。

汤仁和年少时，曾问过汤中合："爹爹，成为'武林盟主'，是习武之人最大的向往。你的武功修为这么高，为什么不去参加'盟主'之争。你坐上了'盟主'之位，不仅是令我们汤家、令'得失门'，更是令庐山荣耀的事情啊！"

汤中合闻言生笑："练武之人，讲究的是强身健体，修习心性。若能以所习匡世济民、锄强扶弱，当为上者，也不枉费了一技之长。所谓'盟主'之称，只是尘世中虚名、江湖人自许而已，拼命争来，有何意义？强中更有强中手，天地之大，能人千万，'盟主'三年一竞，又有几人长占此位？再说，千年庐山哪在乎这点浮誉哟！"

见汤仁和若有所思，沉吟不语，汤中合继续道："你祖父创立'得失门'时，便将'看清得失，不计得失，放下得失，自有得失'十六字真言作为立门宗旨。数十年来，我已逐渐领悟其中深意。年轻时不去争名逐利，现在年过半百，更无显能逞强之心了。仁和，这就是为父从不参与'盟主'之争的缘故。"

汤仁和想了想，追问道："爹爹，你所说的'十六字真言'，早就刻在仙人洞石壁上，我从小看得熟透，不知爹爹所悟有何深意？"

汤中合正色道："这十六个字，乃是你祖父告诫我门中之人，世间凡事得失皆有因果。所以，做事之前，要能辨清得失所在，然后决定行与否，即洞察先机，贯通前后；行事之间，则要得不张狂、失不气馁，即心态平和，戒贪戒嗔；事既过去，则不宜沉浸于喜悦或悔怨之中，应当及时让心境归复平常。若能做到无所谓得、无所谓失，心中没有了'得'与'失'之念，则是最高境界。这可是难以企及的啊！"

汤中合说完，见儿子默然垂首，似在苦索，便放缓语气，宽言道："这十六个字，足够你参悟、践行一生。你阅历尚浅，不是一时能想透彻的，先将祖上之训铭记在心，日后经得事多，自会领悟。"

虽有俗语"知子莫如父"，汤中合也时时教导着汤仁和，但他并不曾走入儿子内心深处，搭不着儿子的脉动，也不知寡言少语的儿子，脑海里闪现何种念头。他只知道，幼小的儿子，喜欢跑到含鄱口那块平台上玩耍，常常眺望远处隐约的山水长天，神情怔怔，专注、痴迷。

汤仁和极欲探索家居之外宽广辽阔的天地，正是在走出院门，伫立含鄱口、纵目远望中开启的心智。

视野的拓展，令汤仁和的思索趋向深邃；而日常在山野间玩耍，则使他的认知逐渐成熟、另有见地。

年复一年，汤仁和观察山间树木花草的萌发、生长、茂盛、委顿、枯竭的变迁转化，领悟到人生不同的境遇、瞬息的变幻、岁月的短促。他的内心超越寻常少年，几乎逼近数十岁的成人。以至"得失门"中，上上下下，虽对汤仁和各有评说，但"少年老成"是大伙公认的"大少爷特点"。

"得失门"内众人，看到的也只是汤仁和的外表显现，他们哪能知晓，"汤大少"的智慧正在迅速地自生自长中。

儿时的汤仁和留心观察世间百态，从中获益良多。一天，汤仁和在山径间乱跑，一方平坦的草坪吸引了他的目光：两只幼小喜鹊，一会儿，在泥地中啄食；一会儿，相互比赛般转圈蹦跶；一会儿，紧贴羽毛亲密依偎；一会儿，又忽地闪开，你追我躲。汤仁和避在一旁，饶有兴趣地看着两只幼鹊嬉戏。

要得正欢的小喜鹊，突然凝目注视广阔的天空；片刻间，俩鹊拱身钻进一丛灌木，伏下身子，纹丝不动了。

汤仁和正不解双鹊行止，只见树梢外一只壮硕的喜鹊盘旋而至，低空绕圈，边飞边鸣，叽叽喳喳，啼声急切。而那两只幼鹊，闻声更是藏身缩颈，还往树丛深处贴了贴。

汤仁和蓦然醒悟：敢情是鸟爸爸或鸟妈妈在寻找这两个崽子，唤它们回家来了。

任凭大鸟飞旋啼唤，俩小鸟终是充耳不闻；俄顷，大鸟失望地连声鸣叫，转往别处飞去。

过了一会儿，两只小喜鹊确信大鸟飞远，方小心翼翼地探出身来，继续玩耍。

汤仁和心生感慨：小小鸟儿，竟也会玩点手段，要要狡黠了！

汤仁和还看到过这番情景：两只健壮的棕灰野兔，激烈搏斗，撕抓一阵后，斗败的兔子，耷拉双耳，灰溜溜地逃走了。获胜的兔子则洋洋回顾，吱吱叫唤，惹得草丛中钻出一只秀丽、苗条的浅灰野兔，温顺地匍匐在壮兔身边。神气活现的壮兔，挺起上肢，挥动前爪，一跃而起，伏在灰兔身上，激动得连连哆嗦。

年幼的汤仁和，还不懂得野兔的交配之术。但他明白：胜利者是喜悦、得意的，可以为所欲为。

大自然优胜劣汰生存之道，如启蒙老师一般，在汤仁和心中播下了丝丝领悟、开启点点策略，以至影响他的日后种种……

山中日月易过，十数年前，汤中合染病仙逝。年已三旬的汤仁和承继父亲衣钵，成了"得失门"第三代门主。又过了几年，汤仁和的母亲去世，门里一切事情都由汤仁和做主了。

做了门主的汤仁和，第一次收到"英雄帖"，便不听母亲、妻子劝阻，破了父亲之规，下山赴会了。

虽然前两次他没有报名竞逐"盟主"之位，但作为场边看客，深受竞擂气氛熏陶，一颗心被掀得波越浪翻。汤仁和的目光移向了庐山之下，凝注在东南大地。

"祖父、父亲在崇山峻岭间老死终生，空负了一身好功夫。'十六字真言'更令人瞻前顾后，自缚手脚，强禁心意。我若恪遵此训，不也将步祖辈之尘，无缘博名江湖、驰誉武林吗？"汤仁和心中日生不甘，"想我五岁习武，苦练'得失门'技艺，身手自知。看那两届'武林盟主'并不比我高明，我为什么要死守祖宗之法，不去争一个'盟主'当当呢？"

汤仁和眼前浮现出那几位武林高手竞得"盟主"之位时，一个个意气飞扬的神态和众人欢呼拥戴之盛况，怦然心动。他决定改一改门规，不仅自己要全力争到"江南武林盟主"之位，还要让"得失门"在武林中独树一帜，名头震响。

随后十年来，汤仁和三次走下庐山，赶赴黄山光明顶、杭州西子湖、武夷大王峰，与江南六省武林高手聚会，精心切磋武学，全力登台打擂，三次都奋力冲进了四大高手之列。

按照"盟主"之争规定，竞逐者进入前四名，即表明在武学技艺上，已具备"盟主"资格，但在声望、资历、信任诸方面，则须由武林中德高望重的老前辈组成评判团投票表决，四人中得票最多者方可登上"江南武林盟主"之位。此举意在表明，能够担当"盟主"者，绝非仅以武功取胜，必须全面领先他人；否则，难以领袖群雄，指点武林，光大武学。

结果，三次票决，汤仁和都是获票最少者。尤其是此次武夷山之会，十人评判团竟无一票投他，令他颜面大失，尴尬得难以抽身退场。

汤仁和太想"得"了，结果却大"失"，失得一无所获，还赔进了"得失门"的声誉、祖父辈的清望、自己多年的心血和憧憬。

这令早已忘却并有意与"十六字训"背道而驰的汤仁和难以接受，他将武夷山之行引以为奇耻大辱。在新盟主登位的欢呼声中，汤仁和孤独地退出人群，索然返转庐山。

上得山来，他家门不进，妻儿不见，径直奔进仙人洞，严令门人不得打扰，将竹扉掩紧，独自陷坐在洞深处的扶椅里。

四支粗如儿臂的巨烛将洞室映得明晃晃的，洞后石壁上流淌的"一滴泉"，"叮咚、叮咚"声音清晰、规律。汤仁和听了几十年周而复始、一成不变的滴泉声，他从心底里佩服这"一滴泉"，竟然千古一日、不急不缓、不多不少地一滴一滴从岩壁间渗流出来，在洞中一方凹石内汇聚成一汪清泉。这毅力、这韧性、这天长地久、亘古不变的"大自然现象"，也曾令他不解、深思、敬佩。但今日，汤仁和被这"叮咚、叮咚"声惹烦了。他觉得自己的生命正在这"叮咚、叮咚"声中一点一点地耗去，没能汇成身侧的清泉，而是蒸发在茫茫时空，无形可留，无迹可寻。

饥渴难耐时，汤仁和想起从小喝惯了的"庐山云雾茶"。他燃火煮泉，寻出柜中藏茶，每日上午、下午各泡一壶浓郁的"云雾茶"，一杯一杯地慢慢品呷。酽酽的茶水，含裹着清冽的暗香，犹如洗涤心灵的"甘汁圣水"，在他口舌间缓缓流淌，滑过喉腔，直入胸腹，像一条温热的细线，融开了他心口的堵塞，团团憨闷之气，一丝一丝地消融而出。

三日过去，汤仁和的心智在芬芳滋润的茶汤中净化、澄明，渐渐心平气和，神清智通，终于又能驾驭脑海中那匹奔腾的烈马，将其蹄掌踏落在自己掌控的行道上。

少年时读过的诗句清晰地显现在脑海中："天生我材必有用。"这是他意念中时常咀嚼的誓言。

"年已四旬，我复何待？我何作为？"汤仁和扭头向身后看去。洞壁正中悬挂着祖父、父亲的画像，他们离自己的座位远了点。朦胧间，汤仁和既辨不清画像人物的眉目，也不知他们能否看清自己此刻的神情、觑破自己的内心。

"唉，还是互相不要看清的好。"汤仁和叹息一声，自己脸上难掩的失落、恼怒，只会令祖父与父亲摇头；而他们的容颜、眼神，以及左面岩壁上的"十六字训"，也徒增自己对所失的憎恶与无奈。

汤仁和记得，以往，不论产生的"盟主"是谁，信息传来或朋友到访论及，父亲汤中合总是抿嘴一笑，从不评论半句。所以，汤仁和对历届"盟主"也不甚了了。但是，这三次，亲身参与了会盟，"盟主"轻重，他自是反复掂量过的——

黄山光明顶上就任的第十一届"江南武林盟主"一"虎啸九华"快剑王飞扬，系御封九华佛门总住持的世俗大弟子，又是从小跟武当名师学的剑艺，十老评判团中有七人或是与他师门素有渊源，或是他的干爹义父，还有的在赛前就收到那"佛门总住持"拜托关照之礼帖。王飞扬不坐"盟主"之位，还会轮到谁坐呢？

杭州西子湖畔选出的第十二届"江南武林盟主"一"雁荡派"掌门常乌衣，经年遣徒行走江浙等地，将"雁荡派"名号传得沸沸扬扬。常掌门更是惯驱酒肉之兵，久战江湖豪客，人送绰号"常十碗"，酒朋遍四方，食友布八面。擂台赛上，常乌衣提着一对雁翎刀，几番亮相，呼应雷动，此起彼伏，似是早已被众豪侠认定的"盟主"一般，竟至左右了评判十老的票数，终获四票，险胜汤仁和三人。

武夷山大王峰公布的第十三届"江南武林盟主"一"红袍银枪"汪武能，乃闽侯府大公子，以致"英雄帖"尚未分发，内底里"盟主"之名已是铁定。汪武能的银枪稍加施展，红袍略生飘拂，轻松杀入四强，最终还夺得"盟主"之位。这令汤仁和寒彻了心扉。

汤仁和既有心争夺"盟主"之位，自是对既得者十分留意，以上三人，除了明摆的旁门左道外，他还打听到："虎啸九华"快剑王飞扬，虽然认了不少权贵为干爹娘，却因亲生父母为山野贫穷之人，降低了自己的身价而心生怨愤，十年不曾探望年迈患病的父母一次。更甚者，父母先后亡故时，他不仅不奔丧尽孝，反而讪笑道："哦，死了吗？死了也好、也好！"不孝至此的家伙，竟然也能坐上"盟主"之位？

"雁荡派"掌门常乌衣，十饮九醉，酒后乱性、夜宿花楼之事，早被知情人耻笑。因此，常乌衣除了"常十碗"的戏称外，另有人送"常脱衣"绰号。

"红袍银枪"汪武能，本属纨绔子弟，学了几下花拳绣腿，仗其老爹权势，时时带着一群家丁、侍卫招摇过市。所经处，生意人胆战心惊，养女家闭户落锁，行街者躲避不及，活脱脱地方一害。

就是这般三个人，一届一届地轮换当选"江南武林盟主"。武德何在？公理何存？人心何价？汤仁和一腔愤怒。

规规矩矩行事做人几十年，竟然在世间没有半点竞争之力。十年来，他凭仗武功，连续三次杀入前四名，但一到票决，三次犹如不曾存在一般。

"仁和、仁和！"汤仁和在心底呼喊着自己的名字，"我的老父啊，你自己一生'中合'则罢，还希望我也能行'仁'遵'和'，成为一名正人君子。可这世上有正人君子行的道、就的名、成的功吗？"

汤仁和原本清楚，父亲临终时，其实对自己是不太放心的。老父咽气前，久久凝视着坐在床沿的汤仁和，攥紧他的手，口中嚅嚅出声："仁和……十六字……不可丢呀……行仁守义方是大得……记住……"其时，汤仁和已是别有想法，闻言迟迟没有点头应允。父亲见状，目中滴下两粒泪珠，溘然长逝。

汤中合对儿子的心念依稀有所察觉。汤仁和五六岁时，即常常独自站立在山崖边向远方眺望，一时三刻也不收回视线。汤中合的父亲见孙儿如此神态，曾暗地里提醒儿子："中合，我这孙儿看得远着呢。看得远，表明心也大。心大既好又不好，运用之妙，全凭一己之念、一时之念，这正合得失之训。你可要调教适当才是。"

祖父之忧果然在日渐长大的汤仁和身上显现出来。汤中合去世前便知庐山虽大，已是留不住儿子的身形了。长期修炼的汤中合，深谙人事，智珠在握。他知晓，世上一切人与事自有定数，勉强不得。"十六字门训"虽然日日耳提面命，但难入儿子心中，自己也是无能为力的了。临终前，汤中合最后一次对儿子提及门训，也有尽人事而听天命之意。见儿子不应，他已是气尽神竭，不能再言，便"放下得失"，由儿子"自有得失"去了。只是亲情入骨，仍以两滴泪珠示儿，盼他日后能够自省。

汤仁和十年来三番竞夺"江南武林盟主"之尊，心思全在山下，若不是妻子时常提醒，已懒得料理"得失门"事务。如今，几倾全力，所得却空，令他心中平衡顿失，"十六字门训"更是全然抛却脑后，逐尊中的不公之状，已经点燃他胸中熊熊怒火。

汤仁和在洞中苦思五日后，做出了人生的评断与抉择：我失败，是因为我无钱无势，还一意秉承家训，努力要做一个守礼仪、讲廉耻、行善事、明得失的君子。若让我也无耻三年、行恶三年、虚假三年，看那"盟主"之位还落不落入我手！哈哈……

茶能解忧，茶能益思，茶能清心，茶能提神，茶也令人亢奋。一壶壶"庐山云雾茶"入肚，第五天傍晚，汤仁和打开洞门，健步迈出仙人洞时，虽然容颜憔悴，须长发乱，但双目锃亮，精光四射，脸上生出怪异的笑容，令门下之众既感到高兴又滋生出疑惑。

当天晚上，汤仁和酒足饭饱，在卧床上龙精虎猛，恣情纵欲，全无昔日温存亲和。汤夫人察觉丈夫一反往日失意回山后的懊丧、不满，疯狂的神情中透着缕缕绝望，却又掺和着几丝亢奋，不觉在承欢中多了忧思、少了愉悦。

汤夫人系庐山脚下、鄱阳湖畔观澜村李秀才的女儿。汤中合与其父性格相投，每每造访李家，均相谈甚欢，尽兴而别。接触日久，汤中合见李秀才夫妇所生女儿，日渐出落得清丽、高挑，待人接物和气识礼，有心将儿子汤仁和与她撮合在一起，便请了媒婆前去李家提亲。李秀才也早有此意，一拍即合，当即允婚。汤李两家喜结姻亲。

汤李氏虽是山乡水傍间的小家碧玉，但自幼受父影响，长大后知书达理，性情温和。入"得失门"汤氏一族后，相夫教子，贤惠慈祥，在偌大门庭中深得众望。汤中合老夫妇将这位儿媳视同己出，如亲生女儿般厚待。

多年夫妻生活，朝夕相伴，自是性情毕露。夫人对丈夫个性熟悉至极，心中做了分析：汤仁和一向嗜武成性。他不仅对本门武功、家传技艺深研不已，对别派功夫也常做琢磨，不时比较，取长补短。汤仁和一向对武林中各类比武竞技兴趣浓厚，亲赴现场，轻易不做放弃之想。更将三年一次的"江南武林盟主"大赛，视作头等重要之事。故每次逐尊不得遂愿，心中伤损之大，外人难以感受，唯汤夫人心知肚明，如切肤之痛。

汤仁和别有一好，汤夫人则羞于对人言说，即汤仁和床笫纵欲之时，如狂如癫，令她不堪承受。汤李氏只当夫婿长年习武，身体健壮，也不以为怪，从无怨言，每每忍受，尽力欢颜以待，不失妇道。汤夫人也有欣慰。汤仁和虽房中恣意寻欢，尽兴而乐，却从不在外拈花惹草。他尚能秉持家教，虑及身份，也照顾到夫妇间的情感礼数，没有那些不检点男人的陋习污行。

汤仁和与妻共眠时，有个特殊嗜好，每次皆要搂抚着娇妻的裸臀，才能安然入睡。这让汤夫人既感受用，又生不解。日久，也即想通。认为夫妻间的性爱，不仅是生理感受，更是双方的情感宣泄，情至而性生，乃是正常人与动物的区别。

于是，也就任由汤仁和去做了。

汤夫人见汤仁和遵循本分，从不逾矩，又是一"门"之主，也有心顺从他、满足他，维护他的尊严。多年来，夫妻间情投意合，鱼水常乐。

但是，这次闭关复出的汤仁和，同以往不一样了。汤夫人察觉到他心境起了变化，隐隐生出疑虑、不安。

二、且拿新贵试低高

"红袍银枪"汪武能荣任第十三届"江南武林盟主"后，便搬出闽侯府，购一高屋，与妻儿另住。他在自家门框上，悬挂一幅镌刻着六个镏金大字"江南武林盟主"的横匾。每天进出，看上几眼，汪武能都生出晕陶陶的快感。他站在门前石阶上，顾盼自雄，时时做出君临天下的派头，半眯着眼，微笑着听一干跑前跑后的家丁和来往闲人随口而出的各式奉承话语。

汪武能的朋友在庆贺宴席上的一句话，常在他耳边缭绕："汪盟主，你年方四十，正值壮年，这江南武林盟主可不能只当一届呀。若能连任三五届，那可是江湖美谈、武林佳话哟！"

此番言语切中汪武能心怀，他也觉得三年风光太短了，老父的侯爷是传宗的爵位，自己日后终可承袭，趁当下闲着，在江湖中红上十年方是人生的快意之事。

汪武能忙碌开来，他要分别召见江南各门各派首脑人物，要摆平武林中的矛盾纠纷，要出席各种典礼仪式，要去各地巡看视察。他要做的事很多，还要亲自喝酒吃饭、亲自寻欢作乐、亲自大小解……真正比已然过气的老爹闽侯爷还忙上七分。

快乐的日子匆匆过，转眼冬逝春来。汪武能担心闽地天气热得早，便在春风里抓紧时间得意。这天上午，他又兴冲冲地踏出"盟主府"，往最热闹的集市口行去。

汪武能的银枪由随身家仆扛着，落后三步，和他身上披系的锦缎红袍组成了他的招牌标识"红袍银枪"。更为夺人眼球的是由二仆高高撑扯开的白色丝幅上"江南武林盟主"六个通红的斗大字块，高悬在汪武能头上，伴他且移且随。

汪武能比原先仅是侯府大公子时神气多了，所经处，百步之前喝道净街，左右丈内皆为一空；他在高头大马上放眼看去，瞥见街巷转角处的小黄狗也夹着尾巴，伏在地上不敢抬眼。汪武能禁不住笑了。

汪武能只笑了一半，满腔得意尚未尽释，一张圆嘴不由合拢：面前之景破坏了他的雅——

一名壮汉从临街饭铺里走了出来，旁若无人地在空旷街面上停住脚步。壮汉站立处，正是十字街头的中心点，也是汪武能惯常下马之地。他每每选在这处下马，接受街口四家本城最为豪华的酒楼掌柜盛情争邀。然后，自己做一番思考权衡状，再勉强地走进一家酒楼中，以示给掌柜的面子。现在，他还没到位，就被这名壮汉挡住了去路。

汪武能不由勒住坐骑，一干随从也止住了脚步，眼光一同随着汪盟主投向那汉子。主仆的第一个感觉相同，那就是惊诧：在这座城市里，竟然有人阻挡汪公子、汪盟主，莫非是个疯痴之徒？

汪武能坐在马上，细看挡路者，只见他头戴竹笠，唇蓄短须，细眉凤眼，面黑如漆，身着灰布长衫，脚蹬麻织绳鞋，左肩处负着一个蓝布包裹。虽觉面目生分，却非痴傻神态。

街上避让之众，慢慢移步围拢过来，只是沉默着，偌大街口不生一点喧哗。

肃静中，汪武能两位机灵点的手下生出意识，抢上数步，一指壮汉，厉声呵斥："呔，你是何人？竟敢阻拦汪大公子、汪盟主之路，莫非找死？还不快滚！"

那汉子充耳不闻，脚步半分也不移动。

两名家丁见状，对对眼神，一人抓住汉子一条胳膊，齐叫一声："小子，滚回你出来的地方去吧！"说罢，同时发力，想将汉子扔进他步出的那家饭铺中，以博汪盟主与众人一笑。

不料，家丁手指握处如捏铁柱，发出之力不能撼动那人分毫。家丁一愣，大喝一声，使出全力再试时，壮汉双臂一振，竟将两名家丁摔出丈远，分别跌进两旁店铺内。

十字街头早已筑起一圈人墙。观者见状，哄笑顿生，还有二三胆大者叫了几声："好！"

汪武能虽然不识汉子，但已看出此人是易了容、上过妆的，便知来者不善。但他并不惧怕，在老爹的地面上，自己又是新科武林盟主，没点胆气、自信还行？可他也不想立即亲自开打。汪武能自忖，堂堂侯爷公子、"武林盟主"，岂能一言不合就失态挥拳，那样，不是和街巷混混、江湖初出道的毛头小子没什么区别了吗？他要表现出宽容大度。

"这位是哪条道上的朋友？何门何派？如何称呼？"汪武能不动声色，平和发问。

· 10 ·

"问又何益？不说也罢。"汉子一口回绝。

"那么，朋友知道在下是谁吗？"汪武能点拨道。

"哦，刚刚上任的'江南武林盟主'，谁人不晓啊？"壮汉嘴角生出嘲讽之笑。

汪武能心里松了松，仰面打个"哈哈"，话中软硬杂糅："知道就好……知道就好。同在江湖，阁下何必如此见面，不妨交个朋友，如何？"

"本人无意高攀。"壮汉语气依然决绝。

"那你挡我去路、伤我家丁，却是为何？"汪武能自知，若一味示好，就有损"盟主"身份，言语便重了点。

"我只想称称你这'盟主'的斤两，让天下人都清楚知道你的根底。"汉子双目直视汪武能，断然言道。

语既至此，汪武能再无退避余地，他干笑连声，壮了壮气势："哦哈哈……原来是江湖朋友不服我'盟主'之位？也好，我这'盟主'几斤几两，你稍待便知。只是，你若有什么闪失，可是自找的啰。"

言毕，汪武能右手一伸，家丁急忙双手奉上亮银长枪。汪武能一枪在手，舒展腰身，催马上前。围观之人见场面愈加热闹，又发出哄声"好"来，汪武能更是神气了三分。

"你亮兵器吧。"汪武能在汉子身前七步勒马说道，"我让你三招。"

壮汉笑了笑，抚了抚腮边短须："对你，我还不需要动用兵器。别说什么三招了，你要是先让我一招，可能就没有还手的机会了。"

"好大的口气，那我就要教训教训你了！"汪武能动了真怒。原本，他一是想在众人面前显摆一番"盟主"的风度，二是见汉子力摔家丁时，内力确也非凡，才隐忍了许久。至此，他自小养成的"痞性"爆发了。

"嗖"的一声，白光闪闪，汪武能枪已出手，闪电般直刺壮汉额前，他有心要一枪挑落汉子的斗笠，杀一杀他的嚣张气焰。

那壮汉见长枪迎面刺到，不退不避，待众人惊呼声起，方右臂一抬，双指并出，在枪尖那蓬红缨上，狠狠地敲了一下。

汪武能方将长枪送出，枪身便被震得横向一旁，一簇红色丝絮从枪尖处散开，飘扬空中。细看间，那团红缨竟然缺了大半。

汪武能将长枪重新握紧，抬眼打量一下面前的汉子，只见他微微眯起的双眼里透出嘲弄的意味，寻思：方才此人举臂一挥，从容有力，双指竟将柔软飘动的红缨丝饰除去大半。"此人功力强我许多呀！"汪武能一向高估自己，此时能在心内闪出这点意识，已属难能可贵。但他从小被娇宠坏性，终非明智之人，众目睽睽下又抹不开"盟主"颜面，怔了怔，硬着头皮喝道："好小子，倒也有两下子，大爷小瞧你了。你再看大爷的真正手段！"

汪武能吆喝两句，一磕马腹，直往汉子撞去。他欲借奔马之势出枪，以增枪上冲力，只要汉子躲得一躲，自己也就能挽回一点面子了。

汪武能拼命一般，挺枪驱马直冲上前，几步之遥，弹指即可枪尖洞穿或健马撞倒壮汉。

壮汉却半点不显惶急，待得枪尖堪堪及胸、怒马鼻息喷至面上的一瞬间，纵身而起，演出一式极其平常的"旱地拔葱"，任汪武能连人带马从自己胯下蹿过，随即半空转身，飘然落地，正是原本站立处。

"好功夫！"人群中发出暴喝，声震长街。

汪武能见眼前人影倏然一逝，立即控马，双目急寻，却不见汉子闪避何处。待四下喝彩声起，回首才知那汉子仍在原地站着，连姿势也不曾有变。

壮汉笑道："'红袍银枪'名头叫得倒是挺响，红袍也算亮眼，可惜银枪却不怎的，真让在下失望。"

壮汉口中调侃，眼睛却一动不动地看定转马返来的汪武能。

汪武能此时又气又惊，知道自己若不能赶快挽回一点颜面，今后就很难再像往日那样显摆了。

"你只是卖弄身手滑溜罢了，可敢实实接我一枪？"汪武能见汉子始终没有亮出器械，料他定是徒手而至，便出言相激。他不信汉子的一双肉掌，能硬得过自己的利枪。

"好，我接你一枪又能如何。"汉子敛住笑意，正色道。

汪武能急忙将所学三十六路花枪招式从头使起，一杆枪越抡越快，转眼枪花破空耀眼，枪杆生出呼呼风声，靠近的几名看客也被枪气逼得连连后退。

汪武能胆边生恶：今日不能伤了此人，自己日后再无"盟主"之实，杀了他更好！

壮汉任凭直刺而至的枪招三十六变，双睛一直不离锋利枪尖，待到汪武能各式虚招已尽，凌厉杀气直贯胸前时，上身稍向后仰，双腕疾出，堪堪搭在枪尖后端。壮汉一旦握实，如扣毒蛇七寸，十指立收，真气注满双臂，大喝一声："起！"

汪武能一枪刺出，力已使尽，刚要续劲再递，枪端已被壮汉双手扣住。汪武能认定汉子要以空手夺械之招与自己抢枪，连忙使出全力收式。

岂料，随着壮汉"起"字出口，汪武能只觉一股大力沿着枪杆电传而至，身体已被汉子挑离马鞍，抛向半空。

壮汉一抖枪杆，喝道："还不撒手！"

汪武能双臂酸麻，全身骨架如散开一般，再也无力握枪。众人看时，银枪已是倒提在壮汉手中。

壮汉看定跌落而下的汪武能，电光火石般用枪杆末端在他身上击了四下，随即将长枪轻轻丢在长街地砖上。至此，汪武能方"扑通"一声跌落尘埃，仰面躺在银枪旁。

汪武能挣了几下，竟不能起，口中也呻吟出声。他一干手下慌忙上前，只闻大汉一声断喝："都不许动！"

汪武能虽然全身疼痛难挨，神志却仍清楚，他恨声问道："我和你素不相识……有何冤仇？你却要对我下此重手？"

壮汉点点头："这次你说对了。我和你汪盟主并无深仇大恨，今日略施薄惩，只是要你明白，不是靠真实本领挣来的名头，终归不能真正属于自己。你这点微末伎俩防身尚嫌不足，还妄想领袖武林、称雄江湖，真正叫人笑掉大牙。当然，你这'盟主'之位仍可以坐上三年，但你还有'盟主'的尊严么？武林中人谁还认可你这'盟主'呢？今天，你双腿、双臂均被自己的枪杆打折，待四处骨伤养好，也到第十四届'江南武林盟主'重定之时了。这几年，你就别在外面张扬了，免得给武林人士丢脸！"

壮汉一气说完，再不看汪武能一眼，扭身穿过人群，迅速离去。

待闽侯爷传话衙门，知府大人下令关闭城卡、出动差役大行搜捕"凶犯"时，壮汉已是消失在数十里外的乡野之间了。

三、执意砺胆开杀戒

当街嘲弄、打伤第十三届"江南武林盟主"汪武能的壮汉，正是庐山"得失门"门主汤仁和。

三次打进前四名，却因票决缘故落选的汤仁和，心理产生了裂变。他将自己与前三届"盟主"做了比较，认定仅凭武功超群是不能在江湖中出头、更难领袖群雄的。数十年来，秉承家训，循规蹈矩，凡事讲"仁"重"和"，半生"不计得失"，眼看自己也将与祖父、父亲一样，守着一个小小的"门派"，老死在深山密林中。而另一类人背离纲常，放开手脚，以另一番"不计得失"的思维，在江湖中随心所欲，直至成为武林至尊人物。仁义者被"仁义"所缚，大度者遭"大度"所误，清白者受"清白"所困，淡泊者为"淡泊"所失；而卑鄙人因"卑鄙"世情练达，无耻人因"无耻"进身有术，权势人因"权势"为所欲为，狠毒人因"狠毒"唯利是图。

"我若再空守'十六字训'，真是枉有一身武艺，终生难有大作为！"汤仁和在这个寒冷的冬季，在仙人洞这座"得失门"的圣堂，在庐山佛手岩下，"大怨大悔""大彻大悟"，心里发下绝誓："第十四届'江南武林盟主'非我莫属！若不得之，终生不回庐山，不见妻儿！"

见丈夫秋后比试失利后，神志大异于常，时而沉郁，时而亢奋，时而喃喃自语，时而数日无言；不是在仙人洞中整日枯坐，就是将本门功夫之外的奇招怪式演练推敲、琢磨不已，再无心思打理门内事务，汤夫人心中甚是不安。

"仁和，我看那盟主之争无啥紧要，祖公与公公不是从不参与其间么？你又何必如此较真呢？'得失门'并非名帮大派，在江湖上没有响亮名头，很难被人家认可的。你还是专心料理门内事情，培育远儿、调教徒弟要紧，不要散了大伙的心，好歹也有几十人呢。"

对夫人的劝说，汤仁和从不应答，听得烦了，只是一笑："你莫多说，我心里有数。门内之事，你和远儿多操点心吧。远儿已经十八岁了，本门武艺也有了根底，可以由几位师兄带着操演了。"

汤仁和的儿子汤清远，从小因父亲专心习武，和爷爷汤中合相处得多，对洞中石壁上镌刻的"十六字训"耳濡目染。他常常伫立壁前，久久凝视深入石面的十六个大字，或沉思不语，或向爷爷请教字中相辅相悖之意。汤中合曾对儿子汤仁和道："我这个孙儿，对门规倒是比你入心入神得多，悟性慧思日后要超过你这个当爹的呀！"

汤仁和轻描淡写道："看来，我既不如自己的父亲，又不如自己的儿子。不过，我有一个超过自己的父亲，又有一个可能会超过自己的儿子，倒是比爹爹有福气呢。"说罢哈哈一笑。

汤中合也被儿子的逻辑惹笑了，心里却生出一丝无奈。

汤中合仙逝后，汤仁和心中另有所思，再无闲暇回忆往日父子间的谈话了。

春节过毕，山中蜡梅凋谢，杂树萌芽，积雪渐渐融化，下山之路日益好走。这天，汤仁和将夫人与儿子汤清远唤至一室，郑重言道："明日，我即下山游历。三年后的'江南武林盟主'大赛一毕，我当尽早回山，也定然要将'盟主'之冠带回庐山'得失门'内。你们等着我的好消息吧！"

汤仁和言语间充满成竹在胸、志在必得之意。

妻儿听了汤仁和的此番话语，均不作声，只是忧郁地望着他。这令汤仁和略生不快："我意已决，门内诸般事务就交给你娘儿俩打点了。清远，为父回山后，要考量你本门功夫的，你可要勤快演练。你不一定理解为父心志，过得几年，我们可以再作论说。不过，第十四届'江南武林盟主'比决的英雄帖一发，为父希望你能随几位师兄前去现场观看，以增见识……到时，也可陪我一同荣耀归还呢。"

汤清远不置可否地看看父亲，默默垂了头。

第二天，汤仁和在妻儿、门徒目送下，毅然下山，踏进了他心目中的另一处"江湖"，开始了他设计一新的别样"生涯"。

"仰天大笑出门去，我辈岂是蓬蒿人。"汤仁和在心里这般向庐山做了辞别。

下山后必做的第一件事，即挫一挫第十三届"江南武林盟主"汪武能的威名，一要让这家伙掂清自己的斤两，明白欺世盗名终究是要被戳穿的；二要让所谓"德高望重"的十老评判团蒙羞，打一打十个老家伙的厚脸皮，令这班老朽知晓，由他们票决的"盟主"，实际是何种角色。

汤仁和立意要做"心狠手辣"之人，他毫不留情地将"盟主"汪武能四肢打折，让其名声大损，肉体痛苦，一辈子不能出头江湖。

预谋已久的第一桩事情，顺利地实现了。当闽侯爷痛心疾首地大呼乱叫，府衙的海捕文书到处张贴，"武林盟主"不堪一击的笑谈在江湖传开时，汤仁和又易新容，坐在千里之外的一间路边茶肆里慢慢品呷着武夷岩茶了。

喝着香茶的汤仁和内心有一种快感在涌动：自己终于做了一件"恶事"。原先的他，决不会千里赴闽，无由寻衅，伤害"盟主"的。即使不公在先，但家训与"十六字门规"也会将汤仁和束缚得"敢怒不敢言"，顶多也是"敢言不敢干"而已。这次，他怒了、言了，更干了。心底的痛快前所未有。哈哈，做一个"恶人"比做一个"善人"容易得多，也舒畅得多。老子打伤了"盟主"，江湖沸腾，武林震惊，可谁能奈我何？

终于断然"突破"的汤仁和要继续行动，让自己更加卑鄙、狠毒。

他心里已经有了目标：武夷山九曲溪畔飞泉山庄。

飞泉山庄庄主"善有善报"尚知道，在江湖素有善名。飞泉山庄三代庄主都讲究行善积德：荒年赈灾，广布粥棚；上门乞者，无有空回；乡邻有急，及时解困；朋友缺资，立助金银……方圆百里，近半人家都承接过飞泉山庄的恩惠，没有不出赞言的。及至尚知道当了庄主，乡间人士感念其家数代行善，共同出资赠送了一方大匾，上书"善有善报"四个金色大字，披红挂彩，嵌在了庄门上端。

晚上，尚知道在书房秉烛夜读。他虽然年及五旬，但祖辈积攒、广布的善名，加上殷实的家产田赋，使他一直在平和、舒适的环境中生活，连心灵也似庄前清澈的溪水一般，虽然绵延曲折（因为他自幼饱读，通晓史籍诗书），又纯净明朗（因为他一直心存慈念，行良举善）。

一阵微风吹来，烛光暗了暗。尚知道待烛火复明时，才看清书案前竟然立有一个素不相识的造访者，不由呆了一呆。

尚知道手捧书卷，端详一下来人，见其面白无须，短衣装束，既非读书人，又不似劳作者，浑身透着精气，便知是"道上的朋友"。这类"不速之客"，飞泉山庄多次遇到过。江湖上一时窘困人士常会"慕名前来借点银两"，尚家都是让他们满意而去的。只是，此人毫无声响就进入书房之中，庄门处和内堂家仆既无动静，更没通报，则有点蹊跷了。

尚知道想了想，谨慎开言："敢问朋友何方人士，深夜光临寒舍，有何急事需尚某效劳？"

夜闯书房者正是汤仁和。

汤仁和早就听说尚家行善之举，原也存有敬佩之意；但心性大变后，就把飞泉山庄纳入谋划之内。因为汤仁和要粉碎"善有善报"这块招牌，击破常人津津乐道的"善有善报"理念，让世间潜藏的丑恶公然展现一次狰狞面目，同时，他要让自己从恶之念有更深层的开掘。于是，汤仁和与尚知道这两个素无瓜葛之人，偶然又必然地面面相对了。

尚知道说话间，汤仁和将他打量了一番：一个身材纤弱、相貌平常的读书人，只是其在突发事情前，依然神情平静、语气温和，甚至连身姿都没改动一点，显现出良好的心态和深厚的修养。

"唉，也是一个信奉善良、不懂险恶为何物的书呆子。"汤仁和心里微叹，双目却凶相毕露，狠声道，"我是何人，为何到此，你稍后便知。我先明示一句，你若高声，弄出动静，我立刻灭你全家，一口不留！"

尚知道点点头，泰然将书卷合起，放在案上："尚某明白了。朋友可是需要钱财？只要敝庄力所能及，当全力助之。你不必凶言恶语，这样，自身也辛苦得很，不如坐下从容道来。"说完，朝一圈椅指了指，"请。"

汤仁和已知道面前确是一名厚道、温和之士，大约与去年秋天时的自己一样，时时以"仁、义、礼""恭、谦、让"视事待人克己，他几乎想放弃此行所为了。略一犹豫，汤仁和耳畔又响起另一声音："那些成功之人、大得之徒，有谁行礼践义、公正廉洁？你既然踏出了'重新立世'的第一步，万万不可半途而废，谋大事岂能心慈手软？"

汤仁和一咬牙根，撩起衣襟，从腰间抽出一柄短刀，跨步上前，将尚知道一把拖离座椅，低声道："老子今天一不借钱，二非报仇，只是要让你知晓，在这世上，行善未必就定有善报，作恶也并非必吞恶果。"

尚知道盯着汤仁和双眼，神色不变："朋友可是在这方面屡有挫折，深受刺激？"

"对！所以，老子要做一个恶人，行几件恶事，出尽胸中闷气，让下半辈子也活个痛快！"

尚知道目中露出怜悯，微微摇头："朋友，此言差矣！你这样行事，所得微不足道，所失却是太多了。鲁莽、蛮撞、错误之极！"

面前这个读书人的冷静令汤仁和生气："他凭什么有力量与老子如此对话？谈什么'失'啊'得'啊，一派教训之言？我莫非听得还不够吗？莫非老子这般凶样还镇不住他？"

"老子听够了这套空话。我失去了什么？什么也没失去。相反，我正在得到我需要的东西。老子恰是深思熟虑而如此行事的。"

尚知道有点纳闷："你这样做，正在得到什么？"

"老子正在实现一个宏大的人生计划！"

尚知道莫名其妙，只得闭了嘴，不愿再与满面激狂之色的汤仁和做半点理论了。

见尚知道闭口不言，汤仁和愈加言语恣肆："你尚家凭借祖上巧取豪夺的几百顷土地，榨取百姓万两金银，才有本钱做几件善事，收买人心。不过，你家行善做好事几十年，除了赚取一些赞许之词，博个善名，还得到什么呢？而你马上就要失去生命，失去拥有的一切，还给家人造成惨痛的记忆。你说，到底是'得'大还是'失'大？"

尚知道至此明白汤仁和意欲何为了，他想了想，平静开言道："阁下是决心行恶了？是的，善可能一时敌不过恶，但是，恶到终了是要被善惩罚的。我想，你的识见已是迷狂了，只望你心智有重生之日。那样，我也就死得其所，死有善报了。"

"死到临头，你还放不下行善之念，心里承受真够重的。怪不得天下恶人活得快活、轻松呢。那你就做好最后一件善事，成全我做一个恶人吧。"汤仁和语含讥讽，将短刀移向尚知道脖颈间。

"慢！还望阁下不要忘了自己方才所言，尚某死后，你不得伤我亲属和庄中任何一人！"

"这你放心，我和你并无丁点仇恨，也不图你财物，我是为坚定自己的信念而杀你的，也是用你之死来证明我对世事的某些判断。你不懂吧？只要你尚大善人死了，天一亮，你家大门上挂着的那块招牌就一钱不值了。世人知道你家如此行善，却不能有所善终，谁还再信'善有善报'之言？我最后点醒你一句，所谓'善有善报'之说，正是恶人欺骗、迷惑世人规规矩矩任由他们宰割踩蹋的欺人之谈。'恶有恶报'则是善良、软弱者在无奈中的一种幻想、一番自慰，也可说是一种诅咒，谁能给恶者降临报应？那只有更大的恶者，才有此举此能。此乃老子半年间所悟，一并说出，让你黄泉路上当个明白鬼。"

尚知道静静地听他一气说完，方展颜一笑："阁下，你在杀人前不觉得话太多了吗？这样婆婆妈妈，不像个真正的恶人呀。"

汤仁和被尚知道的嘲讽之意激怒了，也自觉说得多了点，缺了恶人应有的"残忍"和"霸气"，于是，咬咬牙，狠狠地将短刀划了一划。

一注血线迸涌而出，溅落在尚知道刚刚看过的书卷上。鲜红的血水立即洇进了书页。

四、再逞邪念欲火烧

天气一天天热起来，路人大多换上了单衣。汤仁和寻到杭州西子湖畔一家小客栈，要了间面山有窗的小屋住下来。他对掌柜的称病，说需要静养，便足不出户，悄然度日，一种从世间消失的感觉令他有种松快感。杀了尚知道，汤仁和就知道自己在从恶从邪的道路上没有回头的可能了。

"谁又想到这会是我——'得失门'门主，一向谦和、内敛，只知以武会友、以技竞擂的武林正派人士所犯之事呢？可见，有多少以君子面目出现在世人眼中的家伙，背地里实实在在地行着肮脏苟且之事呢。如今，我也这么做了。畅快呀！"一种深藏天大秘密而无他人知晓的自得、自乐情绪，激荡在汤仁和心间。

汤仁和脸上浮现出瘆人的笑容，他下意识地摸了摸掖在腰间的那柄薄刃，心念又闪："我还难以和大恶大凶大奸大坏之徒相比，我必须有更大的作为！"

"得失门"本派的武功是"四十九式仙人杖法"。汤家先祖曾是南少林俗家弟子，专习少林降魔棍法。祖上行游至庐山，见山势雄奇连绵，临长江、含巨湖，天地茫茫，气势恢宏，是修炼身心、潜习武技的绝佳之处，便在山上筑屋落居。若干年后，又在仙人洞开门立派，号称"得失门"，暗寓脱却少林，自创新派，人生得失无常，无可论计，唯有奋发自强之意。历经几代图新，至汤仁和祖父时，终于形成"十六字训"，以为门规，也完成了立派之宗旨。

因常年居住山中，峰峻石险，路窄坡陡，门人日持长棍，行止多有不便，汤家数代便从少林棍法中衍化出短棍招式，并以硬木制成既可防身驱兽，又能助行攀岩的三尺短杖，分发门人佩携。三代之后，短杖招式已成套路，既有少林棍法的威势，又可使出刀劈剑刺、鞭打枪挑之式，用者灵动善变，防者难测演化，在武林中独成一械。三次赴擂竞盟，汤仁和都是以这套"四十九式仙人杖法"击败群雄、挺进四强的。

"得失门"的"仙人杖法"在江湖上有了一席之地，汤仁和就不能在作恶时公然施展。他谋划日久，将比武时看在眼里的几家招式融汇糅合，酌情使用，并只携短刀在身，兼又易容，新任"盟主"汪武能也不能识出其真实身份了。

汤仁和在房中闷坐几日，静极思动。这天早饭后，他将房门从里闩了，打开后窗，轻轻跃出；见四周寂然，杳无一人，便一头钻入山坡树丛中，拨草撩枝，漫地里行去。

摸索着走了半个时辰，眼前现出一条小径。山径在荒野间盘曲如蛇，望过去，似是通往灵隐寺方向，想是四周乡居人家进庙烧香日久踩踏出来的。

汤仁和石径上信步而行，正走间，忽闻不远处传来人声；细听之下，似是年轻男女吵闹，忙加快脚步赶上前去。

果然，一株大槐树下，一名乡间少妇正在斥责俩男子："你们再作纠缠，我要告到官府去了！"

那两个男性青年，一左一右张臂拦住村姑，任她斥骂，一味嬉皮笑脸地不放她走。

汤仁和已然看清村姑右手挎着一只竹篮，虽有一方印花布帕遮着，一束香烛仍露出了篮口。看来，这村姑是往灵隐寺烧香去的。

两名青年心思全在村姑身上，不曾察觉已有行人近前，那胖男涎笑道："我俩只叫你陪着坐上片刻，哪有必要告到衙门里去呀。"

另一瘦小汉子扯着村姑的竹篮，调笑不止："官府也不能不让我们和女人讲讲话吧？"

二人一唱一和，自觉有趣，一同咧嘴大乐。

村姑涨红了脸，用力拉扯着竹篮。

胖子止住笑，抹了抹嘴角的口水，续道："天还早着呢，陪我弟兄玩上一会儿。那时，你说不定还不想走呢。"说着就去拉扯村姑的胳膊。

村姑见二人越发无耻，便松开竹篮，挣出手，口中嚷道："无赖、下作，不得好死！"扭头想往前路跑脱。

瘦子随手将竹篮弃在地上，帮胖男拽住村姑："啥死不死的，你没听说'坏人活千年'的话吗？再讲，衙门里事情多着呢？官老爷不会管这点小事。告诉你，我在衙门里有几个朋友的，也不怕你去告。"

村姑见走又走不了，吓又吓不住这两个浑蛋，又急又怕，"嘤嘤"哭出声来："我丈夫病得要死了，我是去庙里烧香求菩萨的，你们两个丧尽天良呀！"

汤仁和隐在近旁一株树后，将情景看得清楚，也听得明白，略一盘算，有了计较，便跃身上前，一句喝问："你们两个小子想干什么？"

胖瘦俩青年吓了一跳，抓住村姑的四只手没有松开，两颗脑袋倒是扭了过来：十步远处，一个中等身材、相貌平常的中年人正悠悠走近。

二人见对方只是孤身，口音又不似本地人，心里便不惧怕，胡乱嚷了句："外乡人，没你啥事情，赶快走开。"又忙着去拉扯村姑。

"二位放手，青天白日怎可如此行事！"汤仁和已是到了二人身后。胖汉腾出一只手，挥拳击向汤仁和面门："不识相的东西！"汤仁和侧身闪过拳头，顺手反将瘦子的胳膊从村姑衣襟上拉了下来。

"哟嗬，你这人真是蜡烛坏呀，敢败我弟兄的兴头？好吧，就先教训了你再说，谅小娘子也跑不脱。"胖子大怒，弃了村姑，恶狠狠地扑向汤仁和。

汤仁和见胖子虽然凶神恶煞般嘴脸，但手脚挥动全无章法，张牙舞爪中，胸前空门大开，知其不是个练家子，笑着一抬右腿，直抵胖子胸口，将他挡在原地，进步不得。

瘦子见状，丢下妇人，挥臂直劈汤仁和挑起的腿，以解胖子窘况。

汤仁和纹丝不动，听凭瘦子全力打在小腿骨上。

"哎哟！"瘦子一掌如击铁石，痛得龇牙直叫。

见瘦子苦着脸搓揉手掌，一时顾不得自己，胖子只好双手抱住汤仁和右脚踝，拼力向外掰去。

"你是想让我的脚离开你胸口？"汤仁和笑问。

胖子一边使力一边下意识地点点头。

"那你自己后退一步不就成了吗？"

胖子被一语点醒，连忙松手退后两步。

汤仁和收腿立定，打趣道："这不是你我都解脱了吗，真是个笨蛋！"

胖子不堪嘲弄，气得头顶冒火，跺脚大骂："好你个外乡佬，竟敢戏耍我俩！不把你灭在此地，我弟兄也不要在这带混了。来，一块儿上！"

胖子发声招呼，瘦子不顾手痛，一俯下身，埋头直撞汤仁和胸口。胖子跟着扑上，乱拳打向汤仁和。

汤仁和抬手一掌拍在瘦子头顶心，瘦子立时眼前金星飞舞，又觉后衣领处被人揪紧，喉间也透不过气来；惶急中，他想起乡下拳师有句"以攻解攻"的口诀，忙撩起一脚踢向汤仁和下腹。

汤仁和见瘦子出腿，便一把将胖子乱挥的左臂攥住，往怀里一带。胖子立不住脚，趔趄中跌了过来，恰好瘦子一脚端到，狠狠踢在胖子屁股上。胖子痛得急叫："喔哟哟，你眼珠子瞎掉了！"

胖瘦两混混撞在一起，被汤仁和双手牵动，连连转了几个圆圈，头晕目眩，"扑通通"，一同跌在地上，好一会儿挣不起身。

村姑一旁看着，心中止了害怕，又见两个泼皮狼狈之状，忍不住笑了一笑。

胖瘦二人本是游手好闲欺软怕硬之徒，一见遇上高手，识相地翻身爬起，换了一脸服帖、恭敬的神态。胖子抱拳一揖："我弟兄有眼不识泰山，得罪了高人，还望朋友海涵。"瘦子接道："我弟兄冒犯、失礼之处，望这位大姐宽恕。日后大家也好见面。"

村姑尚未开言，汤仁和已生另想，他看一眼滚落路边草丛中的竹篮，朝村姑道："你先将篮内东西收拾好。"复对两青年一指林间，"你们跟我过去。"

胖瘦二人不明就里，不敢违背汤仁和所言，磨磨蹭蹭地跟在他身后往密林行去。

走了数十步，胖子心中害怕，忍不住道："不知朋友有何贵干？要带我弟兄去哪里呀？"

汤仁和反身立定，见正是村姑视线不及之处，便笑道："不想再走了？那在此地也行。"

瘦子诧异道："此地也行什么？"

汤仁和朝二人怪异一笑，右手一翻，亮出一柄七寸短刀："在这里送二位上路呀。"

胖子慌道："朋友……哦，爷叔，这种玩笑开不得的。先前之事，我弟兄已经知错，日后遇上爷叔，一定视如亲爷一般。"

瘦子颤声道："我弟兄只是见那位大姐长得有些姿色，一时动了邪念。爷叔既已将我俩劝止，绝不再犯就是，爷叔切莫吓唬我弟兄了。"

汤仁和冷冷道："世间有你们这种无耻之徒，就少不了伤风败俗之事。你俩既非善良之辈，活着不如死了的好。"

听汤仁和这样一说，胖瘦二人知道事难善了，对看一眼，撒脚就往两边跑去。

汤仁和探身扣住刚刚抬腿的瘦子肩头，小刀一挥，瘦子不及出声，便捂着咽喉扑倒乱草间。胖子已是背转身去，慌乱中只跑出一步，背脊间一凉，前胸口露出了寸许刀尖。胖子惊骇至极，放声大喊，一口气刚提到嗓子眼，已是软瘫在地，再无知觉。

汤仁和缓步上前，将短刀从胖子身上拔出，就着胖子的衣服擦拭干净，翻掌入袖藏了刀子，快步转回小径。

那村姑已将竹篮内的物品拾掇整齐，正要离去，见汤仁和现身出来，忙致礼道："谢谢这位恩公。不知恩公将那两个无赖如何打发了？"

"哦，我看他们离远了，才放心回来，不想大姐还没离去。大姐可是前往灵隐寺烧香的？正好，我也闻名要去寺中瞻仰，一块儿走吧。"

村姑听说汤仁和也去灵隐寺，心想和这样有义有胆又有一身好功夫的人结伴而行也是幸事，忙笑道："那请恩公先行。"

路径狭窄，汤仁和走在前面，随意问道："大姐既去烧香，怎么不走山前大路啊？"

村姑应道："从我们村到灵隐寺，抄这条小路来回要节省个把时辰。屋里男人病了多年，不能下地劳作，孩子又小，里里外外全靠公公婆婆照应，我只想快去快回，也好让二位老人家少点劳累。不巧撞上那两只'鬼'，要不是恩公赶到，还不晓得会怎样呢。"村姑话中深含感激之意。

"我看你不要去烧香了，菩萨保佑不了你们一家人，也保佑不了天下好人的。"

村姑不解汤仁和话意，一时不知如何接口。

汤仁和停住脚步，转过身来："你不要再喊我'恩公'，我也不是你心目中的好人。"

村姑口中嗫嚅："恩公……你说……说些什么……"

汤仁和诡异地笑笑："那两个'鬼'说你有点姿色，倒没有错。既然你丈夫常年有病，无力行事，我就让你乐上一乐吧。"

村姑惊慌失色："你……你难道也是一只禽兽！"

"禽兽？对，人与禽兽本就有同有异，今天我就做一次禽兽。"

村姑转身欲逃，汤仁和从背后将她拦腰一抱，直往草木深处走去。

"你这只禽兽……救命……"村姑刚喊出半声，即被汤仁和点了哑穴和肩井穴。

村姑不能呼喊，上半身也挣扎不得，双眼中泪水涌出，被汤仁和掀翻在杂草间，褪去了下衣。

村姑白皙的躯肢裸露已毕。汤仁和被雪花般的肌肤晃得眩了眩眼，但见面前细腻、柔滑的圆臀，饱满、结实，寻不见一点瑕疵。汤仁和想不到一名乡间少妇，会有这么完美的臀部。

汤仁和升起亢奋，却也隐隐冒出些微遗憾。一个没有丁点痕印的女臀，多少让他失望，这不是他记忆中的"屁股"。

汤仁和五岁时。一日，在"得失门"深庭大院里乱窜，忽觉便意急促，寻进后厢一间女佣厕房。室内三只便桶排成一线，小仁和挑了中间描金漆红的彩桶坐了。一会儿，专事庭院清洁杂活的使唤丫头霞妹子入室如厕，她乍见小童，怔了怔，却不以为意，在他右边另只便桶前褪裤坐下，"哗哗"小解。事毕，霞妹子欠身拭阴，去拾桶盖，将一个浑圆、洁白的屁股完整地袒呈在小仁和面前。

汤仁和第一次近距离目睹完美、诱人的女臀，懵懵懂懂的他，眼光被吸引在曲线玲珑的大肉盘盘上。他留意到，霞妹子白嫩的臀肤上，还有两个浅浅的、黄豆粒大的印痕。

幼时的汤仁和，当然不知，这两点印记，乃是霞妹子患天花时的遗痕。当他成年后，才听说，人出天花时，稍有不慎，会在面颊留下难以消退的小点儿，俗称"麻子"，也有极少数人的"麻子"发在屁股上。

片刻间，汤仁和对两个小点点煞是好奇，不知转睛。霞妹子扭头看见他的神情，两片红晕飞上面颊，匆匆提上裤子；出门时，笑着"啐"他一句："细伢子，看什么看？人小鬼大，懂个啥？"

懂是不太懂，但这个场景，竟成了汤仁和人生记忆的起始。许多年后，他回忆童年生活，脑中浮出的第一印象，就是看见了霞妹子的雪臀。然后，件件往事就此浮现。

过了若干年，霞妹子早就嫁出"得失门"，成了"霞嫂子"。而汤仁和却念念不忘自己的"初忆"，几成病态。以至，洞房花烛之夜，搂着娇妻胴体时，借着烛光，第一眼想看明白的，即是妻子双臀上可有那点点"印迹"？他没有寻见时，心中竟生出一丝失落……

躺在草丛间的村姑，极力挣扎，扭动的臀部将汤仁和唤回现实。他终止了寻找圆圆小印点的念头，合身扑了下去。

汤仁和离家半年许，没有碰过女性，刚刚又杀了两人，血气正旺，一触少妇温热柔软的身躯，情欲立如干柴淋油，炽热地狂烧起来。他大力掰扯少妇柔滑的臀肌，粗暴地连着做了两次，方直起身子。

要不要也杀了她？汤仁和喘息稍定后生出念头。他垂目看了看半晕半醒、在乱草中蜷成一团的村姑，如狂雨淋落的一朵白艳残花，踌躇片刻，低言道："说起来，你碰上我，总比落在那两个小子手上好。我是路过之人，再不会回到此地，你不说出去，这事谁也不可能知道的。你先躺一会儿，我所点穴道半个时辰自会解开，不耽误你去烧香的。"

汤仁和又想了想，掏出一枚银锭放在村姑手边："这点银两拿着给你丈夫看病、开药吧，比烧香拜菩萨管用。"

汤仁和整理好衣衫，原路返回客舍，依旧从后窗进入屋里。他在床上躺了片刻，将前番情形细细回味，感叹村姑虽是乡间女儿，体肤却不逊生活舒适的妻子，大概是经年劳作，臀肌更具弹性，越显张力，此时仿佛仍能感受到手掌间的柔滑、温软。唉，女人实是同中有异、异中有同，聪明男子应当存同求异呀！自己以前不知此理，活得太平常了。

汤仁和正在自叹自怜，店伙计却来敲门："先生，午饭做好了，请先生到前堂享用。"

第二天中午，汤仁和又至餐堂用饭。这是一家住宿、吃饭、饮茶一并经营的店铺，进出者甚多，又赶在饭头上，厅堂里十分嘈杂。汤仁和刚寻个位子坐定，就听伙计与先到的食客谈讲正烈："哎呀，今天一早上，二位进香客人发现前面山坳里，有一个女人吊死在一棵槐树上，听说是从灵隐寺敬香后回家时自寻死路的。"

"哦，那么一定有想不开的事了。"

"会不会是他杀呀？"

"不是他杀。衙门里的人验过尸体了。女人上吊的布带子是把自己穿的外衣撕开后编成的。这怎么可能是他杀呢？"伙计肯定道。

一名食客插言："这事情我也在街上听说了。这个女人家里蛮穷的，丈夫生肺痨，三年了，瘦得脱了形，听说自家女人死在外边，一着急，吐了半盆血，也过世了。唉，夫妇俩留下一个五岁的儿子，只好跟着爷爷、奶奶了。蛮惨的哟！"

"这个女人香都烧过了，为啥还要寻死呢？真叫人想不通。"另一人叹息不止。

"会不会另有隐情呀？"有人疑道。

"衙门的公差调查清楚了，她确实是从灵隐寺里烧了香，在回家的路上吊死的。有人下午在庙里看到过她，说是双眼都哭肿了还在拜菩萨呢。尸体解下来时，已经硬邦邦的了。公差说，大约是昨天傍晚时死的。那不是烧香回来发生的事吗？"

伙计竭力要表明自己最了解情况，见大伙听得入神，更加喋喋不休："庙里香火和尚对人讲，这个女人每逢初一、十五都要来灵隐寺为她男人烧一炷香的。只不过，以往都是中午进庙烧了香，问和尚讨一碗开水，吃一个自家带来的冷馒头就转回去了。昨天，却是下午才进的庙，一直哭个不停，问她，又什么都不讲。和尚以为她男人不来事了……"伙计正讲得起劲，被掌柜的喝断，差去做事了。

汤仁和听了，心里清楚，脸上作出难过、怜悯的神色，一声不响埋头吃饭。

晚上，汤仁和在床上翻来覆去睡不着，他没想到村姑这般烈性，对家人祷告祈福之念又如此坚韧。"唉，早知这样，我……"汤仁和脑中乱乱的。

不料，第三天吃午饭时，又有新的消息在餐堂里传开了。

"哎呀，不得了了！今天上午，衙门里的人，在离那女人上吊不远处的树窠中，又发现了两具男青年的尸体，是被人用刀子杀掉的。"

"这事我也听说了，那两个'小赤佬'是这一带的混混，向来不干正经事的，死了倒让地方上清静点。"一名老汉接道。

"喂，大家不要吵，告诉你们，我在衙门里的一个朋友透露，公差在那块地面上搜寻，还在草里找到一块银子，有二两多重，不知是谁落在那种地方的。会不会是那两个'鬼'或者那个女人丢下的？"

"我们这里一向蛮太平的，这次连出两件命案，真是少有、少有！哎，这些事情不知有没有关系哦？"

"衙门里正在办这两件案子，据说，一时还弄不明白，看起来蛮复杂的。"掌柜的也兴致勃勃地和大家讲开了："刚才，还有公差来小店问过，有没有发现可疑的人或事情。我说，这里住宿、吃饭的要么是规矩人，要么是熟人，哪有什么可查的。喏，这位先生在小店住五六天了，连门都没出过呢。"掌柜的指了指汤仁和。

汤仁和笑道："这种事情，怎么会是我们这些人做出的呢？我胆子一向小得很，连死人都不敢看的。我想，公差们也是随便问问，掌柜放心好了。"

"对、对，和我们不会有啥关系的。吃饭、吃饭。"食客们发一阵笑，不再议论，各自用起餐来。

五、改忠弃义媚元将

汤仁和思忖，自己已经从"正人君子"的硬壳中挣脱出来了：凡事率意而为、恶意从之，不再以道德伦理来衡量、约束自身的行为，并以他人的痛苦来填平以往的压抑、失落，刺激、释放人性深处潜伏着的邪恶之念，将以往的"无"变成"有"。汤仁和觉得自己正在"得"着。只要脱去自我禁锢，着意与那班"盟主"们相像，"得"也就会越多、越大。

村姑之死曾使汤仁和内心震颤一时，他烦躁、焦虑后自我辩解："我还不够狠、不够毒，没能着实彻底地去无耻。我不是仅仅伤了汪武能，并没取他性命吗？我不是信守诺言，除了尚知道，没有殃及飞泉山庄其他人吗？我不是对村姑只奸不杀，还给了她一锭银子吗？至于她自悬而死……不，不要去想这些！我还不配做一个大恶之人，凡大恶者断不会反思、追悔自己所为的。我还得多加历练。我可以像一个恶人一样活在世上，为什么非要一心从善而一无所得？这不是一生之大'失'么？爷爷、父亲、列祖列宗，恕我不再如你们那般存活于世了，我要用与你们不同的理念来认识'十六字训'。让岁月来印证谁对谁错吧！"

汤仁和不愿待在客舍里去听各种消息、议论了。他结清费用，离开了这座乡间客栈，离开了西子湖、杭州城，日渐远去。

所经之地，只要有武林名宿或江湖门派，汤仁和都恢复真容，执庐山"得失门"门主之帖携礼拜访，与他们交谈武林近事，切磋武功疑难，交换修习心得，或忆往昔、诉仰慕、话离情，尽述友谊，完表衷肠。凡见汤仁和者，均对他留下"儒雅博学，恂恂有礼，武功高超又不恃骄狂妄"的君子形象。

拜访武林朋友，广结江湖名人，本是汤仁和下山要做的大事，是他谋划之一。他已认识到，在群雄林立的竞争擂台上，没有人气是难以服众的。他要走遍江南六省，尽访武林强者，有交情的巩固关系，没来往的图个脸熟。日后，自己成了第十四届"江南武林盟主"，才能令行禁止，不致担个虚名。汤仁和已在心中发下毒誓，下届"盟主"之位志在必得。他要在通往"盟主"宝座的道路上，坏就坏得出格，好即好到出彩。

汤仁和心情舒畅地游山玩水，访朋交友，转眼到了第二年春天。国家大势早生剧变，元军凶猛渡江南进，赵宋朝廷仓皇移庙，逃离杭州，一路南迁，东南半壁江山一块一块落入元人掌中。虽然各地时有民众自发集聚抗击元兵、血洒乡土之事流传，但汤仁和听在耳中，却不以为然。他长年出没江湖，心里只有"盟主"欲望，国家军政大计从未涉及，自觉对朝政变化干涉无门，也无此能力。因此，只是旁观风云，无谓元宋。但是，人在江湖，确实身不由己。一天，汤仁和因偶然之遇，卷进了宋元之战的国事中。

那日，汤仁和已是踏入北雁荡山地界，刚刚走进山下集镇，忽地发现与他擦肩而过的一名大汉十分面熟。他稍稍一愣，回头再望，那人已和两名随行人员转往另一街巷。

"常乌衣？对，这人就是第十二届'江南武林盟主'常乌衣、'常十碗'、'常脱衣'！"汤仁和猛然间想了起来。自己是易容而行，常乌衣当然视若无睹，没有认出熟人来。不过，这位过时"盟主"怎会现身山旮旯间的小镇上呢？

"要不要和他打个招呼？这是他的地头，我怎么先前没有想到？"汤仁和急忙转身，跟往那条街巷。

常乌衣三人步履急促，目不旁顾，似有要事一般，这令汤仁和生起疑端。他追了十多步，改变了念头，决定先不叫破身份，看看情况再说。

常乌衣一行穿绕几条街巷，走进一座僻静道观中。汤仁和在观外磨蹭一会儿，方如游客般缓步跨进了观门。他在观里四周转了转，终在道观后院一座茶舍内看见了常乌衣。只见他和三位茶客围桌而坐，一名道士正在桌前沏茶，四人似是刚刚聚首。那两名随从则坐在舍外石凳上，东张西望，留意着周围的动静。

汤仁和不紧不慢地踱进茶舍，选了离常乌衣等人最远的一张桌子坐下，叫了一壶香茗，自斟自饮起来。

常乌衣等见进来的茶客坐得相隔甚远，仅随意看了看，并没多心，喝了几口茶水后，低声交谈起来。

汤仁和习武日久，听力非常人可比，他凝神倾听，虽不能句句清楚，仍将常乌衣四人所议之事大致连缀了个完整。

原来，近日大队元军正从雁荡山北麓路过，前去追击逃亡粤地的南宋残存小朝廷。元军战线太长，在军队续进的同时，将指挥大营扎在二十里外的青石乡，一面调停前后大军，一面增设营盘，囤积粮草。

事关军情国事，汤仁和大吃一惊，赶忙沉住气，双耳尽张，屏息往下听去。

"常掌门，既然我等力主抗元，这次可是个好机会。元军大营肯定戒备森严，兵力雄厚，但新建的屯粮场所是薄弱之地呀，能不能在这方面做点文章？"一名汉子建议。

常乌衣赞同道："凭我们的实力，当然不能去碰大营。若是将屯粮之寨烧了，倒是一桩大功劳。"

"对，烧了元兵粮草，可以损伤他的战力，延误大军行程，对文丞相文天祥大人的抗元军队是一个有力的支持。"另一汉子出于激动，说话响了点，即被他人"嘘"了一下。

"常乌衣要抗元？"汤仁和实在难以想象，一个常在酒肉堆、红粉丛中厮混的武夫，会去做这等大事、险事？元朝军队凶悍勇猛，宋军稍触即溃；如今，虽有文天祥大人苦撑，但大厦已倾，天下摆明快被元人统掌。他们还要抗元？汤仁和感到常乌衣的行止不可思议。

又一阵细微语音传入他耳中："常掌门，难得你识大体、敢出头，把我们召集在一处商议此事。你放心，我手下的义士，虽然散在乡间，但两个时辰便可将他们召集起来，去上四五十人是有把握的。"

"既然元军待民众如虎狼，那我等也视暴政如仇寇。大伙尽可能多遣好手，干个痛快！"常乌衣声音虽低，口气则显强硬。

"我的镖局里也可派出二十多人。"

"我嘛……武馆太小，但出动十几个人没问题。"

果然，在座之人情绪高涨，争着表态。

"好，有你们倾力相助，加上我门中也有七八十人可用。大家回去召集人手，准备器械，今晚子时，在青石乡东面玉米地里集中。别忘了，多备燃火器材，到时烧他个痛快。只要粮囤一燃，不必和元军恋战，大伙觑空撒他娘的。"常乌衣显然是这伙人的首领，把行事方略布置得一清二楚。

汤仁和听到此时，心惊胆战，不仅完全打消了要与常乌衣相见的念头，连多坐片刻也不敢，匆匆起身，付了茶资，悄然离观而去。

走在街上，汤仁和畅快地大吐几口气，他想不到无意中获知了常乌衣等人的秘密。直觉告诉他，自己有可能会在此项大事上得上一"得"的。

汤仁和心中的毒种一旦萌芽，迅速生长，已然开出邪恶的花朵。他浑身燥热，心跳血涌，脑中急速转动：

常乌衣生活失检，却大节甚明，竟敢在朝廷溃散、江山沦陷的当口，有胆组织人马与就要入主天下的元军作对，血性倒是烈得很。可惜不识时务呀，连这般孩童都明白的大势都看不清楚，真是让酒肉塞昏了头脑，被女色迷住了心窍，糊涂至极！不过，若是真让他率人偷袭粮草得逞，名声大振，武林中、江湖上拥戴他的人必定激增。常乌衣的雁翎双刀要得挺出色，又曾担任过一届"江南武林盟主"，余威尚存，再添新誉，下一届"江南武林盟主"之位，他只要去争，十有八九仍会落入其手。

"这样，我的'盟主'之想又要破灭了。我此番下山，心血东流不算，还难有面目回转本门。再等几年，岁数愈增，将一把老骨头去比斗拼杀，争赢逞强，惹得他人笑话，当真不自感汗颜么？"

汤仁和心中反复拨拉，将心一横，"不行！常乌衣呀常乌衣，你既然要去惹那元军，不如借元人之手将你除了，也少我一个竞争'盟主'的对头。老子既已闯祸，干脆闯他个天惊地破；既然要做，那就做他个彻底利落。只有极端路，没有取舍道。这不，连天都助我呀，让我获知如此重大消息。运气来了，要接；风水顺了，要蹚。既有大'成'大'得'在前，我错过、漏掉，还算大丈夫……哦，应当说，还是'大凶大恶'之人吗？"

汤仁和一念想定，立即出了集镇，问明路径，直奔青石乡元军大营而去。

元军守卫哨总听说闯营汉子有要事相报，便让兵士带他进营，交给了巡营校尉，校尉立即将其领至一名将军帐中。

元将听了汤仁和的密告，将信将疑，深感事大，自己难以做主，急忙吩咐汤仁和随其前往中军营帐。

进往元军大营深处，汤仁和一路看过，只见兵士个个躯体强健、精力充沛，虽然人来马往，但军纪严整，全无喧哗；又见营内寨寨相连，内外执哨，一片肃杀之气，不禁感叹，南宋溃败实是难逃之命运。

正想着，已与元将行至大营后端一座最大帐包前。待禀报守卫出来宣喻，元将便带着汤仁和走入帐中。

一名将领端坐在帐间虎皮交椅上。元将俯身叩拜，趋前诉说汤仁和所报之情。汤仁和乘隙端详椅中元将，只见他虽然坐着，仍如常人站立一般，身材十分高大，连腮短须钢硬如立，托出脸盘中硕大的肉鼻和一双铜铃大眼，确是生就的威严孔武之貌。

元将转身对汤仁和道："上座是统领本路兵马的元帅伯颜大人。他问你，所说之事可是实情？"

汤仁和连忙打揖，笑道："小民叩见大元帅！小民所说乃是亲耳所闻，绝无半句不实。"

伯颜元帅面不改色，淡淡问道："你是哪里人氏？姓甚名谁？"

汤仁和早已想好，此事若是泄露出去，有损"得失门"大节，自己也难在江湖中立脚，先已有了编排，忙回道："小民乃江西江州府人，姓卢名楼。"

伯颜"哼"了声又道："你今日所报，如是真情，本帅当然有赏；要是乱语，定斩不赦！"

汤仁和道："请大帅放心，小民愿留军中，若所言有假，听凭大帅处置。另外，小民略通武艺，届时，愿助大军捕杀这班乱贼。"

听汤仁和这样一说，又见他相貌周正，伯颜终于不疑。他召将军上前，以乡言叽里咕噜一番，方令其将汤仁和带出帐外，供以餐饮。

晚上，二更刚过，那名元将亲率三百元兵，悄无声息地在辎重营内埋伏起来，更在粮囤附近设置了一队精锐。汤仁和随军同行，他暗中数了数，加上原先的守卫，十亩地面上，共有四百多名元兵潜身待战。看来，常乌衣那百十号人，只是送死来了。

果然，子时刚到，远处玉米地里便钻出重重人影，蹑手蹑脚直往元军辎重营地摸来。

百多人士刚刚靠近营栅，猛地三通鼙鼓震响，一片火把瞬间燃起，黑压压的大营，顿时一片亮堂，守候着的元兵呼啸而出。

常乌衣率人尚未掏出火种，已被四周火把照得人人现形，无处遁身。他立刻明白中了元军之伏，偷袭不成，跑也难跑，只有拼上一拼了。

"弟兄们，我等大宋子民，决不能任由鞑子横行、肆意张狂，大伙儿拼了吧！"常乌衣放声怒吼，当先挥刀砍翻了一名冲至身旁的元兵。

"杀呀！"偷袭者都知已无退路，奋勇迎上元军，混战开来。

义民虽然人少，但大多练有武艺，此时又抱决死之心，拼命搏杀。元兵则仗着人多，列成阵势，逐渐围拢收缩。双方伤亡人员很快增多，方圆数十丈地面，躺满了尸体。

半个时辰后，元兵伤亡逾百，常乌衣所带人手也或伤或亡或遭擒获，直至仅剩他一人被十几个元兵困在一隅。常乌衣面无惧色，仍绰刀苦战。

见常乌衣武功高强，众兵士一时拿他不下，那元将便下令士兵围在四周，防他乘夜色逃遁，自己提着一柄大刀抢入场中，与常乌衣单打独斗起来。

元将虽然刀势沉猛、刀法娴熟，但因骑在马上，不如常乌衣灵动纵跃，闪展腾挪，进退自如。打了数十回合，元将已是气喘吁吁，汗流满面。

汤仁和将双方优劣看在眼中，便从身旁元兵手中要过一柄长枪，健步跃进场内，一枪格住常乌衣双刀，仰面对元将道："将军稍息，待我前来会会此人。"

常乌衣见元军队伍中蓦然现出一名汉人助战，不明就里，愤然怒骂："好你个狗奴才，全然丢尽汉人脸面，吃我一刀！"

汤仁和闷声不响，只管将长枪"呼呼"使开。前几式，长枪还是守多攻少，数招过后，枪风大盛，激得四周火把之焰生出摇晃，那枪尖不时爆出精光，闪烁人眼。再看常乌衣双刀所及，已被枪势迫得越来越小，只能递出身前二尺。

元兵天性崇武敬强，见接替将军出战的汉人是个高手，看着看着，不由欢呼起来。

常乌衣本非庸手，目光远超寻常武者。他边打边寻思：武林中何人有此身手？再一想，认出面前之人，白天似在道观茶舍中见过一面。莫非是他告的密？

常乌衣心神不定，连遇险招，被逼得步步后退。他连忙稳住手脚，奋力攻出几刀，再看对手，显是面已易容。常乌衣越发狐疑：高手中何人甘做鞑子走狗？他多次参与"盟主"之争，并一度得以当选，见识非凡，便从交战者的身手步法、枪招变化中细细辨析，隐约想起一人，不觉一惊，双刀架住枪尖，挣得一缓，勉力张口："你……莫不是……庐……"

汤仁和不让他再往下说，内力一吐，长枪疾进，一团枪花"轰"地炸开，常乌衣脸面被戾气刮得生痛，未尽话语吞下肚去。

"好汉，不要杀他，捉活的！"领兵元将见常乌衣是袭者首领，武艺了得，又似认识报信人，便想将他活捉以为己用。

汤仁和与元将想法不同。常乌衣若是不死，自己声名必遭大损，日后难在武林抬头。另外，对伯颜自报家门时未吐实言，恐令元人生疑。还有其他种种，都必杀常乌衣。今晚机会稍纵即逝，决不能放过！

汤仁和一边杀得常乌衣无暇分神开口，一边寻思如何痛下杀手，又不至让那元将见怪。

激斗中，汤仁和突将枪上内力一散，当常乌衣双刀并出时，不避不闪，更不撤枪，反将枪杆一横，硬架凌空而下的两片雪刃。"啪啪"二响，长枪断成三截，只有二尺多长的一段枪尾攥在汤仁和手中。

常乌衣双刀力已使尽，对方枪杆忽折，他收不住冲劲，一头撞上前来。

眼见二人就要碰成一团。常乌衣收回双腕，欲将已成坠式的双刀重新提起；

汤仁和脚下收不住步子，眨眼间，平端在手的二尺枪杆"呼"地一下，刺进常乌衣胸口，直贯后背。

"仙人指路"—常乌衣明白了，杀死自己的人，正是庐山"得失门"门主汤仁和，他的夺命之招终于露出了本门武功。

常乌衣双目圆睁，怒向星空，溘然长逝。至死，他也不明白："得失门"门主汤仁和一贯洁身自好、谦恭明礼，怎么会有今天这般行止？此人当真是汤仁和吗？

"没有办法，小民错手、错手。"汤仁和神情惶恐，连向元将解释。

元将不知汤仁和故生破绽、不着痕迹诱杀了常乌衣。

不过，他也看出，当时情景，汤仁和若不出手，必然死在常乌衣刀下，确是迫不得已才杀人自保的。元将翻身下马，拍着汤仁和肩头宽慰道："先生武艺高强，这小子临死顽抗，你不杀他，他就杀你了。杀得好、杀得好！"

伯颜元帅知悉内情后，令人赏赐汤仁和黄金十两，并欲留他随军效力。汤仁和以"草野之人不惯军旅生活"为由，婉言谢绝了。只是对赏赐的黄金作欣喜之状，紧紧捧在怀里称谢不已。以致英明神武的元朝栋梁人物伯颜元帅，也没能弄清他此次告密、助军斩将的真实意图。

六、出没污池换羽毛

汤仁和出了元军大营，连夜离开雁荡山境，往北而去。他喜不自禁，既借力打力，利用元军除去了令他胸闷气塞、妒恨日久的常乌衣，又得到十两黄金的赏钱。看来，这人只要狠得下心，丢了顾忌，真能遂心如愿、大成大得呀。帮一次元人算什么？大宋王朝丢了中原半壁江山，偏安南域，本就气数已尽，剩下个娃娃皇帝，在广东沿海流窜，仅余几个海岛尚未易帜，元人执掌大局已成定局。我帮他们，乃是顺天意、识大势之举，有什么愧心的？常乌衣只懂花天酒地、狎妓赌钱，哪有远大眼光，竟想博取忠义之名，偷袭元军，真是愚蠢至极。就是我不去报信，他们也成不了气候，早晚要让元人灭了。早死、迟死，终归一死。死在老子手上，也好过成为胡虏刀下之鬼吧！

汤仁和一边为自己庆贺，一边为自己开脱，半夜疾行，俟天光大亮，方察觉前面里许片屋连宇，街衢宽阔，俨然一座集镇。他本觉劳累，又感饥渴，便提起精神，赶上前去。

进得镇内，早市刚开，店铺嘈杂、行人熙攘，喧闹之声不绝于耳，一派繁荣景象。汤仁和走到镇中，举目寻找饭铺充饥歇脚，却听不远处响起女人软语轻嗔、调笑之声。他举首寻望，一座阔大院门处，几个年轻艳女，依门挥帕，媚笑着与三五男子告别。汤仁和明白几分，抬眼看那院门上方，果然在砖石雕刻的牡丹花丛中，镌着"春光院"三个方字。

汤仁和略一斟酌，拔腿往"春光院"大门行去。他想：常乌衣衣食奢华，风流成性，虽然一死，却已快活了半辈子。自己何不也像他那样在有生之年乐上一乐呢？现在，我怀揣十两黄金，若不知享受，真是有"失"多多了。

汤仁和到了院门前，抬腿就要跨越木槛，不料被送客欲回的年轻女子拦住："这位爷，怎么一大清早就往这里来？我们白天要休息的。掌灯时分，爷再来耍吧。"

说毕，女子笑着一指门楣上的四盏大红灯笼："你瞧，这灯笼白天不上烛的，傍晚时分，灯笼才烛火通明。就是通过这，告示众人，'春光院'开门迎客了。爷不会不知道吧？"

汤仁和不理睬她，仍是进了院子。院内甚大，廊檐相连，门窗扇扇，他一时不知该往哪里去。身后那女子已是嚷开："哎呀，这位爷怎么硬闯呀？各行有各行的规矩嘛，这里白天不接客……"

两名汉子闻声从里屋钻出，上前一推汤仁和："听见没有，快出去！"

汤仁和道："开了门就是做生意的，什么白天晚上的，爷进来了，不走怎的？"

汉子一听，变了脸色，上前一人扯着汤仁和一条胳膊就往外拽。谁知二人使出全力，也没能迫使汤仁和移动半步。二人闻得几名女子窃笑，羞恼起来，撸起袖子，四拳齐出，打向汤仁和胸腹、面门。汤仁和双手一将，两名汉子胳膊尚未尽伸，已被一股大力摔出丈外，身子撞在院中石栏上，痛得"哇哇"叫唤。

此时，早有腿快之人报进内院。二汉刚刚挣扎起身，一名满脸富态相、身着蓝绸长衫的中年人迈着方步，走到了汤仁和面前。他看了看两名大汉的狼狈相，皱皱眉头，挥手示意他们退开，上下打量一番汤仁和，缓缓问道："朋友，看来你不知本行规矩，这里白天确是不接客的，姑娘们忙活一夜，要休息呢。"

汤仁和和气应道："敢问阁下可是此地管事的？本人一宿赶路，困乏得很，想好好休息几天。"

那人见汤仁和面带蜡色，衣衫寻常，无一点富贵之状，便轻轻一笑："阁下要住上几宿？那你弄错了，这里不是寻常客栈，住一宿得五两银子。"

汤仁和从背搭袋里掏出一方布包，将布角掀起一点，让那人看了，笑道："有这东西，可多歇得吗？"

中年文生识出布包里竟是几块金子，方知真人不露相，原来是财神爷到了。

他立即笑容满面："呵呵……恕在下眼拙。大爷自然歇得！来呀，小珍、小彩，二位姑娘快快伺候这位大爷到'牡丹阁'里歇下。"

彩楼长廊上，两名花枝招展的女子，闻声凭栏下望，打量一番汤仁和，一人不温不火道："哟，当家的要让我姐妹俩一块儿伺候？这位爷好大的气派。那就上楼来吧！"语气似不看重汤仁和。

汤仁和知道江湖中"客大欺店，店大欺客"的俗套，也掂出这座"春光院"不是小本卖笑场所，故不计较，微笑着一步步拾阶而上，来到那两名女子面前："让我猜猜：两位姑娘，你是小珍？你是小彩？"

俩女"嘻嘻"乐了："爷倒是好眼力，这也能猜准？"

汤仁和判定率先发话的女子，当是排名在前的"小珍"，蒙得不错，乘兴助趣："爷我可不仅眼力好哦，银子也没少带哟，要不，当家的会叫你俩一块儿来吗？若说其他差不差吗，待会你俩试一试就知道了。"

见面前汉子衣貌虽不出众，言语倒也解趣，再听"银子"一词，两女兴致立涨，不再轻看此人，满面媚笑，一左一右攀着汤仁和臂膀，拥擦起他："那好呀，爷快请进，坐下慢慢聊嘛。"

三人在房中圆桌旁坐定。小珍筛了一盅香茶端来，掀开盖子："爷，喝点水，歇口气。一清早的，可赶了不少路呢！"

"呵呵，先喝茶可不行，爷我起个大早，还没顾上吃饭呢。饿着肚子，可没力气和你俩耍哦。"

小彩姑娘听汤仁和一说，笑了："爷说得不错。珍姐，你打点热水，让爷洗洗，我去厨房寻点吃食。"说毕，出房下楼去了。

汤仁和一边俯首铜盆，洗着面颊、颈项，一边随口问道："小珍姑娘，爷在这里放开了耍，不会留下什么麻烦吧？"

小珍一怔："麻烦？"转念懂了，"哦，不会的，院里办法多得是。大爷喜欢用这物吗？"

汤仁和睁眼看去，见小珍手上拎着一个薄薄、透透的细长物，一时不解："这……这是……"

小珍"哧哧"生笑："爷不会是第一次来我们这种地方吧？没见过用干鱼肠制出的'套套'？就是专门用来不添你们男人那啥……麻烦的呀！"

汤仁和不愿让这类女人小看了自己，强道："也不是不知道，爷对这玩意儿没兴趣，怪略涩人的。"

"那也好办。你不用管了，让我们姐妹拾掇吧。"小珍掂起套套，抿嘴羞笑。

"你俩咋办？"汤仁和奇道，"算日期吗？"

"瞧爷说的，这里天天有活干，哪能算日期？干干歇歇，还赚什么钱啊！我们可以先喝药汤的，自己院里配制的草药汁，不难喝……也可用西域专供的红花草泡汁事先清洗……院里日日备下的，你别操心了。"

"嗯，看来，各行自有各行的门道。好吧，听你的，爷可要放开要个够了。"汤仁和有意摆出欢场老手的姿态，免让小珍、小彩看低了。

小彩用托盘端着几款糕饼进了房间，听见汤仁和与小珍的搭话，便溜眼看了看小珍。两女子人心透亮：这位姓汤的大爷，是个有点小钱的土包子，头一回上门花银子买春，可不能轻易放过他。非榨干他不可！

汤仁和被小珍、小彩伺候着烫脚净身，吃了早饭。随后，目睹俩女子喝药汤、洗身子，心中欲火早已炽燃，忙不及地爬上宽床，与小珍、小彩在锦帐中拥抱一团，恣意欢乐……疲极入睡时，已近晌午时分。

于是，汤仁和在"春光院"里白天受着佳肴美酒款待，夜晚又在温柔乡里纵欲，一连十天神仙般快乐，将院中姑娘轮番享用，直至被香唇酥体、粉臀软乳弄到腰酸腿晃、气短头晕、有心无力，难以持举。

这天下午，小珍姑娘"出台"，被镇上一富家子弟接去要乐。小翠见汤仁和无精打采斜依床板闭目假寐，便上前推他肩胛："汤爷，是不是有点腻了？换个花样玩玩吧？"

汤仁和淡淡道："花样？你们还有什么花样？"

"你等着，我来摆个场子。"小翠出门而去。

片刻间，小翠复回，领进了三名小姐妹，分别捧着酒壶、果盘、糕点盒。

"这三位姐姐正好闲着，她们来陪汤爷打几圈麻将牌吧。小女在一边侍候汤爷。"小翠拉起汤仁和，笑语不迭。

三圈"雀战"，提起了汤仁和兴致："这么打也没意思。玩点有味道、有彩头的……猜谜……怎么样？"

"猜谜？我们姐妹没什么文化，猜字谜肯定输给汤爷的。"一位机灵点的女子赶忙推托。

"不、不，费啥脑子猜字谜呀，我们来……猜屁股。"汤仁和面露淫笑。

"猜屁股？怎么猜？"几女嘻嘻羞笑，不解其意。

"这多日子处下来，大爷与你们几位都熟悉了。我们这么玩，我用布帕将双眼遮住，只靠手，摸摸几位小姐姐的屁股，然后报出名姓。我若猜错了，罚酒三杯；猜得对，被摸者则饮酒一杯。怎么样，有趣吧？"

姑娘哈哈而笑："汤爷，你吹牛吧？当真不看脸，只靠摸……就能认出谁是谁来？"

"吹不吹，一试便知。我猜错了，决不耍赖，自罚三杯。不过，先说好，你们得将下衣褪掉哦。隔着缎布，手感就不灵了。"

姑娘们闻言更乐，口中嚷嚷："汤爷真坏！大白天的，让我们玩这个！"但也无人有明显拒绝之意。

小翠见状，知趣地跑去将房门拴上，笑道："好，就看汤爷的本领了！"

在嘻嘻哈哈的笑语中，汤仁和眼睛被手帕蒙住，伸出双掌在姑娘裸臀上挨个摸索起来。

结果，四女均被汤仁和一个不错地指出了名姓，只得齐齐端盅，喝下了杯中甜酒。

汤仁和得意大笑："哈哈，术业有专攻！这叫摸臀识人法，本大爷有一手吧！"

年岁稍大的机灵女抿嘴羞笑："汤爷天天轮着去各房耍，熟能生巧哦！"

另一女补言："也是汤爷有心，要不怎么说得这么准确？"

小翠口出赞言："前来此地的客人数以千计，有汤爷这本领的，倒是头一次遇见。小女开眼了！改天，再换几个姐妹试试？"

"不用、不用！偶一为之才有趣么！"汤仁和笑着拒绝。

一位姑娘意犹未尽，惊叹不已："哎呀，汤爷真神！不会是布帕没遮严实吧？"

汤仁和摇头道："好了，别乱猜了，明着给你们讲吧。要知道，每个人固然相貌不同，其实，臀部也各自有异。只要细心观察，自可辨认；若用心感知，可以从体型、体肤、体肌、体温、体味以及受触后不一样的回应等细微处，识出形形色色的臀部。小姐姐的臀部就更敏感了，区别也明显，不一定非要依靠眼睛的。"

听了汤仁和这番话，四名风尘女子不由生出一样感觉：早先，可走了眼，低估这个土老帽了！

她们哪里想得到：面前既俗且色的汉子，竟会是一名武林高手，对人体肌肉、骨骼、穴位、关节、血脉、经络都有精深的研究。

正当一众姑娘另眼高看汤仁和时，他却向大伙辞行了。

汤仁和本是习武之人，也知长期住在"春光院"里，自己必然元气大伤，有损功力，此为武者大忌。现既已尝试，当适可而止，千万不能被女色误了"争盟"大事。"嗨，虽说'天天新人鸳被，夜夜洞房翻红'，快活似神仙，但万不能因此误我正事！"汤仁和心有不舍，第十三天早上，仍在"春光院"管事和小珍、小彩等姑娘殷勤欢送、诚邀再来的甜言蜜语中，离开了这处温柔乡、销金场。

这十多天，汤仁和房中之术大有长进，留下了刻骨铭心的感受。四十年了，自己未曾如此度过一日，还是那常乌衣活得值呀！我冒死拼活从元人手上挣得十两黄金，仅仅用去二成，换来这般惬意、舒适，真是早知有钱就有享不尽的快乐，还要奸那村姑干啥？那班大无耻、大作恶的家伙，绝不会去山野间强奸一个乡下女子的。事非经过不叫明，有了比较才清楚，我连坏都没坏够层次呀！这真是"人在世上行，得失寸心知"。汤仁和认为自己总结出的十个字非常贴切，比"得失门""十六字训"实际、实用，更符合世情和人性。

心中唯有的缺憾，即在"春光院"中同欢共乐的多名姑娘，个个拥有一尊又白又美、又温又软、迷死人的肥臀，却无一人屁股上有丁点印记。汤仁和终于没能圆了儿时的记忆。"看来，出天花者，在臀部留下斑迹的人，少之又少哦！"他心中讪笑不已。

夜深人静时，汤仁和心中偶尔也会闪过爹爹临终前久久看着他、眼中落泪而殁的情景。他知道，凭爹爹的澄明心智和对儿子的深切了解，他老人家是不放心自己的。可是，爹爹，你可曾想过，你和祖辈们，心存训诫，潜心武学，不忘廉耻，秉承礼仪，如君子、如真人、如全人、如典范，几十年、几百年，得到的又是什么？既不能弘扬"得失门"之名，也没有享受人生。而那些真小人、真奸人、真恶人、真狠人，又失去了什么？他们或身居庙堂、威风八面，或纵横江湖、呼风唤雨，最不济的也钻营浊世、沽名钓誉。

"识时务者为俊杰"，方为立世做人的唯一箴言。这就是我与爹爹、爷爷的根本不同。我追求的是"大得"—人生的快乐、本门的风光、武林的崇敬、江湖的地位。为此，我不在乎"失"了，让那些虚名幻誉放一边去吧，人生苦短，更无来世，我还有几年"失"得起？此时不"得"，何时再"得"，此时不"失"，何时去"失"！

汤仁和心中仿佛有两个人在唇枪舌剑地争论，又仿佛是一个人在自问自答。这些念头一旦涌出，则不能自已地辗转难眠。于是，他时时注意控制意识，严密地尽可能地不许脑中闪现纷乱之想。他寻一静处住下，调养着身体，同时搜肠刮肚地琢磨，还缺少什么要去"得"的？

黑暗中，汤仁和蓦地眼前一亮：金钱！对，金钱！他想起自己下山的另一计划，要拜见可能成为评判团成员的武林"十老"。空着双手去与这些大佬一叙，只能徒增人家耻笑，对自己竞逐"盟主"不仅百无一利，反令"贵人"生出鄙视，还能指望他们手中的那张"票"吗？

上哪里弄多多的银两呢？汤仁和既激动又不安。他知道又该行恶而"得"之了。

汤仁和此时已经踏进安徽地界。徽商名闻天下，徽地颇多富人。此地甚好！汤仁和拿定主意，一路摸底踩点，不出半个月，百里地面三家富商落入他眼——

"王记米行"，掌安庆府以下沿江三百里十八家大粮库、三十六家小粮坊，每日凡进出银钱千贯以下的项目，王大老板从不过问，账房先生即可做主。

"钱记茶行"，控安徽四大名茶六安瓜片、黄山毛峰、九华云雾、祁门红茶，种、收、运、销一条龙。行里置备茶窖上百，运用人役过千，没有钱大老板点头，一两徽地名茶也难出境。

"周记纸行"，执纸中珍稀之品——宣纸兼徽墨、歙砚产供之牛耳，即使皇宫需用此类物品，也得由工部吏员亲致书信，知府大人派吏执帖，与周大行主洽谈，才能获取极品纸、墨、砚。

三大徽商，资源雄厚，本大利盈，上达朝廷，下结四方，尊极、富极。

汤仁和打探一清，也盘算一清，他只需十万两银钱即可，三家分摊，不过三四万之数，普通商行可能一时难以兑现，但这三家每日现银进出都在万数以上，库内岂无多存？银票更不会少。去的人家多了，一则费时费事，二则也易显露行踪，惊骇地面，引起公门注意。三家足矣！

汤仁和前往三家劫财的手法完全一致。

半夜时分，汤仁和黑布蒙面，越墙而入，依仗身手矫健，摸入商行深院，潜进主人卧室，将那王、钱、周三大老板一一从被窝中拎起，手中亮出雪刃，厉声恫吓："爷前来，只取钱财不要命！你若听从吩咐，保证毫发不伤，明天还是大老板。若是违我之命或喧嚷出声、惊动他人，爷一刀杀了你，再去取钱。天一亮，你拥有的一切就归于他人了。"

此种场合，三大老板自是惊恐万分，无不唯命是从，各自让夫人取钥匙、开密室，听任汤仁和挑拣所需。汤仁和只拣可在南北通兑、既无独家印记又无须附加凭证的银票下手，若有不足，则以金条、珍宝充数。凑足四万银钱后便收手不取，将老板与夫人封住口，用绳子缚在床腿，一刻不留，急急退出商行，遁入夜色。

汤仁和一连三夜，来往奔波，连续作案，待官府接讯勘察，惊将三案并一，派出捕快侦缉时，他已远在五百里地外了。

汤仁和将金块等物在异地换成银票，理出十张各可兑换白银一万两的票子，小心藏进内衣，剩余的银票、钱两扎成一个包裹，携在身边，随时取用。这时的他，行在路上，落入人眼，只是一个跋涉在外的出门人，既其貌不扬，又身无长物，脸上一副似为生计而忧郁寡欢的神情。满世上，这样的人物太多了，谁会刻意留神他呢？

完成了劫财计划后，汤仁和在庐山仙人洞里独坐时策划的种种图谋，大致实现了。他渐渐平静下来，当他又在一座客栈中悄然住下时，有暇"盘点"前番所为了：

戏辱、打伤汪武能是对自己不能入选"盟主"的一个最佳反证。让这么一个官宦子弟轻易坐上"江南武林盟主"之位，是江南武林的耻辱，是非得揭开的"疮疤"。现在真相已被自己捅破，江湖中人都可以听见"公道"二字在哭泣与抗议。

杀了尚知道，是要让各种说教中最鼓噪人心的"善有善报"论，有个明显的反证。天下之事，并不都是"善有善报"的。汤家长年崇善，无一件恶行，我参选三届"盟主"，却三次落选，丑陋卑劣之徒则往往称心如意。杀了尚知道，就是要破除世人"善有善报"的假想。尚知道本人实不该死，但他必须为所奉之"道"而死！

为元军通风报信，出卖义民之举，又做何评？那是我识时务知大势。对，我内心是愿常乌衣去死。他当上"盟主"，我压根不服，再让他在江湖中树立"抗元英雄"的形象，那不成全他了吗？还有我出头之日吗？坏他好事，就是自我成功。杀了他，以绝后患，尽消胸中块垒，又在元人尽占天下前预储先机，实是一举两"得"的大好事！

这三家商行能如此富足，定然盘剥甚酷，辣手经营，所积钱财，莫不从众人头上刮削而来。我分取一点点，对他们无甚大碍，于我却可大派用场。那班道貌岸然的武林前辈，没有银子送上，能对我另眼相看？我所求之事又如何"得"之？

至于奸了那村妇，现在想来，倒是大可不必。村姑年纪尚轻，烈性可嘉，值得刮目相看呢。她怒斥二泼皮，正是行为端庄之人；她不取我银两，又显深明大节；她坚持受辱后，仍到庙中供香，可见为丈夫祝祷之愿甚切。唉，想是她身遭玷污，无颜回家，方自绝于途。真是个贞烈义女。我倒是不该一时逞欲，将她……也罢，事已做过，不论对错。我既然要像那般恶人一样在世上行进自如，就不必计较一时一事了。这样前思后悔，放不下此事，还能为大人物、做大事情、成大气候？

汤仁和常常忆及往事，又时时提醒自己：古诗云"十步杀一人，千里不留行"，这才是豪侠本色。何况开弓没有回头箭。我既想定、做定，就在现行路上停不得步。一切一切，待我成了第十四届"江南武林盟主"之后，再掰开揉碎、细作掂量吧。快了，这半年，江南战事大抵平息，想那武林会盟是要按时举行的，我只需等一等。

七、拒捕脱困戏对手

时近深秋。树落叶，草枯黄，风寒水清。汤仁和在皖南山间一户民居中暂住，常在房内修研武学，练气养性，静待开春亮相江湖，再战武林，一举拿下"盟主"之位，风风光光地返回庐山。那时，便可以"武林宗师"的身份在仙人洞中指点南天、评说东土、摆平江湖，扬眉吐气地过上三年。

不曾料想，汤仁和尚未等到武林重开擂台的讯息，一群衙役、捕快倒先找上门来。

那日下午，汤仁和出了民舍，徜徉山道，欣赏野景。走了一程，便在山凹一卖茶草亭内坐下，向茶叟要了一壶瓜片，消消停停地歇了脚。

三杯落肚，茶香沁人。汤仁和神清气爽，正欲起身返回，一眼瞥见六名衙差悄悄围近了茶亭。

领头差人一指正欲出亭的汤仁和，厉色道："这位朋友，你做下的事情犯了，乖乖跟爷到衙门里走一趟！"

汤仁和一见公差，脑子里早已转开，闻言也不惊慌，正色发问："不知差爷说我何事犯了，又凭什么要我去趟衙门？"

"哼哼，你还装傻？本爷问你，闽侯大人的汪公子可是被你所伤？飞泉山庄尚庄主可是死于你手？杭州莲花乡何村姑可是因你而亡？三大徽商可是遭你所劫？你是四地衙门联手海捕之重犯，各处捕快公文互递，查探日久，追你多时了。你在本县地面一露踪迹，我等就获耳目所报，方圆五十里地面早已查遍，终于在这里寻见了你。你还有什么可说的？"

汤仁和掏出两枚铜钱放在桌上，向惊得半呆的卖茶叟笑了笑，一步一步出了茶亭。两名公差一扬铁索，上前套他。汤仁和伸手一阻："慢！你等空口无凭，胡乱诬我，说我犯了以上之事，有何证据？"

差头冷冷一笑："本爷乃六县总捕头，拿你捕文自在我手，点你几句又何妨？只说何村姑之死吧，你自以为无人知晓，其实早已落下多处痕迹。衙门查实，村姑死前遭人奸污，行辱之处正是拾银之地。那块银钱，与你付给旅舍的银锭，一般成色，出自一家银坊。悬赏公文一出，旅店伙计立即报上线索，他记得你自言那日上午没有外出，但他中午唤你用餐时，却见你足下过处，印下泥尘，再察你鞋底后边也沾有几许草屑，这表明你偷偷离屋，返回不久。捕快在你住房后窗下勘验出一双陷于泥中的脚印，可见你是跳窗而出的。另外，与何村姑并案的两名男子身上伤处，与尚庄主喉间刀痕，乃同一刀具、同样手法所创。三名徽商也俱言劫财之人所用凶器，为短柄之刃。虽然案犯善于易容，伪装身份，不断流窜，但公门中文案通达，眼线广布，办案捕快紧盯不放，又时做分析研判。所以，认定三案乃一人所为，而你即为重大嫌犯。怎么，还要狡辩吗？"

"那闽侯府汪大公子之伤又做何解？"汤仁和仍有不甘。

"那桩案子倒还难说，但从易容一事看来，谅也是你所犯下。到了衙里，还怕你自家不招？"六县总捕头说毕，一挥手，众捕快抢上前来捉拿汤仁和。

汤仁和暗暗佩服衙门里这干捕快有些能耐，竟能将情形说个大致准确。看来，他们和自己一样，这一年没有闲着。他知道任说什么也是徒劳了，便立身不动，作束手就擒状。

见疑犯似已认罪，捕快们却不敢掉以轻心，他们忖度汪大公子的"盟主"之位虽是花钱买的，但也算个使枪弄棒的会家子，却被打折四肢，成了废人，可见对方手下不弱。所以，众捕快上前拿人，心中均揣着小心，听捕头令下，便一起动手，执链之差兜头挑索，直甩汤仁和颈间，另两名捕头同时铁尺并出，疾插汤仁和两肋，意欲将他双臂反扣，重力压向后背，迫他哈腰伸颈，那样铁索一落，此犯就算锁定了。

汤仁和所犯之事，任何一件都可定为死罪，岂肯甘心就擒。他见铁索扑面而来，立即飞起一腿，后发先至，将当面执索公差踢出数步，同时，双臂奋力一收，拖得那两名捕快不及撤尺，跌步冲近。汤仁和双拳飞出，猛地击在双捕面门上，打得二人鼻陷嘴裂，弃了尺子，掩面急退。

一见汤仁和拒捕，六县总捕头执刀抢上。汤仁和见捕头刀式刚烈，不敢硬接，侧身闪避间，抄起亭外一条直凳。一械在手，汤仁和杀心顿起，长啸一声，将长凳抢得呼呼生风，反将捕头迫得连退三步，手中之刀竟一招也攻不出去。站在外围的另两名公差见状，来不及救护受伤同伴，挺刀上前，与总捕头合力围攻汤仁和。

汤仁和既生杀人之心，便不再顾忌，手中之凳糅入"仙人杖法"，如刀如枪，又似剑似棍，变化多端，片刻即将助战的两捕快打得腰折腿断，跌扑在地。

领头的六县总捕头经验老到，见眼前场面难以收拾，又知汤仁和已起杀人灭口之念，不由生悔：不该一听探子报说，发现此地有嫌犯模样之人出没，就唤上五名在衙闲着的同伴前来，没有多带人手。总捕头额上冷汗涔涔，赶忙暗示能行者即离此地，前往衙门告急求援，自己拼命将一柄钢刀上下舞动，护住全身，只求自保，缠住案犯，等候援手。

汤仁和看穿总捕头企图，立即迸喝一声，长凳脱手飞去，"啪、啪"二响，似千斤力道，将拔步退走的俩公差打得后背塌陷，口中喷血，瘫倒地上。

六县总捕头见所率五人都失了战力，更知所拿之人乃武林高手，不由心中发慌，战气一泄，手中之刀也慢了下来。

汤仁和失了器械，却战志越旺，拳掌互换，步步进逼，趁总捕头攻势有缓，觑个正着，一脚踢飞他手中之刀，闪步欺近，反肘如杵，重重击在总捕头胸腹间。

六县总捕头五脏欲裂，痛得弯腰捂胸倒退不止，竟遭脚下一方凸石所绊，一个后仰，跌落三丈深涧中。

汤仁和定了定神，见所来捕快均半死不活，一时难以行动，又想到衙门既有案底，杀了这班人终不是办法，反会激怒官府大动干戈，不如一逃为好。他心中暗忖：衙门虽知案是我犯，但并不知我真实身份，也没见过我本来面目，只要今日全身而去，还是不能拿我怎样的。

汤仁和一念想清，便对受伤在地的一干捕快道："今日且放你等一条生路，想那总捕头武功已有根底，虽然跌入崖下，谅也不至丧命，你等下去寻到他，一同回去吧。不过，日后胆敢再来缠我，定取你等性命！"

十万两银票原本随身带着，零碎物件也无心思去取，汤仁和言毕，丢下目瞪口呆的卖茶老叟，拔腿便往山深处行去。

汤仁和内力甚强，逃案心切，一天一夜脚不停步，翻山越岭、涉水过涧，硬是奔出二百里许。待见地貌、民居有变时，再问路人，才知已然到了九华山下。

一听"九华山"，汤仁和蓦地想起一人——"虎啸九华"王飞扬。第十三届、第十二届"江南武林盟主"都已会过，这王飞扬正是第十一届"盟主"。那年，自己第一次会盟，虽也杀进四强，但未与王飞扬分在一组，没有机会碰面。第十二届、十三届时，这人不知何故，再也没去竞擂，所以，一直没有机会与他交手。既然自己有心要在下届武林大会上夺得"盟主"之位，不妨会会此人，较量一番强弱。

主意一定，汤仁和打听到王飞扬住所，即往造访。

"虎啸九华"王飞扬争得第十一届"盟主"之位，乐了一阵，后见无甚实际权力，又加干爹总主持全山大小一百一十八处庙宇，事务繁忙，常要他协同料理，便觉得"盟主"名头虽是好听，利益与权限倒还不及干爹管理寺庙来得大些，渐渐淡了再争之心。谁知，六年中，王飞扬干爹猝然圆寂，天下又归元人主政，新立朝廷索性废了总住持之位，从西北调派了几名红衣大喇嘛坐镇九华，统管僧俗杂务、庙产田税。王飞扬失了依仗，没有了往日的神气，对元人生出不满。

王飞扬不再忙碌，逐渐收起了早年的心性，又及岁数日长，意识到往昔对亲生父母的种种不孝，心生悔意，每年清明时节、七月十五，也能到亲爹娘的土坟上烧几叠纸钱，拜上一拜。乡邻稍稍改变了看法，坊间对他的议论也不似早先污糟了。

这样过了几年，王飞扬有了闲暇，日日练功，不觉生出争夺第十四届"江南武林盟主"之意来。

这天，他正在后院习剑，忽听门人报说，有一汉子执意要见"王盟主"，并要与"王盟主"切磋武功。

王飞扬当上"盟主"后，很少再与人比试过招，正闷得慌，又新生重出江湖之念，一听有人主动上门"以武会友"，甚合己心，当即传话相见。

汤仁和早已易过容貌，又以内力变了嗓音，见了王飞扬，只说慕名而来，意在较技，不论胜负，点到为止，自己比过即刻离去，就不报家门了，请"王盟主"见谅。

王飞扬也知江湖上奇人异士啥种脾性的都有，便不见怪，只问："不知朋友欲如何比试？还望出题，以便王某领教。"

汤仁和道："在下想与王盟主比决三场，一场内功、一场轻功、一场各自所长器械。当然，王盟主也可另选。"

王飞扬性格粗爽，不愿轻易示弱，当即满口应允："都行、都行！好，就依你所说这三项。"

汤仁和道："第一场，由王盟主考量。"

王飞扬略一思忖："请朋友移步。我俩到庭院中，各出全力，相互击掌，以盅茶时间为限，弱者即为输家。如何？"

汤仁和一口答应，随王飞扬走到前院，迎面立定。

两人稍作调息，以目示意，同时伸出右掌，"啪"地一触，内力随即源源互攻。初时，二人均无异常，面容平静，略带微笑。些许再看，各自头上已然热气缕缕，神情也凝重起来。继而，双方已是衣襟飘动，须发飞扬。一盏热茶时间正到，二人缓缓收回内力，恢复常态。乍看二人具无异样，细察之下，王飞扬步履纹丝没动，汤仁和一双鞋子已然陷入泥中半分。

汤仁和的内力显是逊了王飞扬一筹。

汤仁和立即拱手认输："王盟主内力令人敬佩，在下不及。这一场在下输了。"

"哈哈……"王飞扬赢了一场，兴头大增，"朋友不必太谦，你我实在伯仲之间。"

二人回到堂内坐下，呷了半盅茶，歇了歇，王飞扬即道："第二场比试轻功，还请朋友指教王某吧。"

汤仁和进门之后，已将王宅打量一清，他先自己动手，将二人茶盅注满热水，指着厅堂木窗花棂间透出的后院景色道："你我各自端着茶盅，从这里走出，分左右各绕行后院一圈，要穿过石桥、攀越石山，还得将池塘中间那几枝枯荷摘下一株，并不得沾湿鞋面，以先回到此处、茶盅蓄水多者为胜。如何？"

王飞扬听得兴起，抚掌道："有趣、有趣，亏朋友想得出来！"

两人单手端起茶盅，对看一眼，同时往左、右两向拔步即奔。

结果，汤仁和早了三步回到原座位前，再看二人手上茶盅之水，汤仁和只洒了几滴，王飞扬却仅剩半盏了。

王飞扬哈哈大笑："朋友轻功高明，王某输了！"

二人重新落座。王飞扬道："朋友功夫了得，可惜不愿告以名姓，看来当是隐世高人了。哎，想我大宋子民，藏龙卧虎，能者多多，可惜朝廷无能，让大好河山落入鞑子手上，连这九华佛地也沾上膻腥。真是气人！"

汤仁和与王飞扬一经相处，知其性格虽有江湖人桀骜不驯的一面，但也爽快干脆，武功比起常乌衣、汪武能高出不少，本想赞他一下，但听他言中涉政，对元人统治大为不满，便不敢接话，只道："天色不早，还有一场，请王盟主赐教。"

王飞扬令人取来双剑，问汤仁和道："不知朋友用何器械？"

"在下只会耍耍棍棒，可否借贵府一条长棍用用？"

"哦，朋友所学少林棍法？"王飞扬探道。

"哪里！只是祖传乡下人把式。天下之大，使棍的也并非少林一家呀。"汤仁和虚应道。

"朋友说得是。哈哈，可惜我武当剑式会不成少林棍法了。遗憾、遗憾！朋友，请到前院一试。"

二人又到院中，各持器械打开了第三场。

王飞扬不愿让来人小瞧了武当剑法，更不想"盟主"之名受损，有心赢下这一阵，便将所学尽展，两柄雪花长剑使得出神入化、圆熟精到，不露半点破绽。剑芒在阳光下阵阵闪烁，如团似练，散烟生霞，真个是攻中寓守，守中含攻，绵柔中暗蕴刚强。

一套武当长剑七十二式尚未使完，汤仁和已被逼到院角。王飞扬心中大喜，他知剑法初起，威势未展，待自己发挥下去，必定胜券在握。

如同王飞扬所想一般，退至一隅的汤仁和将长棍一竖，抱拳道："不必再比了。武当剑法天下无双，在下哪是王盟主对手，再比下去，我可要出丑了。"

汤仁和及时收手，甘心认输，实是不愿露出"仙人杖法"的招式。他见王飞扬剑式纯熟，气势迫人，一副志在必得的神情；再打下去，为了自保，极有可能被迫用长棍使出本门杖法，以王飞扬眼力，当然也就认出自己的真实身份了。再者，他心中已然有底，王飞扬剑法固然一流，但心性略显浮躁，战得久了，以自己的"仙人杖法"辅以轻功，也不至落败的。既在别人家里，不妨见好就收、礼让为上。

三场比决，王飞扬赢了两场，心中高兴，热情挽留汤仁和吃了晚饭再走。汤仁和却怕言多有失，执意婉拒，硬是辞出了王宅。

王飞扬虽然心存不解，但他不是细致之人，也不多想，将汤仁和送走后，与妻儿畅饮，细言比武状况，沉浸在欣喜之中，也借势正经宣说：此次定要重新出山，再夺一个"江南武林盟主"的桂冠，光宗耀祖，不负此生！

八、擂台较技执金刀

春暖花开时节，元廷已经控制了江南半壁江山，极愿社会平稳、繁荣，以便广收各路豪杰为己所用。在各地衙门默许下，江湖头面人物互通声息，将三年一届的"江南武林盟主"竞选一事提出，推为重振武林首要之举。"英雄帖"又在江湖道中广泛传送——第十四届"盟主"擂台赛，定于五月初一在江西龙虎山麓张天师道观天师府大院举行，五月初五上午决出"盟主"，下午全体与会英豪齐聚上清河畔，共同欢度端午佳节，观赏当地村民龙舟大赛和峭壁悬棺入穴表演。

汤仁和正心怀忐忑，唯恐时局变迁，"盟主"竞争迟迟不举甚或难以为继，一见"英雄帖"出现江湖，抑不住心中狂喜，连醉三日。

汤仁和将各地武林名宿、江湖前辈逐一细析，从中排出十个最有可能出任此届"十老评判团"的人物，将十张银票揣了，日夜兼程，以"得失门"门主身份逐一递帖拜访。

汤仁和已经参加了三届"盟主"角逐，三次进入前四名，早在这十人中留有印象，见他一改前例，登门造访，十老虽均感意外，但也都以礼相待。

汤仁和一次一次地重复致歉：自己由于本门事务繁杂，又沉迷武学，极少下山，不谙世事，疏于礼仪，在敬老尊贤方面做得不够。经连年失意，痛定思痛，已然领悟到，欲想在武林中扬名立万，在江湖上有所作为，人气实是不可缺少，尤其不能没有贵人的指点和扶持。为此，特地前来拜见，一是问候、请安；二是请老人家对自己所学不吝指教，擂台赛上多加提携；三是送上薄礼一份，请老前辈喝茶。

汤仁和诚挚的话语，双手奉上的万两银票，让十老心中舒坦，个个与汤仁和洽谈甚欢，不仅设席款待，还执手将他送出宅门。双方均欢乐融融，笑逐颜开，意犹未尽地互约："龙虎山下再见！"

待十张银票一一送出，汤仁和心中遂定，又到铁匠铺中，指点匠人锻打了一支称手铁杖。一旦比试，"得失门"的独门兵器和"仙人杖法"是汤仁和的招牌和身份象征。他将久藏身边的那柄短刀甩进一汪水塘，轻松吁了口气："再也用不到你了！"

两年多来，汤仁和已经弃圣入魔，人格分裂，以各种恶行填塞着失落，取得了心理上的平衡。此刻的他，忌恨别人之心，犹如寒风中的一团炽热邪火，一点一点地冷却了。十张银票送出，令他再无往日那种空洞无助之感；对自身武功的信心，更增添了欲立山巅的底气。

还缺什么？且看天意吧！汤仁和静待五月初一。

汤仁和提前三天来到龙虎山镇，寻了家最好的客栈住下。

江南武林大会产生的"盟主"，可以连竞连任，但凡任过一届"盟主"的武林人士，年届六旬即可成为"江南武林长老院"的长老，每年受俸白银若干，直至终老。这种有名有利的"盟主""长老"之位，真正超尘脱俗、志向远大的武林高人不会放在眼里、汲汲营营。众多的江湖间习武之士，却是不能免俗，将这一切看得很重。故而每届比武大会召开，报名人数百，观看者如云，成为江南武林中第一件热闹的事情。

三天之间，汤仁和没有遇见一名来自庐山"得失门"的弟子，暗蕴能在擂台赛上与儿子相见的念头，也如冰块点点融化心间。汤仁和还是带着些许遗憾踏进了赛场。

张天师道观是东南地区第一道观，恢宏的天师雄殿前，一方场院方圆数亩，宽畅平阔。但见巨条青石敷地，苍松古柏环列；殿前阶石上，十名武林名宿端坐靠椅，四周百面彩帜猎猎飘扬。果然气势庄严，令人肃然。

汤仁和进得场中，先将目光投向"十老"，见其中七位是自己拜访过、并"笑纳"了万两银票的前辈。自觉预测甚准，押宝下注大半即将收益，心中宽松不少。

报名者依例抽签分组，形成四队，每队逐人循环而赛，最终各队产生一名一场未输或得分最高者，进入"四大高手"。五月初五上午，就是每队的最后一战，四场结束，即是"盟主"评定之时。

三年之期，说长不长，说短不短。江湖中多少旧人雄心不已，无数后进更想出头。每届赛场上，总是相识老人重逢，陌生新手乍到。上得擂台者，无不尽出全力，各展所长，谁想胜出一场，都非轻易之事。四天下来，汤仁和轮番上阵，一共与二十八名参决者交手，终于以一场不败的成绩列至前二名，只待最后一战。

初五上午，汤仁和依时到来，尚未入观，便察状况有异。只见道观四周，竟有荷枪执刀的元兵严密守卫，看那些军士，孔武有力，十分精悍，非一般军营中人，再听邻近之人均大惑不解，议论纷纷。进得场中，汤仁和一眼看见，天师大殿石阶的最高平台上，赫然端放着一把红木圈椅，高居"十老"席位之上。

"莫非今日有大人物到场？"汤仁和心生猜测。

果然，时辰刚到，评判席上站起一老高声宣布："诸位英雄好汉，当朝天子对本届武林盟主大赛十分重视，传旨路经此地的大军统领伯颜元帅，主持今日盟主之决，宣示朝廷重武之意，更为弘扬武学，以证天下武术本是一家之理。望各位英雄好汉领受皇恩，把握机会，打进四强，由伯颜元帅亲选盟主！"

言毕，在四名元兵护卫下，从天师殿堂中踱出一名元军将领。虽然相距甚远，但汤仁和仍一眼认出，此将正是自己在青石乡元军大营中见过的伯颜元帅。他又惊又喜，难怪道观内外的元兵如虎豹般雄健，原来是元帅的中军卫队。汤仁和惊叹当朝权势对武林人士如此重视，更料不到今日主持"盟主"比决之人，乃是自己认识的伯颜大帅。

日前，元朝驻守北疆伊犁河的王族兵变，诱发几门贵族起兵响应，朝廷急调伯颜率军北上平叛。伯颜途中路经此地，听前哨报说，龙虎山下有大批江湖人士聚集，竞逐"江南武林盟主"之尊。

伯颜是元廷中颇具心智的一名统兵帅才，他率军南进途中，在常州城下遇到宋人剧烈抵抗，破城后，即下令血洗全城，仅余妇婴四百，以震慑宋方。而兵临杭州时，又屯兵城外，以势善取，致使杭州免于兵祸，收买了民心。此人用兵，软硬拿捏恰当，以至一路势如破竹，横扫江南。

伯颜久经战阵，与宋军打了十数年的仗，尤其是南下以来，屡受江湖武林人士阻击，对在野武装人员的能量从不小觑。眼下虽然大局已定，汉人残廷南窜，民间反元势头日渐平息，但从长远计，能将武林中人笼络、收编、归为己用，实是一件有利无弊之事。他略作筹谋，决定亲赴龙虎山比武大会，一来威加武林，赚取人心；二来从中挑选适用之才，掌控驾驭。伯颜颇有心机，先在日前传出话意，暗示乃是奉圣命而为。果然，江湖人士闻之热血沸腾，情绪高涨。

元军大帅一到，"十老"的权力即刻被剥，终决之权自然交到伯颜手中。

汤仁和弄清一切后，扫兴的是"十老"已经无权评判，也就失去了投票一环，收取自己银票的"七个前辈"无法"回报"，十万两银钱算是白白"失"去了。不过，若也有他人"暗中通老"，自然与自己一样，"白费心思"了，这就是一种"扯平"，并非仅仅亏了自己。但由伯颜主决，对自己当是独家"利"好之事。一年前，暗通信息、协助元军杀了常乌衣，这事伯颜是不可能忘记的。只是那时，自己既易容改装又没报真实家门，如何提醒他认出自己呢？

汤仁和怀着复杂的心情登上擂台，进行最后一场比试。对手是浙东"五禽门"鹤拳堂堂主，一套鹤拳虽然打得舒展流畅，但已是输过一轮，今日只有赢了汤仁和，才有可能成为本队首选。这位堂主抖擞十二分精神，口啸手舞，上下腾越，将那套鹤拳使得眼花缭乱，确实好看；只是挡不住汤仁和"仙人杖法"灵巧犀利，神出鬼没，又不敢凭手、脚与铁杖硬碰，不到半炷香，那堂主只得满场游走，犹如一只逃鹤。堂主硬撑着将一套拳路打完，刚要从头再来，却被汤仁和抓住瞬间空门，一杖疾出，点中腰侧大穴。堂主仰面跌倒，由一名随从背下台去。

汤仁和第四次进入了"前四名"。他一招得胜后，四下里响起几声高喊："汤老四！"并伴生一阵哄笑。汤仁和听了一愣，稍一琢磨，便即领悟，也笑着向喊声处挥了挥手。他确实是"汤老四"。首先，此战一休，他就打进了"前四名"，另外，这可是他连着第四次进入"四强"，不真正"老四"吗？喊叫之人虽有调侃之意，但也是一场不落的观战之人。汤仁和已知不能轻易开罪道上的朋友，故解趣地挥手致意，心里却想："待会儿看你们喊我什么吧！"

天近晌午，四场比决全部结束。四名最后胜出者也一一现身：原第十一届"盟主""虎啸九华"王飞扬，浙东"五禽门"虎拳堂堂主曹怒开，福建南少林俗家弟子"快剑"陈伟山，庐山"得失门"门主汤仁和。

"评判团"宣布：四大高手已经决出，各位参选之人稍事休息。天师府将在大院内摆出二十桌酒席，请各位共进午餐。伯颜大帅则与四名胜者同桌共饮，即席宣布新任"盟主"。

一阵闹腾后，场院中酒桌摆开，观者自是散去，各方参擂豪杰各寻伙伴，随意入座。顷刻间，酒肉香气弥漫开来。

殿前平台上，伯颜元帅率三位副将与四名比武胜者同坐一席。入座前，"评判团"领头一老过来向伯颜逐一介绍本届"四强"。当召唤汤仁和上前时，汤仁和知道：机会来了！自己不是一向缺少"强势"人物扶持吗？今日，"强势"就在眼前，岂能错失！

汤仁和近前俯身致礼，却不即刻起身，低头轻言："小民问候元帅大人。小民至今不敢忘记，去年春天，大元帅在浙江青石乡赠送十两黄金的盛意。"说毕，直起身来，朝伯颜恭敬一笑。

伯颜闻言怔了怔，上下打量汤仁和一番，似乎忆起："哦？你……你可是那晚……"

"大军粮草未损，全仗大元帅调度有方。"汤仁和接道。

伯颜完全明白了，他又仔细详端面前之人，仰面哈哈大笑："好你个……卢……庐……好、好！"

汤仁和再不多言，送上谦卑一笑，俯身退下，被管事者引入主桌坐下。他知道，伯颜当然全都明白了。

"虎啸九华"王飞扬却是另一番心思。比擂前，他给几位前辈做了打点，又自信武功甚高。不料，虽然如愿进入"四强"，规矩却突然翻新，"盟主"不再由"十老"票决，改由元人统领指定了。这令他大为恼火，自己送出的钱财打了水漂，他本对元人憎恶，今日却要接受他们的封号，心中憋气。王飞扬是个直肠子，心有所思，面上即有显露。表情一直木僵僵的，坐在桌旁，冷着脸不言不语。

大宴即开。几天搏战，不论胜者输家都已疲惫，现在已然放松，盛宴当前，均大杯喝酒、大块吃肉，不再关心其他了。唯独主桌上，四位赢家各怀心思。

伯颜举杯前，先将席上四人扫了一眼，然后从腰间摘下一柄尺长弯刀，轻轻搁在桌面上，开言道："待会儿，本帅将宣布此届'盟主'人选。我要把自己所佩之刀送给当选之人。我们家乡有句话，叫做'好马赠壮士，宝刀配英雄'。来，大家先干一杯。"

只见那柄刀，状如牛角，漆黑的鲨鱼皮鞘上镶嵌着的七粒雀蛋大的宝石，在阳光辉映下，迷离闪烁，炫人双目。

酒过三巡，伯颜复将宝刀握起，拔出刀刃，朝桌上看了看。一名副将忙将刚刚送上桌面的整只烤乳羊顺蹄拎起，说了句："大伙请用。"话音中，副将手指一松，就见伯颜手中之刀闪了几闪，刀锋并未触及羊体，乳羊已被凌厉的刀芒肢解成均匀的八大块，重新落入托盘中。

伯颜放下弯刀，淡淡道："这样，大伙吃起来方便一点。请，每人一块。"

四名高手咂舌不已。伯颜这一手，明是显示弯刀之利，实是坐在原位就露了一手武功绝技。出手虽只一招，但眨眼间完成一竖三横、一刀四式，并且刀不触体，却肢解均匀。汤仁和知道，江南武林中尚未有人能将刀法运用到这层境界，何况伯颜的内力也无人能及。难怪元军一路南下，宋军阻击不得了。南宋自抗击金兵的岳飞大将军率领的岳家军之后，确实再无良将强兵能与尚武成性的塞外军队势均力敌了。文天祥大人虽有忠心义胆，可惜终是一介书生，难以上阵亲战、捉对厮杀，南宋面临如此强悍的对手，岂能不亡？

汤仁和当即起身向伯颜敬酒："大帅宝刀实乃械中异品，大帅武功尤令小民佩服。大帅之才既是当朝栋梁，又足称'天下武林盟主'哇！"

伯颜哈哈一笑，收刀入鞘，一一领受四大高手敬酒后，用家乡话语对三名副将道："我意已决，本届'盟主'就由这姓汤者担任吧。"见副将等他细说，便解释道，"此人武艺各位已见，故不做评论。方才我将此刀放在桌面，就已看出四人内心所思，曹、陈二人贪看此刀不舍，却又怕露出真性，只是低眉溜眼地瞄着此刀，这般风度，岂是领袖人选？那'虎啸九华'姓王的，却故意对刀视而不见，其实已在心里看了无数遍。可见此人性格桀骜不驯，喜作强势，既不甘心居人之下，又难容强过他者，若是由他出任'盟主'，江南武林恐难团成一体，也不能为我所用。而姓汤的，则与三人不同，他先是认真将刀看了一看，脸上浮有恭敬之意，可见其既识得宝物异器，又不刻意掩饰内心之念。在我试刀后，曹、陈颜有骇色，姓王的故作平静，而汤某人当即面生喜色，连连点头，以示赞佩，并率先起身敬酒。这一切表明，此人有容人纳物胸怀，也知待人接物礼节。另外，此人识得大体、行得大事，对此，我另有了解。他若担任武林盟主，我甚是放心。"

三将当即点头称是："大帅明鉴！"

伯颜又道："还有，方才他们向我敬酒时，汤、曹、陈三人都尽伸手臂，以示敬意；而那姓王的却有意欲伸又屈，只将杯子放在自己胸前，这表明，他只是迫于形势，做做样子，心里是不服、不敬的。这种草莽人物，若是不能死心塌地为我所用，则会生出祸端，日后须设法除去。当然，也可能用不着我们直接出手，交给姓汤的就行了。我了解这人，他会有办法，也有能力做到的。"说毕，四人会心一笑。

伯颜起身抬手，全场立时肃静，数百人的目光齐聚殿前平台上。

伯颜大声宣示："本帅现在宣布，第十四届江南武林盟主，为庐山'得失门'门主汤仁和！各路英雄日后均听其节制、奉其号令。违者，朝廷定当问责！"

伯颜又将所握弯刀举起："今后，此刀即为'江南武林盟主'之凭信。汤盟主接刀！"

汤仁和心中已有预感，听了伯颜之宣，立即离座上前，躬身接过弯刀，向伯颜揖了三揖，垂首道："小民何德何能，还谢大帅重看之恩。小民一定遵从大帅旨意，统领好江南武林，确保这方江湖风平浪静，随时听候朝廷和大帅指令！"

伯颜正是要听这几句话，闻之大喜，一声喝令："颁上盟主金牌！"

"十老"为首者急忙上前，将一面镌有"十四届江南武林盟主"字样的金牌双手捧到汤仁和面前，躬身笑道："恭喜汤盟主！"

汤仁和接过金牌，定睛看了看，心里百感交集。他强忍不露，稳然立定，面向阶下豪杰，双手将金牌、弯刀高举过顶。

场中欢呼雷动，掌声如潮。早已预备好的爆竹适时炸响，轰然一片，硝烟四散。

汤仁和一动不动地享受期盼已久的时刻。

他的目光在全场巡视一圈后，微微昂首，放眼天师府外，直向半空。

"我成功了！苦苦追求的大'得'，我今日终于得到了！这是'得失门'的光荣，是我汤家的荣耀啊！"汤仁和没有察觉，两行泪水正从他眼中流出。泪眼中，他仰望的白云飘浮聚散、涌动变幻……蓦然，父亲汤中合的身形在云絮中显现而出。

"啊，是爹爹吗？您老人家也知道我成功了？"汤仁和泪眼蒙胧中，似见逝去多年的老父凝视着他，脸上却并无半点喜悦，反倒似忧似嗔，直如临终时刻的神色。

"啊，爹爹，这不是离去时的你吗？你怎么还是这样看我？儿子可是为汤家争得了大光彩呀！"汤仁和将手中的金牌、腰刀用力向父亲挥了挥。

闪现云间的老父，扭过身去，隐然消失了。

汤仁和充耳不闻满场的喧闹，也看不见身后伯颜元帅若有所思的眼神，他更料不到，元人坐稳江山后，会颁发禁武令，直至将民家菜刀也视为管制刀具。此时此刻的汤仁和兀自高举着金牌和腰刀，双目圆睁，难控心神，他想追上逝去的老父，他要解释点什么。他知道，父亲在天之灵，定然对自己这几年的行止痛心疾首。

"我已经实现誓言，可以重返庐山'得失门'了。啊，妻子若是知道我已非下山时的丈夫，儿子若是知道我已非三年前的父亲，又会如何看我？如何与我相处呢？"

朵朵白云飞走了，天空蓝澄澄的。汤仁和恍惚中感到自己置身在无边的混沌中，无处着力，慢慢地往下沉溺。他长舒了一口气，奋力将身子向上挺了挺，心智复又聚拢来："从今以后，世上有了两个'汤仁和'，哪一个是真正的我呢？"

汤仁和缓缓收回目光，重新注视场院中热闹的情景。忽然，他瞥见道观门外有几个人正向里面探头探脑地张望。定睛一瞧，为首者正是去年秋天被他打落山涧的"六县总捕头"。"嗨，这小子果真命大，还活着呢。"汤仁和心中暗笑，他料定这个总捕头怎么也不可能想到，新科"武林盟主"就是他们死活都想缉捕的疑犯。"不过，这班差人确有两下，竟能找到这里来。真是一行有一行的门道呀。这里有二三百个江湖人物，你们就慢慢排查吧。"

汤仁和无暇再想，也不愿再想什么了。他只是在心中狂喊："果真是'天生我材必有用'。我是胜利者！胜利者是没有忏悔、不受谴责、不计得失的！"

　　"我就是我！"汤仁和在心中一声大喝，重新回到现实，沉浸在欢乐的氛围中，开始美美品味自己荣任十四届"江南武林盟主"的第一时刻。

2007 年 7 月成稿于宜兴农家客栈

2011 年修改

中篇：千里杀将

一、锦衣夜归肝肠裂

初夏时节。阳光炫目灼人，微风过时，则拂体生凉，别有一番爽意。汤仁和的内心，如同天气之状。龙虎山下夺得"江南武林盟主"称谓，一偿多年夙愿，遍览天下小、睥睨江湖宽的自豪、自喜、自得、自满感觉，如喷涌的岩浆燃烧全身。他自觉要做的事情很多，待从头，收拾……收拾什么？狂欢中，一时无暇理出头绪。于是，汤仁和按捺如潮情怀，搁置赛麻心绪，做出了就任"盟主"后的第一个决定：立返庐山"得失门"，向妻儿、门徒通报大喜之讯，先在自家地盘中尽兴庆贺一番，慢慢再谋其他吧。时间有的是，日后一切还不任凭自己谋划、摆布吗？

鲜衣怒马、精神焕发的汤仁和几日疾驰，不觉到了庐山西南麓的石门涧地域；渐渐地，山路崎岖、林木繁茂，难以骑行。汤仁和见暮云四合，寻一樵夫人家宿了。饭后，与打柴汉子闲聊，闻知近些日子，庐山周围也有元军兵队出没，心生不安，与亲人相见之念愈切；便将马匹寄养在樵家，披着夜色，踏上攀山小径。

夜里登山，暑气大减，缕缕林风吹来，令人爽适。汤仁和想起那日元军统帅伯颜赐刀场景，当真是恩威并施，自有大将军掌控天下的气势。不由心中感慨：元军将雄兵勇，气吞万里，执有天下确乃运至也！又一念及，自己身为大宋子民，却臣服异族封赏，脸上生出热意。"唉，这也是我朝羸弱，王廷腐败，自家不争气，致使大好河山易帜。我一个平民百姓，若不随波逐流、顺势而为，又能如何呢？再说，伯颜大帅行事也公允得很，最终选定我出任盟主。若照以往的潜规则，武林元老组成的评判团，还不是收谁的银两多、知谁的后台强而投谁的票吗？看来，改朝换代、调个主子，并非不好呀！"

转念间，汤仁和心归平顺，嘴角漾出笑意，他想起了一件事——

夺得盟主之位的第二天，汤仁和应几位江湖朋友邀请，中午多喝了几杯，回房后躺在床上和衣小憩。朦胧中，听得有人叩门，他开门定睛一瞧，访者竟是那位"六县总捕头"。

汤仁和略略一愕，佯作不识："请问，阁下是……"

"总捕头"拱手执礼："在下雷龙正，当差府衙，领'六县总捕头'职。实是混碗饭吃，让汤盟主见笑了。"

汤仁和瞬间面生笑容："哦，原来是雷总捕头，你是公门中人，汤某理当先作拜会才是。"言毕，长身一揖。

雷总捕连忙回礼："哪里、哪里！汤盟主已是伯颜大帅的红人，又新任武林盟主，前程不可限量，雷某高攀不及。今日特地登门道贺！"

汤仁和见雷龙正脸上似笑非笑，话语似赞含讽，假作不觉，仍请他入室落座："雷总捕谬赞了。坐、请坐。"

雷龙正坐下，端起汤仁和斟上的热茶缓缓喝了两口，却不先语。汤仁和心中有忌，暗自猜测此人来意，一时也不知言何。两人静默片刻。

雷龙正放下茶盅，抹了抹嘴角余渍，咳一咳，笑道："汤盟主武艺了得，听说乃是庐山'得失门'门主？在下真是孤陋寡闻，以前一点不知。"

汤仁和不答反问："雷总捕头看了这几天的比武吗？"

"在下目睹竞播全程，亲眼所见，阁下确是凭真实功夫，力克群雄，打进四强。伯颜元帅又慧眼识人，'盟主'之位可说是实至名归呀！"

"全仗伯颜元帅大力提携，汤某微末伎俩，侥幸成事而已。雷总得挂'六县总捕'之印，才是有过人才能的高明之士！"

"不敢当、不敢当！在下这两手，落入汤盟主法眼，徒增笑柄……这个嘛，在下还是有自知之明的。"雷龙正说毕，意味深长地咧嘴一笑。

汤仁和记起将这位"六县总捕头"打落崖下的场面，不觉莞尔："总捕头说笑了，汤某天大的胆子，也不敢和公门中人较技。"

雷龙正大笑："哈哈……哪也不一定哦，艺高人胆大嘛。唔——咳——咳——"他难以言语，捂着胸口连咳带喘。

汤仁和忙转换话语，关切询问："总捕头贵体……"

"也无大碍、也无大碍。前些日子，在皖南山道上捉拿一名疑犯，被他打伤了内腑，尚未痊愈。在下正是追踪此人，一路来到这里，不想赶上竞选武林盟主，方有幸一睹阁下身手。今日，又得以结识汤盟主，高兴啊高兴……"

"雷总捕头辛苦得很。唉，公门中的饭不是寻常人能吃的，我等草民……"

雷龙正突地插言："汤盟主前来此地较技，是从庐山直接过来的吗？"

汤仁和早有准备，半点不打突，立道："是啊，汤某正是从庐山直奔此处的。怎么？"

"随便问问。得暇时，汤盟主也可去浙江和邻近的福建、安徽等地走一走，既为江南武林盟主，不宜只待在一处哦。"

"雷总捕说得有理，汤某谨记在心。汤某也请雷总捕和手下弟兄赏脸前往庐山一行，届时，汤某定尽地主之谊，庐山上的石鸡、石鱼、石耳不可不尝，尤其是云雾茶，不比龙井差。不过，那得春天来、春天来。"汤仁和漫扯开去。

"汤盟主怎知在下还有几个弟兄随着？"雷龙正冷地一问。

汤仁和一怔，从谈兴中回过神来："这个……想来'六县总捕头'夕卜出办案，大老远地怎会孤身一人呢？说对了吧？哈哈……"

"真让汤盟主说准了，确有几位弟兄与我同来，此时散在别处，调查前述疑犯一案。好，在下不敢过扰，告辞了。今天与汤盟主一晤，实乃幸事。日后再来拜访汤盟主，聆听高教。"雷龙正一口将盅里茶水喝干，起身告辞。

"好，改日再叙。汤某预祝雷捕头办案顺利。"汤仁和满面笑容将雷龙正送出门去。

"托汤盟主吉言。话说回来，不论是谁，只要犯了罪、触了法，那是逃脱不了惩罚的。不是有句话'天网恢恢，疏而不漏'吗？就是这个理。"雷龙正站在门外又说了一番。

"是、是、是，总捕头走好、走好！"汤仁和实在不想多言，只望雷龙正早点离去。

"哼，这个总捕头武功一般，查案倒有两下，竟能寻迹找到龙虎山来，不知他用的什么法子。看来，今日上门也心存不善了……你尽管核查吧，谅你也难有什么真凭实据扯得到我。再说，老子已有'江南武林盟主'的名头，另加伯颜元帅的器重，什么等级的公门能不生忌？这般乱世中，你姓雷的能苟全性命都难；弄急了，老子就先做掉你，看你查个鸟！"

汤仁和一边穿林绕岩"沙沙"疾行，一边在心里发了个狠。他自感比起从前，胆气壮了不少。看来，"武林盟主"的交椅当真能给坐者提气生威。大丈夫就得有权有势呀！"哧"，他不觉笑出声来。

夜色中，凉风习习。汤仁和却遍体生烫。临近山门，和妻子肌肤相亲、鱼水交欢的欲念一时比一时强烈，他有点迫不及待了。妻子丰腻的胴体在念中盘桓不去，清晰到纤毫毕现。汤仁和双掌成握，直如攥紧了娇妻滑润、柔软的丰臀，心中似要燃出火来，"还没离开过她这么久呢。又是心遂志得、凯旋而归，她一定高兴不已，会充分满足我的！"

汤仁和恨不得一步跨进"得失门"，一把将妻子抱上床去……哦，对了，在"春光院"所闻所学也可施展一番了。

不过，汤仁和自和雷龙正见了面，心里就不再宽松，他忙着返转庐山，虽然有种功成名就、衣锦还乡的快感和急迫，但也另有一为：早日踏进"得失门"，交代众人一致说辞，咬定自己是在竞选盟主前十日下的庐山。他内心隐隐揪着一把，提防姓雷的真把案子办上山来。

半轮明月升上树梢，山坳里静静的，远远传来瀑布轰鸣声，四周黑黝黝的山峦如大幅墨迹，淋漓铺展，直向星空。这条山路，汤仁和自是熟悉，莫说黑灯瞎火地赶路，就是闭上双眼，也能感受出行进方向。他心中想事，脚下不缓，一口气走出了二十多里地，正觉得肌肤生热，酣畅透气，抬眼间，望见远处林木缝隙中露出点点火光。

"这一带没有山民居所，是和自己一样顶黑夜行的人吗？不对，看这火光一溜而动，人数不少。"汤仁和止住脚步，侧耳倾听，果然，静谷中传来的步履声响，竟似有数十人之众。

汤仁和天性细密，从不妄动，目睹此情，心生忐忑。他略一思忖，转步离开山道，往树木茂密处走了十多丈，伏身一方岩石后。

约莫一盏茶工夫，山路弯处，现出一行人来。火把照耀下，汤仁和看得分明，竟然全是元兵。为首头领，头戴毡帽，孔武有力，昂首挺胸，阔步生风，带动得两条帽饰甩晃不止，皮靴踏到，踢得碎石迸飞，气势煞是迫人。

此人身后，三四十名军士，个个身形壮实，荷枪执刀，健步紧随。

想起山下樵夫所言，汤仁和信元人军队已是侵遍江西全境，僻野庐山也沾腥染膻了。

"这队元军似从龙首崖处转下山的，莫不成元军已占了庐山？哎呀，'得失门'别受这班虎狼之徒侵扰才是！"

汤仁和心头正乱，元军队列已经走近，那领兵将领双目灼灼，肉头头的鼻垂下，八字胡须隐约可见。汤仁和屏息定睛，只盼队伍赶快过去，好赶上山看个究竟。

正在此时，元军队尾生出响动，一声"鞑子慢行"的低喝传至。汤仁和本是行家，听声辨位，已知发话之人距此里许开外，可语音却入耳清晰，如在近旁。"单凭这手传音入耳，此人功力我所不及。"汤仁和不由一凛。

元军首领闻声止步，举起左手，攥指成拳，停住了全队。数十元兵"唰"地转首回望，半点不乱，确是一支训练有素、久经战阵的军队。

就这么一顿间，一条身影绕林穿径飞纵而至，到得元军队后，双臂一展，凌空飞跃十多丈，转体落在元将身前五尺，犹如一只大鸟划过夜幕，疾然下降，姿势快如闪电又从容洒脱。

元将一见来人，双刀"噌"地出鞘，寒光闪闪，封住胸前，厉声喝问："何人拦路？"

汤仁和借元兵燃火看去，只见来者头戴竹笠，半幅黑绸遮住了面颊，仅露两只精光闪烁的眼睛；似是赶得急促，此人脚一落地，即从腰间取出一柄折扇，"唰"地展开，先自扇了几下，方道："你等还想活着回去吗？"

元将闻言怔了怔，旋即仰面大笑："哦哈……敢情是……下午伤我多名弟兄的可是你？军爷正找你不着，不想倒自个儿送上门来了！哈……"

笑声未收，元将双刀劈面而出，直取来人两臂。

汤仁和见元将突袭，出刀势凶力猛，技艺不凡，不由心头一顿。再看蒙面汉子身形微微一晃，闪过刀锋，双足却没有移动分毫，如钉在山道上一般，便知阻道者乃身负绝技的高士，元将绝非其敌，索性沉心静观。

元将双刀击空，心中诧异，但也不慌，口中几句咕噜，身后群兵立向左右散开，占据了两侧坡地，将蒙面人围在当场。

刀刃枪尖中，蒙面汉子对元兵布阵视若不见，折扇一拢，点向元将，朗声道："今日，本爷既敢拦下尔等，自有灭你之能。看招！"抬手将折扇电般划出，直击元将胸膛。

元将右刀立斩，欲将折扇打落。哪知刀风起时，折扇如有灵性，轻巧一闪，避过钢刀，扇头转往元将左肩胛处戳去。元将双目不瞬，急抬左刀，大力拍向飞旋而至的折扇。这名元将本非庸手，这一拍拿捏得恰到好处，只听"啪"的一响，刀片堪堪击中扇端，爆出几点火星。那蒙面汉子的折扇，竟是两条钢铸扇骨。元将若防范稍缓，一条左臂定然废了。

蒙面汉早已踏上一步，左掌中赫然亮出一柄七寸利刃，只是顺势前送，那雪亮的刀身已然没入元将胸腹之间，深及刀柄。蒙面壮汉几下动作，一气呵成，干脆利索，眨眼间取了元将性命。

汤仁和看得分明，蒙面汉出扇只为引动元将眼神，诱其抬刀露出空门，左手利刃方是致命一击，招式简洁、老辣、利索，无半分多余动作，实非寻常习武者能为。

元将身躯轰然倒地。四周元兵发声喊叫，舞刀挥戈，蜂拥而上。

蒙面汉子口中长啸，身形急旋而起，斜飞二丈，落在兵圈之外。汤仁和料他定会趁机离去，凭其超然轻功，谅这班元兵无法追上。谁知，蒙面壮汉不但没有远遁，反倒迎面杀向元兵群中，右扇左刃，闪转腾挪，在元兵队隙中迅进疾穿，身形过处，元兵血溅如泉，哀号连连，纷纷弃刀丢枪，掩胸捂喉，翻扑倒地。

汤仁和看得心中激荡，按捺不住也想冲出，助蒙面壮汉大杀一通。"这般昏天黑地、深山野外，杀几个鞑子有谁知道？不行，这蒙面人不就知道了吗？一旦泄露，我这元朝重臣伯颜元帅亲授的武林盟主还当得下去吗？只怕性命也会丢了，也……也对不起伯颜赏识之恩哪。再说，蒙面汉子什么来路半点不知，怎可与他并肩犯下灭门大罪？上去帮这班元兵？呸、呸！想那元军屠城略地，凶残无比，所过处无不血流浮尸。我在雁荡山一地，助元军杀了常乌衣一干人，实欲成己之事，偶一为之罢了，岂可再做？何况那蒙面汉子武功胜我多多，我即便上前相助元兵，也断然敌不住他的。罢、罢、罢还是两不相帮为妥。"

汤仁和内心交战不休，场中战事已至尾声，大部元兵被蒙面壮士击杀，只余五六军士一哄而走，沿山路狂奔而下。蒙面汉子也不追赶，仰天长笑，似是倾吐心中郁气。笑声一收，汉子返身往来路疾去，三两个起落便不见了身影。

汤仁和呆了半晌，将耳熟能详的武林人士一一排过，没有与蒙面汉子对上号的。"这人武功远胜历届比武大会出场者，看他功力技艺，当居武林宗师之列，怎会在我庐山显身？为何又朝这班元兵发狠索命呢？"一想到此，汤仁和对自家亲人和众门徒越发挂念，"呀，耽搁了不少时间，天亮前是赶不到家门了。"他从石后走出，踏上小径，步子越发迅疾。

东方破晓，天际轻红，第一缕阳光照到佛手岩顶时，汤仁和终于到达仙人洞旁"得失门"所在地。最后几步，他是奔跑前行的，汤仁和已被所见惊得怦怦心跳——"得失门"大宅前的广场上，尸身横陈，十多门众血肉模糊、肢断身残，早已死去多时。

"夫人……夫人……清远……清远……"汤仁和口中嗫嚅，竟叫唤不出声来。他慌慌忙忙将尸体一一查看，均非汤清远母子，心中既惊且怕又寄一望，颤步乱寻，直至将所有房屋、场园寻遍，也没有找见夫人与儿子。

"这……这……"汤仁和双腿发软，跌坐在门槛石阶上，六神无主，奔拉着脑袋生起愣怔。

正没计较，只听有人低唤："汤门主、汤门主，是汤门主吧？"

汤仁和抬起头，只见一位老汉踉踉跄跄走近前来。汤仁和认出乃是大林禅寺内种菜的丁老汉，忙立身招呼："丁老爹，是我呀。"

"哎呀，你可回来了！你要早一天回来就好了！你看、你看……"丁老汉指点地上尸身，一口气接不上来，身体晃晃欲倒。

汤仁和赶忙扶住老汉："丁老爹，怎么回事？你慢慢说给我听。"

丁老汉喘了两口气，顺了顺劲，从头说起，汤仁和这才知道——

近几日，大队元军在长江边围剿一支溃败的抗元义军。昨天上午，数百元军一路追逐，在庐山西南诸峰间将几十名义军战士围堵一起。走投无路的义军与元兵拼死搏杀，终因寡不敌众，大部战死，残存的十多人钻进了山林。元军当即搜山，下午时分，最后四名义军被元兵在"得失门"内搜出，立遭斩杀。元兵迁怒"得失门"胆敢窝藏义军，欲将门内所有人众押解下山，充作苦役。"得失门"中血性汉子奋起反抗，均被元兵当场格杀。

"我儿子和他母亲呢？怎么寻找不着？"汤仁和听毕，提着一颗心轻问老汉。

"老汉亲眼看见夫人和几名女眷，被元军押下山了……公子倒不在内。"

听说夫人尚存人世，汤仁和心中略宽，可儿子清远下落不明，仍令他心急如焚：清远武艺稍成，三四个元兵还奈何不了他，可大队元兵围剿，谅他断无可能冲杀出去。"丁老爹，元军何时离山的？"汤仁和续问。

"元军是分着批次走的。最先下山的是解押妇孺的元兵，就是汤夫人在内的那队；然后是扛载劫掠财物的人马；天黑后离去的，是一支在方圆十里内反复搜查的队伍。这部人员最少，四十多名士兵，可凶恶透顶，听说在这里杀人的就是他们。"

汤仁和心里正揣测怎的没有遇上前两支元军，丁老汉已道："元军是分头下的山，前两批向东，往含鄱口那地去了，大概是押着妇女等人，又有大量财物，走水路便捷些。最后下山的那队元兵是朝龙首崖走的，听他们集合时闹嚷，好像山林里还藏着一名武功高深之人，他们就是为找这人才耽搁到最后。看情景，不仅没能找到他，还折损了几个兵士，领头的将军发火骂人呢。"

汤仁和心中清楚，元军没找到的那个"武功高深人士"，最终还是和元兵照了面，自己也见识到了。

"那蒙面汉子折返后去了何方呢？我一路行来，再没见他踪迹，他是仍在山上，还是从别路下山了？我儿清远没有与其母同遭押走，若已死，却无尸可寻；要活着，怎又不见回转？他到底在哪里呀？妻子又被元军押往何处去了？"汤仁和脑中一片混乱。

妻离子散，门人遭屠，汤仁和失魂落魄，抑不住全身颤抖，泪如泉涌，再无半丝夺得第十四届"江南武林盟主"之位的喜悦，胸中阵阵嘶吼："找伯颜！我要找伯颜！"口中却吐不出一个字来。

二、军帐交易设毒局

龙虎山下元军大营中，伯颜元帅也正踌躇，心绪烦乱。统兵南征，数年来势如破竹，荡决千里，除了攻取常州城大动干戈，可谓军旗所向，宋军少有顽强抵抗。这也是自己决策软硬兼施的效应：常州大屠，全城仅留四百妇孺，元军武功赫赫、威名远播，大军到处，宋军望风披靡；兵陈临安，围而不攻，迫使南宋残廷高挂降幡，献出国玺，幼帝掠北。放眼南疆，仅余沿海几个岛屿尚未易帜，文天祥、陆秀夫一班顽冥不化、不识时务的老家伙，拥立九岁小儿为主，东逃西窜，保得赵宋一口残气不至尽咽。哼，不日之内，必将被我大军彻底剿灭！

既然大局已定，平复伊犁诸王叛乱的军令又急如火催，伯颜奉诏北征，本当日夜兼程才是，却为何半途驻足，停军不行呢？原来，伯颜另存忧虑，有一桩心事难以放下——

元军虽然征服大部南国，但长江上游、西南地域的战事却未平息。宋元两军会战焦点，胶着在嘉陵江畔合州城东十里外的钓鱼山一带。

三十多年前，南宋四川制置使兼重庆府知事余玠，采纳谋士冉珊、冉璞兄弟之言，在钓鱼山上垒石筑城，掘井建屋，于嘉陵江、涪江、渠江三流环绕中，立起一座方圆十里的城池——钓鱼城。这钓鱼城仅弹丸之地，但依山傍水，地势险峻，除一条陆路外，三面水波浩渺，围城军队越多越施展不开。守城将领先为王坚，后系张珏，都是川中抗元名将，深受军民拥戴，更兼善与邻近散落义军遥相呼应，守望相助，一座小城竟如铁铸一般坚固。

元军兵马虽攻无不克，却夺取不下这座小小的山城。十多年前，宪宗皇帝亲率十万大军入川，尽荡残余抗元势力，仍是在钓鱼山下遭阻。守城统领王坚固守力战，令军士将箭矢、滚油如雨淋下，元军数攻皆败。宪宗遥遥观战，不由火盛气怒，亲至城下督战。元军先锋汪德臣见御驾上了火线，知事难易了，只得振奋神勇，率队呼啸狂攻。城上守军乱炮轰击，致使大将汪德臣炮下毙命。宪宗帝座驾在阵前十分显眼，守军集中炮火一阵猛轰，宪宗退避不及，乘车被炸得支离破碎，龙体也受重伤。亲军冒死将皇上抢回，数日后，宪宗伤重不治，死于锦帐。数万大军不得不再次撤围退走。此战即成元军挥师征战以来，元祖成吉思汗在六盘山下遭西夏军炮击而亡后又一桩奇耻大辱。

其时，伯颜正率另一支元军激战襄阳、樊城，获悉噩耗，伤悲、盛怒，却自有职责，无暇顾及。伯颜军事天分极高，虽不能亲临钓鱼城，也将此次攻防战役了解一清。知悉钓鱼城虽然不大，但地形奇妙险要，易守难攻，大军若至则摆布不开，小股军队又无力攻城。伯颜曾令人将钓鱼城地形图调来看过，知道该城筑有外城、内城两道墙垣，城池虽小，却开有多处城门，另有两道"一字城"横列西南，如此构筑，非常利于城内军队暗中调动互援、寻机出击。再加上城池筑在钓鱼山半腰间，守军在敌楼、炮台上凭高眺望，四周数十里陆地、水面尽收眼底；而元军难窥城内守备工事和兵力部署，心中无数，两眼一抹黑，在一个点上强攻硬打必然难以收效。

"多少高城、坚垒都被我军攻占，这小不点儿的钓鱼城当真是一块铁石，敲不碎吗？"伯颜军务倥偬，心头却一直搁着这座城池，他本有心平定江南后挥师西南，亲征重庆、合州，到时，必然再打钓鱼城。钓鱼城已经成了本朝伤心地、忽必烈皇上的胸中块垒。宪宗皇帝是当今天子的亲兄长，宪宗之死，对外宣称系不惯南地气候，身染重疾，驾崩前线；实是当朝维护皇室尊严，免挫大军锐气之说。

"我若攻下钓鱼城，皇上必定龙颜大悦，这对巩固自己的地位、增添权势大为有益，也足令喜欢在皇上面前献谄进谗、专挑外臣不是的权相阿合马缄其口。"伯颜也怀几分私心，他除了在战场上纵横驰骋，还得谋虑宦海沉浮。

只是，皇上诏书已下，平叛军情火急，自己必须率师北上，打另一场战争。钓鱼城是亲攻不成了，但这样舍弃而去，一是己心不甘，二是担忧不能尽早攻下钓鱼城，恐会牵动整个战局，甚至会使尚未坐稳的大元天下再生祸端。朝廷已获密报，钓鱼城现守将张钰，已经在城内修筑皇宫，派员去迎龟缩南海的赵是小儿入川，图谋重建宋室，和元廷长期对峙。

"决不能让汉人政权死灰复燃！"伯颜大军迟不启程，正系他胸中有此一念。伯颜虽不能亲克钓鱼城、肃清残逆，却仍想为荡平四川一役建立功勋，为大元一统清除最后一方障石贡献己力。

经过几天思索，伯颜审时度势，已然想清：欲破钓鱼城，必须仍以大军围困，造成高压之态，然后促其内里生乱，以内应外，协力取城。

如何才能造成钓鱼城守军内乱呢？这部宋军都是常年拼战、历经血火的忠勇之士；城中不缺水源、粮草充盈，潜藏在广袤蜀山间的零散义军，还常常偷偷接济城中给养、兵源。二三十年了，城内都没自乱过，怎可寄希望于近期？虽然，几年前，元军统帅部已在钓鱼城中伏下一枚"棋子"，但其势单力孤，潜藏至今已属大不易，哪里还能妄动、生乱？那么，守城军民自个儿不乱，就应设法让他乱……这枚"棋子"力量不够，不敢生乱，可以助他一臂之力，"引发"他，"激活"他。就是说……把"乱"送进去？对，送"乱"入城、"乱"中取城！

伯颜找到了破城之策，心里豁然亮堂，思维活跃起来：制造何种"乱"最利破城呢？放火、投毒、掘城、造谣、离间、杀人……

伯颜在心中将种种"乱象"逐一排过，最后认定在"杀人"上。"不是'杀人'，是'杀将'！"只有除去城中最有凝聚力的统军将领，才会让兵士恐慌生乱、军心涣散，守城大计无人掌控，调度必然失灵。群龙无首的"乱"，方是根子上的"乱"、不可逆转的"乱"、城亡之"乱"！

伯颜心悦，立即召来亲信、参将，和盘托出自己所谋，众人果然齐齐赞好。一将问道："不过，钓鱼城守备严密，大帅如何派得人进城？什么样的人能担当这般举足轻重的大事呢？"

帐中静肃。伯颜思忖道："这两点确是关键之处，我军中是万万选不得人的，要挑也只能寻汉人中合适者。"

另一参谋道："大帅此计不仅奇诡，而且极险。去的人多，只怕连城都进不了，可人少却难以成事。听说，那张钰武功十分厉害，身边卫士料也不会少……"

一将插话道："那就选一个武功昌明者去，昌手对昌手，有备者胜。只要选对了，一人足矣！"

伯颜点头示同："此话甚合吾意。本帅想起一人，原来倒挺合适，只可惜如今世人都知他已受我恩惠，只怕瞒骗不过张钰了。可惜……可惜！"

众将正欲请教伯颜所言是谁，隐隐从大营栅门处传来一阵喧声，似是有人欲闯营门，守哨正在阻挡。

"何人大胆犯事，不怕遭斩吗？末将前去查看。"一将向伯颜匆匆施揖，抢步出帐。

闯营者，正是第十四届"江南武林盟主"汤仁和。

汤仁和回转庐山，本为一厢情愿、满心欢快地报喜讯，反见了个家破人亡满"门"散；原以为光宗耀祖在今朝，却落个妻离子散形孤单。他又悲还愤，担惊受怕，两天不食不眠，瘫倒床上，如死去一般。山中人家陆续闻讯前来探望，见汤仁和哪里还有半点昔日"门主"神采，便叹息着帮他将死去的门众草草埋葬了。

"真是天意弄人呀！想我刚有'大得'，摘取盟主之冠，了却宿愿；却立遭'大失'，失得如遭水洗，毁了祖传基业，连妻儿都不能保。我这盟主之名，竟一文不值、半钱不重至斯？"

念及妻儿下落不明、生死未卜，汤仁和心如刀绞，灵智点点重聚："不行，我要找回夫人，寻到清远，重建'得失门'。天势虽狠，人也可争。大丈夫当自立、自强，夺回所'失'，保住既'得'，方为好男儿，才是真盟主！"

汤仁和心底涌起生的欲望，找到了解事之端：既是元兵上山作恶，掠去我妻，当找伯颜要人才是；清远儿的踪迹，只怕也得在这股士兵身上着落。

第三天清晨，汤仁和下了床，生火煮米，喝了两碗稀粥，谢了丁老汉等山民相助之义，随即再度下山，到石门涧樵户家取了寄养的坐骑，直奔龙虎山而来。

仅仅几日工夫，俊秀儒雅的汤仁和成了发乱、须长、眼神迷乱的半老汉子，只怕熟人一时也辨认不得，更别说不曾见过他的元军营栅守哨了。

汤仁和刚到大营前，就被四名元兵挺枪逼住。汤仁和跳下马背，劈头一句："让我见你们的伯颜将军！"脚下径直往营门迈去。

"咄！好个莽汉，大将军是你想见就见的吗？"元兵四条长枪一挥，立将汤仁和身体架阻。

汤仁和双臂发力，将四条长枪揽紧，一拉一送间，四名哨兵立脚不住，错踏中通通跌倒尘埃地。

营门内的六名守卫见状大惊，立即齐声呐喊，腰刀尽出，直奔汤仁和而来。

汤仁和急忙大喝："你等不要乱来，我乃新任武林盟主，确有要事务必晋见伯颜将军，速速禀报！"

六哨卫充耳不闻，刀光闪烁，迎面攻到。元军生性凶悍，杀个把汉人只当宰鸡剥羊，寻常至极，此刻见这肮脏汉子一招间将四名同伴摔倒，疑他蓄意前来挑衅，半句言语也没听进，只有杀了再说的心思。

汤仁和见元兵刀锋凌厉，也无暇细辩，手中之杖一式"风雨战八荒"，叮叮当当连响声中，六柄钢刀均被磕得脱手飞出，元兵目瞪口呆，怔在当场。

汤仁和趁这间隙，闪身扑进营栅内，方行数步，身后哨卫已将牛角军号吹得"呜呜"震响，营中冲出一队元兵，截住汤仁和去路。

领军头目厉喝："好大的胆子，光天化日竟敢闯营！与我拿下！"

汤仁和本不愿事情闹大，急忙施礼答道："军爷，在下岂敢闯营，只是门前几位哨爷不听在下所言，反要伤我性命，实在无奈，才得罪了他们。"

头目见他一人能过两道岗哨，显然颇有身手，便喝住躁动欲战的兵丁，神色稍缓："你是何人？何事闯营？"

"我乃新科江南武林盟主汤仁和，有要事求见伯颜将军，劳烦军爷替我禀报，伯颜将军自是认得我的。"汤仁和边说边从怀中掏出伯颜所赠金刀，"军爷定然认识这把宝刀吧？"

正说间，中军大帐里出来的参将已到，他在张天师府中与汤仁和同桌饮过酒，忙接过话头："哦，果然是汤盟主，你怎的这般模样？"

汤仁和见参将认出自己，满腹酸楚上涌喉间，双眼泛红，哽咽难语："我……将爷……我只求一见伯颜将军。"

参将见状，知面前盟主所难非小，便挥手退去众军士："汤盟主请随我来。"

汤仁和跟着参将踏入大帅篷帐，只见伯颜端坐长案后面，惊诧地望向自己，原存的几许愤懑冰消雪融，冤苦之念填满心怀，双膝"扑通"跪倒，伏身恸哭，不住颤抖。

伯颜看着新任盟主，有些愕然，也难以置信：什么事情令他如此失态？他是位可以担当大事的人物，难道自己还不完全了解他？

不解归不解，伯颜口上不慢，立即开言："汤盟主快快请起，有话坐下细说无妨。"边说边示意参将上前扶起汤仁和。

参将搀扶汤仁和落座，又倒了一盅热茶奉上。汤仁和止住悲声，喝了两口茶水，顺了顺气，将自己返回庐山，方知妻子被掠、小儿失踪、门人或殁或被掳之事一一说出，只是瞒下夜色中目睹蒙面壮汉阻杀元兵之事。

伯颜听汤仁和一说，心中也生愧意，出口话语却是："汤盟主家门不幸，本帅十分同情。只是贵门派若真的收留了溃逃义军，那确是放不过去的事。本军职责所在，还望汤盟主能持中解事。"

汤仁和道："大帅所言，小民记下了。只是小民贱内被贵军掠去，听说走的是鄱阳湖水路，还望大帅能过问相救。"

见汤仁和明晓事理，伯颜也表理解宽容："这个好办。我军收容的妇道人家，大部是解往京都，充为皇室或贵族、官宦人家的奴仆。按时间算来，尊夫人一行可能从鄱阳湖水道进入长江，已在北岸上了陆地。我先令人查一查此系何部所为，一旦弄清，不论他们行往哪里，定将尊夫人接回。汤盟主先当释怀。"

汤仁和完全相信伯颜有此能力，忙道："谢过大帅！还有犬子……"

"这可有点难办了。不是不知贵公子的具体下落吗？不过，我也可下令各部，只要找到公子或有他的消息，立即直报本帅。怎么样？"

汤仁和想想也只有这样了，便点头应允："好、好的，还望大帅费心。"

伯颜看着汤仁和，一时也不接言，生出若有所思的神态。帐中悄无声息，汤仁和反倒局促不安："伯颜这样看我，难不成他已知道那队士兵遭蒙面人截杀之事？而我却半句不提，可是怀疑我的诚实与忠心？我要不要说出来？不行，他若是知我在场，却没能出手相助元军，可是大罪一桩，别说指望他帮我寻回妻子了，只怕会当场将我拿下处死……不能说，即便他主动问我，也要坚辞毫不知情……"

汤仁和胡思乱想，心神不宁。

俄顷，伯颜展颜一笑："汤盟主，你们汉人有句俗话，大难之后必有大福。我看你已经遇到大难，后面只会有大福降临了。"

汤仁和一头雾水，不明所以："大帅，小民不懂大帅所言。小民此时真正生不如死，哪里还敢奢望纳福迎喜啊？"

"不、不，你正是有此大难，我才敢把一桩连系大富大贵的事情交付给你呀！"伯颜神色端然，言语庄重，不似说笑。

"望大帅明示，小民还能有什么大富大贵的事情？"汤仁和心中一动，有所企望地恭敬起身，垂首而立。

"汤盟主稍安勿躁，宽坐、宽坐，听本帅详细说来。"伯颜早已洞穿汤仁和脾性，智珠在握，不虞汤仁和能脱出他的掌控，言语中自含迫人威势。

伯颜将四川一带历年战况娓娓道来，让汤仁和对前因后果大致了解，方才说到钓鱼山上的钓鱼城。"本帅细研此城至今没能攻下之因，只为该城占位特殊，本军难以聚力围攻，派至兵力再众，被三条江河一阻，能够在城下展开的也仅千人而已。就是说，整个战局是我众敌寡，但落到攻城之战上，反倒是敌众我寡。当然，假以时日，自是不愁攻不下这巴掌之地。但眼下，全国既平，仅存三两处方寸区域还有兵戎，终非国家幸事，也不利民众休养生息。所以，本帅以为，早日攻克钓鱼城、控制钓鱼山，进而占领合州城、重庆府，实是平息四川残存战事的关键所在。"

汤仁和至此，还没听出攻打远在千里之外的钓鱼城和自己的"福事"有什么关系，又不敢打断伯颜谈兴，只好沉住气，续往下听。不料，伯颜收住话头，反问他道："依汤盟主之见，如何才能以最小的代价、用最快的时间拿下这座钓鱼城呢？"

汤仁和不虞有此一问，半晌答不上话："这……这……"腹中暗诽，"我又不是军事家，从没指挥过大阵仗，你有何高招直接说嘛，搞什么玄虚！"

伯颜却不依不饶，追问："汤盟主一向见识甚高，说说看。"

汤仁和只得实说："大帅谬夸了，小民不懂战阵，更无领兵经历，一时难有陋见。"

伯颜微微一笑，自己作答："看来只有试一试里应外合之策了。"

里应外合的意思，汤仁和当然懂得，立即示同："大帅高明、高明！"

伯颜便一点一点将话题扯到"需派适宜高手进入钓鱼城中，取得守城主将信任，然后寻机，出其不意，一举将其击杀，开门引入大军，占领全城"的主旨上。

汤仁和心思一直随着伯颜话语打转，听到这里，敏感即生：大约要自己去当那个杀将的"高手"了。想是想到，却不抢话，只是默然恭听。

果然，伯颜将破城之策细细说完，终于揭底："本帅有意派你前去钓鱼城，伺机除掉张钰，趁乱打开城门，迎接大军。如何？"

汤仁和诚惶而言："蒙大帅看重，只是那张钰军伍出身，久经战阵，只怕小民技能低微，难以杀之。小民死不足惜，误了大帅良策实是罪过。"

伯颜摇了摇头，不以为然："张钰是一员战将，善于冲锋陷阵、调兵遣将；若凭武功，单打独斗，你足可胜他。何况，我还会另派能手帮你成事的。"

"小民承大帅抬举，得任江南武林盟主，本当尽心效力，万死不辞。只是，我这事已明昭天下，江湖中无人不知，小民要想进入钓鱼城，博取张钰信任，实无可能。这才是最为可虑之事。"汤仁和没有说出的话语则是：伯颜大帅，你此计虽好，选中我去，可是有点糊涂了？

伯颜听了他反驳之言，不怒反笑："哈哈，汤盟主所说极是，这也曾系本帅所虑。只是，如今情势已变，汤盟主实是不二人选，非你莫属哇！"

"非我莫属？不二人选？"汤仁和真正疑惑了。

"是的。你做了江南武林盟主，世人皆知你已为本朝所用。但是，现今你门派已毁、徒众被杀、妻子遭掠、亲儿失踪，这些皆因何人所加？不正是本军做下的桩桩件件吗？事情传扬开去，谁人不信汤盟主已视本朝、本军为仇人、大敌？你若反投义军，怎会怀疑你？凭什么怀疑你？他们欢迎还来不及呢！我原也没打算遣你前往，适才听你说了家门遭遇，方生此想。真是机缘巧合，天意呀！"

伯颜说得兴奋，离开高座，负手在帐中大步踱走。

见汤仁和垂首沉思，随伺参将上前拱手贺道："恭喜汤盟主，贺喜汤盟主！汤盟主若为本朝立此大功，后福享受不尽呀！"

汤仁和如梦醒转，望向伯颜："大帅言及小民有桩'大福'，是指这事吗？"

"正是。本帅即将率师北上，途经大都，当向皇上禀奏此事，我保朝廷授你四品正将之衔……领江南巡察将军一职。那时，你在江湖上一统武林，在官场上所到之地，见官大一级，不是一桩大福大喜之事又是什么呢？这可是大丈夫立身处世求之不得的呀！"

汤仁和要的就是伯颜亲口说出这番话。他尚未开言，脑中跳出一行字：富贵本是险中求！对！于是脱口而言："小民既承大帅屡次高看，千言万语只说一句话，全凭大帅调遣，小民赴汤蹈火、万死不辞！"

他还想再说些表心明意的话语，但前几日无比的忧伤，此刻巨大的诱惑在他心海相互撞击，头脑晕成一片，意识几乎离体而去。

精明的伯颜见汤仁和神情亢奋，双睛光芒暴射，两颊通红溢彩，双唇抖动，似有多多话语难以尽吐，料他确系真心实意愿去做"杀将"之事了，忙拍了拍他肩胛，亲切笑慰："汤盟主对大元忠心赤胆，本帅早已明鉴。此事既已说定，本帅也无牵挂，两日后即渡江北去，沿途一定尽力替你打探夫人与公子的消息，一旦寻到，本帅即将他们携往大都，着人善待厚养，你功成后可直赴京城与家人团聚。望汤盟主万勿挂怀，放手行事吧。"

汤仁和兴奋中不及细辨伯颜将其妻儿带往都城的深意，只是点头如捣蒜："好、好、好！"

伯颜重负既卸，心绪甚好，令参将重沏热茶，举杯对汤仁和道："本帅以茶代酒，祝你马到成功！"

伯颜放下茶盅，续道："大军去后，你以召集江湖人士赴川抗元的名义，组成一队人马，前往钓鱼城。只要你行事稳妥，不怕张钰不落此局中。这个'局'的名称嘛……就叫'千里杀将'吧。"

"千里杀将？好，就叫'千里杀将'！"汤仁和拥掌赞同。

"本帅所选助你成事者，当会自动到你队伍中，但他并不知你真相。此去路远，接头过早，恐有不妥。你可记住，义军队中、钓鱼城里说得出'千里杀将'之语者，即为相助之人。另外，我当密令经川途中所驻军队，不得过分为难你。只是到了城下，你们也要出力打一打，否则，张钰怎会轻易相信你？"伯颜话语至此，笑而收口，眼光看向一旁的参将。

参将不解其意，试问："大帅，那今晚为汤盟主饯行？"

"不是饯行。是马上赶他出去。"伯颜诡秘一笑。

"赶他出营？"参将一时愣住。

汤仁和心思甚灵，立时明白了伯颜用意，连忙站起："不仅要赶我出营，还得追我一程。"

伯颜接道："我还要亲下指令，张贴告示，缉拿你这图谋刺杀本帅的叛逆！"

参将醒悟："这叫作，你家破人亡来寻仇，欲对大帅不轨；刺杀不成，你只得逃出兵营。哎，你不妨伤我几名兵士更好。这一闹，世人则确信你已与我军反目，仇深难解了。"

又一阵闹腾后，元军大营恢复了宁静。

伯颜端坐帐内，一手握着掌中的鱼形调兵金符，一手轻抚腰间袍服上的玉扣，望见帐外一侧停放着的自家车乘，黑色的车顶在阳光下油光闪亮，几杆红色的军帜在风中飘扬。想到再无可虑之事，只待放胆北上平叛，伯颜心中无比欢畅，漫声吟出："金鱼玉带罗兰扣，皂盖朱幡列五侯，山河判断在俺笔尖头。得意秋，分破帝王忧。"

帐中文员赶忙提笔将大帅这首"阳春曲"录下。众将官喜笑颜开：大帅难得有此雅兴啊。大帅既为皇上分忧，咱们就与大帅同乐吧！

三、招兵买马入川去

"虎啸九华"王飞扬在龙虎山下失意而归，连日闷坐庭园，除了饮酒喝茶，无心料理他事。王飞扬对自己的武功深具信心，又打点过几位武林长老，满以为一俟票决，第十四届武林盟主之位非己莫属。岂料，最后一环突生变化，竟凭元军统帅一人之意，指定庐山"得失门"门主汤仁和做了盟主，还亲赐金刀，礼遇有加。看那汤某武功倒是与自己在伯仲之间，当个届把"盟主"也无不可，只是此人对元军那副逢迎谦恭的神情令人厌恶、鄙视。

"这家伙摆明是元人的一条走狗，由他号令江南武林，大家不都得仰元人鼻息存活了吗？一将熊，熊一窝，他奶奶的，丢尽了咱汉人的脸！"王飞扬越想越气，脱口骂出声来。

王飞扬正郁闷不堪，一名家仆登堂报说："庄主，有客造访。"

"谁呀？我不想见客……就说我外出了吧。"

"他自报家门，说是姓汤，来自庐山。"家仆回道，"庄主若不想见，待小人回他即是。"

"慢……姓汤，从庐山来的？"王飞扬心念一动：莫不就是那位新任盟主？他来为何？真若是他，初次登门，不见倒似不妥……

王飞扬自尊心甚强，觉得新任盟主近期即亲赴九华，主动上门，终是给自己面子，气性顿收一半，改言道："请他进来，前厅候着。我倒要看看这尊神具……"

汤仁和在冷凳枯坐甚久，才见王飞扬背负双手悠悠哉哉从后堂踱了出来，知他有心端架，心里暗笑，轻咳一声，立起身来，抢先开言："在下庐山'得失门'汤仁和，拜见王盟主。"

王飞扬见汤仁和言语恭敬，没有一点托大之态，立时化解了尚存的余愤，满脸生笑："哎呀呀，汤盟主大驾光临！王某不知，未能远迎。失敬、失敬！"

二人执礼落座，王飞扬唤家仆敬上香茶，重新致谢："汤盟主履新不日，竟远至寒舍，折煞王某了，本当王某登门道贺才是。"

"王盟主切莫如此说话。其实，我这个盟主不做也罢，做了反倒羞对世人、愧对先祖呀！"汤仁和摇头叹息。

王飞扬不明此话何意，眨了几眼，浅浅笑道："汤盟主怎的有愧？王某实是不明白。"

汤仁和长叹一气，将元兵在庐山的恶行和家门的惨变一一对王飞扬说了。王飞扬听毕火冒三丈："他奶奶的，这些兽兵欺人太甚！"

"王兄，你说我这个武林盟主还有什么当头？家人都难保全，又何德何能号令江湖？"汤仁和对王飞扬换了称呼，以示亲近。

"汤盟主说得对。只怨你以前对元人太……太过相信。"王飞扬试着说了一句。

"王兄所言极是。小弟对元人奸诈凶残觉察不足，总以为世人种种传说，没有亲见，不可全信。真到祸临自家，我才知道世说不假，有过之而无不及呀！"汤仁和悲愤不已，擂桌而言。

"这口气，汤盟主就生生咽下去吗？"

"咽下去？我还有脸活在世上？那才叫苟且偷生呢！前几日，我去元军大营找伯颜老贼理论，他反诬我私闯军营，欲行不轨，下令护卫将我拿下处斩。若不是我拼死冲逃，打伤数人，今日岂能见到王兄？现如今，元军在江西境内张贴告示，通缉拿我，赏银万两，我只得夜行晓藏，逃到王兄这里。唉，什么盟主不盟主，我和伯颜老贼已撕破脸面，只恨没能用这把金刀杀了他！"汤仁和拍打着怀间之刀，切齿怒言。

王飞扬自元廷派出大喇嘛坐镇九华，统管僧俗杂务、庙产田税，废了自己的权势，早已积忿经年，听汤仁和一番爆辞，肝胆间一脉豪气飙腾，一拳击在桌面，震得茶盅直颤，粗嗓大声道："好！大丈夫恩怨分明，王某佩服汤兄！"他也改了称呼，片刻间感到与汤仁和亲近不少。

"汤兄，你有何打算？这次造访寒舍……"王飞扬性子虽烈，人不糊涂，至此，他有心揣摩汤仁和来此的真正目的了。

"小弟对王兄为人仰慕已久，那日在太师殿宴席上，小弟也看出王兄对元人甚为轻鄙，所以才敢来此对王兄一吐肺腑。说句实话吧，我要反他娘的了！"汤仁和断然而言。

"反……汤兄，元军兵势强盛，所到处，无人能挡，我朝半壁江山抗之，最终也只得弃都出逃，孤儿寡母流落天涯。你我说到底，也别提盟主不盟主的，两个平头百姓，草民啊，能反出个什么结果？"王飞扬面生忧郁。

"结果不结果的，确实不好说。但像尚存的那些抗元义军，还是可以有一番作为的吧？文天祥文大人妹婿彭震龙壮士的那股义军就杀伤了不少鞑子兵呢。"

"可大部分义军都被元军剿灭了，彭震龙的部队不也被打垮了吗？剩下的零散义军只能躲在山林中以求存活，再无大的战力……"

"有一块地面还属我朝掌控，那里抗元战事正激，胜负还没见底哪。"汤仁和将话题扯到正点上。

"汤兄所指是……南海那几个岛屿？"王飞扬凝神道。

"南海一带当然仍是宋字旗号，我说的是四川重庆方圆数百里地面，元军至今没能攻克，大宋的军队还在为守卫疆土而战，听说小皇帝也想入川开拓呢。"

"汤兄是要入川？"王飞扬听懂了。

"对，入川抗元，痛痛快快地杀尽鞑子，也一补早先没能参与战事之憾！"汤仁和将热茶一饮而尽，重重搁下茶具。

王飞扬暗自琢磨此事的可行性，愣了一会儿方点点头："汤兄终不为鞑子所用，志气可嘉，令人敬佩。汤兄今日尽言雄心大略，足见对王某信任，不知王某又能做些什么？"

"王兄武艺高强，为人仗义，是武林中响当当的人物，实不该在乡野间埋没一生呀。"

汤仁和一赞，王飞扬咧嘴笑了："汤兄过誉了。不是汤兄今日一说，王某还真没想到要做一番惊天大事，只求在乱世中平平安安得以善终罢了。"

"小弟有个主意，只要王兄愿意，我等秘密组建一支义军，西进入川，投入重庆战区合州城外的钓鱼山，襄助守军杀敌。那里主事的张钰将军，是大宋抗元干将，甚得小皇帝倚重，跟着他，你我定可不枉此生。最起码，也不必再在元人眼皮底下讨日子、白受气了，更可尽展一身武艺。"

王飞扬热血沸腾，抚掌而起："好！我王某四十有余，与其混吃等死终老一生，不如趁尚未年迈力衰，干一场大事，死了也落个民族英雄的名头，做一个岳武穆那样的大宋臣民！"

"一言为定！我们拉起的这支抗元队伍，就由王兄担任大统领了。"汤仁和见王飞扬慨然应允，随即送上一顶"高帽"，将他罩住。

王飞扬果然生喜："哈哈，这统领还是汤兄做了吧，本是汤兄的主意嘛！"

"不、不，小弟之才岂可与王兄相比，王兄做统领实至名归，小弟鼎力相助就是。"汤仁和说毕，已是长身作揖，"汤某拜见王统领！"

王飞扬至此不再推让，一把握住汤仁和臂膀："好，王某就勉为其难了。那委屈汤兄做个副统领，也好让王某有个倚仗。"

汤仁和欣然应允："只要王兄肯做统领，小弟一切好说。"

王飞扬兴致勃勃，略一寻思，即道："我既是统领，就该多多出力。改天将这座家院卖了，以筹银两；妻妾子女送回老家暂住，愿随我入川的家仆、徒弟一并带上。大丈夫做事，留不得退路。来呀，摆酒荷花池畔！汤兄，你我边喝边议吧。"

江南战事平息多时，江西、安徽及周边地区的大股元军南下的南下、西征的西征，待伯颜又率大军北上后，方圆百里地面已经没有成建制的军队。汤仁和撺掇王飞扬组建义军入川抗元的讯息传出后，几天之内，即有数百民众前来应征。其中多为失散的义军兵士和曾遭元军荼毒的农人、市民。王飞扬、汤仁和逐一过目，从中挑选了一百多名身强力壮、通晓武艺者。其中有些是汤仁和、王飞扬在数次竞技大会上认识的武林人士，这些人惯以武功论高下，自然对汤仁和、王飞扬二位新旧盟主信服，令汤仁和、王飞扬欣慰不已。

只是，应募者中有一位人士倒是汤仁和料想不到的，他就是"六县总捕头"

雷龙正。

"你怎的放着官儿不做，要当这造反的义军？"汤仁和惊讶不已。

"你们二位盟主舍弃名望、富贵，义字当先，国家为上，我也是大宋子民，也有男儿血性。何况，在下实乃'江南霹雳堂'雷门弟子，国难当头，若不担匹夫之责，还有底气在江湖中闯荡吗？只是往日有心无缘，如今机遇来临，本是应当向二位看齐的。"雷龙正一番话说得堂堂正正。

"你现在可是衙门中的官人，和我等江湖民众不同。你这样做，不要公职、俸银了？"汤仁和终是心存疑惑。

"什么官人不官人的，不过当着跑腿的差事。我看了元军缉拿你的告示，汤盟主能去刺杀伯颜，才是敢作敢为的汉子。你连挣下的盟主也不做了，我这芥子之职何足挂齿！"

"家仇深似海，我还会要元人封赠的什么'盟主'吗？哎，你远去四川，那正办的案子咋搞？"汤仁和言毕一笑。

"案子只要没破，终不能销，自有接手之人。再说，案底已在我心中，虽不当差，只要识破疑犯，还是要将那厮送进公门依罪定罚的。你看，这二位是我手下的弟兄，随我弃职投军一同抗元，自然也可一块儿缉凶。"雷龙正不紧不慢地说着，又朝身后二人点了点头。

汤仁和将雷龙正所指二位细细一看，依稀辨出确是年前在皖南山间参与捉拿自己的两名捕快，神色一怔，强笑道："那好，有雷总捕和诸位相助，汤某求之不得呢。"

王飞扬器重雷龙正"六县总捕头"的名号，想他久在公门、历练丰富，又虑及"江南霹雳堂"乃江湖名门大派，实可借用，便提议请他出任义军第二副统领。汤仁和说不出强硬理由反对，只得顺口应和。

"这姓雷的真如附骨之疽，将我吸牢了。总不会是为我而弃了公职前来应征的吧？若是这样，弃职一说不论真伪，怀疑上我则是八九不离十了。"汤仁和心中浮起虚怯，也生出凶恶，"也好，迫得急了，先除掉这姓雷的，免得日久生事，不能将后半辈子的荣华毁在这几个鹰爪手上。"

喜忧交织中，汤仁和随着新组建的这支义军开拔了。其实，他心中一直惦着伯颜要在义军中打入助其成事者的话语。筛选义军时，他参与面试，一个应征者都没漏过，一来担心王飞扬等会恰巧将伯颜所遣之人剔除，二来更想主动辨识一下究竟是何人。可惜，汤仁和既没能察觉出不录之人中有甚憾漏，也没推测出选中的一百多号人里谁为伯颜遣者。

"看来，我在明处，那人倒在暗里了。且看他如何助我！伯颜到底不能完全信我，才弄出这种名堂。好的，到时误了大事，可别怪老子了！"汤仁和心中怂怂。

除了暗自发恨，汤仁和表面是一点异相也不透出的。他勤快地走动在队伍首尾，或关怀兵士，或催促前行，或说笑解乏，企盼早日入川抗元的强烈意念，大大感染了整支队伍，以至全军一日行走百里，顺利抵达铜陵渡口，饮马长江岸边。

溯江而上，从水路入川，是汤仁和首提并坚持的行军路线。走水路，一可悉数乘舟而行，减少路途劳顿，保全战力不减；二可免除跋山越岭，大大缩短路上时间，早日到达合州地面；三可尽量避免与元军相遇，义军弱小，不堪几战，汤仁和担心未到钓鱼城全军已遭歼。那样，伯颜将军精心设计之"局"则胎死腹中，许诺的官位权势可望而不可即，与妻儿相聚的愿望也成了泡影。汤仁和冷静之后，已然想清，伯颜之所以要自己到京都与妻儿相会，那是迫得自己无路可走啊！伯颜轻易地就将确保此"局"成功的要求，转化成了汤仁和不可推卸的职责和自发的意念，他须尽全力促成此"局"万无一失。所以，汤仁和在议事时，再三强调"走水路"的益处，得到了王飞扬与雷龙正的认同。

当晚，义军露宿江畔。时进初夏，江风阵阵，江涛哗哗，令人心胸开阔，生气盈怀。星光月影下，义军兵士进了晚餐，散坐谈笑。一名在外圈执勤的哨兵匆匆跑来，向王飞扬报告：半里地外的官道上，数十名元军押解着十几个汉人正往铜陵城急赶。

王飞扬忙招呼汤仁和上前，躲在一丛矮株后察看，果见连串火把将远处大道照得通明，一队元军刀出鞘、箭上弦，警醒地将十多名被绳索缚住的汉人押在队中，大步行来。十里开外，可见铜陵城池堞影。

"这队元军大约是耽搁了路程，没能在日落前进入铜陵城，正赶得急呢。"王飞扬判断道。

"这些被元军押解的汉人不知是干什么的，五花大绑，罪名轻不了。即便不是义军，也不会是顺民。"雷龙正悄悄挤了过来，问王飞扬，"要不要救下他们？元军不多。"

"不行，眼前元军是不多，可谁知铜陵城里还有没有驻扎的军队？这里一闹腾，城里出援怎么办？"汤仁和一口否决了雷龙正的提议。

王飞扬思索着尚未出言，行进的元军已观察到江边的几处燃火，队伍立即停下，数名元军奔跑过来。

"糟糕，发现我们了！"王飞扬看了一眼身旁二位，"汤兄，不打只怕不行了。"

汤仁和脑中飞转，一横心道："好，打就打。只怨他们自个儿找死！雷兄，你赶快回去带人，分两头截住他们，别让逃者报信招援。我和王统领候在此地，做掉先到的这几个家伙。"

过来察看的四名元兵，走到半途，还未看清燃火四周的情势，眼前猛然蹿出两条身影。元兵一惊，急忙挺刀护身，为首者大喝："什么人？"

王飞扬、汤仁和半声不语，剑扬杖起，各出一招即放倒了两名元兵。另两人慌忙转身，边跑边喊："队长，有逆贼、有逆贼！"

王飞扬、汤仁和纵步飞跃，弹指到了两人身后。两名元兵眼见跑脱不得，悍性大发，陡地转体，将腰刀舞得呼呼作响，硬生生直劈王飞扬、汤仁和。

王飞扬脚下不停，双剑齐出，一剑格住当头落下的雪刃，一剑电闪疾送，直刺元兵颈间，那元兵收刀不及，立被一剑贯喉，仰面而倒。

另一元兵较为灵巧，挥刀一劈间，乘汤仁和杖未击到，连步后跃，脱出了战圈。汤仁和知他拖延时间，等同袍前来相助，当然不会让他遂意，手腕一抢，铁杖脱手生啸，如巨大的甩手响箭飞射而出。元军不料对手隔着七八步远，竟将兵器掼出，避闪不及，被铁杖洞穿胸口，钉在地面。

领兵元将遥见四名强手一个照面就被摺倒，立知来者不善。一时不决是带着队伍赶快远离，还是先把这二人杀了。正作踌躇，只见漫眼间，竟有百十号人一声不响，悄然掩杀过来，不由大惊：铜陵城外多日平静，此刻怎的冒出这多贼寇？

元将虽慌，心里倒还明白，临行前，上峰已有明令：此番解押俘虏的义军人士，若遇大股反逆来袭，可以弃之，率队而退，保全自身为要。上峰当真料事如神？眼前状况，不依上峰所言，只怕全队葬身于此了。元将不再犹豫，叽里咕噜几声大喊，数十兵立即抛掉火把，撤离官道，慌忙跑进夜幕，留下了那十数名捆缚一紧的汉人。汤仁和阻住义军追赶，令人将被缚者一一松绑。

王飞扬、汤仁和、雷龙正率人将那十多人分开盘诘，回答一致：被俘者均系江西义军彭震龙所部，被打散后在山中藏了数月，陆续落入搜山元军的手中。

汤仁和见被俘义军衣衫破烂，容颜憔悴，但骨骼还算强健，又有战斗经历，可以一用，便将收留这十三名义军的意思对王飞扬、雷龙正说了。雷龙正立表赞成，王飞扬却反对："这些人都是溃散之兵，被元军打怕了，躲在山中苟活日久，还有什么战斗意志？今日救下他们性命，已是他们的造化，带在身边，只怕会消蚀全队的意志，不如遣散自去吧。"

王飞扬先听遭俘义军都是江西人氏，再见汤仁和有心收留他们，心里打起了小算盘：汤仁和本是庐山"得失门"门主，在江西自成根基。如今队伍中，半数都是赣人，眼下若再留下此批人员，他们老乡增多了，我这个统领强不过汤某的势头啰。

雷龙正听王飞扬拒收的理由似乎不足以服人，不知他为何如此一说，见汤仁和又不收回己见，二人一时僵住，只好打圆场："二位统领所言各有道理，雷某有一建议，不知当讲否？"

汤仁和有心笼络雷龙正，答道："雷兄有何高见，说来听听。"

王飞扬也道："自己人客气啥，有话直说嘛。"

"在下以为，汤统领用人之意确实符合当下实情，王统领的顾虑也非杞人之忧。不如这样，我等问一问这些人，是和我们一块儿入川抗元还是另有他意。愿留者当是战志犹存，肯与元兵搏杀的，弃之不用，则可惜了。不肯入伍者，强用之则定如王统领所虑，只会弱了全队士气，有害无益。怎么样？二位早点决定吧，这里可是险地，不可久待的。"

王飞扬再不好反对，勉强表态："雷兄言之有理，也行，问问吧。"

依次一问，十三人都表示愿意跟随大队入川抗元，但求一战，以除胸中憋屈之气。其中有一姓钱的，任过义军中的小队长，自说与元军断断续续打了三年仗，已经习惯军中生活，留下的心情尤为迫切。

汤仁和便对王飞扬道："王统领，那就收下他们，若发现谁如你所说，再严惩不迟。"

王飞扬首肯道："那好，你们就编入本军，自成一个小队。"又指了指姓钱的，"由你担任小队长，有了功劳，本统领自有奖赏。"

"谢谢王统领，谢谢这二位统领，属下钱洪中与众弟兄，蒙各位看得起，日后不论鞍前马后之劳，还是千里杀将之举，一定尽心竭力，不负厚望！"

钱洪中一番言语，王飞扬、雷龙正只当寻常之态，汤仁和入耳则如惊雷一炸：什么？不论鞍前马后之劳，还是千里杀将之举……千里杀将？

汤仁和冷眼瞥去，那钱洪中垂首而言，并未抬眼，弄不清是向何人表白。

王飞扬不再理睬钱洪中，看向汤仁和、雷龙正："二位，我意立即离开此地，沿江岸上行三十里，再寻宿营之处。"

雷龙正附和道："离开此地，越快越好！请王兄下令。"

汤仁和只是木然地点了点头，一言未发。

队伍迅速向长江上游开去。汤仁和夹在队中，默然行走，暗自佩服伯颜行事当真周详诡秘，出人意料又妥帖自然。

汤仁和已经明白，伯颜在统兵北上前的两天内，于繁忙军务中，将自己入川一事细作安排。伯颜给自己派了一队助手，而且用这种神不知、鬼不觉的方式送到了自己的身边。也是，钓鱼城虽然不大，但防务森严，元军大队二十年都攻占不下，仅凭混入一两人，难有大作为的。即便"杀将"得手，也难以引发全城大乱，这下有十多人潜进城中就可以生出许多事端了。

汤仁和成事的预感强烈起来，信心大增，不觉远远看了看正在人群中大步而行的"钱队长"，哑然一笑："我已知道你了，你可知道我吗？伯颜将军不会什么都对你说吧？"

与汤仁和推测不差，伯颜正是担心他此去势单力孤，难有大成，方又出一策，从在江西俘获的义军中，选出愿意投顺的十三人，以扣押家属为要挟，又加事成后重重奖励作诱惑，迫他们再扮俘虏，打入汤仁和部，西入钓鱼城，听令行事。真正知道"千里杀将"暗语的，唯钱洪中一人。伯颜对钱洪中也不敢全信，并没告知谁会与他联系，关照他见机在众人面前说出这四个字，余下的就是等待指令。

这十三人以前确是抗元的义士，只是已被伯颜重新锻造成了一支射向义军的毒箭。他们被安排进入这支援川队伍中，在铜陵城外相遇，看似偶然，实是必须的了。

只是，伯颜此计几乎夭折于王飞扬的一己私念。伯颜谋虑虽密，也没有想到汤仁和会将义军统领之职让给王飞扬，自己则做了"二把手"，失去了"最后话语权"。

汤仁和鼓动王飞扬入川抗元，并推举他做全队统领，实乃深思熟虑之策。一来，他要借助王飞扬的人望。汤仁和虽说是新任江南武林盟主，但江湖结交甚寡，名头也不响亮，而王飞扬在多年前即已坐过"盟主"之位，其性格张扬，交流泛漫，由他出面一呼，大大省却了组队之劳。二来，王飞扬武功不弱，入川途中，倘遇元军阻袭，有他挑头，胜算大增；到了钓鱼山下，若要进城，不经恶战，则难以对守城宋将交代。依王飞扬性格及"统领"职责所在，他必然冲阵在前，杀开血路，以保大伙顺利入城。三来，汤仁和所谋甚大极险，心弦日日紧绷，王飞扬坐上"第一把交椅"，揽去大部操心劳力的琐事，不至自己分神烦思，则可隐他锋芒之后，确保一击奏效，马到成功。

到了池州地面，遍寻十里江岸，一共雇到四条较大的木船。王飞扬登上首船，扬帆先行，每隔一炷香时辰，第二条、第三条、第四条船方分别解缆开桨。这也是汤仁和的主意，他担忧船队首尾相衔，引人注目；还特地关照各船义军，白天、黑夜均须匿伏船舱，不得随意显露身形。

见汤仁和谨慎、细密，雷龙正暗暗点头，还主动要求和汤仁和一块乘上末船："王统领在前开路，殿后之船呼应也很重要，我就相助汤统领压阵吧。"

汤仁和在王飞扬调分各船人员时，本想招呼钱洪中那拨人与己共乘，却见他已抢着往首船停泊处行去，只得作罢。

与雷龙正蜗居巴掌大的暗舱中，朝夕相处，实非汤仁和所愿。他上船后即对雷龙正道："雷统领，烦你带弟兄们往里去去，我就坐在舱口，有事好应付。"

避免和雷龙正多话。

头几天，船行顺利。虽是逆水而上，但风却助人，又有义军中会扳船者轮换船工歇息，四条船昼夜不停，鼓浪而进，第五日上，遥遥已见荆州城堞影。

汤仁和只要有暇，便闭目养神，他的"新科武林盟主"名头与"副统领"身份，自然地疏远了众人，只要他不开口，无人主动上前搭讪，是以，他有了充足的思考机会。他回想往日在庐山"得失门"的种种景况，反复琢磨伯颜大帅设下的"杀将"之局，最缠绕心头的当是清远儿的下落与妻子的安危。其间，汤仁和已将伯颜所说一旦找到妻子，即将她护送到大都，等他功成而至再去团圆的真意，又往深处回味：这不是要将我妻当作人质扣在大都城中吗？但愿清远儿别再落到元军手上。若是全家性命都被伯颜掌控，我堂堂汉子还真没有自己的意志和生活了。唉，果被爹爹言中，得得失失，造化弄人，竟至于斯！只望此去钓鱼城，如愿建功，全身而退，妻儿相聚，伯颜所诺兑现，终有所得，方可"得"大于"失"呀！

汤仁和心绪紊乱，想到激动处，不由长叹一口气，舒了舒胸中憋闷。就这一睁眼间，汤仁和瞥见了雷龙正。这两天，雷龙正与他相隔数人，虽然没有和他多扯什么，却时常留意于他。背倚舱壁，蜷腿而坐，双目微闭，似睡非睡的雷正龙，面上皱纹如刻，黑发间杂灰白，松弛的神态掩不住生命的沧桑和为生计支付的疲顿。

"此人年近五旬，吃了一辈子捕快劳碌饭，怎的说弃就弃了俸饷，说丢就丢了公职，蹚这道浑水？当真如他自言身为大宋子民，死做大宋鬼雄，拼上老命和鞑子干一场？还是确实有证据怀疑上我，和我摽上了？"汤仁和心里打鼓，看定雷龙正。如有灵犀般，迷糊中的雷龙正蓦地双眼一开，闪眸与汤仁和对了一眼，随即脸上一展笑纹，不待汤仁和做出表情，又舒坦地眯上了。

汤仁和被他看得一惊，"这姓雷的武功平平，但实是世故、老到，他能在浙江、安徽转悠着寻到龙虎山下与我照面，确实有两手。吃捕快这碗饭的当真有邪门之处，此人能挂'六县总捕'之印，当非易与之辈，我以往小看他了，以至今日被他缠住。唉！"

汤仁和心中自责，渐生烦躁，正想推开舱盖透透气，只听江面上有人连声吆喝："木船上的人听着，靠岸停下，接受检查！快，停下、停下！"

汤仁和一惊，立即掀开舱口木盖，探首瞧去，只见不远处，两条插着元军旗帜的兵船破浪而前，首船甲板上，一个瘦瘦的头领模样的汉子扯着嗓门大喊。

船老大正慌，见汤仁和展身欲出，忙趋前问道："这位大哥，怎么办？你们都带着兵器，说不清楚的，要出事了……"

汤仁和将铁杖搁下，跃出舱口，举目前眺，只见先驶三船远远正行，首船仅依稀可辨，料定前来盘查的元军船只并不知底细，恐是偶然之举，恰巧拦下了自己所乘之船，便平静地回应船老大："莫急、莫急，我们现处何地？"

船老大搭掌一瞭："快到荆州城了，那不，能看到城垛子了。"

汤仁和听了，估摸荆州之地系兵家要枢，元军在这一带鏖战多年才拿下襄阳、荆州二城，防范之心甚重，这会儿喝船停靠，循例盘查的可能性较大。便对船老大道："就近收篷抛锚吧。你别担心，若有损失，我会多多赔偿的。"

"大哥，遇上元兵，稍有差池，只怕要砍头的，可不是赔偿……"船老大甚是慌乱，额上已是汗珠滚淌。

"嗨，有我们在，没人能砍得了你的脑袋，不要怕嘛。"汤仁和笑了笑，返进舱去。

江心压波而来的元艇，正是荆州城守军的巡江兵船。此地已是长江中段，若再上行，即可入川。川中战事未歇，元军将巴蜀一片列为封锁区域，易出难进，防着有人暗地里接济重庆、合州等地坚守不降的残宋军队。

三条大船间隔过去，在宽阔的江面上很是显眼，巡船将领已生疑心，但再追不及，便下令拦下遥遥跟进的末船。

船老大不明白汤仁和葫芦里装着什么药，只得转向落篷，将船只缓缓靠向右岸，抛下铁锚，深插竹篙。汤仁和回舱对正竖耳倾听的义军战士道："你们四人上来助我，其余弟兄暂随雷统领候着，等我命令。若有元兵进舱，立即格杀！"

汤仁和吩咐出舱的四名义军将腰刀、匕首用衣物遮掩了，分散开来，夹杂在船工中，自己站在船首，负手而立，静待元兵。

两条元艇一前一后泊在大船首尾，每只战艇上有二十人许，十人挽弓搭箭，盯着木船人员的举动，十人执枪，预备跨舷而过。晃动间，两艇领兵头目当先一跃，高纵三尺，直向木船落下。

汤仁和一看眼前阵势，知道事难善了，心中叫苦，决定伺机一搏。

元兵首领在船板上站定，先不开言，各自挥手，招艇上的元兵过船，待数名元兵攀上船来，一头目方指指汤仁和问道："你是什么人？船上所载何物？要去哪里？"

"回军爷，小民受老板所派，运货进山，船上装的是布匹、杂货。"汤仁和笑着抬手道，"军爷进舱一瞧便知。"

那头目不疑有他，俯身带着两名兵士步下船舱。汤仁和脚下不慢，立向船尾另一元将走去，两名义军也悄然移身过来。那元将却也机警，扬刀大喝："都别乱动，站在原位，等候检查。谁是船老大？"

船老大抖抖瑟瑟不及回应，汤仁和抢着朝元将拱拱手："军爷，有事但找小民说话。"

"哦，是吗？"元将一摆手，两名元兵上前挺枪指着汤仁和："举手，转身！"

汤仁和依言照做，暗中已将真力贯注全身。一名兵士出掌在他后背一搭，如抚钢片，心中一怔，扭颈正要对元将报告，汤仁和一记反臂扣颈，直将这名军士向同伴的枪尖推去。同伴慌忙收枪，一跌而至的躯体势猛无比，只听"扑"的一声，枪头已是洞穿了那名军士的腰腹。

事生突变，元将未及看明，兵士惨呼与同伴俱叫一块迸发了。

汤仁和半点不缓，随即一掌打向握枪兵士。那元兵尚未回过神来，又遭迎面大力一击，嗓间凄声不及尽吐，一个跟斗跌出船舷，倒栽入江。与此同时，甲板上的四名义军也亮出器械，围杀上前。

元将尚未应对，已经折了二人，勃然大怒，朝涌到的兵丁嘶吼一声："逆贼反民，通通格杀！"

汤仁和听得船舱里打斗声也起，便扬声一喝："杀尽鞑子，才有活路。大伙绝不可手软哪！"喝声中，马步一扎，沉力压稳剧烈晃动的船体，右拳一冲，打得元将钢刀一偏，一记砍在船舱顶盖上。

几名义军立时和元兵杀成一团，吓得船老大和帮工躲在舵板后抖个不止。

汤仁和眼角余光扫见元艇上的弓箭手举臂欲射，执械兵士大部登船，唯恐舱门被封，一边呼唤："雷统领，弟兄们，杀出舱啊！"一边弹腿飞踢运力拔刀的元将。

元将急切间拔刀不出，见汤仁和脚已踹到，左手急划，一招"海底捞月"，五指往汤仁和脚腕捏去，只想扭断他筋骨，废了此腿。不料指尖触处，如握硬石，半点发不上力，倒觉一股厉气反震己臂。这元将虽不明中原武功"内力伤人"之道，却是草原上角扑的一流好手，惊而不乱，大喝一声，二次发力提臂猛掀，竟将所托单腿撩向半空，迫得汤仁和凌空翻了个筋斗，方才卸去大力，落回甲板。

此时，舱板轰然破碎，雷龙正烈如龙蛇，率先从破舱处飞弹出身。他一眼看见汤仁和，急急叫道："汤统领，接杖！"挥臂就要将汤仁和遗在船舱里的铁杖抛给他。

汤仁和稍稍轻敌，几乎被这元将掀下船去，立脚未稳，就听得雷龙正呼叫，只道适才窘境被他看见，不由面上一红，性子上来："不用铁杖，也能杀他！"

元将见出舱汉子杀气浓厉，知道早先进去的同伴必然丧命，凶性大发，朝两条战艇上的元兵大叫："放箭！放箭！"嘶声中，奋力从嵌缝里抽出刀来，二次劈向汤仁和。

众目睽睽下，再听元将下令"放箭"，汤仁和既要一展"盟主""副统领"的身手，不致弟兄们小觑自己，又虑箭雨一放，伤亡必巨，情急中，多年功力随意而发，硬生生拔高数尺，双脚一错，竟将迎面劈到的利刃拗成两段；身子落时，右手抄处，半片刀刃接在掌中，一个前扑，与元将贴面而站。元将见汤仁和显出此能，震惧中不及退步，双手一拢，拍向对手腰围，意欲用摔跤手法将对方抛出船去。不料，臂上之力尚未涌到掌心，颈间一道冰凉划过，提至半途的力道顷刻泄去，双腿立软，跪倒在甲板上。元将闭目瞬间方才看见一道血线从自己喉间喷出，射向三尺之外。

汤仁和一刀杀了元将，回手接住雷龙正递来的铁杖，刚要开口，漫空箭镞如雨而至。

正在搏杀的几名义军立被急箭射中，滚翻落水，三二元兵不及退去，也遭自家箭伤。

汤仁和只得将入手铁杖舞成大圆，拨打近身飞矢，一时无计。

元艇中的兵士吹响报警号角，"呜呜"长声传扬开去。

雷龙正见机甚早，已在元兵放箭之前跳到船舷另侧，伸手从背囊中掏出一枚铁球，稍作摆弄，直向一条元艇投去。铁球落处，轰的一声巨响，烟火升腾，碎屑纷飞，元艇已是断成两截。

目睹雷龙正此举，船上义军齐声欢呼。

雷龙正不敢稍慢，接着又向另条元艇扔了一弹，那艇立时也被炸得人滚木溅。

元兵本不习水，站在船上都觉不稳，船体一散，没被炸死的军士只在浪中挣扎浮沉，再无半点战力。会水的义军随即跳入江里，将元兵一一格杀。

汤仁和见雷龙正竟然在举手间解了危急，喜形于色，立即高呼："通通下船，改走陆路！"他已听见江左元军水寨中隐约响起号角，估计元军要放船出营，封锁江面，同时也传警上游了。水路当然不可续行。

前行三船也已察觉末船生事，主动降帆停桨，泊下了。汤仁和又发出预定信号，满载义军的四条木船先后靠向了右岸。

汤仁和取出二锭银钱递给船老大："老板，弄坏了你的船只，歉甚、歉甚！这里不可稍留，你们赶快调头逃往下游去吧。好在天色将晚，空船顺流，元军不一定追得上的。"

汤仁和招呼义军弟兄撤离木船。匆忙中却见雷龙正先俯身察看被自己断刃刎颈的元将，似乎辨别他死透没有，然后才随众人跃上泥岸。

见汤仁和眼含不解，雷龙正赞佩一笑："汤统领确实高明，刀刃过处，细如发丝，入肌三寸，好快、好准的夺命一刀哇！"

"我也是被他迫的，不行险不行呀。雷统领倒是时时不忘老本行哩。"汤仁和话头一转，"雷统领还会使霹雳弹？今天多亏你呀！"

"没什么，在下武功比起汤统领那是差得太多，只是在下既系'江南霹雳堂'的子弟，会扔两个铁蛋蛋也不算什么的。"

"江南霹雳堂"位列武林四大家族，名头响亮，百年不倒，在江南一域更受江湖中人景仰。该堂多种武功冠绝武林，尤以擅制各类火器、爆药独树一帜。堂内门规甚严，堂中弟子少有劣名，提起来，声誉较四川唐门还要高几分。汤仁和见雷龙正居然另有绝活，更不敢小瞧他，连连抱拳致礼，真心夸赞："哦，贵堂虽早已奉旨'封刀挂剑'，却经年研制爆物、暗器，成就尤著。雷兄出手不凡，在下先前多有失敬！望雷兄海涵。"

天际闪现王飞扬发出的烟讯，汤仁和收住话语："王统领要我等前往五十里处集结，日后再向雷统领请教。"

清点人数，汤仁和这拨义军六亡四伤，损失了三成战力。想到前路甚远，难免还有不测之事，汤仁和不觉在心中暗怨伯颜：说好沿途元军不做有意阻截，怎么闹成这样？再战几次，不要说打进钓鱼城，只怕我先把命丢了。

他实不知，荆州以西，元军归另一元帅所辖，不是伯颜令能所至的了。

四船义军各自弃舟步行，在崎岖山径上跋涉两个时辰后，方在一座弃庙前聚合。

王飞扬听汤仁和说了船上之战，判定水路再不可走，只能溯流而上，翻山越岭、涉涧穿谷、匿踪行军了。

"山路曲折，耽搁日久，粮食补给如何解决？"雷龙正不无顾虑。

汤仁和既想早日到达钓鱼城，尽快结了伯颜"千里杀将"之局，又担忧"杀将"不成，自己先露出原形，致使伯颜生恼，连累妻儿。他心里矛盾，沉默半晌，不知如何说好。

"大伙累了，先煮饭吃了歇下，办法总会有的。"王飞扬见汤仁和眉头紧锁，半晌不吭声，自己一时也没有什么良策，只得将雷龙正所问延了一延。

待大伙饭罢歇息，已是月过中天。气候闷热，山野间蝉鸣虫叫，此起彼伏，扰人清静。众义军身疲心累，顾不得这些，纷纷睡了。除了几处守夜巡哨游动的身影，唯有王飞扬、汤仁和、雷龙正三人在破庙石阶上席地而坐，商议不止。

三人聊了一会儿，虽觉雷龙正所虑极是，但也没有什么可解之法。山区人家本就稀少、散落，偶然路遇一二户山农，又都贫困拮据，自家温饱尚且不济，哪里还有余力支助义军。在山里，百十号壮汉要吃饭，真正是有钱也买不到粮食呀。

王飞扬见商议不出结果，只得扯起他话："听汤统领说了，才知雷统领是真人不露相噢。我们这支队伍中说不定还有高明之士呢。"

"我这点微末伎俩算得什么？只是堂中最不争气的弟子罢了。本堂真正的高手，都不屑于在公门中混饭吃的。我们这支队伍里有没有尚未显露的高手不好说，即使有，恐怕也高不过王统领、汤统领二位了。"雷龙正自谦不已，还捧了捧王、汤二人。

汤仁和正揣摩雷龙正话中之意，王飞扬已道："说起高手，今年春天，舍下倒是来了一位切磋武功的朋友。在下与其较技三场，只是稍稍胜出；事后琢磨，他可能未尽全力。若有这位朋友与我等同行……"

"王统领所说的朋友姓甚名谁呀？"雷龙正饶有兴致地笑问。

"遗憾得很，我也不知道。那天，他虽造访，却不肯留下姓名。嗯，这位朋友还似易容前来与王某一会的。说来是有点奇怪。"

雷龙正若有所思地静了静，看向汤仁和："汤统领技竞盟主，见识必广，对王统领所说之人可否知悉？"

"在下长居庐山，很少过问江湖中事，孤陋寡闻得很，王统领都不识的朋友，我岂能说出一二来？"汤仁和淡淡应道。

"巧得很，在下近期曾遇到一位武功高强人士。我只因调查一桩疑案，要将一人带回衙门问话。不料，我和五位弟兄联手，都不能将此人拿住，反均被他伤了。真是惭愧得很。想起来了，这名高手也是易了容的。"

汤仁和待雷龙正话音一落，即道："听你俩一说，在下也有一桩幸遇，说与二位参详。本届竞盟大会一散，在下即返庐山。进山后，思家心切，图赶夜路，不想半道撞上一队元军恰被一蒙面壮士拦住，两厢正在厮杀。在下不明就里，且避一旁观看。那蒙面人身手了得，当是在下所见第一人。说句不恭的话，即使王统领与在下联手，也决非其敌……"汤仁和有心将所说之人与王、雷二人口中的"高手"混淆一同。

王飞扬面容一肃："哦？有这样的高手？"

"是的。那队元军四十余众，将领也具身手，不过半柱香的工夫，竟然被那蒙面壮士杀得只逃出七八人。我看那汉子似另有旁顾，没有追杀，否则，难存活口。"

"你与此位英雄相识了？"王飞扬急问。

"没有、没有。这位英雄完事后，急着离去，我正待放声，他已投入暗林中。嘀，身形快疾，赛过大鸟，扑闪间就没了踪影。"汤仁和沉浸往事，神情迷离。

"汤统领没觉察到什么吗？"王飞扬不舍而问。

"天太黑，我无法看清此人眉眼，只是听他说过一句话，嗓音好像当是六旬之人。不知和二位所说是同一人否？"

"不会、不会……莫非是他不成？"王飞扬喃喃自语。

"王统领心里猜到什么人了？"雷龙正追问。

"不好说，我只是估摸。江西、安徽武林中，据我所知，只有一位前辈有此身手。但他极少涉世，更不可能跑到庐山深处去杀这班鞑子呀？"王飞扬摇摇头，自我否定了。

"我也想到一人，不知和王统领所说相合否？"雷龙正目光中生出崇敬。

"雷统领在六扇门里资格甚老，悉知江湖中人与事，当不会说错的，还望明言。"汤仁和确实盼望知道蒙面人的真况，诚言催问。

"在下估计，汤统领所见者，与王统领和我先前提及的绝非同一人，想来极有可能是久隐黄山天都峰的楚天行大侠。只是，在下从未有幸得仰楚大侠尊容，也是想当然说一说。错了，还望二位莫要见笑。"

王飞扬一拍双掌，笑道："雷统领所猜之人正合我意！确实只有楚大侠才有此能，不过我也不曾一睹楚大侠风采。算来，楚大侠已年至六旬了。"

"楚天行？楚大侠？"汤仁和从未闻知此名，诧异不止，"江南武林长老院中怎么没有他的名位？"

"哼哼，武林中真正的顶尖人物，还会入什么院、组什么帮、结什么派、争什么位呢？他们可不像我等俗人，早已看名利如浮云、似流水了。还不对，只怕这等人心里已是没有可容丁点名利之处了。江南武林长老院那班人岂能相提并论？这些自以为曾经有两下的老家伙，老了、退了，还不愿静心待在家里享清福、晒太阳，隔三岔五总要找机会到外面走动走动，装装模样，露露老脸，既怕江湖遗忘，又恐后辈不识。嘿嘿嘿！"王飞扬说着说着，抑不住激动，径自嘲笑不已。

"楚大侠！楚天行！"汤仁和充耳不闻王飞扬的冷笑，只在心里将这名字念了数遍，牢牢记住了。冥冥之中，汤仁和本能地有了预感：庐山夜遇后，自己和"楚天行""楚大侠"之间，似乎有一种说不出、道不明但肯定存在的关系，而且终会和此人再次见面的。

四、唐门侠士豪气激

穷乡僻壤，有钱也买不到充足的食物。义军每天都要花费很多时间觅食，谷米断顿时，则靠涧中捉鱼、捕猎小兽、采摘山果、挑挖野菜果腹。队伍不仅行军缓慢，人员也日渐消瘦、衣衫褴褛、萎靡不振。军中怨声渐起，竟至十多人陆续悄悄离队，不知所踪。

王飞扬、汤仁和、雷龙正三位正副统领以前均未"统领"过军队，见此状况，内心焦虑，但苦无解决良策，只能一天捱一天地率队在山谷里转行。亏了雷龙正长于追踪之术，方向感敏锐，有他头前带队，义军才不致在丛山群岭间迷路转向；虽然每日所行不远，可终是往长江上游而去。

一日正行进时，雷龙正忽然命令队伍停下，并差人去请王飞扬、汤仁和到队前议事。

雷龙正只身立在一方大石上，搭掌远眺，见王飞扬、汤仁和来到，忙指着远处："王统领、汤统领，那里山凹间房舍密集，居者少不了，我们不妨前去筹点粮食。可好？"

王飞扬、汤仁和顺雷龙正所指看去，遥见两山洼的敞地上耸立着一座山寨，寨前扎起密密木桩，将数十户人家圈护在内。

"不像寻常山民所居，可能是个寨子，有主事人的。也好，与其麻烦百户，不如叨扰一家，只要与头领人物说妥，全寨人也即顺从了。劳烦雷统领带队在此暂歇，我与汤统领前去看看。想来多给点银子，总是好说话的吧！"王飞扬兴头陡起，朝汤仁和一挥手，快步行去。

二人来到寨门前，果见栅栏处有四名挎刀守卫。为首者见陌生人士走近，当即上前发问："二位何方朋友？路过还是专程来访？"

王飞扬拱手致礼："我等确系路过，但也有意专程拜访贵寨主事之人。"

守卫道："既然不是我家主人所请，也非预先约下，还请稍候，容待禀报。"

片刻工夫，寨内走出三人，率先者年纪二十大几，气度沉稳，神态从容，双睛顾处自是慑人。四名守卫齐齐躬身执礼："见过少庄主！"

王飞扬、汤仁和来有所求，不敢怠慢，也随着行礼称呼："少庄主驾到，打扰、打扰！"

少庄主见来客恭敬，面上浮出笑意，回礼道："不知朋友到来，没能远迎，失敬、失敬。不敢请教二位……"

王飞扬忙答："在下安徽九华人氏王飞扬，这位乃庐山汤仁和。"

少庄主面上稍有诧异之色，抱拳笑应："久仰、久仰！不知二位远来敝庄有何贵干？那些朋友，是和二位一块的吗？"

王飞扬见少庄主嘴上客套，并没有请他俩进寨的意思，又指向远处的雷龙正一行发问，明白他心有猜疑，忙做解释："哦，这些朋友是与我等同行的。实不相瞒，我们路经此地，粮食一时接济不上，想用银两和贵庄换些谷米，还望少庄主……"

少庄主沉吟有思。汤仁和索性把话讲明："少庄主，我们这些人并非草寇之流，乃是一支抗元义军，借道前往合州，只要买到粮食，赶路要紧，决不再扰贵庄。"

"诸位是抗元义军？要去蜀地参战？"少庄主惊讶不已，"元军入川之师十数万，宋朝残军仅二三万耳，覆灭只在迟早。你等……少许人士，赴川援战，实是杯水车薪，能济何事？"

"我们人数是少了点，但大丈夫只问当为不当为，结果怎样，那就留予后人评说了。"王飞扬慨然而言。

少庄主闻言颔首，复又端详王飞扬、汤仁和一眼，目光扫过二人所携兵器，似笑非笑道："朋友所言极是。"话声未落，少庄主蓦地发动，身形疾展，挑腿飞扫王飞扬左肩，双拳则电闪并出，直击汤仁和面门、胸间。

王飞扬不及拔剑，下意识脚踏八卦，转动身形，一招鹰翎划水，右臂格向外侧，硬向少庄主踹到的脚腕拿去。汤仁和则一见双拳扑到，立即撤步，避让凌厉拳风，手中铁杖同时攻出，电般指向少庄主腋下空门。

少庄主改拳为掌，急速下切，截阻铁杖；另一手拳式不变，仍击汤仁和鼻眼；踢向王飞扬的那条腿一起便收，原来是记虚招，意在迫使王飞扬出招以求自保。

汤仁和任由杖身被握，上体剧仰，力贯右臂，猛地挑起杖端，将少庄主抡起半空，化解了已然至面的一拳。少庄主人在虚空，并不弃杖，身子借铁杖为支点，疾转一圈，反向迫进的王飞扬踢出两腿。

王飞扬本习八卦剑式，一见腿影又到，也不收步，堪堪闪过，右手已然拔出剑来，斜斜刺向少庄主腹间。他虽不明少庄主为何突然发难、以一打二，却是两次险被踢中，心中愤愤，口中发声喊："你也吃我一剑！"

少庄主笑道："只怕未必。"手掌一开，身如飞叶又升三尺。

王飞扬的武当剑法长在绵密如织，银剑一招未尽，继招又至，哪知少庄主身子不降反升，王飞扬两剑刺空，收力不及，剑锋直袭汤仁和而来。

汤仁和杖上发力正剧，突遭少庄主一弃，大力顿虚，一个前冲，杖头也向王飞扬击去。

王飞扬、汤仁和一见互击对方，吃惊不小，连忙变招收式。只听少庄主半空中发声朗笑，双手一扬，"当当"两响，铁杖、长剑俱被一枚飞蝗石打中，各往侧外偏了三分，在二人衣襟边倏地擦过。

王飞扬、汤仁和错愕当场，少庄主已飘然落地，双手抱拳，朗声道："得罪、得罪，唐某给二位赔礼。王兄武艺非凡，可是武当传人？汤兄杖法自成一体，莫非家传绝技？难得、难得！"

王飞扬性格直爽，听少庄主一赞，心头之火立时熄灭，转怒为喜："实是不知少庄主考较在下，让少庄主见笑了。"

汤仁和既知少庄主之意，也道："少庄主技艺高明，当出名门，暗器手法大有蜀中唐门之风，敢情少庄主是……"

"朋友所言不差，在下唐浩品，正是唐门中人。"唐浩品坦然承认，解释道，"并非在下炫技，只是世道正乱，出没山野中人更是龙蛇混杂，家父生性谨慎，令我问个明白，方可宴客。适才，二位猝然之间与我过招，式中并无杀气，可见胸中确无凶险之意。请随我进寨详叙。"

王飞扬不解："少庄主父子居此僻静之地，当非与世争锋之人，怎的还虑有图谋贵寨之徒？"

唐浩品道："实不相瞒，敝庄乃蜀中唐门一处分舵，负守卫唐门东南一隅之责。过了敝庄，即进蜀地，村寨虽小，位处咽喉之要，故向为掌门老太太看重，统顾方圆二百里地面呢。老实说，早在三天前，诸位形迹即已落入本舵眼线掌控，诸位真是歹恶之徒，只怕行不到本庄门前了。"

听了唐浩品这番话，王飞扬、汤仁和既惊且喜：惊的是江湖上果是波谲云诡，不料想闯到赫赫有名的唐门分舵来了；喜的是，粮食大约有望。

"请二位招呼他们一同进庄吧。"唐浩品指指远处看得目瞪口呆的那队义军，继续道，"庄中之事，皆由爹爹定夺，我领你们前去见他老人家。"

唐浩品令守卫打开寨门，引领着王飞扬、汤仁和向深处行去。

汤仁和边走边四处打量：寨中少见人踪，偶有几声犬吠鸡鸣，从幽巷墙拐处传出，四五十幢泥石草屋依山势漫坡而建，错落有致，户户门前皆铺石板小路连接贯通，目光所及，不同角度，都可看见门或窗户。心知，进了此寨，如入阵中，胡闯乱走，立陷被动，唐门暗器、布毒天下第一，主人若不有意放行，入寨之人是万难进出的。

王飞扬奇道："咦，庄里怎不见人哪？都外出干活了吗？"

唐浩品呵呵笑道："大山深处，没有什么可耕之田、可务之劳，敝庄子弟各有职司，没得闲的。"

王飞扬闻言细看，果见几扇敞开的纸窗里透出绰绰人影。又听唐浩品道："别看敝庄不大，住户不多，可也不是三四百号人马能够攻下的。"

汤仁和知唐浩品所言不虚，忙道："时下战乱频频，杀戮纷生，贵庄却能安然无恙，足见庄主、少庄主执事之能。"

唐浩品道："除了爹爹治庄有方，敝庄也占地利、人和之势。山重水复，元军大队难以开进，小股人马则不够我们收拾的，江湖上流寇强人就更不在话下了。"

汤仁和笑道："只怕江湖中一些门派倾尽全力也不是贵庄的对手呢。"

说着话，已是行到一座木石筑垒的大宅前。唐浩品令随行之仆招呼众义军在门前阔场上歇息，领着王飞扬、汤仁和、雷龙正三人登堂入室，在厅里坐了，自去内院请父亲出来见客。

少顷，唐浩品伴着一位老者从影壁后转出身来。汤仁和三人看去，见老者身材瘦削，须发皆白，蹬双布鞋，着袭青衫，倒提一根长竹烟杆，边行边朝来访者点头示意，朴实如一名山野老者。

众人不待唐浩品引见，已然持身执礼："拜见唐庄主！"

唐浩品一一将三人对父亲荐说了。

老人听毕，笑道："原来是江南武林第十一届、十四届盟主和江南霹雳堂贵客驾到。老朽没能亲迎，失礼、失礼！"

王飞扬、汤仁和方知，在庄外时，唐浩品所言"久仰"并非客套，人家真是知根知底的。

王飞扬道："江湖上的虚名不提也罢，在下倒是佩服庄主耳目通灵、洞悉江湖呀！"

唐庄主摆手一笑："既在江湖中讨生活，又承本门重托，岂能大意？武林风吹草动都不敢放过，何况江南数省竞选盟主这等事情。知道二位大名，算不上耳目通灵、洞悉江湖什么的。"说着转向雷龙正道，"'江南霹雳堂'的弟子能到'唐门'一坐，实是难得。欢迎、欢迎！"

唐庄主请三位重新落座，内仆随即敬上香茶。

汤仁和琢磨老人话语中没有把"盟主"之位看得多重，反倒对雷龙正能来更为上心，也就不出谦语，笑着端盅品茶。

王飞扬将此行远所为、近欲求对唐庄主细细说了。

唐庄主一语不发，凝神听毕，吸了一口旱烟，吐尽浓白馨香的烟气，点头道："元军践踏我朝河山，蹂躏万千百姓，杀性过重，尚未坐稳天下，已遭人神共愤。天下大势虽非草莽能够掌控，但持正卫道、行侠仗义则是我等武林人士的天职，倘若是非不分、善恶不辨，名门正派也就和结伙匪盗没有什么区别了。"

众人听了，赞佩不已。

雷龙正感谢唐庄主先前敬其门派之意，当即开言："唐门主所言极是，在下早就听说唐门中人踊跃参加蜀地抗元的战事；要不，驻守的宋军坚持不了这么多年的。"

唐门主微笑道："这些年来，本门弟子陆续投入抗元战斗中，但也是微尽薄力。大阵仗，还得靠大军搏杀；武林人士虽身具武功，但在千万军中，也难有作为呢。巴蜀一些地方能人不散、旗不倒、城不降，除了山川形势险要，主要是先有王坚、后有张钰二位将军，统领军民抵死抗元，他俩才是国之栋梁、民族英雄。"

唐庄主这番话恳切入理，意蕴深远，众人均被折服。汤仁和暗想：难怪蜀中唐门在江湖中数百年盛名不衰，除了组织严密、自研独门武功外，门中之人也知情达理、见识非凡。眼前一个分舵主，职级中下，貌不起眼，却有如此见地，总堂首脑定是高明贤达之士了。

王飞扬待唐庄主话语稍顿，重提所请："唐庄主见识超人，在下着实佩服。我等欲购粮食之求，恳请庄主成全。"

老人吸了两口旱烟，眯着眼睛想了片刻："敝庄存粮尚有一些，山地里的红薯、苞谷也可以收摘了……听说贵部有百多号人，这里到合州也隔着三百里地界，没有十多担粮食恐怕不行哩，得给小儿一点时间去筹集。这样吧，贵部在庄里宿上二日，稍作休整。可好？"

三人大为高兴。王飞扬忙将钱袋取出："那就多谢唐庄主、少庄主了。些许银两，还望庄主收下。"

唐庄主推回钱袋："不用、不用。诸位千里跋涉，前来蜀地杀那鞑子，既是为国为民，也是为我川中乡亲，老朽感激之意岂可用银子相较？传出去，不让天下豪杰耻笑我唐门弟子吗？"

不让王飞扬三人再说，唐庄主召进庄中管家，吩咐他前去安顿义军住宿、餐饮之事，又唤唐浩品亲去厨下置办酒席："机缘难得，我父子当与三位壮士开怀畅饮，不醉不休！"

诸事议毕，酒宴开时，众人情绪高涨，一入座，即把酒言欢，大快朵颐，吃喝阔议，气氛甚是热烈。

待佣仆端上一大盘干切五香牛肉时，汤仁和助兴道："嗬，这么好的牛肉，很久没吃到了！唐庄主真是豪爽之人，够朋友！"

宋时有律，牛乃农家耕地之宝，必得善待善养，不可私自屠宰、出售。集市上，一般酒肆有猪、羊、鸡、鸭等佳肴上柜，却少有牛肉。只有病、老之牛被衙门批准宰杀时日，方可在市场上见到牛肉摊位。暗中买卖牛肉者，必遭衙门重罚，甚至对犯禁者施以牢狱之惩。故此，汤仁和所赞也非客套。

唐庄主呵呵笑道："哪里、哪里！僻远之地也不敢藐视法规的。只因邻村一户人家的耕牛三日前老死，地方上准其售肉，本庄才得便购买数十斤享用。诸位贵客，真有口福哦！来、来，大伙儿尝尝吧。"

牛肉酱得入味，刀工又好，片片红薄透亮、香味缕缕，满盆牛肉，顷刻消去一半。

王飞扬大呼道："过瘾、过瘾，真令人长力呀！"

雷龙正跟着笑言："可不是，有这壶美酒、这盆牛肉，有这顿大餐，数月来的劳顿都被赶跑了！多谢唐庄主哟！敬酒、敬酒、敬敬唐庄主爷儿俩！"

唐浩品办事利索，第三天清晨，令人将一包一包的粮食搬到阔场上，积成一堆。王飞扬三人见了喜出望外，连谢不止，立叫义军士兵列队，顺序取粮。全体领粮后，地上仍剩余了十多袋。

王飞扬对陪同的唐庄主道："多谢庄主赐粮！军粮已经足够，多了不便携带，也会影响行军速度，余下的……"

不待王飞扬说完，唐庄主挥动烟杆："没有余下的、没有余下的。这十一包粮食是为小儿他们准备的。"

"哦，少庄主也要出门远行吗？"

"老朽想过，诸位组织义军远赴蜀中参加抗元，我们川人岂能落后？故与小儿谈妥，由他带庄中十名武艺尚可的子弟，随贵部同去钓鱼城援助守军。今天和你们一起出发。"

王飞扬三人不料唐庄主有此一举，面面相觑，一时不知说何是好。汤仁和思虑敏捷，抢先发话："唐庄主，承蒙贵庄解决我部粮荒，已是无以为报，怎可再劳烦少庄主和庄中之人。再说……再说……此去钓鱼城吉凶难卜……"

唐庄主笑了起来："呵呵，汤盟主放心，小儿和庄中弟子虽然不才，但杀几个鞑子鬼儿还是绰绰有余的。另外，此去合州，有一条捷径，虽说难行，却可缩短五十里路程；还有，从敝庄西去，每距百里，都有我唐门中人可做接应、可供使唤。小儿同去，诸位便利不少。莫再说了，你看，他们人都来了。"

唐浩品带着十条壮汉走到近前，每人取了一包粮食负在身后，站成一排。唐浩品向唐庄主深深一揖："孩儿此去，爹爹还有何吩咐？"

唐庄主道："该说的这两天都说了，只是再次提醒你们，与鞑子作战，绝非门派过结，你们这些瓜娃子半分不可大意，一点不能留情，更不能拉稀摆呆哦！"

唐浩品与十名弟子轰然以应："遵命！"

王飞扬见又添强助，心中得劲，抑不住对唐庄主朗声道："能得少庄主相助，实乃我等大幸。少庄主若不嫌弃，屈就做个副统领吧！"

唐庄主道："不必了，但愿他能帮诸位一点小忙，自己得些历练，老朽也就满意了。"

王飞扬坚持道："少庄主武艺超群，前两日，在下已经见识过了。"

唐庄主不由笑了："瓜娃子那两下算不了什么。只怪老朽平时使唤太多，不能令他专心习武，到今日，连他婆娘也比他高明呢。"

唐浩品面上一红："那……那是我让她的，哄她高兴嘛，要见真章时，我怎会输给她……"

唐庄主敛了笑意："好了，你别自吹，我也不揭你短了。此去听从三位统领指教，多杀几个鞑子，回来老子要考较你武功长进了多少。你已能接我八招了，届时，若能多接两招，就算你小子及格。"

汤仁和听唐庄主父子对话，心想：川人倒自有幽默。唐浩品武功已是领教，他婆娘听来也不弱于他，这老汉尤为高深莫测，唐门真是藏龙卧虎。蜀地山川险要，蜀人嗜武，禀性刚烈，难怪元军南北通杀，却一直不能全占四川。

义军休整调养了两天，给养无忧，又有唐浩品等唐门弟子同行领路，上上下下精神振奋，一扫颓态，行军速度快了不少。

汤仁和见赴川义军战力有增，又得川人唐浩品相助，杀进钓鱼城当无可虑。但他从诸事中看出，只要提及抗击元贼，民众俱情绪高涨，竭诚拥护：王飞扬慨然应邀，散尽家资，参与组建义军并出任首领；雷龙正舍弃公职，投身兵戎，千里迢迢随众赴川；唐浩品父子与义军萍水相逢，却出人献粮，顾忌全无……虽说残宋军队仍散在几处负隅顽抗，可元人夺得天下的大势却已难逆转。世人明知此理，为什么仍不惜以身赴死呢？再看元军一味以暴行事，以杀平抗，马背上夺了天下，又骑在马上治天下，倒真可能长久不了的。由此想来，自己追随伯颜究竟是福是祸？福能享多久，祸又延几代呢？

汤仁和又由伯颜联想到了妻儿，也想到助己"千里杀将"者除了已经混进义军中的钱洪中一伙，还会有谁呢？伯颜将军该不会仅指望这姓钱的就可助我成事吧？看看身边这群人，王飞扬、唐浩品，还有那"江南霹雳堂"的弟子雷龙正，就没有一个好相与的，更不知张钰将军手下有几许高手。我此去千里，当真能杀得了"将"，成得了"局"吗？

伯颜啊伯颜，你是抬举了我，可别又毁了我哟！汤仁和边走边在心中嘀咕不已。

五、合力打开蜀道难

汤仁和心有诸多想法，伯颜元帅也没闲着。渡过长江，伯颜即派干员快马奔赴大都，给忽必烈皇上献一密奏。伯颜在奏折中报告忽必烈：微臣正奉命北上，急赴伊犁，平定叛王之事指日可待，万望皇上勿以为虑。从杭州出逃的南宋残余，已被我大军追迫到几座近海岛屿间，不日即可尽歼。只是蜀中重庆、合州一带尚存战事，巴山险峻，蜀人强悍，犹闻钓鱼城守将张钰统领重庆一地兵事后，欲迎南窜的南宋遗逆前去再立朝廷，重聚兵马，以图与我大元长期对峙。此虽系张钰不识天意、自不量力之举，但癣疾之患，也可成蔓延之灾。为此，微臣已经制定"千里杀将"之策，近期即可取得张钰逆贼首级。当下，该是那名"密潜"现身相助之时。恳请皇上明察恩准……

数日后，忽必烈旨到，批准伯颜所奏。伯颜连夜书成一函，对"千里杀将"计划与皇上批准动用"密潜"的旨意详加解说，加封盖印后，遣员火速穿越豫、陕地界，送交蜀中前线重庆战区元兵统帅亲展。

伯颜身为元朝重臣，统领数十万雄兵，胸中所虑自是军机重事。其为人中正，谋虑深远，却不奸诈凉薄，常怀待人以诚之念，在元军中深孚众望，更受到帝王青睐、众臣信任。这次定下"千里杀将"一局，也是忠君之禄、为国谋事，虽有利用汤仁和之实，但并没忘其所求，一直将寻找汤仁和妻儿之事放在念中。伯颜将心比心，理解一位丈夫和父亲的心情，将此事与他攻城略地、镇压反抗时杀人如麻不作一般看待。另外，伯颜也有将汤仁和妻儿掌控在手，胁迫汤仁和一心成事、不生异想的小算盘。

他深知，汤仁和此去蜀地，进入钓鱼城，伺机"杀将"难度极大，可谓道远任重，随时会有"弃逃"的可能。只有将其妻儿找到，带往都城，方可迫他死心塌地行事。此"局"决定四川战事，四川战事又关系到全国平定、一统的大局。汤仁和若能成功，贡献实大，为其找到妻儿也属奖励；若汤仁和为"局"身亡，从道义上讲，也该替他了结夙愿，让他死无遗憾。

伯颜一待密函发出，便过问汤仁和妻儿的下落。他令人查到在庐山追剿义军的那支元兵所属部队，从被押往大都的俘虏、奴仆行列中，找到汤家丫环、门人，却没有查出汤夫人下落。被询问者，俱言自过黄河后，便再也没有见过汤夫人的身影。至于汤清远，则压根不在此队中。

伯颜闻报，召来从庐山石门涧逃脱的那几名元兵，亲自询问。待元兵断断续续说了全过程，伯颜听出了端倪。

伯颜问道:"你等在庐山'得失门'搜寻时,遇到反抗,其间可有少年之人?"

一兵答道:"回元帅,正有三名年少者,其中二人当场被杀,另一人武功有点根基,身中一刀后,强撑不倒,被三员壮汉护着逃往密林,我军有十多人追击过去。小人忙着搏杀,没能跟上,不知后情。"

"你们中有追击之人吗?"伯颜转问另几名兵士。

"回元帅,追击的人都没有转回。后来搜山时,在林中先发现那三名壮汉的尸体,又在不远处的树林中找到了自家十一位弟兄,只是……他们也全部……战死。身上既有器械创口,也有遭拳击掌打、内伤致死之痕。不过两处都不见受伤的少年人。"

"追击的人战亡?少年则下落不明?总不可能是他杀了十多名兵士吧?"伯颜难以相信,厉色诘问。

兵士垂手不语,面生惶恐。伯颜略作寻思,心中一亮:"你们下山时遭一高手突袭,折损三十余人。那么,追赶少年的军士死亡,和这起战事会不会系同一人所为?"

众兵丁纷纷应是,赞扬主帅明察。

"看来,这人与汤仁和失踪的儿子大有关联。此人武功这么高,只怕两三个汤仁和这类'武林盟主'联手,也非他之敌呢。他是谁呢?此时又在哪里呢?"伯颜挥手令兵士退出大帐,独坐圈椅中沉吟不已。

汤仁和观察钱洪中多日,见他在队中起居走动没什么异状,所辖小队的兵士也和其他人员相处融洽,一路忍饥挨饿、披荆斩棘行军,竟然全队没有一员逃离,仅此一点即让王飞扬甚有好感,多次在汤仁和面前夸赞:"你这班老乡好样的,终究是老义军的人,经过阵仗,靠得住。"

钱洪中也有意识地和王飞扬走得较近,行军路上不时凑上去聊几句,递上一袋烟,倒上一碗水,盛了饭总是先端给王飞扬。王飞扬在这些细微举止里,感觉到了自己身为大统领的威势,也体察到钱洪中这些江西籍人士,并不着意贴近汤仁和,心中甚觉慰藉,对他们总是笑脸相向,亲近胜于他人。

钱洪中将王飞扬误认为自己辅助之人,只是他一直没有听到王飞扬有"暗语"示他,更半点未与他说起过"杀将"之举,一度心里纳闷,后来猜测大约时机未到,王飞扬轻易不点破,也是谨慎为上,便沉住气,日日候命。

汤仁和是真正的局中之人,将钱洪中所为看在眼里,心想:不到用命之际,还是捂着盖子摇吧。事关重大,结果难料,先别和钱洪中一伙搞在一起乃为上策。有雷龙正这个老捕头、老江湖随在一旁,我必须小心、再小心才是。

一想到雷龙正，汤仁和就烦躁生乱，他越来越感觉这捕快头目加入义军，十有八九是冲着自己来的。知道雷龙正师出"江南霹雳堂"后，汤仁和曾在闲扯中问他："雷统领以前抓捕疑犯时，也用霹雳子吗？"

"那可不能用。你想，霹雳子开了花，如何掌握分寸？满空乱炸，不长眼的，犯人被打中要害死了咋办？还问口供不？说起来，我与几位弟兄上次被那高手打成重伤，也没扔出霹雳子呀；要不，谅他也跑不脱的。捕快抓人讲究的是拿住活口，这才是真本事。打死人还不容易，可案子死无对证就不好结了。"雷龙正哗哗讲了一通。

"等钓鱼城'杀将'一事成了，总得找机会除了这捕头，他一日活着，我就一日难得安宁。哼，现如今元人执掌天下，有伯颜将军罩着，我弄死地方上一个小小捕快还能怎么的！"汤仁和心中伏下了杀机，面上对雷龙正笑得更欢，"对、对，雷统领说得对。看来，捕快比杀手更难当呀。暗地里杀死个把人容易，破个大案、要案就难得多了。在下对你们这行当太不知情了，往后还得向雷统领多加请教。"

"隔行如隔山，在下对汤统领种种也不甚了解嘛。有机会，你我多亲近亲近。江湖上的朋友，大多浮得很，泛泛之交，只有知根知底才好处得明白、处得放心。对不？"

汤仁和回味雷龙正往日所言，抬头一瞄，只见雷龙正与唐浩品并肩走在队列前头，交谈正欢。"唐门子弟掺和进来，对我而言利弊皆有，全看我如何运作，应当尽量将这些人为我所用才是。"汤仁和心中权衡，却见雷龙正、唐浩品身形随脚下小径一转，拐向巨崖后面去了。片刻，队前即传话过来：此地危险，全队慢行。

汤仁和摄定心神，打量四周，才知队伍已在峭壁危崖间行进多时，现已走到山弯处，置身一条羊肠石道上。身侧，壁立如削，仰不见顶；另边，谷深十丈，幽不辨底，只闻水音淙淙，隐约传声。果然人在险地。

队伍刚刚驻足不前，又有话语传到：雷、唐二统领请王统领、汤统领到队前议事。

王飞扬、汤仁和忙与前站之人贴身换位，一步一步移上前去，挪了一箭之地，方到山崖拐角。越过山石，一道裂谷横陈眼前，沟宽二丈，上无过桥，唯有一株大树枯干倒架在沟沿二端，供人、兽通行。

"独木桥！怎的不走了，这还能难住我们？"王飞扬直问雷龙正、唐浩品。

雷龙正向裂谷另头努努嘴，王飞扬、汤仁和顺其所示细看，才察见独木桥那端的岩壁下，席地坐着一名灰衫老道。道人灰衣、灰发、脸色灰白，纹丝不动，乍一见之，恰似那块岩石的外层表皮，不细瞧，不作人想的。

王飞扬立道："怎么了？我先过。"说着，抬腿就往树干上迈，唐浩品一把扯住他："大统领，走不得。"

"咋的？是怕那老道？"王飞扬真的诧异了。

"大统领不知，这老道透着古怪，很像是我们四川武林中一个成名人物。不过，我也吃不准，若真是这人，就有点麻烦了。所以，我才停下队伍，请二位统领上前商议。"唐浩品低声解释。

汤仁和忙道："我等对蜀地武林人士不熟悉，请少庄主细酌。"

唐浩品道："既然三位统领都在，我想若真是传说中的那位怪人，也不必过于惧怕的。我问个清楚再说吧。"

见唐浩品神色严肃，王飞扬也沉住气，不再吱声。

唐浩品上前一步，清了清嗓子，朝那道士喊道："请问对面朋友，可是青城山'一掌定乾坤'的牛道长吗？"

道士闻话，慢慢抬起脸盘，打量对岸众人一眼，气冲冲地回道："格老子的，喊啥子，本道打会儿瞌睡都不得安逸。你们是干啥子的？"

唐浩品赔笑道："我们是山里人嘛，想过桥，又恐怕打扰你老爷子。"

"你个瓜娃子，想过桥就过噻，还非得吵了老子的好梦。"道士横了一眼唐浩品，王飞扬、汤仁和、雷龙正却感到都被老道看了一遍，那目光扫处，如利刃刮过，令人一寒。"果真邪门！"三人同想。

"嘿嘿，有你老人家在桥那头歇着，我们说啥也不能随便就过嘛。对了，我没认错，是牛道长、牛前辈吧？"唐浩品依然含笑而言。

"算你瓜娃子还有点眼光，识得我老人家。我来问你，这多人过桥干啥子？"老道神色稍缓。

"这个……这个……"唐浩品嗫嚅不答。

"你个龟儿子，莫要装佯了，老子代你说，是要去合州钓鱼城吧？"老道阴阴一笑。

王飞扬一直看这道士不顺眼，忍耐到此刻，忍不住高声抢应："是的，我等正是要去钓鱼城，难道不可以过桥吗？"

唐浩品制止不及，口中连连："坏了、坏了，这一说，真的难过此桥了。"

果然，对面那道士双眼一翻，仰面望云，冷笑道："哼哼，你个龟儿子这一说，要想过桥，门都没得哟。"

汤仁和悄悄问唐浩品："这老道究竟怎么回事？"

唐浩品叹了口气，细声道："这牛鼻子是蜀中青城山邓掌门的二师叔，此老虽然年过七旬，但生就姜桂之性，又自视甚高，行事亦正亦邪，一直不服掌门师侄，还常与同门闹腾，多年前就被逐出师门，驱离了青城山，在外头闯荡。后来听说被元军看中，招纳过去，帮着对付江湖人士。这些也是听我爹爹说起的。我爹爹说，这人常年一袭灰色道袍，人也灰不喇唧的，所以，我才敢冒然叫一声，不想当真是他。牛鼻子掌上功夫了得，隔空掌力发出，十步之外，取人性命，故人送绰号'一掌定乾坤'抬举他。刚才他其实是在装睡，我等要是贸然上桥，他不问青红皂白一掌扫过来，这独木上无闪无避，非被打落深谷不可。"

汤仁和点头道："大白天的，他当然不会无缘无故在这种地方睡什么觉……看地形，真有点一夫当关、万夫莫开的架势。"

王飞扬愣了会儿，无法可想，只好道："轻功高者，也不惧他。只是这二三丈的隔空，我等不能一跃而过，身在虚中，真挡不了他一掌。你们有什么办法？"

三人一时无语，王飞扬急躁起来："难不成还被老东西挡在这里了？让我试一试，只要冲了过去，你等随后跟进，不信咱四人还制不住这老家伙？"说毕，不待他人开口，已是双剑出鞘，飞身纵起，如大鸟行空，堪堪飞落独木中端。

牛道长一声冷笑："当真找死！"不待王飞扬作势再起，平平推出一掌。

王飞扬新力刚聚，正欲二次弹身，只觉一股大力劈头盖脸向他压来，不仅所发之力被生生逼回，胸间更是如遭重锤。他一惊之下，不敢逞强，急忙借势大仰身、后空翻，重新落回原来站立处，喘息两口，方朝另仨人道："果然厉害！"

唐浩品喊道："老前辈，你不让我等过桥前往合州，莫不成已为元人所用吗？想那元军侵我河山、毁我家园，你怎可助纣为虐？大家都是大宋子民，于情于理，前辈也不应该拦我呀！"

老道"呸"的一声，哑声道："你个龟儿子，还想教训我老人家吗？你这番话，除了'老前辈'三个字没错，其他都是屁话。江山本不属一家一姓，你可知，'秦失鹿，天下共逐之'的古训？当然是谁有本事谁坐天下。这就好比，青城山掌门人凭啥子都由大师兄家把持着呢？老子就是不服这个理，才离开师门，靠本事在世上博名头的。你小子还跟我说这一套？"

王飞扬回骂不迭："看你一把年纪，怎的是非不分？为老不尊，甘为鞑子所用，真他妈白活了！"

牛道士大怒："狗屁是非！老子只知人强强不过势，元人皇帝已是坐稳了天下，老子不跟他跟谁？老子怎的不尊了？你个砍脑壳子的再敢踏上木桥半步，我不打得你粉身碎骨，就不叫'一掌定乾坤'！"

汤仁和已知这老道武功虽高，人却有点犯浑，定是被元人收买，派在此地阻击企图入蜀的义士。这一带地形险峻，多派兵士没有必要，也难以群战，一个武功强者，守住一座小桥，犹胜把住一座关口。

牛道人见对方一时无人以应，气焰更盛，索性立起身，掏出腰间一个葫芦，打开木塞，扬颈喝了两口，眼光斜睨对岸，张嘴漫道："好酒啊、好酒！"咂巴几下厚唇又自语，"老子闲了多日，今天正好松一松筋骨。"

王飞扬气得呼呼直喘："他奶奶的，要不是隔着这道沟，老子看你神气个鸟！"

汤仁和心中一动，在唐浩品耳边喃喃："你用暗器打他，如何？"

"我也正有此意，只是担心远了点，难以收效。"唐浩品摸了摸腰间所佩革袋。

"打一打再说。"汤仁和道，"干耗着也不是办法。"

"好吧。"唐浩品应声中，双手已是同时扬出。

蓝光乍闪，毫无声息地一划而过，同时，两枚鹅蛋大的飞蝗石则啸啸生鸣，直打牛道士两肋。汤仁和反倒被唐浩品说打就打、手法快速吓了一跳。

再看牛道人则好整以暇地将酒葫芦往腰带上一掖，口中笑道："哦，不玩口舌，改来这一套了。"话声中，右袖一甩，先将几根钢针扇得无踪影，左手稍伸，又将两枚飞蝗石一一拍落。牛道人有意卖弄，掌上暗蓄真力，飞石尚未落地，已被他击成数块碎屑。

"龟儿子，敢情是唐门的弟子！好个瓜娃子，同是四川老乡，反倒帮外人打起老子来了。嗯，看你手法，可是师出'唐门六杰'中的唐太云一系？喂，唐三采是你什么人？"

唐浩品原知既已出手就瞒不了这老江湖，索性坦承："正是家父。什么外人不外人的，我唐门一向认理不认亲的。"

老道叫声："噢，原来是唐太云的孙子。好、好，要是你爷爷亲临，本道自是无话可说，立马走人，即使你爹爹到此，也可打个商量。你个瓜娃子就嫩了点，雕虫小技也敢在老子面前显摆？"

唐浩品笑嘻嘻回应："我爷爷要陪老太太说话解闷，没空见你；爹爹嘛，也忙得很，一时半会儿哪能到此？你让我过去，算你给唐家的面子嘛，一样的，何必非要惊动二位老人家呢？"

老道充耳不闻，半声不吭。

汤仁和对唐浩品道："再用不同的暗器连着打他，我自有办法。"

唐浩品点点头，朝牛道人一声喊："老前辈，我请你尝尝蜀中名菜'十锦一品锅'的味道。"接着双手连发，一瞬间，空谷生啸，光点闪烁，铁砂子、三角刺、蝴蝶镖、铁蒺藜、钢骨钉、飞蝗石……漫天乱飞，如雨如云，几将老道身形遮住。

老道冷笑不已，却也不敢大意，凝神应对，两条袍袖舞成转轮，顷刻将漫布的细微之器震得四散，除长袖添了几个破洞，毫发未伤。

"没有用的。"唐浩品停了手，有点沮丧。

"你怎么不用毒？唐门不是除了暗器，更长于毒吗？"王飞扬提醒道。

"风向不对，地势也特殊点，毒一发出，被谷底上升气流回吹，反会伤了自家弟兄。"唐浩品无奈地摇摇头。

"在下倒有一法，请二位近一步说话。"汤仁和一扯雷龙正、唐浩品衣袖，俯首在二人耳旁嘀咕了几句，然后对王飞扬笑笑，"请大统领看一场好戏。"

唐浩品拉着雷龙正往岩石背处去了去，片刻转了回来，又对老道喊话："在下微末之技确实难入老前辈法眼。只是老前辈为何不敢用手亲接我一枚暗器？是不能呢，还是怕我暗器上有毒？好，我保证不用毒，你敢不敢接？"

"放屁！老子这双手炼了几十年的铁沙掌功，早已百毒不侵。你小子这些破烂杂碎，老子接下又有何用？换得几个酒钱？龟儿子一派胡言！"

唐浩品哈哈大笑："老前辈不要生气、不要生气，敢接就好。你看，我这里又来了。你接吧！"手扬处，两粒如卵圆石被他用大力发出，直射牛道长面门。

牛道士"嘿嘿"蔑笑："米粒之珠，也放光华？接你一招又如何。"边说边将双手一拢，早将两枚圆石握住，口中随道，"看老子将它碎成石粉。"语毕收掌一捏，突觉有异，慌忙低头去看，只听"砰砰"两响，手中爆开二团烟火，火舌燎着了道袍前襟、双袖，点燃了胡须、灰发。

老道双掌剧痛如裂，两眼也一时难睁，只将两只胳膊胡乱甩动，口中冷气直吸，已是顾不及火头上身。雷龙正见唐浩品用自己提供的小小弹丸伤了老道，呵呵直笑，跟着抛出一物："再送一个甜果，你老小子尝尝。"

那物飞出一道弧线，恰恰落在老道脚边，立时又一声爆响，老道双腿皮开肉绽，迸出鲜血。

牛道长"嗷嗷"大叫，一跤跌坐地面，滚了几滚，一面弄熄衣上几处火苗，一面破口大骂："格老子的，暗算老子哟，龟儿子毒得很！哎呀，老子的手烂了……脚破了……酒葫芦也漏了，你们这班龟儿子……"

老道正骂得紧，只觉喉间一痛，一柄长剑已是抵到了颈下，嘴巴仍张了几下，却一点声音也发不出来了。

王飞扬、汤仁和趁老道负伤，心神大乱，纵身跃过独木桥，一记制住了牛道士。接着，唐浩品、雷龙正也步桥而至。

王飞扬欲一剑杀了牛道长，汤仁和出杖挑开剑身："杀不杀，让唐统领定夺为好。"

唐浩品看了看牛道士，见他双掌洞穿，一条左腿也裂开长口，筋脉已断，显是武功半废。他不愿唐门与青城派结下深仇，便对牛道长温言："老前辈，我等出此下策，实非得已。你这般模样，元人也不会再收留你了……要是没去处，就去找我爹爹吧，你把情况说了，他肯定留你在庄上养老，我回来再向你赔罪。"

牛道人又痛又气，掏出身藏的金创药，狠劲涂抹，不住叫唤："龟儿子哟，你们这些龟儿子出阴招哟！老子睬你个鸟，总有一天找你爷爷、爹爹说话哟……"

王飞扬回剑入鞘："老家伙，别不识好歹，你帮鞑子做事，饶你一命，算是看在唐少庄主的面子上了。你赖在荒山野岭不走，让野兽吃了别怪我们。好吧，我等事急，就不陪你玩了。"

陆续过得桥来的义军战士，见牛道长狼狈不堪、气急败坏，嘴里一劲乱嚷，不禁笑得前仰后合，不是几位统领催行，还真要多要他一会儿。

离开独木桥，走了没多远，汤仁和即对王飞扬道："这里既有牛道人把守，必是进入元军防范区域了，前面要道、关口处一定还会有军队驻守的。我们应当避开元军防线，绕走西北，再去合州为好。"

王飞扬回首询问唐浩品："这样走下去，到钓鱼城尚需几天？"

唐浩品略算一算："顺利的话，可能还要走五六天。只因途中要涉过几条江河，费点事。"他已听见汤仁和的意见，随即表明态度，"汤统领所言极是，往西北方向绕一绕，多走两天，但安全得多。路我熟的。"

王飞扬唤雷龙正上前商量，结果四人意见一致：绕道西北，安抵钓鱼城为上。独木桥头一战，四位统领首次合智汇力，各展所长，共破难关，相互间感觉融洽多了。汤仁和得雷龙正、唐浩品强助，更是意料之外的事情，突破元军防线，完身攻进钓鱼城的信心大增，只盼早到地头，早日行事，早得荣华，早见家人，汤仁和只要能为己所用，不论另三人本意如何，他都不烦多想了。

这天下午，钓鱼城终于清晰可见。

王飞扬命令义军队伍暂在山沟里藏匿，与汤仁和、雷龙正、唐浩品攀上高处，伏身树丛、岩石后面，眺望不止：只见三条阔河依傍钓鱼城环流而去，唯东南一角方是平坦之地。钓鱼山半腰间一座石垒城池端然雄立，城上旌旗飘荡，似是宋廷标识。几人许久未见宋朝旗帜，眼中涌出伤感，默然无语。

放眼再瞧，钓鱼山四周元军大帐连绵相结，三条江河对岸均是元军营栅。眼前这座小山、半山腰这圈城堞，犹如大海中的孤礁，正遭重重巨浪扑涌，危殆如羊悬虎口。

四人看毕，退坐石后，心头沉重。

王飞扬捡起一截树枝，在地上划拉："三位，钓鱼山被渠江、涪江、嘉陵江合围，只要越过一水就可直抵山下，那样进城就容易多了。只是，元军大营俱依江岸连绵修筑，偷渡任何一水而不被发现都难似登天。再说，当下又到哪里寻得船只？看来，只有冲越陆上元军防线还稍有可行。"

"是的，元军扎寨直逼山城，我们若冲寨而去，再难再险也好过水战。"唐浩品点头示同，又指了指脚下，续道，"我们现在所处之山名为石子山，那座山叫东山，好像山下置有元军火炮阵地。"

"左边的那座山上也有元军火炮的。钓鱼山被这两山夹住了。看来，元军虽然没能攻进钓鱼城，可城里守军要想冲出撤离也难呢。"雷龙正接着唐浩品话语，品评一通。

"说得再难也没用，到了地头不打，能进城去？"王飞扬粗声道。

汤仁和忙道："那是当然。不过，硬冲硬拼只怕到不了城下，这百十号人就全完了，更怕是你我等人也进不了城哩。那不白忙活了？"

王飞扬冷静下来："汤统领说得对，你脑子灵，想想办法，如何既要入城，又尽量减少伤亡。"

"大白天的怕是不行。在下办案多年，知道那班杀人的、打家劫舍的家伙，都喜欢挑月黑风高之夜行事。当然、当然，我们与他们不是一回事，只是说个比方。"雷龙正冷不丁插了几句，让听者心里一亮。

"对，我们可以借夜色遮蔽，悄悄往城边运动，争取离城越近越好，这样即便被元军发现，城里守军也来得及派兵接应我们。"王飞扬喜道。

唐浩品精神振奋不少："今天是七月初二，月光没得一线线，黑天乌地的，元军不会随便放箭，更不敢轻易开炮，那样只会更多地伤到他们自己人。这样，我们就少了许多顾忌，跑快点也能占便宜呦。"

听唐浩品一说，王飞扬嚷嚷："天下武功，唯快不破。跑得快，自然也是一功！用你们四川话说，'要得、要得！'"四人松快笑起来。

汤仁和接道："这里距元军兵营太近，容易被他们巡逻哨队发现，赶快行动为好。怎么样，今晚三更出山进城？"

"兵贵神速，就在今晚三更！"王飞扬率先赞成。雷龙正、唐浩品也立表同意："要得、要得！"

众人笑声一落，王飞扬当即遣将调兵："汤统领、唐统领，你二人在队前开路，若被元军值更的巡哨察觉，就放开手脚打一场。唐统领要多用暗器，打得元军不敢靠近最好。我和雷统领殿后，鞑子追得紧了，老雷就甩他娘的霹雳弹弹。"

"好！就这样死命往城门处冲。队伍一定不能散，乱军阵中，一散就完。我有个主意，叫大伙采集一些松树枝，多扎火把，一来照明，免得自己跑乱了；二来给城里守军发个讯，让他们看得清楚。"汤仁和补充道。他明白，这支队伍只要被元军冲散，基本上就覆灭了。乱军厮杀中，凭一己武功，很难苟全性命。钱洪中一伙遭歼，进城后谁来助己杀将献城？况且，自个儿也难保在大阵仗中性命无虞、无损无伤。故而一再强调整体行动。

汤仁和想得更深的是，其他人进不进城不重要，自己是必须活着进城的。若是死在城外，那千里迢迢跑来干啥？一切辛劳都能忍下，唯独不可尚未"杀将"自身先亡。死在城外，白吃万般辛苦事小，伯颜许下的高官厚禄全成了画饼，妻儿亲人也必永诀。汤仁和深怀终能与儿清远相聚的预感，也相信以伯颜的为人，定会帮自己找到失散的妻子。对今后的一切，汤仁和充满憧憬。

自从对"得"与"失"有了自己的理解后，他再也放不下一个"得"字了。人活世上只有实实在在的"得"，才能实现一生的"愿"，才能获取他人的"无"，才能弥补一切的"失"。汤仁和平日心有所思、怀有所挂，到了紧要关头，他万般都可割舍，唯有"得"字不丢。

现在，不就是到了紧要关头？

钓鱼城就在眼前！进城之路就在脚下！此时不"得"，欲待何时？

六、烽火孤城潜深谍

"现在是非常时期、紧要关头，不可有半点大意。"钓鱼城守将张钰日日警示自己、告诫下属。常年死守孤城、苦撑危局，令他心力交瘁。

十多年前，张钰的上司王坚大将军，调集属地十七万军民，在合州城外围的钓鱼山上加固城垣，亲守此地。连年苦战中，蜀地军民陆续往钓鱼山一带集结，小小城池内最多时拥有十万雄兵。钓鱼城也在战火中铸造成抗元重镇，任凭几十万元兵轮番围攻，屹立不破，创造了南宋军民抗元历程中的奇迹。元军直将钓鱼城视作眼中钉、心头刺。

元宪宗蒙哥皇帝见多年强攻不逞，不得不暂息武事，派南宋降将晋国宝入城劝降。王坚拒绝元人的官禄利诱，令军士把晋国宝押到城中阅武场上，当着数万军民之面，斩首示众，以固抗元决心。围观者拥戴呼声飞传城外十里，惊得元人君臣面面相觑。

王坚痛斩来使，大振军威，彻底断绝了钓鱼城降顺可能，全城军民益发凝聚意志，守城不怠。

张钰接任钓鱼城戍守之职后，以上司王坚为榜样，顽强奋战，继续抵抗了十多年。钓鱼城挺住，合州城得保；合州城不倒，重庆城有靠。蜀中千里江山，唯有这方圆百里尚属宋廷。

张钰不但守住了钓鱼山城池，所谋更大。他秘密派人潜往南海，与残存宋廷取得联系，力邀九岁皇帝赵昺入川，前来钓鱼城驻跸，以奠重建大宋之基。遣使刚走，张钰即在城中选址，营建宫殿，同时整训军士，积极备战，拟订起收复失地的规划来。

文韬武略，重任繁务，张钰呕心沥血，精疲力尽，以至席不暇暖，食不甘味。这天，他与往日一样忙碌到夜深，方和衣而卧。

朦胧中，张钰忽觉衣摆似被扯动，睁眼一看，原来是豢养多年的爱犬"老黑"舞着一双前爪，擦他醒转。张钰与老黑相处日久，知其灵性，绝不会无故扰他入眠，即翻身坐起，双脚尚未蹬入靴中，便闻"踏踏"步声。奔进营帐的亲信参军叩报：城外元军大营突起嚣乱，遥传厮杀之音。请将军上城细察。

张钰立即披挂出院，跨马直驰东城。他上了门楼，副将西门朝宗已经先到。二人举目望去，但见昏黑夜幕中，一队人马燃枝相连，不断不散，宛如火蛇，在元军阵中格杀拼战，突曲而行，直扑城下。

以往，常有冲阵进城增援的小股宋军、义士，只是近年抗元势微，久未见此场面了。张钰热血涌动，兴奋不已，立对西门朝宗道："是群好汉！你速率五百骑兵出战，接他们进城。切记，不可恋战。"

西门朝宗急忙提刀下城。门开处，如龙骑兵呼啸而出。

张钰对参军道："已经两年多没有人马前来支援我们了。此次来者虽然不多，但拼杀声旺，足见大宋子民血性犹存。民心可用，是我们大展宏图的好兆头。你赶快安排，尽城中所能，善待这批义士。"

破营而来者，正是王飞扬、汤仁和等所率义军。

钓鱼城被围时日一久，罕有援者，元军警戒之心稍懈，一念只防城里突围，全无在意还有入城之人；加之白天频频放炮，数度攻城，一线元兵疲困交加，睡得甚酣。义军蹑足潜行，直至行了半程，元军巡哨方才察知。号角呜呜、警锣当当，几路夜巡哨队纷纷围拢过来。片刻间，大营中也火烛明燃，人声沸腾。

汤仁和、唐浩品并肩走在队前，一见元军惊觉，兜头拦截，便率先迎战，虎吼冲上。

唐浩品当先两把牛毛细针射出，夜幕中，元军难以察辨，十多人面目即被打得七疮八孔，痛呼乱窜。汤仁和舞杖如风，堵在前头的数名元兵头破肢折，躲闪不迭。鱼贯而行的义军战士也与四面围上的元兵激烈格杀开来。

"点燃火把，保持队形。冲、冲、冲！"，汤仁和见行踪已然显露，观前方城堞上笼烛点燃，闪出亮光，便按原定计划，令义军立即举火。

王飞扬与雷龙正殿压队后，见阻击的元兵仅数百人，唯恐时间拖久，大营精兵赶到，全队难以脱身，忙奋勇冲上前来，与元兵杀作一团，力图尽快打开缺口，奔向城门。

王飞扬双剑齐出，左削右刺，锐不可当。一名元军小队长见状，急急挺枪来截。王飞扬"唰唰"几剑迫退身边元兵，剑随身去，一剑格住凌厉而至的枪尖，一剑劈面直挑那队长颈项。小队长从未见过如此快疾的剑法，慌得一愣怔，下意识连退三步，让开一隙。王飞扬身前一松，方得空闲对雷龙正大呼："老雷，扔他娘的！"

雷龙正已在挎袋中掏摸，自然懂得王飞扬话意，忙应道："好，请鞑子先吃两个大香瓜！"扬声间，两声巨响连爆，炸得左右近侧一片烟火。元军人仰马翻，慌忙闪出一片空地。一名元将连呼："弓箭营，快调弓箭营！"

雷龙正朝汤仁和、唐浩品大呼："我送二位一程！"又将霹雳子接连扔出几枚。

汤仁和、唐浩品点头一笑，如出柙双虎直扑弥漫烟中，一晃不见了身影。义军士气大振，连声呐喊，跟着冲去。

汤仁和一面冲杀，一面偷目去寻，只怕钱洪中一班人跟不上队。他想着进了城，还真要这伙人相助呢。孤掌难鸣嘛，即便自己能杀那"将"，也无暇顾及他事，而城中不起大乱，城池就很难失守。别看钱洪中之流武功平平，若在城中闹些事端，还是有着人多的优势。乱战中，汤仁和真"牵挂"着他们。

眼光落处，只见钱洪中与其手下裹在队伍当中，专注跑路，只要刀枪不伸到面前，几乎不与元兵接战，甚重自保。汤仁和忍不住窃笑，果是一群精明的家伙，无须自己费心呢。又见王飞扬正追着那元军小队长打个不止，保得义军纷纷而过。暗道：不经这番苦战，如何能取得守城主将的信任？亏得有这几人同行，若我单枪匹马到此闯阵，只怕早就葬身城外了。

汤仁和、唐浩品望定钓鱼城东门上的火光，杀开血路仰攻而行。元兵如蚁涌至，层层阻击，义军中不断有人倒下或遭擒。

王飞扬见状，剑式更烈，打得元兵队长手忙脚乱，一个回枪不及，被王飞扬电光石火间洞穿了胸腹。

王飞扬收剑回顾，但见四面黑压压的尽是元兵，不见了冲阵的汤、唐、雷三人，不由心中一叹："只怕今夜要死在这里了。"此念未已，远远马蹄声疾，呐喊声亮，义军欢呼雀跃："城里出兵了！城里出兵了！"

副将西门朝宗横刀纵马率先杀来，身后五百骑兵分成两翼，借地势之利直冲元兵队阵，所到处，如滚汤浇雪，元兵溃退连连，闪躲不及。

黑浪汹涌的兵海中分裂出一道峡谷。

义军前锋汤仁和、唐浩品片刻间已与西门朝宗会合一处。

西门朝宗在马上大呼："来者何人？"

唐浩品放声喊道："江南义军前来参战，望将军助我入城！"

西门朝宗疑道："江南义军？怎的听你口音却是川人？"

唐浩品一指身侧的汤仁和："我是四川唐门弟子，这位才是义军统领。"

汤仁和忙道："我等确是江南义军，前来参战抗元，望将军相助！"

西门朝宗细细打量一眼汤仁和："好得很！你们先进城去，本将挡一挡这群鞑子。"说毕，跃马挥刀，朝前杀去。宋军骑兵急忙闪出一条通道，放义军穿过。

汤仁和终于如愿以偿踏进了钓鱼城。

越过城门洞口的瞬间，汤仁和心上突然一松：杀进钓鱼城，不过如此，并非天大的难事嘛！他却不知，伯颜元帅请准忽必烈皇上后，所书密函已经送达指挥围城的元军大将营帐。故而，元军不放炮，不射箭，不出铁甲骑兵，也无重要将领迎战。汤仁和却没有时间深思细究这般原委了，因为，守城主将张钰已经与他照面。

张钰将军在城楼上尽览战场，见义军人数不多，却士气振奋，杀声沛然，尤有四人矫健骁勇，前冲后挡，保得大队乱而不散，显然均身负高强武功。虽经长年苦战，张钰麾下仍有数万兵丁，缺的正是技击之术高明又能领军冲锋陷阵的为将之材，眼前四人恰是所需、所盼者。

张钰一俟义军全部入城，不待回府，即刻在驻军营帐内传见义军统领。

王飞扬、汤仁和四人喘息未定，也不及整理队伍，就被参将引领到钓鱼城主帅张钰面前。

四人进帐，看上位端坐者——身材魁梧，额丰颊圆，鼻准隆正，双睛生威，正值五旬年纪；容颜沧桑浓郁，又似七十老人。他见四人入得帐内，面上立时浮出笑意，目光将四人端详不已。

参军一声断喝："大将军在上，来者见过！"王飞扬四人立成一排，躬身行礼，齐道："小民叩见大将军。"

张钰点点头，一抬右手："诸位义士辛苦了。请坐。"

众人分左右坐定。不待张钰多问，王飞扬快人快语，将此行从头说起。张将军默默听着，目光仍在四人身上打量不止。

当王飞扬说到汤仁和时，张钰一愕，神色明显生异，欲言又止，双眼盯着他不眨一瞬。汤仁和心中一紧，终是有虚，不禁惶然。张钰却稳得住，只是顺着王飞扬所说，细细问了问庐山"得失门"惨遭不测的详情，自语道："哦……哦，好……很好。"众人听得大惑不解，汤仁和更是心头鹿撞：难道张钰知我内情？不会吧，伯颜将军行事周密谨细，随从皆是元人，岂有泄密可能？那张钰怎的言行这般，还将我看个不停？

汤仁和额上沁出微微汗珠，再无心听王飞扬高谈阔论。直到西门朝宗领军返回，进营向张钰交令，他才缓过神来。

张钰向四人介绍副将西门朝宗："西门将军随我守城多年，主持东门军务。另有三位将领分别驻扎他处，日后当引你等见过。四位义士武功超群，忠勇知理，本将能得你等来助，乃钓鱼城军民之幸，也是大宋之幸。我已派人前去南海恭请皇上移驾，幸临此地。届时，本将一定向皇上保荐各位，奏请皇上封赏你等。"四人忙起立言谢。

张钰又道："夜已深了，请四位义士先去歇息。明日，由西门将军带你等熟悉一下本城防务。所率义军稍作休整，分派各营，协同大军守城。"

张钰言毕起身，又对西门朝宗嘱咐道："西门将军，明日早餐后，你带汤义士来我府中一趟。"

西门朝宗向汤仁和深深一瞥，点头应诺："是。请大人回府稍息，四位义士和所率部众我自会安顿，大人放心即是。"

汤仁和心中又是一惊，不知张钰为何要他先单独过府，又不解西门朝宗看他那眼神之异。垂首送走张钰后，半晌抬不起头来。

汤仁和一宿没能睡踏实。与王飞扬、雷龙正、唐浩品同室，虽难入眠，还不敢显露，担心落入雷龙正眼中。这人令汤仁和心底生毛，不防不行，只得憋着身劲，硬躺不动。天亮起床，汤仁和浑身酸僵，双睛也生出丝丝红络。

早餐时，汤仁和咬了一口馒头嚼着。雷龙正朝他诡异一笑："汤统领，进了钓鱼城，你反而睡不好觉了，精神不振呀。"

汤仁和含糊应道："还行。可能前些日子太过劳累，心弦绷得紧，一朝松下，反而不习惯了。"

王飞扬话语含酸："张钰大将军可是看中你了，要不，怎的第一个就邀你进府？还是单独会见呢。汤统领在这块地面混好了，别忘记我们患难弟兄。可是你把我说动来的哦。"

唐浩品见汤仁和支吾着，难答王飞扬所语，便微微生笑，不发一言，大口吞咽食物。

汤仁和心想，这姓唐的年轻人倒不招人讨厌，武功也不差，暗器、布毒二技正是我短，比钱洪中之辈强多了。若在此城"杀将"，倒是一个可用之人……说真的，张钰为何单单要见我一次呢……

汤仁和食不甘味，胡乱吃了几口，心中正乱着，西门朝宗就来领他前往张府了。

进了张钰将军府院，未至二堂，汤仁和便见张钰身着一袭灰白布衣，手摇蒲扇，闲闲地独坐堂上，喝着茶，逗弄脚边的一条黑毛老犬。这犬老得有年岁了，皮毛斑驳脱落，双眼浑浊，半眯着，见有人上堂，尾巴也懒得一摇，更不屑叫上一叫了。

张钰见汤仁和到来，不待西门将军禀报，已点头笑道："哦，汤门主请坐。西门将军，你去忙吧。"

汤仁和听出：一、张将军对自己称呼变了；二、此次约见只是张将军与他二人间的事。他更不明所以了。

待老仆敬茶退下，张钰笑吟吟地开了口："汤门主，你能组织义军，不远千里入川抗元，可谓忠义双全、胆识过人哪！本将想不到你等能远来此城，助我共守弹丸之地。也是天意、天意呀！"

汤仁和听在耳里，只觉张钰所言令己汗颜，但又实是褒奖之意，只得"诺诺"谦应；待听张钰连呼"天意、天意"，更不知他为何如此评说，不觉瞠目愕然。

张钰将军兴趣甚浓，直叙道："汤门主，你到此城，又让我得识，真是缘分使然。来，我请你见过一人。"

汤仁和不知凶吉，一颗心七上八下："他要让我见什么人呢？"

张钰一声"来人"，堂后转出那名老仆。

张钰吩咐："你去领他到这里来吧。"

老仆会意，含笑看了汤仁和一眼，退往内院。

汤仁和稳定心神，端起茶盅，轻呷二口，寻思讲点什么，尚未开言，内里传出一阵脚步声响。他举目一看，手上瓷盅猛地一颤，泼出半盅茶汤："你……你……清远儿！"

汤仁和慌忙放下茶盅，立起身来，揉揉双眼，定睛再瞧：当真是失散多日、常牵心尖的儿子——汤清远。不待他开口，清远已是一声哽咽："爹爹！"快步奔上前来。

汤仁和急趋两步，一把将儿子搂在怀里。父子俩把臂紧拥，难出一语。张钰与老仆相视而笑，十分欣慰。

待重新落座，汤仁和心情略略平静，先朝张钰深施一揖，"多谢张将军让我父子得以重聚！"然后方问汤清远："我儿怎会来到张将军府中？那日在庐山又怎的脱出元军之手？"

汤清远叙道："回爹爹，那天元军搜山，有几名逃散的义军士兵到咱家躲藏，母亲唤人将他们领到厨后柴垛中暂避，不想被元军搜出。元兵将这几名义军押到前院大场，强迫门中所有人员出来观看，当场将义军斩杀了。元人又说'得失门'收留叛逆，图谋不轨，全体征充为奴，押往北地。大家听了就动手反抗，打倒了四五名元兵，元人暴怒，将门中大部男子杀了……"

清远忆起往日场景，心有余悸，面露惊吓，一时语塞。汤仁和虽已知情，此刻听了，也难过地垂下头，深叹一气，宽慰儿子："为父第二日上山，在乡邻帮助下，收殓了场上死者，他们已入土为安了……哎，你怎么逃脱大难的？"

"当时，我正独自在佛手岩上习气，听到院门那里乱糟糟的，便跑了过去。正巧，遇到元兵押解义军出门，就上前斥问。元兵要将我一块儿斩首，多亏娘亲抢上拦住，说我年幼不知轻重，但和义军绝无瓜葛，元兵才放过我。后来，大伙儿反抗时，我也和元军打了起来，后背被他们砍伤。三位叔叔将我从刀枪下抢了出来，护着我往山后跑……"

汤清远年方一十八岁，容貌稚嫩，元军起始才饶过了他。后见他与众人一起抗争，有些身手，便不留情，砍伤他后仍穷追不舍。

汤仁和明知儿子生命已无危险，听到此处，也禁不住胆战心惊，追问："后来呢？你是怎样跑脱了的？"

"三位叔叔叫我快跑，躲到树林深处去，返身与追赶的元兵拼斗起来。那时，我背上流血不止，痛得举不起胳膊，确实帮不上忙，心想，那就跑快点，让叔叔们也有时间逃命。我跑进树林不一会儿，元兵就追上了，我知道叔叔们可能……元兵很快发现了我，我只好再跑，最后，实在没力气了，脑子里一阵迷糊，就啥也不知道了。"

"啊！"汤仁和心痛地吸了口凉气。

"醒过来时，天已黑了。我觉察自己躺在一块山石后面的草丛里，背上的刀伤也包扎好了，一位爷爷正蹲在身前看着我。爷爷见我睁开眼睛，马上笑了。他告诉我，我俩这是在石门涧东南的山谷里。两个时辰前，他正好路经树林，见我跑着跑着扑倒在地，几个元兵追上来要杀我，就出手把他们打跑了。这位爷爷的本领真大。"

汤仁和知道，追进林深处的元兵其实俱已丧命。显然，"爷爷"不愿让清远闻知血腥之事，才轻描淡写地说"打跑了"。他心中一动："清远，这位爷爷什么模样？你可知他姓名吗？"

"爷爷瘦瘦高高，力气大得很，他背我下山时跑得又轻又快，我感觉腾云驾雾一样。他说我不能回家去了，先找个地方把伤养好再说。半夜时分，他把我藏在一个石洞里，离去好一会儿才回来，说是替咱家报仇去了。噢，这位爷爷姓楚名天行，是从黄山下来的。"

汤仁和连连点头自语："果然是他、是他，只有他了……"

张钰笑道："汤门主也知道楚大侠？楚大侠正是在前往此地途中救下令公子的。"

"啊？楚大侠也在此地？怎不见……"汤仁和一惊，转而面生喜色，急急相询。

"楚大侠前些时应本将之托，前去重庆府联络军机，再过三五日即可回转。届时，你当面谢他不迟。"

"是要谢谢他、是要谢谢他！清远，离开庐山前，你回家看过吗？"汤仁和知儿子在山中疗伤，故此一问。

"第四天，我伤口不痛了，楚爷爷带我走出石洞，回去了一次。只是家中没有一人。遇到丁大爷时，他说你三天前回来过，住了两宿就离去了。我们错过了见面的机会。爹爹，你那么多日子去了哪里？娘亲与孩儿都很惦记你。丁大爷说，娘亲和府中幸存人员被元军押解下山了……我们还能找到娘亲吗？"汤清远流下泪来。

汤仁和不便详说往事，只是深责自己那夜亲见楚天行阻杀元兵，却没有出面相助，失去了与亲儿见面的机会，结果竟在千里之外的钓鱼城中方得相会，真是造化弄人，恍若隔世。

"清远，你能活着，爹爹太高兴了。不要难过，一定会找到你娘亲的，一家人一定能团聚的，我们要一块回去，重建'得失门'！"

汤仁和既惊又喜，似悲还忧，面上绽笑，心中滴泪，百感交集，言不由衷。

"汤门主，昨晚一听是你到此，本将就想，天下竟有这般巧事？真不敢相信！再加天色太晚，场面正乱，不是说话的当口，只得暂且忍耐，约你今晨过府面叙。早上，我又与令公子核准后，才告诉他，你爹爹也来了。初始，这孩子还以为我哄他高兴呢。"

汤清远羞涩一笑："孩儿真是难以想象，会在这里与爹爹相逢。"

汤仁和轻轻拍了拍清远肩胛："爹爹更想不到呀！清远，那就随爹爹一块儿生活，不能再劳烦张大人了。"

汤清远面露踌躇："这……我得对师父说一声。"

"师父？什么师父？"汤仁和愕然不解。

张钰忙道："汤门主有所不知，楚大侠已将令公子收为徒弟了。进入本城后，楚大侠就与令公子一直住在本府后院，你要带孩子走，虽是常情，不过等楚大侠回来，大家见了面再说更好。我这里没什么劳烦不劳烦的。"

汤仁和歉然道："幸亏大人提醒，要不，小民就失礼了。小儿能得楚大侠指教，真是他的福气……小民先行告辞。清远，爹爹走了。"

汤清远将父亲送出大门外，方依依不舍地回转府去。

汤仁和万料不到，刚进钓鱼城仅仅一夜，不但见到了失散多日的儿子，并因之与守城主将张钰张大人陡然多了几分亲近，还在最快的时间里到张府一转，这些大大有益于自己此行的目的。只是楚天行这样的高手竟然也在城中，长住张府，倒是自己行将"杀将"的一大障碍。楚天行武功超凡、人生历练极丰，又是清远的师父，自己与他为敌，能有几分胜算？再者，不论结果如何，只怕对清远都难以交代，势必造成他一生的痛楚。

"我的天！当真造化难测，万般命定，半点不由人吗？"汤仁和脑袋快要炸开了。

汤仁和思绪紊乱，但理性仍然清晰：三天内是"杀将"良机。楚天行三日后即由重庆府返转，有他在，绝对难施杀手。清远儿居住张钰家中，给自己提供了随意进出张府的便利，这就有了三天内"杀将"的可能。到时叫钱洪中一伙四处放火、生乱，自己趁机出城不，带上清远一块儿出城，投往元军大营，大功即告半成。死了主将张钰，钓鱼城当不难攻占了。只是，这样大的事情，伯颜真的只会托付于我……和钱洪中几人？凭我们就能顺利成事，那钓鱼城怎守得了如此之久？有没有他人助我呢？伯颜不像个做事不靠谱的人呀！

临近中午，王飞扬、雷龙正、唐浩品三人在西门朝宗带领下，将城内各处大致看了后回屋。听汤仁和一说，在张府见到了失散的儿子汤清远，楚天行大侠也到了钓鱼城，三人均觉惊喜，连向汤仁和道贺，又为很快能结识楚大侠而高兴不已。小屋里洋溢着欢乐气氛。

"想不到长年隐居的楚大侠能够出山，参加抗元，可见我等此趟来对了。这就是道义、就是人心、就是希望！"王飞扬亢奋不已。

唐浩品笑嘻嘻接道："真正的江湖豪杰在民族大义面前，都是走得正、做得端、立得住的。否则，就不配称'侠'。'侠'的最高之道，就是'为国为民'四个字嘛。"

雷龙正大为赞同："对，像你唐门，听以前江湖上传言，似乎有点亦正亦邪的味道，可这些年，蜀中抗元若排起英雄谱来，必定会提到唐门弟子的。"

"江南霹雳堂子弟也不差呀，这次没你同行，只怕难进此城呢。"汤仁和就势捧了捧雷龙正。

"好说、好说。只怕日后有更难的事情，不知我老雷能否应付得了。"

汤仁和一怔，雷龙正又说了下去："方才，听西门将军之意，近日即分派我去火器营，指导制药填弹，说是……发挥我一技之长。呵呵……"雷龙正自谦一笑，又道，"当然，你们的'一技之长'也要发挥哦。好不容易来到这里，可得大干一场。男子汉大丈夫就是死了，那啥子，也要朝天哟。"大伙被雷龙正末句隐意粗口逗得哈哈大笑，个个情绪高涨。

七、诡向同袍施绝手

四人说说笑笑，一顿午饭吃了好长时间。刚刚放下碗筷，西门朝宗又来了，专程领汤仁和巡看城防守备，以补上午之缺。

二人一路走着，西门朝宗不停指点设置："这二处分别是我军的粮仓和军械库，远点那排平房，储存火炮弹药，守城没有大炮万万不行……这条曲巷是运兵专用通道，顺右行去，依序可往一字城、镇西门、奇胜门、出奇门、青华门，四通八达，绕城一圈。何处战事危急，增援军队可循此巷快速前往……瞧，这口池塘虽然不大，塘底却有两个泉眼，确保池水常年不涸。另外，还分散开掘了十余口水井，足供守城军民长期饮用。要是没有塘和井，我们也难坚持的……从这里可往本城中心地区插旗山，那是制高点。走，我们到山上看看。"

汤仁和随西门朝宗攀上插旗山，城中全景尽收眼底。

"嗯，居高临下，一览无遗，掌控全城，还可远眺城外。"汤仁和点头夸道。

"瞧，江对岸一排排的元军营寨……我们在这座山上设有火炮阵地，配置二十八门火炮，可惜相距太远，炮弹打不到元营。"

"元军当然不会在你炮弹射程内安营扎寨，他们精明得很。"汤仁和笑道，"哎，那处不是张钰将军的住所吗？"

"是张将军府第。你再看，东南城外有一道'一字城'，昨夜，你们就是先从那处进来，再入内城的。西北面也有一道'一字城'挡着，这二道坚石城堡，正是主城的左右拱卫；何况，还有三江环绕，自成屏障……"

汤仁和打断西门朝宗话头，感慨道："钓鱼城地势独特，城防复杂，工事遍布，难怪元军久攻不克。"

"地势、城防、工事当然作用很大，但主要还是人的原因。张钰将军立下誓死抗元的决心，其他人只得以命相许，无人敢言一个'降'字。要是没了张钰，群龙无首，攻破此城，也就不难了。"言毕，西门朝宗"嘿嘿"生笑。

汤仁和一抬头，正与西门朝宗目光相对，只觉他眼光狡黠，面色有异，不觉诧然。

"你……"汤仁和试探吐字。

"汤门主，我已接到元军指令，伯颜将军给围城主帅送来密函，尽言你事，并决定用我助你功成。"西门朝宗低言。

汤仁和难以置信，神情一恍，嗫嚅出声："西门将军所说……汤某听不大懂，我有何事？欲成何功……"

西门朝宗诡诈一笑："汤门主，你大老远地犯险来此，不就图谋'千里杀将'吗？"

汤仁和至此松了口气，笑了："噢，这么说，西门将军才是真正助我之人？真是难以料想呀！"

"正是，西门一直等着早日离开此城呢！"

"西门将军不是张钰多年的部属吗？怎么会……汤某不理解呢。"

"你是难以相信。其实，我七年前在与元军的一次战斗中，被他们俘去。元军统领要我答应暗助他们，即饶我一死，放我重回宋营，并许诺以富贵相待。生死关头，我没有选择，只好应允。寻机逃出，返回军营。因我在阵上厮杀一向勇猛，张钰将军半点不疑，仍让我带兵作战。那时，元将只要我待命而已，这一等就是七年。我只当元营换将，遗忘了此事。可就在你等到来的前两天，我收到了元营密令……"

西门朝宗哪里知道，元人不仅没有忘了他，反将他潜藏宋军营内作为朝中最高机密之一，唯有皇帝忽必烈与几名重臣知悉。正因有汤仁和可用，伯颜才想到"激活"西门朝宗这枚"沉子"，合二人之力，协助元军攻克钓鱼城，一平西南战事，二防残宋再起，确保大元天下长治久固。

"这些年，你一直待在张钰身边，又负守城重任，怎的一直没有行动？"汤仁和不解。

"你不清楚，张钰久经战阵，经验丰富得很，自身武艺又十分了得，一柄厚背大刀重五十四斤，马上冲锋陷阵，舞刀斩将，一个时辰，都不气喘；徒手格斗，七八人难近其身。何况，府中还有百多号亲兵守卫，谁能行刺得了他？要说城防事务，另有其他副将分理。他们的防区，我就轻易走不进去。早知城中有一条密道，藏在山石之间，直通城外，可我至今也没弄清究竟匿在何处。孤掌难鸣啊！就算我侥幸能够行刺张钰，只怕也难活瞬间，走不出十步就……"西门朝宗苦笑道，"所以，元人既没有命令要我行事，我怎会自己动手？当真活得不耐烦了！毕竟要有多人行事，还要有高手参与，才能倾全力于一役，杀将破城。元人并非全是残暴粗莽之辈，精于谋略者甚众。要不，能夺我汉人天下？"

西门朝宗竟能在抗元火线不露形迹，一潜七年，汤仁和自觉甚难，由衷赞道："西门将军坚毅沉潜，汤某佩服！"

"好说、好说。现今汤门主到来，西门也可结束担惊受怕的日子了，一身事二主，受煎熬的是这颗心呀。元人能入主华夏，自是运至势够，投了他们，本属识得大体、顺应天时，我也没什么内疚的。汤门主打算如何行事？当是宜快不宜迟，最好趁楚天行不在城中……"

汤仁和道："西门将军与汤某所虑一致，就在这两日起事如何？随我同来的义军中，有一个叫钱洪中的小头目，也是伯颜将军安插进来的，他手下有十多个弟兄可用。只是伯颜没将详情告诉他，他既不知我，更不知你了。伯颜深谋，显然留了一手，只叫他们令至而动。当然，也对我留了一手，片刻前，我也不知你呀。哈哈……"

"刚才，我不是说元人精明得很嘛。有姓钱的十多人可用就行，这里上上下下都抱必死之念，我一直寻找不到合适的人，当然，也不敢轻率而试。现在人手够用，西门有如此设想：我助汤门主刺杀张钰，派姓钱的去青华门处协守，到时由他那伙人开城放入元军，并令他们四下纵火烧房，在城中造乱。只要主将一死，全城燃火，军民无首，大批元军进了城，分割围歼，此城就守无可守了。"西门朝宗侃侃而谈。

"西门将军不愧是长年领兵之人，就照此行事吧。只是随汤某同来的那三人不太好对付，尤其姓雷的，鬼得很。得先将他仨弄妥了，免得节外生枝。"汤仁和另有所虑。

"汤门主提醒得好。我本已准备将姓雷的调到火器营去，他不是'江南霹雳堂'的人吗，就让他发挥所长，去城外威天堡吧。瞧，那里就是威天堡。叫姓雷的负责开岩取石，装填火药，不完成两百个炮弹丸子不得回来，估计至少也能晾他三天。王、唐二人可以调去助守他段城防，归属另部辖制。只要你身边没有碍事之人，等元军进得城来，他三人再有能耐也无济于事了，能活下来就算命大。"西门朝宗信心满满地笑了，"只要楚天行这老小子不在当场，就没有什么可担心的。"

当晚，汤仁和听王飞扬三人各自说了领命欲去的事，假作不满："过了今天，你们三位就算上任了，我仍闲人一个……张将军咋想的？"

王飞扬道："都是西门将军安排的。我等走了，你恐怕要被西门留在身边了。听说西门是张大人的左膀右臂，算是城中二号人物，被他选上，是你的福气。看来，汤统领日后的作为要大过我们呢。"

"对啰，等等吧，有你的好日子呢。"雷龙正笑嘻嘻地插言。

"他妈的，这小子的话怎么听怎么不舒服。"汤仁和心中暗骂，脸上笑意盈盈，"我当然要有好日子啰，平安进了钓鱼城，还找到了失散的儿子，不是时来运转的好兆头吗？你们的好日子也快到了，只要在此处扬名立万，小了说是守城中坚，大了说可是民族英雄啊。"

唐浩品摆手道："想啥子嘛，这般大阵仗，我们就算有点武艺，能活下来也是侥幸了，只求多杀几个鞑子吧，我可丢不得'唐门'的脸哟。要不，即使活着回去，也得让婆娘耻笑，更会被老爹骂死！哈……"

王飞扬哪知汤仁和话意，欣然接言："不说小啊大的，总比被鞑子兵欺辱着过日子强。我在九华山上看不惯元廷派来的秃驴喇嘛，到了龙虎山下，更看不惯颐指气使的伯颜那厮。这班鞑子终非我类，当真能把万里江山占得长久？我就不信！"

汤仁和不再与他们啰唆，径自走到铺前，和衣倒下，闭目养神。自与西门朝宗接上头，又听了他如何如何杀将破城一说，心中安定不少，只觉一切都快到头了，心中欣慰不亚于遇见亲儿。这一天过得真值啊！

汤仁和哪里能够预知，一夜才过，风云突变，难题立至。

第二天清晨，吃了早饭，王飞扬、雷龙正、唐浩品刚随西门朝宗离去，张钰就差人来请汤仁和进府。

汤仁和本来就要利用各种机会，尽可能熟悉张府环境，也愿意与儿子多多见面，当即兴冲冲地踏入张府，直奔大堂。

汤仁和踏上堂前石阶，引颈看去，只见张钰正和一人坐在几案边交谈。那人似有觉察，侧过面庞，看见汤仁和走进堂来，便朝张钰微微一笑，立起身来。

汤仁和见眼前之人身材高挑，颌下三缕长须，着一袭薄绸白衫，神情淡定、安详，如玉树临风，虽处华堂，却自有贵而不骄、矜而不持风仪。

仅只一眼，汤仁和就知这人周身气息畅扬，肌体强健，虽三四十岁的容貌，但年纪当在六旬上下，足见养气功深、养性功厚，显是武林中难得的高手。他隐约想到了一个人："难不成是他？"

张钰将军见汤仁和登堂，欣然引见道："汤门主，这位就是楚大侠、楚天行先生。"

真是此人！汤仁和不及再思，紧上一步，抢先施礼："汤仁和见过楚老前辈。多谢前辈救下犬子，并收其为徒。在下感激之情无以言表，前辈受我一拜！"

楚天行朗声一笑，伸手托住汤仁和双臂，仅受其半礼："汤门主不必客气，能救清远，也是机缘巧合。没有获你同意，即收其为徒，还望汤门主见谅。"

汤仁和遑遑然又作一揖："犬子当真与前辈有缘。昨日我听张大人一说，欢喜不尽，犬子能有前辈这样的师父，可是他三生修来之事。只是犬子顽劣，不堪前辈教导……"

楚天行道："在下虽然长隐黄山，倒也耳闻'得失门'之名。清远武功已有根基，人又聪慧，心灵澄静，我只是稍加指点。日后，还望与汤门主一同参详。"

汤仁和慌忙示谦："不敢、不敢，汤某细微技艺何值前辈一提。"话题一转，"噢，汤某原以为还要过上两日方能叩见前辈，不想今日即得一睹大侠风神……"

"楚大侠惦记城中安危，诸事一毕，连夜赶回，本官也没想到，今日一早就能见到楚大侠呀。"张钰言毕，又道，"二位不妨坐下再叙。来呀，给汤门主上茶。"

"汤门主带领义军入川抗元，大有担当天下安危的侠义风范。仅凭此举，足坐江南武林盟主之位。"楚天行已然知道汤仁和龙虎山竞擂一事。

汤仁和面颊生烫，忙道："惭愧、惭愧，在下为博虚名，不能免俗而已。再说，山河几被元人所占，武林盟主又何足论？前辈视名利如草芥，亲躬抗元大事，方是武林中人的榜样呀！"

楚天行道："我本对南宋朝臣腐败之状深恶痛绝，多年不涉世事，但江湖中常有好汉前来陋居走动，讯息倒也灵通。不久前，听说张大人有心迎请幼帝入川，重振抗元力量，大有挽狂澜于既倒的气魄。老夫自愧天下兴亡之际、生灵涂炭之时，实实不该一味独善其身，置国家、民众于度外。当下，天地易帜，唯张大人独撑西南一隅；又及，幼帝也将移驾至此，所以前来效力。"稍停，楚天行微微生笑，续道，"那日，行至庐山脚下，见元兵追杀溃散义军，便尾随上山，结果得遇令郎。现在，汤门主既已亲到，是否让清远回你身边，也好父子常叙……"

汤仁和急忙表白心迹："犬子有楚前辈亲教，汤某求之不得。另外，汤某来此，只为助军杀敌，无力照顾小儿，还是让清远在前辈跟前，住在张大人府中最好。只是多多烦劳前辈与张大人了。我且以茶代酒，敬敬张大人，敬敬楚前辈！"

汤仁和离开张府，即赴西门朝宗处商议。

西门朝宗听说楚天行已回，面上立泛难色，皱紧双眉，沉吟半晌方道："我就说城中另有密道直通城外吧？楚天行出去回来都没走我负责守备的几处城卡，要不，我还没个信息？楚天行这人功夫了得，心灵通慧，只怕早晚会让他看出破绽。说真的，以前我见了他倒没啥，自从领了元人密令，心里就忌惮他得很。我看你好像也有点慌了。呵呵，说句笑话，你我终究是心有别怀呀！看来，拖不得了。"

汤仁和明白西门朝宗话意，长叹一气："夜长梦多，日长事多。我对钱洪中那帮人也不太放心，万一走漏半点风声，不仅坏了伯颜将军苦心设下的'局'，你我性命也堪忧哦。想一想、想一想，怎么弄……"

"怎么弄？楚天行住在张府，整日不离张钰左右，谁还有这个胆、这个本领去'杀将'？必须将二人分开，才有可能一试。"西门朝宗狠声道。

"对，让他俩分开！我不信，楚天行能十二时辰不离张钰一步。还有，没什么动静就置张钰于死地，不惊动楚天行更好。就按这两点想下去，想出办法就有办法了。别泄气，别担心。"汤仁和有了近年来的经历，胆气壮了不少，临别时用力拍了拍西门朝宗左膀，以示鼓励。

晚饭后，汤仁和将唐浩品领到背人处，低声道："唐统领，我有一事相求，望你成全。"

唐浩品奇道："汤统领啥子事如此庄重？"

汤仁和正色道："汤某自从进了钓鱼城，便绝了苟活的念头，唯以战死为荣。怕的是，万一被元军俘获，求死不得，活着蒙羞，太难想象了。况且，小儿又在身边，怎能让他也遭鞑子欺侮？那样，我父子真是生不如死，有辱本门清誉，愧对列祖列宗。唐统领是唐门中人，自携重药，我求你赠我两粒药丸，那样，我父子若不能战死，最后关头，也可服药自我了断。最好是无味无色，不令人太觉痛苦又速速见效的那种……"

唐浩品大惊："这……汤统领说啥子哟，唐某岂可做这种损伤阴德的事？"

汤仁和坚色道："唐统领，汤某所言句句出自肺腑，你细想一想，当可理解。只怕到时，你也会与我想法一致呢。"

唐浩品默然片刻，黯然道："所说也是……那我送你两粒蜡丸。用时，只需捏破，吮吸内中汁液即可。丸中药水无味无色，力道甚大，即便沾上肌肤，也可从毛孔渗入膏肓，致人虚软无力，真气涣散，半个时辰后痹瘫而亡。可要妥善保管哟。"

汤仁和小心地从唐浩品手中接过一双药丸，贴衣藏好，言道："唐统领，这是汤某自求，与你无涉，千万不要自责。"又低声叮嘱，"唐统领，汤某索药之事，切记不要让雷龙正、王飞扬二位兄弟知道，否则，汤某会被他俩缠问得没有安宁了。"

汤仁和主要是不愿雷龙正知情，他心里最提防的就是这个"老江湖"。雷龙正人情通透，当然不会相信自己"服药尽忠"之举，定要深想。被这老捕头和他手下二人盯上，"杀将"一事万难去做了。

汤仁和顺利完成了计划中的第一个环节，随即实施第二步骤：找到西门朝宗，重新布置"杀将"局中人员使用方法。他要钱洪中扮演更加重要的角色，以便自己处于最适宜的位置，实施关键一击。汤清远的出现，固然为汤仁和"杀将"提供了若干有利条件，但也给他造成一赘。这孩子在张钰、楚天行和自己之间结起了无形的绳系，汤仁和不愿儿子心中留下"父亲以怨报德、杀害恩人"的恶劣阴影。以清远儿的禀性，一旦目睹自己所为，就永远失去了这个儿子。也可以说，自己"杀将"的同时，也"杀"了亲儿，更在亲儿心中杀死了"自己"。汤仁和为了无碍亲情，必须留一手。

汤仁和将所虑、所谋，细细对西门朝宗谈讲清楚。两人顺着、倒着将"程序"疏理几番，直至相信再无破绽后，确定：明晚二更梆声响时，便是"千里杀将"收局之时。

"你立即设法与元营联络，告知此事。务必要他们按时调兵，先悄悄绕过'一字城'，往青华门下运动，准备接应。对了，战事一开，元军应当佯攻各处城防，迫使守军困在当地，无法相互增援。只要青华门一破，其他各处守也无用了。"汤仁和关照不已。

"好了好了，老汤你别把心弦绷得太紧，这样，让我也感不安了。"西门朝宗觉得汤仁和过于焦虑，出言调侃。

"这事太大，哪能放得下心哟。哎，你倒沉得住气，不愧是长年搏命沙场的将军。"汤仁和一经比较，自惭阅历不够，缺乏办大事的底气。

"两面人的日子不好过呀！我只盼早点结束这种生活状态，哪里还有闲心害怕！"西门朝宗恨声表白。

"将军出没干戈，游历生死，胆气煞气够足，怎会降了元人？"汤仁和言语真诚，甚是不解。

西门朝宗沉默半晌，长叹一声："说来惭愧。被俘之初，在下也存宁死不降之心的……"

见西门欲言又止，汤仁和笑道："你我虽然初识没几天，但却是一条船上的共渡人，有什么话不好说的？说吧，汤某人听了，也能受教呢。"

西门朝宗苦涩一笑："说出来羞人哦！元人当初将我一刀砍了，倒也干脆，少了今天的难堪。可他们变着法子收拾老子。头两天，大刑折磨，一次就打断了三条皮鞭。老子全身上下没巴掌大完整皮肉。不过，老子还是硬挺着咬牙不降……"

"哦，真不容易！这罪都扛过来了，又怎会……"汤仁和越发不解。

"元人见硬的不行，就改变花样，来软的了。"

"元人等老子遍体伤口稍有愈合，派了两名年轻妖媚女子，将老子全日伺候起来……就这么，老子的心气、血气一点一点给这两个娘们消磨尽了。尤其是日日给老子助浴，清洗全身创痕，这招，可把老子快搞化掉了。唉，我当时只怨自己经不住诱惑，后来才知道，元人在老子饮水饭菜中下了起性重药，即草原牧人给牲畜配种的烈物……"

"这招毒、真毒！汤某明白、明白！确实怪不得将军！"汤仁和在春光院中待过十多日，深知"熟女"的厉害，杀伤力难以抵御。

"这两个女子，是元人从西域引入的，喝牛羊奶、吃牛羊肉长成，身高体壮，性猛力大，乳丰臀肥，肉头厚实，还受过专门调教，老子架不住她们日夜'服侍'，直到毫无乐趣可言，真是怕了她们。逼得每晚向元人讨酒要肉……"

"对、对，多喝酒，多吃肉，增强体力！"汤仁和急切插言，感同身受。

"不，不是增强，是延缓。"西门朝宗无奈不已，"想我半生征战，岂能被女人弄死在床上？我先前听人说过，喝点酒，可以延长房事。所以，想自救一下，每晚以肉下酒，将自己灌得烂醉，指望麻痹神经，力图延缓，与二女持战。实际是竭泽而渔，饮鸩止渴。半月下来，老子全身如被掏空，虚弱得爬不起来，真是苦不堪言，生不如死。只得乞求元人召回二女，服输投降了。"

汤仁和听毕，唏嘘不已，愣了会儿方道："英雄难过美人关，不想还可以作这般理解。唉，也是男人有男人的无奈。西门将军，你真不容易！"

西门朝宗一挥手："算了，都过去了。也是命该如此……扯了这些，你心中可把'杀将'一事持得平衡了？别多想，放手干吧。过了明天，一切都改变了。"

"多谢西门将军。好，咱们暂且分手，预祝明天再见时，你我已在全新的生活境遇中！"

西门朝宗与汤仁和相视一笑，举掌互击，各自离去。

夜深了，汤仁和辗转难眠，心潮翻涌：这大概是自己在钓鱼城的最后一宿吧？"杀将"功成，是携清远回转庐山"得失门"，还是托元将与伯颜联系，打探妻子的下落？抑或直接投奔伯颜，先将他亲口许下的"重赏"领到、四品游击将军的职衔戴上？那自己就不是一个普通的江湖人物了。"门主""盟主"都顶不上朝廷的正式任命；"学成文武艺，售与帝王家"，这不是我苦苦追求的正途吗？唉，家族多少代，直到自己才快成"吃俸禄"的官家人，真不容易，几辈子修来的福气，也全亏自己及时勘破"得失"，放胆追求"大得"，才有今日，不如说"事在人为"呀！

正当汤仁和对自己甚为满意时，心中没来由地突生一念：咦，我还有另一条"大得"之道哇！现在，儿子既在身边，我又知悉一个天大的秘密，只要将元廷"杀将"之局向张钰将军和盘托出，不但可以救赎自己、协助守城军民除掉长期密潜的重要人物西门朝宗，而且主动弃杀，保全了蜀中军民爱戴的张大人、消解了崩城在即的危险。最后关头，让元人计谋胎死腹中，这对残存的南宋可是无比巨大的贡献，只怕得到的奖赏比元人许诺的更大、更重吧？

"我呸！"汤仁和不由出手在自己脸颊批刮了一下：想到哪里去了，南宋已然如此，还有什么振兴的希望？看元人这般气势，天下掌定，我岂能一念之差犯糊涂？再说，来此之前，伯颜已经将赏赐说得清楚，怎么能指望南宋、张钰还没开出的"条件"？更重要的，往日种种，只能在元人庇托下方可安然无事，还有已经落在元军手中的妻子……我怎的胡思乱想自乱方寸？莫不成心生胆怯了？嗨，连西门朝宗这个武夫都看出我有点"焦虑"，只怕身边人都会察出我的"异样"，那就离"露馅"不远了。嗜，自古富贵险中求，有多大的胆才可做多大的事。人生重要关头，只有放胆搏一次了！切切不可行差踏错，懊悔一辈子。也别像西门朝宗被俘后，敬酒不吃吃罚酒，自个下不了台，出丑露乖找难堪。

汤仁和不知是想得累了，还是想得明白了，也可能两者皆有，终于脑海迷糊混沌，沉入了睡乡。

第二天，白昼缓缓终结，夜色渐渐笼罩了山城。一天无事，汤仁和松了口气。自睁眼始，他就一直在心中祷念上苍，祈求一切皆顺，莫起波澜。

王飞扬三人各有分派后，即搬往新处另居，只剩汤仁和独自留在原屋住宿。晚饭后，汤仁和静静坐在铺沿上，他在等，等行动节点一步步走近过来。

门扉无声而启，一条人影轻轻迈进屋内："咦，汤统领，怎不点个亮？一个人黑灯瞎火呆坐着干啥？"却是雷龙正不请自到。

"噢，是雷统领，你不在城外威天堡吗？怎么回来了，有事？"汤仁和淡淡以应，心中另念：莫非他命中该绝当晚，特地回钓鱼城撞死来了？

"我在威天堡做药弹，弄了个新花样，送来让火器营弟兄们试一试。在他们那里吃了晚饭，见时间尚早，找王统领、唐统领聊了会儿。顺便多走几步路，过来看看你。"

汤仁和起身燃亮烛火，又坐回铺上。

雷龙正见状，提议："别呆坐了，走，找他们二位一块玩会儿。"

"不了，等会我还得去见张钰将军。"汤仁和推辞道。

"噢，是张大人找你的？"

"嗯。"汤仁和只盼此人快点离去。

"汤统领，你不是有什么心事吧？"雷龙正不仅不走，反而一屁股坐到铺沿上，与他并肩唠开了。

"我有什么心事？还不是如何守城吗？"汤仁和强笑道。

"听说汤门主向唐浩品要了两粒药丸？"雷龙正问得直接，还改了称呼。

"……嗯……怎么……"汤仁和嗫嚅低言。

"你不许唐浩品告诉我俩，可小唐到底关心你，单独送我几步时，还是讲给我听了，他要我劝你最好不要那样做。所以，我来找你了。"

"这么说，你是专程到我这里来的了？"汤仁和冷然反问，暗暗责怪唐浩品毕竟年轻，心里搁不住事，没有听从自己的吩咐，引来了面前这个"老鬼"。

"我等初来乍到，寸功未立，你……你想得太多了。"雷龙正见汤仁和不吭声，便放缓语气，如说笑般，"如果王统领和我也去找小唐要药，那我等不就像到这里自杀来了？这可大违初衷啊！"

汤仁和不耐烦地回道："你们咋样我不管，你也别管我……今晚我真有事，改日陪你和他二位再聊个痛快。你且回吧，好吗？"

"你把那两粒药丸交给我，我马上就走，决不多烦你一句。"

"哎呀，我不会随便就了结自己的。这药留着备用，以防万一，我可不想落到元人手中。放心了吧？"

雷龙正仍不罢休，笑道："汤门主此时心绪烦躁不安，反令老朋友不放心了。"

汤仁和再不能忍，正色道："老雷，你跟我说话总是夹枪带棒的，我犯着你什么了？"

"犯我倒没犯着，我看你是犯下事了吧？要不，听我的话怎会觉得不舒服？"雷龙正话语生迫，脸上仍笑得半眯着眼。

"老雷，你别胡说八道啊，我犯下什么事了？好歹我是一门之主、新任江南武林盟主，这次又出头组织义军入川抗元，做出的事情'响当当'，在江湖上有头有脸。你若再胡扯乱言，别怨我真的翻脸不认人！"

"汤门主既然把话说到这份儿上，雷某也挑明了吧。我问你，你可在浙江、安徽、福建等地犯下过命案？"

汤仁和扭头木然看了雷龙正片刻，突地怪笑："老雷，你吃公门饭的习惯不改，拿我当疑犯问呀？别吓唬人哦。"

"我再问你，龙虎山下我拜访你之前，你我可见过面、交过手？"雷龙正充耳不闻汤仁和戏耍之语，追问不止。

"我以前怎会认识你？要说交手，你那两下子配与我交手吗？老雷，你脑子有毛病吧？"汤仁和勃然变色，厉言反斥。

"还要问一句，你吃尽辛苦，冒着风险，到这里究竟为何呀？"雷龙正不仅不避汤仁和的怒视，目光中反倒生出劲力，"难道真是杀鞑子？你不像这样的人呀？我一路上想破了脑袋也想不明白，但我确定，你必有所为！"

"你怎的会对我说起这些话来？胡言乱语，莫名其妙！"汤仁和摇摇脑袋，语焉不详地反诘。

"好，既然你装不明白，那就告诉你吧。"雷龙正平稳了语气，"我在六扇门里挂六县总捕头之印，离开'霹雳堂'的火器，单凭武艺，确实一般。但我另具二能，一是我天生一长，只要嗅过任何人的体味，纵在千百人中，蒙上眼睛也能将其辨出，百不失一。在龙虎山下拜访你时，虽然你不再易容，可体味难变，我一进屋，就知是老熟人了。为什么会熟悉你的体味？你心知肚明，眼下就略过不提了。至于怎么会找上你，那就是我另一所长。在下向异人学过跟踪之术，见过你第一个脚印，凡你所踏之地，我都能辨找出来，自然能从安徽山中跟到龙虎山下。只不过走得慢了些，没能全睹阁下竞夺盟主之位时的神勇。为什么慢了？我受伤了嘛，要先养伤。这你也是知道的。"

"就凭这两点就诬我杀人？我真不知如何与你再说？"汤仁和不以为然，轻蔑生笑。

"当然不止这两点。六扇门既在龙虎山下将你纳入视野，自不会让你轻易走脱，所以，我与你同行到此了。"

"你不怕放走真正的罪犯？"汤仁和语带嘲讽。

"那不会。六扇门弟兄多得是，他们岂是吃闲饭的，各忙各的嘛。"雷龙正满面正经地解释。

"你跟我一路，可有收获？"汤仁和挑眼看他一看。

"有哇，说一桩吧。你在长江舟中，用半截断刀杀了一名元兵，记得吗？我去看过元兵的创口，那刀伤告诉我，武夷山下的尚庄主和浙江杭州山野间两名青年就死于这一招式之下。你该知道，一个习武日久者，每招每式都有自己特定的痕迹，瞒不过行家里手的。这和公门中勘查体味、毛发、血手印啥的一个道理……对了，还有一事我以前没说，在你忙于争夺盟主之位时，我顺道先去庐山逛了逛，获悉你已两年多不在山上了。汤门主，这么久不曾回家，想来一定很忙吧？其实，不在山上也没什么，谁没点事情惦记着去办呢？可你为什么否认这一点呢？这说明你要隐瞒什么……"

汤仁和怒道："够了！我没工夫，也没兴趣听你瞎扯，你再胡说一句，我……"

"怎么，连我也杀了？"雷龙正不紧不慢截问一句。

"我……我……算了，我也不和你计较无凭无据的乱话，你不是要我交出药丸吗？好，这次就听你的。喏，拿去。"汤仁和情绪陡然平静，从兜里掏出一枚药丸，亮在掌中。

"不是两粒吗？"雷龙正并不去接。

"一粒已经送人了。"汤仁和怪异一笑。

"送给谁了？人命关天，你可得说清楚了。哦，只怕还没来得及送出去吧？"

"叫你别管太多嘛，这一粒你拿去吧。这会，你不想要，我也非得送你了！"汤仁和口中说着，翻掌将药丸丢进雷龙正后衣领内。

雷龙正一个激灵，急忙抬臂去掏，汤仁和右手疾出，一把攥住他胳膊，左手在他颈背一拍，隔衣击碎了那粒丸药。

雷龙正立即挣扎起身，夺门欲出，却被汤仁和双掌连击，打得倒退数步。他连忙去取霹雳子，汤仁和一拳又至面门，迫得他只得回臂格架。

"论武功你是打不过我的，何必再试？"汤仁和取笑不已，"本事不行，就只配在一旁坐着、看着，不应该多话。今晚，你即便少说几句也不致如此。祸从口出啊！"

雷龙正还想反击，只觉背脊上一道凉意直入内腑，两臂发麻，双腿酥软，挪步也难了。他挣扎着挥动两下招式，仰面倒在床铺上。

"用你试药倒不错，反正大家都不必再装了。你躺一会儿吧，我先走一步。噢，你动弹是不能动弹了，可至少还有半个时辰好活，就待在这里想想往事吧。"雷龙正双眼已无力睁开，虽然隐约听进了汤仁和所言，却看不见汤仁和的狞笑了。

八、一朝自堕不复劫

汤仁和吹熄烛火，带上房门，顶着满天星辰，匆匆赶往张府。在入门处将铁杖交守卫亲兵暂存后，随着迎出的老仆进了内院。

张钰正在书房秉烛细研城防布军图，闻汤仁和夜访，略略一诧，也不多想，即召他入屋。

汤仁和进门，见张大人正卷起桌上图幅，忙移开目光，深施一揖："小民叩见张大人！张大人军务倥偬，还没休息？"

"这两天，元军围城军马有所调动，虽然暂且不明究竟，但也得预备应对之策。对了，汤门主此时前来……"

"小民这几日也想着如何守城，有一些浅陋之见，不知当说否？"

张钰喜道："好啊，我很想听听，但说无妨。"

"小民随西门将军看了城防，见城池虽固，但三面环水，崖岸离城咫尺；若降大雨，山洪即发，漫江浸城，三江对岸的元兵，乘机驾船来攻，或在城下掘出大洞，引水倒灌，我们只有退至插旗山上。那样，岂不就是破城了？"

张钰听毕，频频点头："汤盟主所虑，也是本将近来担忧之在。真要出现如你所说的态势，三江环城的防御优势反倒转化成敌方的胜势了。所以，这些年来，每到雨季，都是增强临江守城军力，削减青华门一带的防御。这两天，探报元军兵马有往青华门一线集结的动向，这倒令我颇费思量。"

"会不会是元军佯动，有意扰乱我们的部署！"汤仁和做思考状，"元军狡诈，声东击西不可不防。"

"是呀，我也想再看一看。军队布防最怕自乱，不可轻易调动来调动去的。"张钰语中生忧。

"既然大人早有防范，小民多虑了。不过，大人是全城军民的首脑，一身安危维系天下，大人的府第也应严加防卫，以防不测。"汤仁和关切提醒。

"本将与城中军民同命运、共生死已近十年，亲如家人，何虑不测？再者，楚大侠又在这儿住着，还用担心什么？本将仰俯无愧天地，从不为一己担忧。请汤盟主宽心。"张钰含笑而言。

"大人说得是，大人品行令小民敬佩。小民不敢耽搁大人公务，告退了。只是，小民想去看看犬子，再就武学一道请教楚大侠几句。不知大人允准否？"

"汤门主看望亲儿乃人情本分，与楚大侠切磋技艺，也是你等习武者的常事。不须客气，快去他们那里吧。"张钰抬手示请。

汤仁和进得房后，言语真诚，拿捏得当，张钰对他半点不疑，任他自去。

其实，汤仁和这股义军进入钓鱼城，张钰也曾与楚天行论说过，却没有析出疑点。从汤清远口中得知庐山"得失门"遭遇后，反增对汤仁和同情之心。虽知他曾受元将伯颜青睐，得封"江南武林盟主"，但被元军糟害得"门"破家散，料对元人视之若仇，投身抗元，本属情理，再想不到他千里而来的真正目的。这也是千古以来，君子怀智，奸人多诈，君子常被奸人欺之以方的悲剧一例。

张钰展图再看时，又报西门朝宗进府求见。西门是张钰手下第一副将，负有每天汇总一日城防动态、向主将呈报详情的职责。

不待西门朝宗将当日军情说完，守门亲军再报，青华门守军小队长钱洪中急寻西门将军，已到府外。

西门朝宗奇道："卑职离开一会儿工夫，能有什么急事追到这里？大人，见是不见？"

张钰道："军情不容忽视，谅非急事，他也不会来此，见吧。"说毕，示意亲军传进钱洪中。

钱洪中徒手进来，不敢抬眼，慌忙叩首禀告："报告张大人、西门将军，瞭望哨卫发现城外元军大营有兵马调动的迹象，故小人前来急报。"

西门朝宗似有不解："这两年，元军从不在夜间攻城，此时为何调动军马？你们别是弄错了吧？"

钱洪中急道："没有、没有，小人上城看了的，元营灯火通明，人影走动匆忙。"

张钰止住钱洪中话语，对西门朝宗道："元营兵马夜间有动，绝非寻常。你快回去察看、布防。"

西门朝宗连忙起身："遵命！卑职先去看个究竟，大人在府里等着，有什么情况，卑职即刻派人前来报告，定不敢误。"

张钰本就心中不安，此刻闻知元营异动，立即分派府中亲兵前去各处城防、要塞，查探动静，告知各级将领小心戒备，不可懈怠。

片刻工夫，张府守卫外出八成。

西门朝宗到了青华门下，见钱洪中的十多手下已经混杂在戍卫城门的警戒哨队里，便令钱洪中留下候令，独自登上城头。

钱洪中原是赣江乡间游手好闲之徒，受邻里一众青壮年鼓噪，冲动之下也投入了抗元义军，未经几阵即遭元军俘获，面临斩首时，吓得半死，连连求饶，归顺了元军，以图苟活。不料，却被伯颜"送回"义军，前来"杀将"。全家老小三代十八口则被元军扣作人质，只待他回来复命后才予全释。伯颜关照地方官员，钱洪中归来另奖银锭二十两、授乡中里正一职。伯颜"软硬"两手，迫得钱洪中俯首帖耳、千里入川。可怜一路不堪其累，钱洪中只盼早日完事。先前，他曾将王飞扬认为同伙，进了钓鱼城，却连王飞扬一面都难见上，不知如何是好。昨天傍晚，西门朝宗却单独召见他，主动说出暗语，与他真正"相识"，令他震惊之余心头大快，死心塌地唯西门朝宗之命是从了。

西门朝宗在敌楼上察看一番后，以元军可能乘夜攻城为由，立传两令：一、青华门一线守军全部上城抵抗，确保每处堞口伏有两员兵士守卫，擅离者斩！二、由钱洪中所率义军小队接管瓮城防御，严禁他人接近城门。

守城人员各自就位后，西门朝宗将钱洪中领到暗处，交给他一封信函，悄悄嘱说了几句。钱洪中听毕，将信函收好，复往张钰住所跑去。

刚刚来过一次，这回返转，熟门熟路，守府亲兵也因大部外派，人手不足，又识得钱洪中，也不遣人随同，只唤张府家仆领着，让他直趋张钰书房。

张钰本想与楚天行商议眼下军情，但虑及汤仁和尚未离去，不便即去相请，只得在书房等候西门朝宗等处回报情况。焦急间，听说钱洪中有呈，不及多想，挥退家仆后，立即问话："青华门外的元军有何新情？"

钱洪中叩首起身恭敬答道："回禀大人，青华门外暂无战事，请大人勿虑。"边说边从怀中掏出一封信函，"只是元军遣人送交西门将军一封书信，西门将军尚未拆封，令小人即呈大人阅之。"

元人送来的书信？莫不成未战之前先下战表？这不像元军的做派。难道又是什么劝降屁话吗？张钰内心嘀咕。围城元军已经写过两封劝降书信，诱迫张钰献城投元，被张钰坚拒。"故伎重施，能搞出啥子新名堂？"张钰口中自语，信手撕开信封，取出信笺。

张钰展信看去，满纸蝇头小草，难以辨识，便移近烛火，俯身阅之。

看了几行，张钰大惑不解，笺上所书，并非寻常挑战或劝降词句，竟是一首首唐人边塞诗章。他抬头看一眼钱洪中："是这封信吗？"

钱洪中也不知信中所云，见张大人目中生威，一颗心乱跳，不敢抬头接视，涩声道："正是此信，决没有二件的。"

"咦，元人搞得啥子嘛？"张钰虽然不解，仍将那十几首唐诗依序读下去，只怕遗漏了一行半句，不能明白元人意图，反让鞑子笑己胸中文墨低劣。

钱洪中趁张钰埋头读函，偷眼打量书房，只见正壁悬列几幅书画，西墙下一溜四张书柜，东端红漆大柱上悬挂着一柄鱼皮鞘剑，堂中一桌一椅，再无长物，甚是简洁明净。低头间，瞥见张钰脚边卧着一条黑毛老狗，那犬四肢贴地，脑袋耷拉，肚腹一起一伏，呼气似是十分吃力，疲态毕现，连眼睛也睁不开来。

张钰将笺上诗章反复看了两遍，又将诗头句尾搭配一通，也没看出他意，不觉生疑，再察钱洪中形神畏缩，目光流离，当即喝道："呔，你到底是什么人？这封信当真是西门要你送来的？从实讲来！"

钱洪中见张钰突然放出官威，止不住身子一颤，扑通跪下："是……是……小人确是替西门将军前来送信的……"

"你可亲眼看见元人将此信交给西门将军？"

"没有……没有……是西门将军直接给我的，西门……将军说是元人送……送的……"

张钰正要盘问钱洪中身世、底细，忽觉脑中一眩，信笺竟从指间滑落，立时一惊，伸手复去取笺，胳膊已难递出半尺，双腿也虚虚一软，不由跌坐在靠椅中。

室中一静，那黑毛老犬反倒双目突张，口中生出低沉的呜呜声。

"你……下毒……"张钰双目喷火，直视钱洪中。

这封信函虽是西门朝宗交给钱洪中的，制作者则是新任江南武林盟主、义军统领之一的汤仁和。

汤仁和原本打算寻机面见张钰将军，将丸汁渗入他所用的茶盅里，待听唐浩品说到由肌肤浸入一样致人于死后，又经雷龙正一试，果然渗透迅疾，便改了主意。汤仁和先在笺纸上写了满篇唐诗，再将蜡丸内的汁液细细滴洒在笺纸两边留白处，待汁液全都吸入纸里，方用布帕缠手，将信笺收进封内，交给了西门朝宗。他料张钰拆信后，因不解笺意，必反复阅读揣摩，笺上毒液则被指上汗渍所融，片刻即可透进体内、散布全身。

一切如汤仁和所料，张钰果被毒倒。只是，张钰凑近烛光览信，热气烘烤下，毒性挥发也速，张任中毒之重，还超西门朝宗对钱洪中事先所说。

钱洪中见张钰话未说完，人已瘫软，心想：这药如此性强？我且再细看一看。便小心翼翼上前两步，口中轻问："大人……你怎么啦？"

张钰只将两眼睁得环圆，嗫嚅难言："毒……你……"已是声不能重，无力唤人了。

钱洪中心里窃喜，记起临来时西门朝宗的交代：张任中毒后，若四周有人，你马上趁乱逃离，反正也没有人救得了他；若身边仅你一人，你可将他头颅割下。能够将张任首级献给元人，你我定获重奖，功劳翻倍！此时，书房中正无他人，张钰也不能叫唤，钱洪中胆子立时大了不少，从怀中摸出一柄锋利小刀，滑步转过书桌，来到张任椅后。

正当钱洪中扬手出刀的瞬间，一道飙风平地而起，黑光一闪—躺在张任脚边的老狗，凝聚全力，纵身猛扑，双爪搭住钱洪中肩胛，猩红大口直向他颈间咬来。

钱洪中吓得面如土色，不及杀张，急忙回臂，一刀扎入黑犬腹内。黑毛老狗嗓间闷哼半晌，仍是一口将钱洪中喉头咬紧，嘴中喷出的腥臭之气，几欲将他熏晕。

钱洪中恐惧万分，顾不得疼痛，将手中利刃在黑犬躯体上连连乱扎。黑毛老狗全身披血，痛得乱抖，却丝毫不松齿缝，任钱洪中挣扎撕扯，硬是悬挂在他胸前，直至将钱洪中喉咙咬成两截，方落下地来，瘫成一堆。

钱洪中是与"老黑"一块委顿倒地、一同死去的。

书房内这番人狗搏命之战，惊动了院内值守家仆，二人过来一看，吓得魂飞魄散，慌忙扶住张任身子。张任双唇微动，吐出三字："快……找……楚……"

二仆醒悟，一人看护当场，一人急趋内室，边跑边唤："楚大侠……楚大侠……张大人出事了……"

楚天行正与汤仁和交谈，二人闻声急出，晃身间抢进了张任书房。

楚天行先去查看张任，张钰已是口不能言，勉力睁目看了他一眼，迷糊过去。楚天行稍一端详，立知张任中了深毒，赶忙将他抱扶到地面坐下。楚天行心性明澈，让二仆扯下一幅窗帘，撕开后各自先裹扎了双手，再叫二人将张钰双脚盘曲，两掌交叠腹前，如昔日打坐姿势，自己在张任身后坐下，不忘吩咐前来的亲兵、家仆："只怕刺客不止一人，你们速将全院细细察看。"又对正在翻动钱洪中尸身的汤仁和道，"我要运功逼出张大人体内之毒，你且在室内守护。"言毕，深吸一气，双掌划了两个半圆，"啪"地吸附在张任后背上。

汤仁和见钱洪中喉结已被咬下，气管、食道均被黑犬撕断，死得透透了。心想：这家伙虽被老狗咬死，却能把张钰毒倒，死也值了；可惜无福消受元人赏赐，也不能与家人团聚，运气太差，我决不能像他这般下场啊！

深怀惕意的汤仁和，转目去看楚天行全力为张钰疗伤驱毒。但见张钰面色如灰，双目紧闭，颈项低垂，无半点生气。汤仁和不信，没有唐门对症解药，楚天行能将张钰从鬼门关上拽得回来。他原先埋藏心底的恐惧、悬虚感觉一扫而空，经他策划的"杀将"计划已经实现，眼下只待"破城"了。那是西门朝宗执掌的一环，此时，二更敲响，也该有所动静了吧？汤仁和一时无事可做，只有等待，便悠闲地"欣赏"楚天行运功救治张钰的场景。

不过一盏茶工夫，张钰的额颊、手背渗出了点点灰白汗液，全身散发出淡淡的腥味。再看楚天行头顶白气缓缓而生，紧贴张钰后背的双掌震颤不止，显是正将源源真气输入张钰体内，逼挤毒液自汗孔朝外挥发。

"楚天行功力果然惊人，这样下去，真能让他迫祛了张钰体中之毒。张钰不死，我等种种所忙岂不前功尽弃？不行，岂可为山九仞，功亏一篑？西门朝宗怎的还没开城放入元军？看他俩神态，再有一炷香时间，均可脱出目前状况，只要张钰恢复主事，大局瞬间即可被他扳回，还必然由钱洪中、西门朝宗牵扯到我。"

汤仁和一咬牙根：事既如此，我得出手了！

楚天行运起全身功力，心神物我两忘，对周边一切听而不闻、视而不见，哪里知道汤仁和已经移步到了自己身后。

汤仁和将功力提至九成，贯注右臂，一拳击向楚天行后心处。他已拿准：凭自己的武功，这一拳打实，足可震断毫无防备的楚天行心脉。心脉一断，任他本领再强，不仅救治不了张钰，自身性命也难保全。能将楚天行这样的人物击毙当场，以前汤仁和想也不敢想的，此刻，他抓住了稍纵即逝的时机，放胆出手了。

汤仁和挥拳打出，只闻"嘭"的一响，肉拳如触硬壁，反震之力令他胸口一窒，立脚不稳，倒退两步。

汤仁和一惊非小：楚天行护体罡气雄浑无匹！这还是他出于自卫的本能，发于无知无觉间。若与此人对决，自己五招之内必败！

怎么办？用刀！伯颜所赠金刀虽然尖锐，可惜短了点，不能突破楚天行气场。焦急中，汤仁和看见了堂柱上的那柄挂剑，心中一动：想张钰所佩之剑，必定锋利，若以剑尖突入，剑体尽出，破其一点罡气，定可伤他。

汤仁和上前摘下挂剑，"铮"地将剑抽出，果然长剑精亮闪烁，寒气迫人。"好一件神兵利器！用你二人鲜血祭过此剑，就由我收用了吧。"汤仁和一剑刺出，只闻门外一声惊叫："爹爹，你做什么？"

汤仁和心里一抖，持剑之臂立时软下。他扭首看去，汤清远一脚进屋，立在距他七步远处，目中满含疑惑惊诧。

汤仁和心中愧叹：仅此一瞬，失去了一次绝佳的机会，断然不可犹豫。他心一横，对汤清远急道："远儿，实话对你说了吧，为父已为元廷所用，杀将破城即是我前来所为。此事一了，你便随我投奔大都城，与你娘亲团聚，尽享荣华富贵。"

汤清远不敢相信自己的耳朵，更不敢相信自己的爹爹蜕变如斯。他痛苦地摇着头，低吟一声："爹……爹爹……你在做些什么呀……"

汤仁和一颗心似要跳出嗓眼，他知道，机不可失，只要楚天行一能行动，自己就难脱此地。"不是他死，就是我亡！"汤仁和切齿迸出八个字，团身复上，硬生生出剑刺向楚天行脊梁。

长剑缓缓突入，堪堪刺破楚天行护体罡气。汤清远神智稍复，哀呼一声："不要！"飞身扑前，双手猛然抱住汤仁和握剑之臂，拼命一扯，拉得汤仁和一个趔趄，剑锋抖动中，将楚天行后衣割裂半尺横隙，一划间，没入左背肌肤寸余。

楚天行一觉剑伤，不明就里，下意识地挥臂力格侧后，劲气飘烈，击得汤仁和长剑脱手飞出，身躯踉踉跄跄跌退三步，一跤仆倒。

汤仁和大骇，不及爬起，先睁眼看去，只见楚天行仍端坐不动，方知适才一击只是他本能反应，并无察觉。汤仁和赶忙跳起，去寻那剑，却被清远抢先一步，将长剑绰在手中，藏至身后。

"清远，剑！快给我！"汤仁和急叫。他深知，单打独斗，自己绝非楚天行对手，眼前恰是千载难逢的机会，一旦错失，不可重现。

"不！不！"汤清远闻声倒退两步，浑身不停颤抖，眼中满蓄惊恐、绝望之色。

"快给我剑！你这个小畜生！"汤仁和破口嘶骂，心如火焚，冲步上前夺剑。

"好啊，你果然在此！"当门处一声怒吼，闪进三条身影。

汤仁和一怔，惊惶中溜眼瞥去，来者正是王飞扬、雷龙正、唐浩品。

"怎的这三人来了？当真是冤家路窄？雷龙正这老小子倒也命大，定是被唐浩品救了下来……"汤仁和暗觉不妙，心念电转。

确如汤仁和所料。他离去不久，王飞扬、唐浩品牵挂雷龙正劝说结果，便一同来到汤仁和住屋。

王飞扬见屋中黑灯瞎火，门扉也关得严实，本想回转，唐浩品则道："门上没有挂锁，估计不会走远。到处乱找，不如进屋等着好。"

二人进到屋内，王飞扬点燃烛火，蓦然看见了斜躺床上的雷龙正。

唐浩品一眼识出，昏迷的雷龙正显是中了唐门"一滴酥"之毒，连忙给他服下解药。

"他奶奶的，老雷怎么会弄成这样？汤统领会不会找你要解药去了？咦，不对呀……"

不待王飞扬尽说，唐浩品心中早已擂起鼓来，隐生不祥，因为，"一滴酥"正是汤仁和向他所索之药，怎么会毒倒了雷龙正呢？要是自己迟来片刻，老雷再难救得回来了。

二人对视一眼，均变了面色，神态凝重，难发一语，只盼雷龙正早点苏醒。

服了解药的雷龙正，不一会儿工夫，全身汗出如浆，散出阵阵令人作呕的气味。王飞扬叹道："你们唐家下毒、解毒都令人匪夷所思，这一折腾，老雷不死也只剩半条命了。"

唐浩品道："死不了、死不了，毒正朝外排着呢。不过，真要好清，没三两天还不成。"

雷龙正仅剩一口真气没散，经解药一灌，接上悠悠长息，醒转过来，体能也一点一点聚合。

王飞扬、唐浩品听雷龙正断断续续将中毒经过和对汤仁和的怀疑和盘托出，大惊失色，皆觉似信非信、不能不信又难以全信。

王飞扬对雷龙正道："你所说种种，还需证实，但他毒你这事却非同寻常，先找到他是当务之急。唐统领，不是还有一粒药丸在他身上吗？他又急着去见张大人……要出大事了！快，我们先赶去张府，向张大人报告一切。"

雷龙正身体虚弱，无力行走，王飞扬、唐浩品便搀扶着他，急急向张钰府院行去。

三人未及半路，青华门外杀声顿起，片刻工夫，似是城破，元军喊杀之声响彻街巷。

"这么快就破城了？"三人正不知先去杀敌还是赶去面见张大人，又听大营中军官一路纵马高呼："西门朝宗叛宋，开城纳敌。张大人有令，快去青华门杀贼呀！"

王飞扬江湖经验老到，想了想说："中军官八成事急之下假借将令，以图杀敌。但城池已破是真，我三人手下义军又被西门朝宗分散，仅凭我等之力，乱军阵中难有作为。西门朝宗叛宋，汤仁和不知与他有什么关联，还是先向张大人禀明实情重要。"

三人赶到张钰宅前，听守卫一说汤仁和进府多时，张将军一直没有出来视事，便不待通报，闯将进去。

眼前一幕令王飞扬等愕然大惊。

"姓汤的，你爷儿俩把张大人、楚大侠怎么了？"见张钰委顿不堪，楚天行后衣血水淋漓，汤仁和父子又缠身抢剑，王飞扬无暇究研，脱口怒问。

汤仁和稍有分神，汤清远挣出了他的抓扯，抱着长剑跑到王飞扬等人身边，颤颤开言："他……他……要杀我师父……"

清远话未说完，王飞扬已是双剑出鞘，箭步跃上，护在张钰与楚天行身前。

"你果真是一个虚伪、狠毒的奸人！"听了汤清远所说，雷龙正倒不惊讶，唐浩品则恨声痛斥。

汤仁和再无他想，深吸一口气，刚要出招攻杀，远处传来了一片嘈杂声。接着，前院匆匆奔到一人，汤仁和识出，来者乃是张钰大营的传令中军。

中军官十分机警，在大营一闻城破，便纵马四方，先假言传出"张将军口谕"，以稳定军心，再赶来面呈张大人。他边行边呼："西门朝宗降元，元军破了青华门。请大人主持……"待见书房一幕，中军半截话语再吐不出。

汤仁和立知西门朝宗已然发动。本来"千里杀将"只为"城破"，钓鱼城现在铁定破了！他即刻拿定主意，三十六计，走为上。否则，自己就在功成关口，像钱洪中一样伏尸当场了。这岂是智者所为！

汤仁和再不顾及张钰、楚天行生死，面上浮出狞笑："此城已破，你们都去死吧！"话声中，一掌冷地打向当门而立的唐浩品，一手疾拿汤清远臂膀。

唐浩品出掌截住来拳，本在汤仁和意料之中，他向汤清远一抓落了空，实是大感意外。仓猝中，汤仁和余光扫去，才知汤清远厌恶地看着他伸出的手臂，连连倒退，一直躲到墙壁边。

汤仁和极不甘心，狂喊："清远，别犯糊涂！快随我冲出去呀！"

弹指间，王飞扬、唐浩品前后攻到，汤仁和再无余力呼出完句，一边招架，一边断断续续发声："快……剑……剑"，示意汤清远抛剑给他。

雷龙正身体虚弱，无力参战，却已看出端倪，知道汤清远与其父并非一路，忙乘隙移步到他身前，温和言道："孩子，我们错怪你了。来，把剑给我。"

一见汤清远果然将手中之剑递向雷龙正，汤仁和顿时心坎冰冷。他无奈地收回目光，从怀中抽出伯颜元帅赠予的七星短刀，如疯虎拼命般尽展武功。短刀划过，堂上红烛之焰立被厉风激得往上一蹿，亮了一亮，王飞扬双剑恰巧攻到汤仁和身前，被他一掌将右手剑拍得荡开三尺，一刀砍得左手剑"铮"地闷响、火星四溅，崩出豆大的缺口。唐浩品更被刀风割得脸面生痛，难以迫近半步。

汤仁和凭借手中利器，逼王飞扬、唐浩品各自退了一退，急急抢得一线生路，飞步闪出屋去。

电光石火间，唐浩品只来得及朝王飞扬喊了一句："你等守护，我去追！"跟着纵身扑入夜色中。

雷龙正见场地狭窄，唯恐误伤他人，虽然掌中一直扣着一枚爆弹，却不敢掷出。此刻，见汤仁和出逃，忙追着唐浩品背影叫道："用暗器！"

唐浩品被雷龙正一言点醒，即向鹿皮兜袋里掏摸，扬手发出四枚铁钉，直打若隐若现的汤仁和上身。汤仁和早有防备，一听啸声破空而至，弯腰俯身堪堪避过，脚下半点不缓，绕树穿石，蹿高伏底，不停变换身位，将轻功使到极致，如夜幕里的鬼魅灵动飘忽，致使唐浩品几次出手，都无法击中他的肌体，反而落远了几步。

汤仁和横下一条心，生死关头，既行险又放胆，对身后紧紧追随的危险置之不顾，直扑院门守卫处，挥臂打倒两名阻拦的卫兵，抢过自家铁杖，撒腿直往喊杀最烈处奔去。

待唐浩品冲出，再想使出唐门绝技"漫天针网"阻击汤仁和，已是相距过远，力不能逮，气得狠跺一脚，怏怏转回。

见唐浩品无功而返，雷龙正忧心忡忡连连摇头："此人心机深沉，阴险歹毒，这次让他跑了，留下一大祸患。唉！"

汤清远双眼呆滞，失神落魄地站立一旁，仿佛对身边种种视而不见，全无意识，只是茫然地看着楚天行与张钰的背项。

楚天行行功渡过紧要关头，已能分神关注外界，他扭颈看了看屋内情景，诧异不止；又觉左背侧处剧烈生痛，便收回双掌，缓缓纳住丹田真气，出指点穴，止住背伤流血，跃身而起。

汤清远正从惊悸、慌乱中缓过神来，见师父楚天行收功起身，忙从雷龙正手中取回长剑，上前泣道："师父……你受伤了……是……是爹爹用这剑刺的……"

听汤清远说了详情，楚天行震惊不已，静默片刻，抚着汤清远肩头，痛惜道："想不到你爹爹……清远，你和你爹爹不一样，为师知道的……"

张钰将军体内毒汁被楚天行用真力丝丝聚拢，一点点逼出肤表，人已清醒，只是仍头晕目眩、四肢虚软。但他已知当下情势，一至能够开口说话，即对楚天行勉力笑道："多谢楚大侠相救，本府已然无碍。"

楚天行会意，忙将张钰扶到椅上坐下，对他说了汤仁和之事。

张钰本能地伸手又取信笺，楚天行立即喝阻："张大人，动不得！这页薄笺就是你中毒之因，切不可再用手触。信函是他送来的吗？"

张钰见楚天行指向地上钱洪中尸身，即道："正是此人。他说是西门朝宗派他前来呈递元军的密函。什么密函，只是十几首唐诗而已，我才看过，就被毒倒。这毒……"

楚天行看一眼唐浩品，低声道："在下听说，蜀中唐门有一种无色无味的毒汁，叫什么'一滴酥'，只要沾上丁点儿，神经末梢立生麻痹，令人瘫软；延至全身，则窒息而亡。大人极有可能被此毒所害。"

"唐门与本府无甚冤仇，并一向暗助川中军民的抗元战事，怎么可能……"张钰一时不解，愕然而语。

唐浩品羞愧难当，连声告罪："小民该死、该死！竟然轻信了奸贼汤仁和的谎言，被他骗去毒药，不仅苦了雷统领，更差点伤害了张大人。唐某罪不可赦，听凭张大人处罚！"

张钰心头乱极，挥手止住唐浩品："你不要过于自责，本府也……也不能识他……"目光重新落到信笺上。

汤清远一旁看去，见信笺上字迹熟悉，近前细辨，脱口而道："咦，是我爹爹的手迹！"张钰与楚天行相视无语。

张钰苦笑一下，顺手将案上烛台倾斜，点燃信笺。一篷火舌暴亮间，笺纸已成灰烬，又被张钰一口气吹得散去。

焦急待立一旁的中军官，连忙上前向张钰报告西门朝宗通敌之事，张钰心头又遭重锤一击。

各处不断飞报军情危急，敦请张大人主持危局。可惜，此时的张钰连提刀之力也无，遑论纵马冲锋杀敌了，他看一眼众人，叹道："唉，钓鱼城二十多年屹立不倒，不料，一支义军新到三天就……"

王飞扬向张钰深施一揖，尴尬开言："张大人，我等实在不知汤仁和深藏祸心，以致被其蒙骗，造成今日之势，我等愧极！不论大人怎样发落我等也不为过！"

雷龙正、唐浩品上前与王飞扬一并跪倒："听凭大人处置！"

张钰摆了摆手："三位请起、请起！清者自清，浊者自浊。凡事都有水落石出、大白天下之时。现在汤仁和既已现出原形，本府自会公断。当下军情危急，你等不要多想，杀敌要紧。再说，西门朝宗叛敌一事，本府也有失察之责呀！"张钰待王飞扬三人立起，又道，"你等可随我大军杀出钓鱼城，转往重庆府地面。我们重整旗鼓，再作计议。"

楚天行慨然道："张大人安排甚妥。大丈夫可失势但不可丧志。留得青山在，不怕没柴烧。只要大人无恙，川中抗元之旗定不会倒，军民斗志也不至损。大人，事不宜迟，行动吧？"

张钰点点头，立起身来。他见汤清远神色落寞。默立无语，知他难受，不愿其太过伤心，温言道："清远，还要谢谢你呢！你与你爹爹的事情全无干系，何去何从，尽可自定。"汤清远紧紧攥着张钰之剑，坚声应道："清远从此跟定张大人、跟定师父！我没有那个爹了！"

楚天行一把揽过清远："好孩子，有志气，师父没有看错你！"

张钰微笑着向汤清远点点头，转对老仆道："取我战袍！"言毕，走到黑毛老犬尸体旁，黯然脱下长衫，覆盖了犬身，别过脸去，对另一家仆吩咐道，"你将老黑抱到后院，掘一深坑葬了吧。"又指指钱洪中尸身，"还有，将这厮扔出大门，别让他脏了院落。"

楚天行对张钰恳切而言："张大人，在下知你久经磨难，今日这道坎是挡不住你的。只要大人无恙，川中抗元旗帜便不会倒，大事当可再续。幼帝还要进川呢。望大人保重！"

张钰眼中燃起光芒，披上甲衣，接过清远递至的长剑，坚声道："好，我们走！"

张府亲兵已在前院备好马匹，一见主将出来，立即相随上马。大营中军官提着张钰惯用的大刀，当先喝道，众人簇拥着张钰、楚天行出了大门。门前阔场上，早已聚集了几百名大营精锐军士，他们都是自发前来守护张大人府第的。

张钰十分感动，信心恢复，指挥若定的将帅风采重新焕发了。他对并骑的楚天行道："这么多人，秘道难以快速通行，不可去了。南、北、西三处虽然暂时没有元军，但临水之门，出去也难走远。还是走青华门吧，想那围城元军都进了城，城外必定无甚主力，只要冲出城门，料想不会有强敌阻击的。"

楚天行完全赞同张钰分析，二人率先拨马向东街而行；王飞扬、雷龙正、唐浩品与汤清远急忙驱马跟上。

插旗山上的炮队，先是不闻大营号令，不敢擅自开炮。待到城破后，黑暗中难以辨识混战一片的双方兵士，再要开炮，已经不能，一干炮手急得跳脚，纷纷提枪握刀，冲下山来，与元兵战成一团。

顷刻间，东南半城的防御战变成了惨烈的巷战、屋战，血水浸湿了街道。

汤仁和在黑暗里奔上城中高处，定神四看，知道守城军民大势已去，城破已是定局，此行终成正果。汤仁和一手促成大变，心中却不知该喜该悲。他游走乱军阵仗中，极力寻找西门朝宗，只有找到此人，自己才能和这部元军的首领取得联系。否则，这种局面下保得命在都难。

张钰在楚天行和一干亲兵护卫下，沿长街急驰冲阵，杀向青华门。途中，先后得遇赶来增援的几名将领，陆续集拢了万名兵士，终成全城最大的一股战力，所到之处，零散元兵均不能挡。元将急忙调集大军，但所属散落半城，缠战街巷，虽闻号角声催，召唤结集，却苦于脱身不得，仓促间军力难以收拢。而三江对岸出动的元军，舟在半渡，鞭长莫及，只得任由这股守军冲破数层阻击，在混沌夜色中顽强突进。

汤仁和跑得疲惫不堪，始终没能找到西门朝宗，因言语不通，刀枪阵中又无法与元兵、元将一诉缘由，急得腹中生火。他看满城乱象，元军到处围杀汉人，暗自盘算：此时当先图活求存，待天亮后，大局稳定了，再向元人详说为宜。对了，我还有伯颜所赐金刀，这不就是一块护身符吗，慌什么？于是稳住心神，觑见半山腰处有几方错叠巨石，忙摸寻过去，委身岩石缝隙里，暂作藏避。

借着半空火光，张钰将军率队突围情景尽收汤仁和眼内——他看见，"张"字帅旗飘卷之处，各方营垒中的守军、各条街巷里的百姓，如条条急流奔涌汇入张钰主队中；他看见，王飞扬双剑疾舞，雷龙正连掷爆弹，唐浩品暗器遍打，三人奋勇冲杀在前、当先开道；他看见，清远儿稳稳地与师父各乘一骑，半步不离地护卫在张大人两侧；他看见，城中大火越烧越旺，元人兵马越来越多……

"唉，元军已占天下，你张钰硬要重振宋室，明知不可为而为之，何苦呢？清远儿追随张钰、楚天行而去，显是知我所为，绝了父子亲情，他日还能团聚否？即能团聚，又如何相处呢？"

汤仁和由儿子想到了妻子：不知吾妻找到没有，她若知我种种，又作何想？还会认同我吗？怕只怕与远儿一般弃我……

汤仁和心生恍惚，不敢再想，茫然四顾，时空错位，只觉天地虽大，眼前世界却小；自己孤零零地遗存人间，虚幻之至，无助之极……

2010 年 8 月一稿

2011 年正月初四二稿

2011 年 9 月初再改于南京古林寺遗址畔寒舍

下篇：江湖沉舟

一、乱世险境博功名

钓鱼城陷落一年后，"黄山隐侠"楚天行携弟子汤清远重返修习之地——黄山圣泉峰。

师徒俩将松林深处的三间茅屋打扫清理，安顿下来，过起久违的清闲日子。晨迎橘红，暮赏褐紫；鸟鸣松风，炊烟茶香。楚天行心绪稍稍平复，感慨又生：

近年，不忍坐看山河沦陷、生灵涂炭，毅然重出江湖一蹑元兵至庐山仙人洞，救下汤清远并收为关门弟子。师徒西行，投入钓鱼城宋军主帅张珏麾下，襄助守城抗元。汤仁和打入义军，混进城中，勾结元军"潜奸"西门朝宗，谋害张珏、献城揖元。自己于危急中替张珏疗伤，护其杀出重围，直至重庆城池也破，张珏力战被俘，宁死不降，遭元军杀害。师徒俩在乱军中冲出重围，九死一生，历经劫难，若非武功尚能自保，早已葬身巴山蜀水。可叹朝廷干臣张珏将军壮志未酬，为国捐躯；忠勇义士王飞扬殁于街巷混战；少侠唐浩品虽从万马军中侥幸脱身，潜回唐门川东分舵，随行十壮士却暴尸沙场；"江南霹雳堂"弟子、"六县总捕头"雷龙正则失去踪影，下落不明。

元人全占西南，川中再无宋帜，张珏迎接宋帝赵昰入川的愿望化为泡影。

楚天行痛定思痛，追抚英雄好汉爱国情操、忠肝义胆，憎恶背叛民族、助纣为虐的败类，气荡肠回，百感交集，处清静幽雅之地，却日思激荡，夜绪难寝。

汤清远将师父神情看在眼里，忧在心上。两年来，汤清远经历了亲与仇、生与死的大劫大难，性格日渐沉毅，二十出头的年岁，唇边生出点点黑须，头上也见数茎白发。汤清远与楚天行朝夕相处，耳濡目染，对师尊的人品、操行有了深切认识，武学修为也在楚天行亲手调教、耳提面命下，日益长进。师徒相互照应、无话不说，情同父子。但是，两人似乎有一个默契：从不在话语中提及"汤仁和"三字。楚天行缄口，是怕刺痛汤清远；汤清远不语，则出于内心深处的羞辱。"有父如此，情何以堪？日后，见了娘亲，我待咋说？"这个念头，日夜匍匐汤清远心房，成了他透着巨痛、流着鲜血的"不愈之创"。

目睹归隐的楚天行，在安宁闲适的日子里，面含忧色，眉凝淡郁，汤清远暗自愁闷，却无计奈何。毕竟，他还年少。

一日，吃了早饭，楚天行在舍前石凳上坐了，端起瓷盅，一边呷茶，一边注目汤清远练剑习拳。看了一会儿，楚天行生出想法，叫停了清远，让他到自己身边歇息。

"清远，你的武功又长进了。除了勤奋苦练，近年投身沙场，是进步的关键。现在，寻常元兵，七八人已奈何不了你。习武之人，若想技艺有质的提升，除了坚持苦练、多经实战，自身还要有大境界、大追求。武学不是孤立存在的，它和一个人的心性、志向、情操等内在因素密不可分。"

见汤清远听得认真，楚天行续道："你且存留于心，日后慢慢领悟。为师此刻要说的是，川中与各地抗元，终归失败，当然和人事有关，但又不是人事能左右、能扳回的。几千年来，朝代更替，确有人事之因，更取决于'运'和'势'。"

汤清远专注倾听，神色则显不甚明白。楚天行顿了顿，深入浅出道："一个国家的政权，自有萌生、发展、壮大、颓靡、败落、灭亡的走势，这是世间万物的运行规律。天下没有一成不改、千秋万代永远兴旺的事物。"楚天行俯身拾起一块圆石，抛往远处，"你看，这块石头的去势，就是在它行至最高点后变化的……"

汤清远顿时开悟："先低后高，再由高转低，就是师父所说的'运'和'势'？"

楚天行微笑道："正是。历史上，历朝历代的皇帝，即位时无不雄心万丈，企盼永存。远古不说了，自秦始皇始，改朝换代寻常得很，哪个逃脱得了？大宋三百年来，由繁华而衰落，从北退到南，就是内里不行，虚空了；再加外患频频，辽、金、西夏、元，轮番侵入，以至开封难待、汴梁失陷、临安献降、南海落帜。大宋欲振乏力，难以回天。人拗不过'运'，心违不了'势'呀！天下的皇帝老儿，没有一个心甘情愿跌落龙椅、摘下金冠的！"

汤清远眉尖微蹙，似有所思："若一切都是'命运'与'走势'决定的，那大宋灭亡，天意使然，我等又何必逆势而行、抗元保宋呢？"

"问得好！师父方才提到，一个人修习武艺，最重要的是提高自我境界。就是说，人只有活得明白，才能活出价值，才可体悟天理、大道。大宋的灭亡是它自身的取向，确实延续不了。但社会上那么多好汉侠士、忠勇义民，还有朝中良臣勇将如抗辽的杨无敌老令公、抗金的岳武穆大元帅、如今抗元的文天祥宰相、张钰将军等，却还要誓死而战呢？他们并不是要保全一个日趋没落的腐朽政权，实质上是为民族荣誉而战，为百姓生死而战，为自身信仰、志向而战。例如，岳元帅背负其母所刺'精忠报国'四字，在明知不可为的状况下，抵御侵略，一心杀敌，意图收复失地的壮烈之举，正是为了民族、人民，而不是皇帝的'家天下'！"

楚天行目光望向远方："更早时期，即汉代，就产生了一位坚守民族大义之士，名叫苏武。"楚天行简略地将苏武奉汉武帝之命，出使匈奴遭囚北海荒野，经年牧羊，苦捱严冬，衣不蔽体，食不果腹，仍十几年手持使杖，坚不顺胡，矢志南归，最终不辱使命、完身返朝的史实，讲述了一番。

汤清远心里亮堂了，兴奋接言："清远懂了，我们所作所为，虽然没能逐走元军，但尽到了一个大宋子民的责任，做了为国为民该做的事情，体现了人生大节。成功、失败则不是评判行为结果的标准。"

"对！圣贤之士有句名言：不以成败论英雄。我等侠义中人，处世论事、行走江湖，只问符合不符合道义、符合不符合情理？抓住这两点，人就不会犯迷糊了。"

楚天行起身拍了拍汤清远的肩胛："暂且聊到这里。你去练剑吧，别歇凉了身子。"

汤清远意犹未尽："师父，清远一定守大节、持大义，绝不给师父丢脸。"

楚天行笑道："你明白了处世只能顺应万物'运''势'之理，又知晓了遇事当行不当行的标准，还要懂得国事大于家事、是非重于亲情。这三者常置于心，世间何事都可担当，天下何处都能去得了。"

汤清远听话知音，想到父亲汤仁和言行，面颊泛出羞惭之色，目光一黯，转而抬眼看着楚天行，语气坚定："师父，清远知道你老人家的心意。从今往后，我立志做一个仰无愧于天，俯不怍于人，平视王侯权贵，摒弃奴颜婢膝，操守置于最先，一心为国为民的正直武者。"

楚天行知道汤清远说出这番话，绝非一时之兴，实是他家门突变以来，经受各种历练后，内心的酝酿、升华。自己数番话语，只是引发、激活了他的思绪。语乃心声，这孩子确非其父汤仁和之脾性。

汤清远与楚天行此番深谈，半点不涉"汤仁和"，可字字也没绕避他。

楚天行慈爱一笑："那就照你所说去做吧。师父看好你，你若能成为我的传人，并超越我，为师此生无憾。"他仰首环望山林，"我们回来休息不少日子了，明天随为师到附近山民家走走，再到山下看看。元军占了江南多年，不知世情咋样了。我们不能囿在此地，独善其身、舒适度日而不顾百姓疾苦。乱世既临，为师无心再做什么隐侠了。"

楚天行实是还有一想：出山寻找汤仁和。若任由这个奸贼苟活于世、作乱江湖，死去的张钰将军和众多英魂难以瞑目！

楚天行断定，汤仁和不是在元军里任职，就必去武林中逞强，定可寻觅到他的踪迹。钓鱼城一散，再无他丁点儿信息，十有八九是重回发迹之地了。所以，要找到汤仁和，就得去江西境域。

楚天行的判断没有错，汤仁和数月前已从蜀中回到江西地面。此时，正安逸地踞伏在赣江东岸滕王阁酒楼内，与三二友朋推杯换盏，喝得痛快呢。

滕王阁坐落洪州府（今南昌市）城郊，倚城临江，遥视西山，是闹市中的静地、风尘里的憩处，向为文人雅客、酒徒市民喜爱场所。

时值午市。滕王阁中人头攒动。一楼、二楼的敞厅内，十数张桌面座无虚席，酒保端盘送碗，应答不迭。浓烈的酒香、菜味弥漫楼里楼外，风传里许；喧嚣闹音充盈席间，几达百步。

二楼东头一间雅厢里，三位客人却很安静，举止得体、闲适。桌上六件菜肴排列有序：香酥鲫鱼、干煎鱼饼、脆皮鱼卷、生炒鱼片、绣球桂鱼、滑溜鳍丝；三只瓷盅，满斟着的当地红米酿液，清冽醇香，入口绵软。

酒桌上首端坐者，正是"江南武林盟主"汤仁和，他右边乃"长江竹排帮"帮主尚代汉，左手则是"九宫山七路烽烟"老大庞青烟。

尚帮主、庞老大俱为汤仁和从蜀地归来后的新识，成全他仨相聚者，乃是千里之外的元军统领伯颜元帅。

三人约在滕王阁碰面，是汤仁和的主意。各为帮首，初次会谈，去任何一方势力圈内聚议，均不适宜。江湖人士，防范之心尤重，又讲究身份，不愿轻入生地，不肯先作宾客。于是，在各自势力范围之外的滕王阁相聚，当是都能接受的了。点的鱼菜，也是汤仁和探知尚代汉生性嗜鱼；只用米酒，则是照顾庞青烟不惯烈酿，又虑及二人酒过乱性，生出事来。因此，菜肴遂了尚帮主的嗜好，酒水迁就了庞老大。果然，尚代汉虽觉酒味浅淡，却不便计较；庞青烟想吃几块大肉，也只好忍了馋虫。三人顾着身份，不似楼内寻常酒徒食客放浪形骸，只是有一搭没二句地聊着闲话，一道一道品尝着菜肴，轮番敬敬酒，气氛淡而不散、缓而不滞。酒过三巡，菜已上齐，汤仁和正要将话语扯上正题，滕王阁内外却起骚动。

汤仁和所坐，对着启开的门扉，将外间几桌食客看得清楚。他察觉，厅中一桌的三名餐者，紧衫窄袖，腹扎宽带，身披大氅，腰畔鼓囊凸起，似藏器械。再看他仨满面风尘，神色匆促，很少言语，只是满杯喝酒、大口吃菜，一副急于填饥、忙于赶路之状，不似其他食客松快、畅怀。汤仁和虽觉有异，但只认作江湖上的人，无心细究。他琢磨的是，如何与尚、庞二人提及此次聚首磋商的正事。

那三名大汉狼吞虎咽吃得正欢，汤仁和也欲开口说事，滕王阁外，陡地响起一阵竹板声，十多个乞丐扯开嗓门，唱起一曲《莲花落》：

> 吾侭敲响竹板子，
> 客人听首小曲子。
> 江边一幢好楼子，
> 日夜哗哗销银子；
> 楼里坐着富家子，
> 楼外蹲着叫花子。
> 叫花子么饿肚子，
> 哎呀呀，莲花那个莲花落呀喂！

> 可怜吾侭饿肚子，
> 大爷赏点铜板子；
> 行善结个好果子，
> 保佑全家好日子。
> 好果子么好日子，
> 哎呀呀，莲花那个莲花落呀喂！

歌唱声中，只见四人顺着阶梯一步一步上到了二楼。说他们是"一步一步"，因为四人缓缓登楼，半点不躁，一边抬脚，一边用目睃巡二楼场面。所以，四人走得很慢，慢得像是在数着阶层走，但观察极细，细到敞厅内每一个客人都没放过。

四人为首者，看到那三名急吃狠饮的食客后，目光就不再移动了。接着，另三人的视线也聚拢过来，停落同一张桌子上。

登楼四人，眼神一瞬交流，分散开来，从四个角度，走向坐着三名壮汉的方桌。

汤仁和不再抿酒，不再夹菜，也不将欲说之言吐出喉来。他知道，眼前将要生出事端！他有些疑惑，上楼四人，十分年轻，最长者，不过三旬，另一人与清远儿年岁相仿，还有二人只是少年模样，其中一位虽着男装，细看乃是个姑娘。这四个"小哥""细伢"，怎和三名大汉结下过节，还主动寻上门来？

三个汉子虽然吃相粗俗，但警觉犹存，置身嘈杂氛围中，仍敏锐察知危险近身。三人一怔，相互对对眼，一并放下碗筷，霍然起身，截住了四名来袭者。

领头壮汉大声喝问："你四人是哪条道上的朋友？这两天为何一直跟着咱仨？"

年长青年冷笑道："咱是什么人和你没关系，原本就不同道嘛。"

两名年少者更是不屑，斥道："和你们称朋道友辱了咱兄弟！""我呸！元人的狗腿子，装啥装！"

三条汉子闻言虽气，却仍不解："你等究竟干啥的？盯上咱们找死呀！"汤仁和只见与清远年岁相仿者一直没有吭声，却首先将佩剑"铮"地拔出。另外三名青年见状，也各自亮出兵刃，跃跃欲上。

三汉见此，不敢怠慢，急忙抽刀解鞭，作势迎战。

一干食客，见这般阵势，知无善了，纷乱走避；胆小者舍弃残食剩酒，夺楼而下。一楼的掌柜、伙计不明就里，扯住这几人，要他们结了账方可出门。片刻间，滕王阁上下乱成一团。

汤仁和摆手止住尚代汉、庞青烟起身之势，轻道："与我等无涉，静观其变为好。"

只听为首青年出言呵斥："我四人已然知晓，你仨实为元人奸贼，纳命来吧！"

三壮汉显然没把四青年看在眼里，闻言相视生笑，一人答道："当今大元主政，朝号已立，天下都在元人治中，我等即使为元做事，有何过错？怎的成了'奸贼'？好大的口气，还要我等性命？好笑呀好笑！四个不知天高地厚的傻小子！"

"滚你娘的吧！再待啰唆，老子劈了你们！"另一汉子尤不耐烦，破口大骂，将手中短刀挥了几个耀眼光圈。

率先拔剑的青年峻然开口："我来问你，尔等从冀北远赴此地，可是领了朝廷密旨，前去庐陵，掘文大人之墓，毁文大人首级？行如此大逆不道之事，不是奸贼又是什么？"

青年话未言尽，三名壮汉怔在当堂，脸色阵青阵红，恼怒之焰遍燃六目。

退让四壁的食客惊得目瞪口呆，难信入耳之言。

冷眼观看的汤仁和等听清了执剑青年的这番话，各自心中计较。

尚代汉讶异不止："什么？三人欲作这等大恶之事？我要不要助青年一臂之力？"

庞青烟暗叹不已："真是四个愣头青呀！这种事情一旦说破在公众场合，还想活着走出滕王阁吗？"

汤仁和则脑海一炸："啊？看来三名大汉当是元廷心腹。如此重大的消息怎会走漏？四青年没有江湖经验，幕后可有指使之人？年轻人热血冲头，被人利用，来管这等凶诡之事，只怕枉送性命了！"

被说破行藏的三名大汉，与汤仁和所思有同，只当这几青年受人指使，也怕打了小的、引出老的，故而没在第一时间急着杀人灭口，只顾睃巡四处人员的神色。

场中这一静，静得突兀，静得令人心悸。

汤仁和感到窗扇吹进缕缕江风，觉出江水沉浑的淌动，也听到了自己"嗵嗵"的心音。

三名壮汉已然出手。主事者暴喝一声："杀！"一刀将拦在身前的方桌劈散。满桌碗盏"叮叮当当"落地破碎，裂瓷乱进。

四青年毫无畏惧，迎声虎扑而上。

汤仁和是会家子，见四青年身形娴熟，武功底子相当扎实，心中奇道：四个年轻人究竟什么来头，光天化日下如此放胆行事，现场不像强援在侧呀？

汤仁和、尚代汉、庞青烟俱带随从、护卫同来，这些人本在大厅内用餐，此刻见突生变故，忙移步主人所待包间外，请示如何行事。

汤仁和即道："你等让到一旁，不要挡了我几人视线。只须闲观，不可插手。"

汤仁和双目始终不离斗圈，将一切收入眼中，就这几句言语间，搏决已近尾声。

四名青年似有分工，年长二人直取领头壮汉，一左一右将其钳在当地，年岁少者则分头截下另二汉子。四青年一招甫出，已将对手分割三处。

"年少者哪是壮汉之敌，只怕先要送命了。这个战法，四青年岂不玩完？"汤仁和思忖。

两名少年果然不敌壮汉，三招之后，败相已露，连连退步，招架不已。但年长二人双剑送出，攻多于守，数招即将对手迫得身摇脚乱、刀法零散。

汤仁和看出门道："哦，这两名青年，武功明显高出同行少年，且招式灵动，步法飘逸，在桌、椅丛中不受空间狭窄之累……若以一战一，壮汉还能抵挡，刀剑联手，威力尤盛，此人只怕难有好了。"

不出汤仁和所料，几个回合后，壮汉身上伤了二处，血浸衣袍。他有心招呼同伴前来助战，却见二人忙着跃桌寻隙追逐年少袭击者，离他更远。壮汉心中一叹："上了四个小鬼头的当了！"惶急中，回刀不及，立被刀剑穿体而过。

领头汉子惨呼一声，再难持身，"扑通"翻倒在地。另二汉闻声回头，见状俱惊。

汤仁和明白：这四名青年的战法暗藏玄机！先以弱者引开两员壮汉，只求自保，不虞谋胜；另二位强者联手并战，尽快先诛一敌。对方武功最高者一殁，双方战力立时倒转。

果然，年长二青年，诛了首敌，半点不缓，分别扑向另二汉子。这二人先战弱者，自有余力，待见头领身亡，四青年齐声长啸，血气尤旺，虎狼般攻到身前，不由心怯，只想夺路而逃，却被四青年缠了个紧，仅仅挡架几招，俱被砍倒。

如同受到楼内高呼酣斗的感应，楼外众丐念唱声此起彼伏，半无间断：

吾侬敲响竹板子，

谢谢客人听曲子：

不要笑侬饿肚子，

黑白分明眼珠子；

不偷不抢当汉子，

不昧良心做贼子。

叫花子也有腰杆子，

哎呀呀，莲花那个莲花落呀喂！

无田无产无房子，

无妻无儿无交子（纸币）；

还要到处寻乐子，

活赛南海神仙子。

叫花子么神仙子，

哎呀呀，莲花那个莲花落呀喂！

刀光剑影、怒吼惨叫与乞丐阵阵《莲花落》唱声呼应、交织，令人心灵震怖。

战尤酣、歌也兴时，包间里的汤、尚、庞匆匆议了几句：

"汤兄，我等助谁？"尚代汉首问。

"不要动，动不得！"汤仁和简道。

"那三人既是奉命行事，助之，衙门岂不欠了我等人情？"庞青烟提醒道。

"正是公门中人，众目之下岂可相助？"汤仁和断然截言。

商议未有结果，厅中战局已定。

三汉子横尸当场。四青年冲阶下楼。《莲花落》曲子戛然而止，众丐与观者一哄而散。接着，一串马蹄声响，渐行渐远，片刻杳然。

"四青年什么来头？光天化日、公众场合也敢这般强势硬干？"汤仁和陷入诧异，一时默然。

汤仁和等以及被杀的三名壮汉，自然不识这四名青年。他们原非江南人士，而是来自齐鲁大地、泰山"天尊门"的少侠庄山平、花临风、叶清萌、齐五儿师兄妹一行（注：四少侠故事见拙作《风神少侠》）。

三年前，掌门师傅叶印竹夫妇毅然允准门下弟子庄山平、齐五儿与女儿叶清萌追寻率先下山的花临风，一同在江湖试剑练胆、行侠仗义。得丐帮相助，师兄弟妹于长江当涂渡口会合，南下浙江、江西等地，与丐帮弟子、抗元人士联手做下几多侠义之事。此次，在滕王阁露相，只为获京都丐帮千里传讯，截杀元廷遣至赣西、寻觅文天祥首级落葬处的三名贼子。

四人出了滕王阁，沿江策马急驰，跑出三四十里地外，方缓下缰绳，信马而走。

做下这等快意之事，四人兴致颇高。

叶清萌乐得合不拢嘴，扯下头上包巾，让长发披散颈间，对庄山平嚷嚷："二师兄战法当真管用哦，我和五儿先被那二人打得只剩'逃'字诀，可到底还是把三个坏家伙都杀了。呵呵，动脑子胜过动手脚呢。"

"手脚上的功夫差了也不行呀，要不是大师兄、二师兄武功高，我和师姐怎能去惹那两个杀手？对不，师姐？"齐五儿嬉笑着与叶清萌逗趣，又道，"二位师兄迟来片刻，只怕小弟我也要躺在酒楼上了。"

"这三人该杀，多坏呀！文大人为国捐躯，广受百姓敬仰，鞑子皇帝竟要掘文大人之墓，毁尸灭骨，可恨之极！"庄山平气尤难平，"也真有汉人会去干这种丧尽天良的事情！"

叶清萌却另起话意："哎，那些丐帮弟子唱的什么呀，像和尚念经似的，有的词我真听不懂呢。再说，他们一个劲地唱，差点分了我的神，不是帮倒忙吗？"

"丐帮弟子从江浙跟踪三凶到此，他们的唱词，夹杂乡音俚语，我也听不大懂。但他们传讯带路，在滕王阁掠阵助威，又掩护我等撤离险地，功不可没呀！"庄山平解释道，"要不是鲁中分舵相授丐帮联络的方式，咱四人哪能做成此事。"

叶清萌道："大师兄说得也是，在江湖上走动，还真离不了丐帮呢。"她转目瞄一眼身侧的花临风，"咦，二师兄怎么一声不吭？想啥呢？可是累了？"

"累倒不累。我是想……哎，大师兄，你留意没有，滕王阁二楼东头那个包间，里面坐着的三个人？唯其三人稳坐室内，动都不曾动得半点，还抽暇评议几句。这种定力……只怕不是寻常旅人。"

庄山平点头道："愚兄看见了，是有点不同众人，还有几个精悍食客，明显是练家子，都赶去护在包间外……这三人有路道呢。"

"管他仨啥人，人家也没帮那三个坏蛋，八成和咱一样，江湖中的英杰呐！"叶清萌故意摆一道神气，逗得师兄弟展颜大笑。

滕王阁命案，惊动了衙门。公差、捕快齐至，传讯问话，闹腾不止。待三具尸体移走，官府中人陆续退去，酒楼才恢复待客。汤仁和三人除了应付差人一番盘问，只是稳坐，喝酒吃菜，自顾聊话。

"汤兄，为何公门中人反而助不得？"庞青烟不解汤仁和先前所答，重执疑惑。

"本来，我等也可以阻止这场厮杀。但青年开口说破了三名汉子所为何来？"汤仁和反问。

"寻找文天祥坟地，掘墓毁尸。"尚代汉替庞青烟作答。

"三人为此路经本地，我等出手相助，那不表明与他们站在一方吗？百姓将文天祥视作天人，我等态度一明，日后还能在场面上行走？"汤仁和点拨道。

"汤兄早为元人赏识，伯颜元帅赏赐金刀一事，在武林中传得山响，你怎也担心……"庞青烟不解。

汤仁和摇头勉笑："那也不能公然与民心为敌。掘人坟墓、鞭尸灭骨，自古以来，谁不痛恶？何况涉及文天祥！我等若是蹚了这道浑水，就难立足江湖，没有'未来'可拼了！"

尚代汉赞同道："汤兄临事不乱，眼光远大，兄弟佩服！"

汤仁和随即递出话语："我等本有重事要做，岂可小不忍而乱大谋？"

庞青烟精神一振："汤兄邀我等在此聚会，莫非真有'大谋'？"

尚代汉双目紧盯汤仁和，期待他续说。

汤仁和暗舒一气：总算聊到正题上了！

他好整以暇地放下筷子，掏出丝帕，抹了抹嘴角，和缓而言："在下先前感谢二位赏脸，拨冗相见，现在仍要再表谢意。话既说开，不妨坦诚告诉二位：在下实是身负朝廷重任，相托者，乃兵马元帅伯颜大人；所托之事，即令我尽快在南地组建江湖大帮'龙虎风云会'！"

"建立'龙虎风云会'？"尚代汉、庞青烟神情一振。

"是的，成立'龙虎风云会'！在下本有'第十四届江南武林盟主'之衔，又为大元立下功劳，故伯颜元帅命我直任龙虎风云会会长，将盖有御印的任命状，快马急送，已于日前交递信州府衙。现在要做的，只是实际操作组会事宜了。"

尚代汉插言道："汤兄得元人高看，可喜可贺。只是约我等前来……"

汤仁和直言相告："在下既要建会，相助之才不可或缺。本会长若没有几位得力人士辅佐，不就应了俗话'孤掌难鸣'吗？"

140

"哦，小弟明白了。"庞青烟已然谦称，友好地笑道，"汤兄看上咱兄弟了？"

"对头。在下想设立四个副会长，助我共掌大局，分管会中部分事务。在下以前和二位虽非深交，但几次过往后，对二位常念心中，信任有加。办大事，自然要劳驾二位啰！"汤仁和言辞切切，期待地看着尚、庞二人。

庞青烟、尚代汉被汤仁和说得笑逐颜开，口上谦道："这……可是好事呀！只怕小弟力有不逮，有负汤兄厚望，误了伯颜元帅的方略。""是呀，小弟执掌一个小小排帮，百十号人，已经劳烦不堪，竟被汤兄高看，真是惭愧……"

汤仁和止住二人絮叨，诚言："二位何以过谦？在下对二位兄弟的能力、武功深具信心，才有任命二位为副会长一职的想法，并且已经报备伯颜元帅处。二位不能让愚兄在伯颜大人跟前失了脸面吧？"

尚、庞二人再难端坐，霍地起身，齐对汤仁和拱手致谢。尚代汉抢道："多谢汤兄抬举，小弟愿追随会长，效犬马之劳！"

庞青烟接道："小弟定与会长共患难、同生死！"

汤仁和将三只酒杯斟满，示意他二人举盅互碰，朗声道："三人同心，先干此杯！"随即仰颈而饮。

尚、庞二人赶紧也将杯酒一饮而尽。

三人重新落座，都有了开始一种新生活的感觉。尚代汉先问："汤会长，'龙虎风云会'与'江南武林联盟'有何不同？"

汤仁和边思考边解释："这个嘛……江南武林联盟，是一个松散型、术业型的群体组合……它的领导人有时间设限……须比武竞技上位，盟主一职对江湖中各帮会、门派，只是个象征性的虚位。例如，我这个盟主管得了哪个圈子里的事务，调动得了何方人手？所谓'号令'武林，也是空话，'号令'谁？谁听'令'？盟主名头响亮，但只是个荣誉，虚得很。龙虎风云会就不一样了。它是一个实实的存在，官府提供钱款，以资日常开支；有会长、副会长主持大计；是个有人、有钱、有权、有势、半官半民的江湖组织，黑白两道都吃得开呢！"

"这么说，龙虎风云会得听命于元人，听命于官府？"尚代汉面生豫色。

"那当然，本是元人要我组建的嘛！不过，话说回来，会里大小事务、干啥不干啥、如何去干，还是咱弟兄说了算。"汤仁和宽解道。

"那倒是。只要咱们能说了算、汤会长说了算，管他元人、官府的！这个会成立后，能做点什么大事情？"庞青烟兴致勃勃，急切生问。

"伯颜元帅授我组会之权时，已在文书中写明，此会当以效忠元廷为宗旨；以聚吸江湖人士为目的；以铲除民间反元残余、维护地方稳定为常务；以承接官府交办之事为首要。在下领会以上四点，就是一句话：维护江湖安稳，确保大元一统。"

"方才会长为何不助那三名汉子？他们既身负元人使命，不就是和咱共事一主吗？"庞青烟略顿，旧事重提。

"为何我不愿出手？一是朝廷中也有派系、团伙；我从未听说此令，显见不是伯颜元帅的主张。二来，此事太毒，又被那青年说破，知者已众，我等卷了进去，在民众中只会坏了名头。第三，龙虎风云会不宜公然打出旗号与江湖反元人士作对。咱明着招揽英雄豪杰、汇聚龙虎之才，振兴江南武林；暗地里为大元朝效力。这样才能在江湖上立得住脚、壮得了势。这一点，二位务须明白。"

"会长所言极是，所虑也深，小弟自当牢记。只是现今已是元人天下，公然不服者，形同造反，不怕杀头吗？"庞青烟不以为然。

"世上何等样人都有，江湖中更是龙蛇混杂，讲忠逐义之士还少吗？那四名青年，热血激愤，青春躁动，恨不得早出人头地，速速扬名立万，什么事情不敢做？别说与他们为敌了，你即使出言相阻，只怕也被一并杀倒当场。"

"会长说得对。江湖有道：宁愿冒犯老的，不可得罪小的。老的还讲点审时度势、场面影响；那班小子，一言不合，拔剑即战，唯恐在他人眼中胆气不够、武艺不行呢！"尚代汉笑叹一声，"别看元军占了中原，又侵江南，尽除宋帜，可两地抗元何时消弭过？我看那四名少年的武功，显是北人之传，想来也是南渡之士。唉，元人马上打天下，又在马上治天下，没一天消停日子。也难呢！"

"所以，元廷信任我等，确是可遇不可求的事，多亏伯颜元帅明察，我等才有登高位、享荣华的可能。良禽择木，贤臣选主。这么多年，大宋朝又给咱什么了？"汤仁和趁机将话语往深处说了说，以坚定尚、庞二人的志向。

"不知会长有何具体打算，需要小弟做些什么？"庞青烟跃跃欲试。

"你俩担任副会长一事就这么定了。还缺两名副会长，我日后择人鉴察，再作任命。"尚代汉、庞青烟见职务坐实，脸上生出笑来，汤仁和也高兴地说下去，"你二人既然与我共操大事，我也决不有负二位。具体打算嘛？数日内，我即返回龙虎山……对了，我暂住在龙虎镇张天师道府中，你等有事与我联系，可直接或遣人去那里见我。本会成立之日，你俩的'副会长'之职自然生效，'七路烽烟''长江竹排帮'是你们的嫡系部属，当然仍归你二人统领，另外再帮我承担一部分面上的事情。这样，权力只大不小，只怕劳烦二位了。"

庞青烟满面快意，朝汤仁和一翘拇指："汤会长，小弟听你的。我先回九宫山，到时，你一声令下，小弟手下两百来号人马都为你效力。说什么归我统领，一切都由会长统领！"

尚代汉神情激动，接言："小弟与老庞一样的心思。承蒙汤会长提携，够朋友！我的人马也听你使唤，你当会长，就是咱'老大'，我等是你的下属，我的人当然就是你老大带的人啰！"

"那好，二位兄弟的情谊汤某领受了，日子长着呢，只要你俩好好干，本会长定向伯颜大人举荐二位。到了适当年岁，就别吃江湖饭了，都到衙门里领一份俸禄，享受太平、安适的晚年生活。"

"太好了！小弟早就听说汤会长通天呢，要不，也不会兴头头地前来拜见汤会长呀！"庞青烟呵呵连笑，补充道，"不是庞某人心眼小，无利不起早嘛，江湖中人不分清利与害，咋混？"

"汤会长的十四届江南武林盟主之位，就是伯颜大人亲口颁授的，伯颜大人还将自佩宝刀赠给了汤兄。那日，尚某手下好几位兄弟在天师府目睹了场面，回来对我学说过。"尚代汉凑趣，忆起往事助兴，"不知汤会长能否请出伯颜大人所授宝刀，让咱弟兄一饱眼福？"

汤仁和本指望夺盟之事能为自己增光添彩，更不愿扫了尚、庞的兴致，当即微笑着探手入怀，取出那柄七星弯刀，朝二人眼前一亮，抽刀以示。虽是出鞘半截，但刃面寒光晃炫，刺得尚、庞双眼生眯，不敢直视。二人既惊且赞，吸了口凉气。

汤仁和不将宝刀易之二人手中，只是捧着转了一圈，即收刀入怀。见二位副会长面生艳羡，又补述二句："确是好刀，救过我的命呢！伯颜大人的关怀，我真是过意不去！"话虽不多，已是迫得尚、庞又自矮三分。

尚代汉回过神来，对汤仁和恭敬有加："小弟诚望汤会长抽暇屈尊前往排帮巡视。一来，检阅一番小弟那班兄弟，他们既是会长的下属，会长来了，可以给他们打打气、鼓鼓劲。二来，也给小弟一个做东的机会，以表对会长提携的谢意。老庞，你若有兴致，过来陪陪汤会长。如何？"

庞青烟忙不迭点头："一定去、一定去！我求之不得呢。汤会长何时赏脸到小弟处指导几日，同样给'七路烽烟'的弟兄一点脸面嘛！"

汤仁和满面生光，大度地一挥手："好，我答应二位即是。龙虎风云会成立前后，定然去二位宝地拜访。"

汤仁和见二人解趣，性格爽朗，索性放开兴致："噢，听说尚帮主饮酒海量，今天只喝米水之酿怕难尽兴。伙计，上两瓶赣水老窖。老尚，不醉不休哦！对了，也闻老庞嗜肉如命，这几盘鱼味只当开胃小菜了。伙计，添一份梅干菜扣肉，外加一盘红烧大肘子。老庞，放开来吃！你俩千万莫客气，日后别怨咱这个会长待客不周就行了。"

主客三人哈哈大笑，这顿酒饭至此吃出真味，吃上了高潮。

滕王阁上，汤仁和志得意满、挥洒自如，唬得尚代汉、庞青烟佩服不已。这是汤仁和示人的一面，追求的效果；还有一面，则被他藏掖得半点不漏，唯有己知。

钓鱼城陷落之夜，一地大火映红半空。汤仁和存身岩隙中，将全幅情景看得分明。儿子汤清远追随楚天行与张钰将军杀出阵去，从此远离了自己，汤仁和心里寒彻。妻离子散、家破人亡的悲剧是当初执意闯红尘、一心博功名时没有料及的。自己忙活几年，除了一顶"江南武林盟主"的虚冠，还得到了什么？

汤仁和曲指擂胸，扪怀自问。

不料，拳头触及弯刀硬鞘。汤仁和一个激灵，隔衣攥紧伯颜赠予的宝刀，眼中升起一抹亮色："不，我实有大成！我已得当朝权贵提携，人生之路只看自己如何去走。大丈夫岂可患得患失、灰心丧志？认准伯颜这条道走下去，荣华富贵终可加身，妻、儿也必将回到身边，重振家业并非难事。楚天行、张钰之辈枉为'大侠''重臣'，不顺天意，强逆大势，岂有好结果？雷龙正、王飞扬皆系俗世散勇，又能苟活几时？他们哪里及得上老子！"

汤仁和信心重拾，欲望复燃。待天色一明，城内乱象有缓，他即从石垒中钻出身来，手托那柄弯刀，堂而皇之直迎元军而去。

元兵识得此刀乃军中尊者方可持执，不敢迟怠，逐级上报。不到半个时辰，汤仁和就被带至元军主将面前，也遇到了失散一夜的西门朝宗。元将在大帐中摆下酒席，庆贺破城之役大胜，犒劳立下殊功的西门朝宗、汤仁和。

西门朝宗领职元军参将，他征询汤仁和，是留在军中征战还是另有别想。汤仁和拿不定主意，在军营中闲度月余。踌躇间，伯颜元帅从塞北给蜀中元军统领送来了一封急件。

伯颜函中，祝贺元军终于攻占顽垒钓鱼城，向元将表述，与其留下汤仁和在军中效力，不如遣他返转江南，以武林盟主的名分，招揽、统辖江湖人物，协助官府治理，以保地方安靖。其在民间发挥作用的潜力之大，远非军中效劳可比。又在函中请元将转告汤仁和，伯颜已向朝廷禀报了他的功绩，举荐其任赣东信州府同知一职，从五品衔，只待皇上钦准、吏部行文送达信州府衙。伯颜宽慰汤仁和，勿有他虑，只管放胆回去。并在信末嘱咐汤仁和，一俟回到赣地，即以武林盟主名义，筹建"龙虎风云会"，吸纳武林人物为己而用，为朝廷再建新勋。同时告诉他，会址可暂设龙虎山下张天师道府内，元人在信州府的达鲁花赤（蒙语：长官）已对天师府道长有所交代。

汤仁和不识蒙文，听元将讲了信中所写，百感丛生。他认识到伯颜元帅确实真心赏识自己，希望他能有新的成就；明白伯颜为他争得官职，不仅赋予自己更大的能量，而且为自己营造出则江湖、入则官府的两全之策。进退有度，无忌无忧；既有公职又掌私权，乃是一名强者处世行事的最佳之境。伯颜谋虑周详呀！

士为知己者死！汤仁和欣然领受伯颜指令，向元将和西门朝宗表明了离蜀回赣的愿望。

只是，伯颜在信中没有一句提及为汤仁和寻妻之语。不知吾妻身在何处？境况可好？夫妻何时方可重逢？汤仁和知悉伯颜全信内容后，喜忧交织，五味杂陈，却不能向元将、西门朝宗明言，只得留存块垒于胸，独自揣测不安。

汤仁和车船劳顿、长途跋涉，进入龙虎镇张天师道府时，已是大半年之后了。时值酷暑，一路上热不可耐、心躁口焦的汤仁和，一步踏进重檐迭宇、绿荫重重的天师府大院，只闻蝉鸣声声，但觉凉风习习。好一处神仙福地！汤仁和身心顿时沉静下来。

这里是他熟悉之所。竞争盟主之位时，汤仁和即在此地轮番与人鏖战。四天放翻二十八名江湖好汉，第五日上，战胜了浙东"五禽门"鹤拳堂堂主，打进"前四"。最后，由伯颜元帅作决，送他直登"第十四届江南武林盟主"宝座，也助他攀上人生第一个高峰。往事历历在目，今日二次踏进天师府，我又能再登哪座"高峰"呢？一个闪念，突地蹦入汤仁和脑中。

天师府已得衙门知会，汤仁和刚刚站稳脚跟，打量四周，便有道人迎上，问了姓氏，领他来到后院一间净室，谒见主事道长、当任观主张天师。

汤仁和眼前一亮：张天师年约七旬，身材瘦削，面色红润，肌肤白皙，碧玉束发冠下，白发披散肩胛。天师着一袭褐色丝麻袍服，持一柄紫檀拂尘，淡淡然、坦坦然当厅而立，仙风道骨之气迎面而来。

汤仁和知张天师习炼日久，道行深湛，敬由心生，抢先施礼。

张天师含笑与汤仁和寒暄几句，便带他出堂，穿院过径，来到几间平房前，推开首间屋门，微微而笑："汤施主，这是你起居之地；其他四间屋子，也归你使用。不知妥否？"

汤仁和见室内整洁清爽，几案上一只拳头大的铜炉内，燃着三炷细香，袅袅烟絮，沁人心脾。房间算不上宽阔，隔为内外二室，里面是睡觉、读书之房，外室则可餐饮、待客，简朴中透出舒适、清静。汤仁和非常满意："甚好、甚好！天师费心了！"

汤仁和自与伯颜结识，有过数次谈话，在蜀地时，又听军中高层人士透露，已知这座"天师府"在元人眼中，非同寻常道观。

二十多年前，元宪宗蒙哥汗发动三路大军南下，命令其弟忽必烈主攻鄂州，只待三军会鄂，直下临安，全灭南宋。

忽必烈观瞻军国大事，欲测前景，于公元 1258 年，特派密使潜入龙虎山天师府，请教第三十五代天师张可大道长：此番用兵胜负如何？张可大观天象、析世事、研周易、推八卦，道出一十三字："善事尔主，后二十年，天下当混一。"

此言果然应验：二十一年后，南宋灭亡，华夏归元。

公元 1304 四年，元廷敕封三十八代天师张与材道长为"正教主"，授"金紫光禄大夫"，尊"留国公"，赐金印，位居一品。张天师府实成道家圣地，此乃后话。

伯颜元帅那日驾临天师府，宴群雄、定盟主、赐金刀，如今又指令汤仁和将"龙虎风云会"会址设在此处，当然都不是一时兴起。

汤仁和既知天师府与元人的渊源，哪敢轻看，更不存小觑张天师之心。庭院纳凉之际，品茶赏花之时，他多次推心置腹与张天师谈道论政，以解心中之惑。

"敢问道长，尊府先祖说与当今圣上的'十三字诀'，对大势走向可有决定性作用？"

"没有。"张天师摇摇头，明言，"大势不可道，走向即天运，鬼神难测，何况人力乎？"

见汤仁和不解，张天师一笑又言："贫道问你：先祖即无此语，元人就不进军、不南侵了么？那种时节，箭已离弦，势已造成，说些什么，不说什么，有实际意义吗？"

"但令祖还是说了。"汤仁和锲而不舍，追道。

"先祖之说，乃是真情；实系先祖心智透彻，看清世象，所言顺应了天意，方才灵验。"张天师淡然点破。

汤仁和不由点头认同，看定张天师，待他再说。

果然，张天师见汤仁和一副洗耳恭听的神色，便出掌虚空捞了一把，送往鼻下一嗅，复道："空气中花的香体，是看不见的，但芬芳确确实实存在着；我们能嗅到香味，就是自身的感知能力。国家的气运兴落，脉象盛衰，没有形状，没有色显，也是看不到的，却能被人们感知。这种感知的产生，便是民众耳闻目睹的社会诸象，汇入大脑后的思索、判断，不是当权者能欺瞒、忽悠的。何谓先祖'十三字真诀'？就是先祖运用自己的学识、修为、智慧，对国运大势的认识、研判。"

汤仁和若有所思。

张天师呷口茶，细道："出家之人，其实也难断六根，免不了心牵苍生、关注社稷。想我大宋，早年王相安石变法、改革，强推新政，一味竞功图进，竭泽而渔，以致百姓苦不堪言，积怨日久。朝中一干权贵则不察世情，只顾党同伐异，君臣异见纷呈，同朝不同道；后又有蔡京、高俅诸奸，结党营私，霸权弄势，愈加枉顾百姓利益，实成朝中妖逆。以致朝政失纲，腐败滋生，国家蛀空耗尽。大宋建国伊始，先天不足，武备虚弱，重士不重将，再被奸佞胡乱折腾，岂能不内忧外患并至？百多年来，辽、夏、金、元先后侵扰本疆，雄杰、乱民聚啸山林水泊，大宋怎能在北地长存、南域偷安？不亡倒怪了！"张天师止住话语，摇头叹息。

汤仁和小心开言："道长说的是。但大宋南迁后，对百姓不致吸尽榨干，也是汲取了前朝的教训。怎的仍难……"

"朝廷被迫南渡，不争气哦！虽然一时偏安，得以苟延残喘，但历代皇上都只恋眷帝位，不思北伐、不敢言战，畏金、元如虎狼，又心存侥幸，玩弄权术，先拉金平辽，又拢蒙灭金，企图以敌制敌，求得自保。结果，国家实力并无增进，朝政举措也无改善，忠勇战将不得好死，谗臣奸佞受宠于朝。江南虽富，只是多撑了几年，表面歌舞升平、薰风暖雨，君臣同在梦中快乐，消磨了胆气、血性，苟延百多年，却败象早存。时日一久，自被异族强权识破，不越江取而代之，反而违逆天意了。"

汤仁和听张天师娓娓道来，直似几百年历史铺展眼前，只觉惊心动魄、不堪回首。

好一会儿，汤仁和缓过神，问出心思："道长所说，高屋建瓴，汤某受益匪浅。改朝换代既是天意，那我等众生岂不应该识得时务，好自为之？"

张天师略一寻思，答道："大势所趋，当然是天道、正道，人不可违。但'好自为之'，则有多解。"

"请天师详说。"

"'改朝换代'，史上层出不穷，实属常情。不过，以元代宋，系异族主政，必然令大宋遗民难以接受；但大部分百姓只有认命，怒而不言，或有言无为，逐渐平复心态，接受现实。也有热血义愤人士，坚持反抗，以复汉人之治。这个么，最终取决于元朝统治之术和抗元力量的强弱变化。大致是个时间问题，且不去说了。贫道认可'好自为之'的一种解释，是指在元人统治下，我等芸芸众生，只得顺之、从之，但仍须持正人品，恪守尊严，不可为虎作伥、助纣为虐；更不能坏了良心，做出侮民族、辱先人的事情来。若有此类言行，既遭世人唾骂，日后，也羞见九泉之下列祖列宗。总之，一句话、四个字'保住节操'！"

张天师说得累了，闭起双目，靠在藤椅圈背上歇息。

这番话，汤仁和听得汗水湿透内衫，面孔生出潮红。张天师末了几句，令他难以安坐。好在，张天师久久没有启目，不至于看见汤仁和的窘态。

二、呼朋纳友谋打拼

汤仁和能与尚代汉、庞青烟围坐一桌，举杯把欢，直至结盟成友，颇有戏剧色彩——应了一句老话：不打不相识。从巴山蜀水返赣途中，汤仁和得以结识了"长江竹排帮"帮主尚代汉、"九宫山七路烽烟"老大庞青烟。

汤仁和穿沟越谷，一路骑行，直至湖北地面，卖了马匹，改乘快船，顺江东下。船至九江水面，天色已暗。艄公夫妇泊舟拢岸，燃起炭炉，烧水煮食，忙碌六七旅人的晚餐。一锅鲫鱼豆腐汤尚未滚沸，远处传来人吼打斗喧闹声。汤仁和随旅伴出舱登岸，引颈望去，一箭地外，数十汉子荷杖执械混战一团。

汤仁和是惯经阵仗之人，又身在旅途，以为乡人群殴，无甚兴趣过问，抄了手闲看。只见战了片刻，一方十多人似呈败象，一步步退着，直往汤仁和立处移了过来。

对手往江边退却，人多一方气势更盛，高呼酣斗，紧紧压上，大有将败者逼入江中之意。后退者越发不支，信心俱丧，无恋战之意，连伤者也不救，逃身愈速。唯有一汉，手执一柄船桨断后，拼命阻截。几个胆小船客生怕惹祸上身，慌忙缩头回舱。

汤仁和见状，忍不住放开喉咙，扬声呐喊："这里已是江边，你等再退，岂有生路？"

闻声望来的数人中，有一位青年看见了汤仁和，呆了呆，细瞧他一眼，猛地嚷道："先生可是汤盟主吗？"

汤仁和一怔，想不到混战中竟有认识他者，讶然回应："你怎么知道我？"

青年跑近深施一揖，喘息不止："小的……曾在天师府见过盟主登位……不忘盟主风神……万幸没有识错！快，求汤盟主救救我等！"

"你乃何人？"汤仁和却要问个明白，一指乱殴人群，"怎么回事？不说清楚，我怎可糊里糊涂插手？"

青年缓口气，忙道："小的和这些兄弟在'竹排帮'里挣饭吃，那是我们的尚帮主。"他遥指人圈中苦斗不止的大汉，"对方是'九宫山七路烽烟'的人，他们看上本帮承运的货物，在这里截住，硬抢了……"

汤仁和自从做了盟主，一直留心江湖中事，仅听青年几句话，立时明白了原委：

"长江竹排帮"总堂口驻扎在鄱阳湖一座岛屿上。入，在湖内休养生息；出，于长江水路运货贩物。帮众都是出力流汗吃水路饭的"苦哈哈"。"排帮"以生产经营为主要活动、生存方式，虽自称武林一支，更似"商行"类经济组织。帮内武功高手不多，江湖地位很低。每届江南武林竞技会盟，该帮从无出头打擂者，但每每派人到场观摩，以示参与。

汤仁和当了盟主，虽听道上朋友提起过该帮，却早早入川，从未与他们有过接触。话虽如此，"竹排帮"再小，也属江南武林一脉，鄱阳湖与庐山近若邻舍，自己又负广纳江湖组合，筹建"龙虎风云会"职责，人家既已认出"盟主"身份，若装聋作哑、袖手旁观，仅此一次，就毁了名头。

"九宫山七路烽烟"是紧靠赣西的湘属江湖一霸，汤仁和也略闻其名。

"七路烽烟"常借毗邻两地、官府难以管束之利，穿越湘、赣边界，摆场斗殴、打家劫舍。这次跑到九江一地，倒有点"长途奔袭"的规模，看来"竹排帮"的货运，对"七路烽烟"很有诱惑力。

"乘此将两个帮会一并收了，就当龙虎风云会第一批入会者吧。"汤仁和心中有了计较。

汤仁和对青年道："行，你领我过去。"又指点已逃至跟前的几个"竹排帮"人员，"舍下自家帮主先逃，不是好汉所为。统统随我冲过去，冲、快冲！"

已知面前壮士乃"江南武林盟主"，又见他出头过问此事，几个惊慌的汉子胆气复萌，也愧于先前所为，发声喊，反身杀了回去。请动汤仁和的那名青年，大喜过望，狂呼："帮主、帮主，救星来啦！"领头扑进战圈。

原先躲进舱中的旅人，知晓竟有"武林盟主"委身同行，既奇且喜，又一窝蜂涌出舱来观看热闹。

追击者见形势突变，不明所以，呼斗之声顿时减弱。汤仁和随那青年闯进阵中，直到独自挥桨苦斗的"竹排帮"帮主尚代汉身边。

青年不及对尚代汉细言，先朝几个仍抢攻不已的敌手嚷道："你等住手！当今江南武林盟主在此！"说毕，朝自家帮主指了指汤仁和："启禀帮主，这位好汉即是汤盟主！"

无人认识汤仁和，但"江南武林盟主"之称在江湖中非同寻常，双方人马似信非信，不约而同止了手，齐将目光聚在汤仁和身上。

汤仁和不慌不忙环顾四周，拱手爽道："在下第十四届江南武林盟主汤仁和，见过众位英雄！"不卑不亢，气势沉稳，镇住了全场。

场中寂然，众汉交换眼神不止。

尚代汉将铁铸船桨交到青年手中，略整衣冠，率先朝汤仁和抱拳施礼："见过汤盟主，在下'长江竹排帮'帮主尚代汉。"

"噢，是尚帮主。"汤仁和谦和回礼，"久仰、久仰！"

尚代汉脸上立时绽开笑纹。

对方领头者却不买账，仰面打个"哈哈"，怪声道："江南武林盟主？真的假的呀？就算真的，也管不着咱这阵吧？"

汤仁和并不气恼，温和一笑："请教好汉尊姓大名！"

领头汉子悻悻不答，身旁伙伴应道："'九宫山七路烽烟'庞老大、庞青烟，谁不识得？"

"噢，庞青烟、庞老大，知道、知道，听说过。"汤仁和话语不咸不淡，也无对待尚代汉的尊敬，给了托大的庞青烟一个软钉子。

庞青烟果然恼羞，呛声道："你想干啥？要管老子'七路烽烟'的事情吗？"

汤仁和一抚唇上短须，平静回道："管事容易和事难，在下谁的事也不管，只在江湖朋友间讲个'和'字。有了一'和'，百事俱消。我不问你们所为何事，看我薄面，先自罢手，不妨交个朋友。如何？"

"哼哼！说得轻巧。老子凭啥听你几句没来由的屁话，就将弟兄们拼死得到的好处拱手交出？你要让咱弟兄喝西北风啊？依了你，我这老大怎么当？真他娘的扯淡！"庞青烟大咧咧抬头望天，齿缝中迸出一句，"没门！"

尚代汉显然默认了汤仁和的提议，朝庞青烟道："姓庞的，你的身手不比我强到哪里，只是仗着人多得了势。你和我单打独斗，赢了，再狂不迟！"

庞青烟即道："打就打！老子还会输给你不成？"说着，将手中的九节钢鞭举了起来。尚代汉也从青年手中重新取回铁桨。刚有缓和的气氛，一触即发。

汤仁和知道，江湖汉子只认实力不纳空言，要让已占上风的庞青烟一伙服帖，必须拿出点真功夫。此刻，倒是自己这个"盟主"扬威服众的好机会。他扫了尚、庞二人一眼，抬手止道："庞老大话糙理不糙，仅凭几句软语，让你向弟兄交代，换作我也不情愿。不过，你与尚帮主比试多时了，再打一场，恐也难分高下。不如换在下试试手。你若觉得在下还行，就依我所言，众家弟兄井水不犯河水，同在江湖谋生，各走半边大道。如果你不认盟主之名，在下当然知趣，罢手退身不问你等之事。"

庞青烟也有探知汤仁和虚实、再决定如何行事的意愿，允道："此话倒还听得。你划个道，老子开开眼。"

汤仁和便朝尚代汉道："劳烦尚帮主暂退一步，若在下力有未逮，尚帮主再来比过不迟。"

尚代汉感激地俯身一揖："汤盟主的心意在下领受了。先谢过汤盟主！"

汤仁和上前站在尚代汉让出的位置上，对庞青烟道："庞老大要在下出题，是给兄弟面子。你我本无半点私怨，庞老大也是有头有脸的人物，咱俩不必拼个急赤白脸，更不能让谁伤了。"汤仁和言语间捧了捧庞青烟，从腰后取出惯用的铁杖，"要不这样，我在三招之内取你钢鞭，不成，我即认输。你若夺走我这根铁杖，当然也算我输。怎样，没有占你便宜吧？"

庞青烟听了也觉新鲜，自己还不吃亏，便冷笑道："是你划的道，输了别怨我哟！"

听二人此来彼往地说着，原来乌眼鸡似怒睛瞠目的双方人马，都懈了戒备，垂下器械，饶有兴趣地等着观看。年轻些的，更是面生好奇，窃窃私语。

汤仁和将铁杖重新置于腰后，一亮双掌："好，在下献丑了。庞老大请！"

见汤仁和自弃器械，仅凭一双肉掌与庞青烟的钢鞭相搏，尚代汉及其手下一颗心又悬了起来：汤盟主是否有点托大？尚代汉已萌再战之念，将那铁桨攥个生紧。

庞青烟冷笑不止，心想：自家好歹也是当"老大"的，不能在众人眼里失了气势，否则，赢了也不光彩。便脸上挂了笑，并不摆式出招，摇身迈步："好，在下就看看汤盟主的能耐。汤盟主请站稳，在下献丑了。"

"何须烦累庞老大，在下上前便是。"汤仁和笑容淡淡，双手后负，如晤老友，悠然踱到庞青烟身前三尺。

庞青烟好笑汤仁和怎的一股书呆气，正欲举鞭打他一下，蓦地，汤仁和目中寒光厉射，杀机沛然，犀利、毒辣。庞青烟从未见过如此怨狠、凶恶的眼神。心中"咯噔"，大脑蒙了一蒙。

汤仁和凝聚真力，铸气为箭，直夺庞青烟神魄。庞青烟内力远逊汤仁和，瞬间神志恍惚，输了首招。

汤仁和一招得逞，背负左手突现，如电划出，骈指直插庞青烟双目。

庞青烟先惊诧汤仁和何以睛光如煞，再见他出手毒辣，直欲废己眼珠，刹那间灵志尚未全复，举措略缓，本能地一闭双眼，右手钢鞭疾挥以阻。

庞青烟闭着眼睛打出一鞭，只想先格一格对方攻势，争得时间缓过气来，再图反击。岂料，钢鞭方出，只觉两点指尖已轻轻按上自己紧闭的眼皮。"吾命休也！"庞青烟身体立软，手中之鞭再难递出。

围观者看得分明，均以为庞青烟双目必废，惊惧之声不及呼出，却见汤仁和已然收回左臂，疾出右手，食指动如游鱼，一记戳到庞青烟腰肋，连着一记滑向他右腕脉门。

众人惊呼之声吞了下去，庞青烟则突感腰间大穴一麻，右腕如遭针刺，射进一道酸胀气线，往肩胛处疾攻。

庞青烟双眼方睁，半边身子已是麻痹，右掌再难握拢，五指一开，那柄九节钢鞭直落尘埃。

汤仁和左脚一踹，右掌开处，恰将九节钢鞭电般攥紧。

汤仁和夺目、点穴、击腕、飞腿一气呵成，弹指间制住庞青烟，取到了钢鞭。

尚代汉禁不住喝了声彩："好！"一众手下也轰然叫"好"，声穿夜空。庞青烟下属目瞪口呆，难以置信一向蛮横的"老大"竟如此不堪。

汤仁和不为己甚，待大伙看清楚后，上前拍开庞青烟腰间穴道，双手奉还钢鞭，笑道："多有得罪，还望庞老大见谅……庞老大过于轻敌了。要不，再来比过？"

庞青烟失了颜面，虽然气他有施诈之嫌，但感激汤仁和手下留情，也已清楚自己身手确不及他，恼怒归恼怒，却无胆发作，只得满面羞惭、低首抱拳，喃喃而言："惭愧、惭愧，汤盟主果具谋略，再比何益？"

汤仁和知他心有不服，口中只言"谋略"，不提"武功"，便笑道："也是庞老大托大，一时不察，在下才能得手。庞老大武艺未展，在下无幸亲睹，岂不留憾？"说着，将自家铁杖取在手中，"三招之内，你若取去，仍算你赢。"

庞青烟口上认输，心里还真有气，很想扳回面子，见汤仁和话说到此，便扣住不放："既然汤盟主发话，在下就权当一试吧。"说着，吐气开声，一步纵上，抢鞭劈头打去。

庞青烟"老大"之名果非虚担，这一鞭迅疾、力猛，汤仁和也不想硬接，身形侧了侧，避过锋锐。

接着，汤仁和觑准钢鞭落式，知庞青烟力道使尽，难再变招，立即猛身探杖，直取庞青烟腰腹。

庞青烟正存等待汤仁和出杖的心思，一见杖尖点到，左手如电划出，一把握住杖首。庞青烟自恃力大，生拉硬拽，欲将铁杖扯了过来。心忖：你汤仁和若不松手，定然连人带杖跌翻，那也够丢脸的了。

谁知，庞青烟指掌刚触杖体，猛一发力，便觉铁杖如烈火灼灼，烙得肤痛如裂。他大吃一惊，急忙松手，铁杖立如灵蛇，昂首冲天蹿去。庞青烟右臂如被一圈铁箍锁紧，定睛一看，却是让汤仁和扣住了腕脉。

庞青烟慌忙运力收手，汤仁和握处也生出一股大力，直如助他一般，与他所发力道融成一体，倒攻而回。庞青烟双脚立桩不住，噔、噔、噔，踉踉跄跄连退七八步，仰面跌翻在地。

庞青烟望眼暮空，只见铁杖直落，如乌龙归穴，正入汤仁和手中。

庞青烟心中生叹："老子与这姓汤的，实实差得多矣！"

汤仁和上前扶起庞青烟，笑道："得罪、得罪！在下这根铁杖一向认生，不让他人碰得一碰的。"围观双方闻言，都会心笑了。争斗之念随之皆消。

经此一役，庞青烟与尚代汉得以和解。二人视汤仁和如领头大哥一般尊崇，唯他马首是瞻。

事后，汤仁和方知，尚代汉的"竹排帮"被元朝衙门征召，从重庆地面运送价值十万两银钱的腌腊干货、山珍野味，充作给养，发往驻赣元军总帐，犒赏三军。抵达九江港时，货物卸下，但驻军接受人员尚未赶到。到了地头，"竹排帮"大部徒众先期返回鄱阳湖老营，少数人员由尚帮主领着看守货物，等待元兵军需官员。

"竹排帮"在鄱阳湖方圆三百里地面自有名头，寻常散贼零盗轻不敢扰，尚帮主放心无虞。不料，"九宫山七路烽烟"最大一支—庞青烟队伍恰经此地，获知江岸码头卸有贵重货物，便乘夜色降临，前来劫夺。

"竹排帮"留守人员甚少，仓惶迎敌，立被击溃。若非汤仁和出头，"竹排帮"这次不但赔了银两、毁了名誉，还逃脱不了元人责罚。而"九宫山七路烽烟"劫取官货之罪，衙门定然追究，只怕要出动大军，剿了"七路烽烟"老巢。汤仁和实是救了这两个江湖帮会，还真不偏不倚呢！这是尚代汉、庞青烟的一致认同。

"汤盟主可是一帮两家子呀！"庞青烟知了原委，也生后怕，衷心对汤仁和道谢。

"缘分、缘分！咱三人有缘！"尚代汉感叹连连。

汤仁和未到地头，已结识了两股江湖势力，自觉事业开张吉利，信心涨了许多，立即遵照伯颜元帅的指示，着手组建"龙虎风云会"。

这才有了滕王阁酒楼三人相叙之约。

滕王阁中，泰山"天尊门"四少侠截杀元廷三贼子，汤仁和表面不动声色，内心震惊：民间仇元心绪炽烈如初，伯颜欲建龙虎风云会，剪除江湖反元余孽，实是稳定天下的举措。自己所负责任重大，不可玩忽职守！但是，龙虎风云会若是亮出拥元旗帜，挑明与江湖反元势力为敌，则不会有好场面、好结局。一切应在暗中进行，最好唆使反元人士相互猜忌、自相残杀，自个儿隐在背后，既得渔人之利，又摒杀身之险，留得命在，才可享受荣华富贵。

由此方略，汤仁和想到四名少侠虽说来历不明，但武艺已有根基，可以一用。年轻人热血沸腾、头脑单纯，只要言语得当，哄他们助力、杀人不难。

汤仁和抵达天师府，稍作休整，所行第一件事，即派出多人，分头巡查方圆百里地面，打探那四名鲜衣怒马、意气飞扬的年轻人。

不出几日，一条消息报至：半月前，乡民看见，有四青年沿官道驱马驰往赣南。

"莫非几个小崽子途经本地，志不在此？不能收他们所用，固然可惜，但这四个邪神远遁也好，免得在此弄出祸事，惹及自身。"汤仁和听了禀报，若有所失，又心生庆幸，将追寻四少侠之事搁在一边，专心谋虑组建龙虎风云会。

那日，庄山平、花临风等闯出滕王阁，计议已定：既然元廷要掘墓毁尸，前去文大人家乡阡陌交错，何路走不得？等在路上拦截，消息难控，极有可能防一漏万。不如直接到文大人坟茔处守护为上。

年轻人心思率直纯真，认定此理后，四人兴冲冲策马直往庐陵（今吉安）地面而去。这当然是汤仁和料想不到的举止。

四少侠在官道上驰走数日，多了心眼，改走僻静之路，昼伏夜行，风尘不惊到了庐陵地界方石岭下，见人问路，逐村寻去。

沿路墙颓壁废，草屋稀疏，少见人烟。约莫走了四五十里，终于找到地头。与乡民交谈，四少侠方知，文天祥矢志抗元，宁死不降，其妹婿彭震龙又在家乡揭竿举旗，与侵犯元军屡战不休，这一带常遭兵灾劫洗。元兵掳掠奸淫、杀人焚屋，以泄胸中戾气。数十里地面，战乱荼毒，男丁所剩十之二三，民居得存无多，一片凄凉情景。近一二年，稍有缓和，恢复些许生机。

四少侠心间沉重，国破之痛愈加深切。

四人牵马缓行，打探文大人故宅。不料，无人肯告，只以白眼望向四人，更有一言不发、走避不及者。

叶清萌奇道："咦，一路上只要谈及文相，人人敬佩，家乡邻里怎这般冷漠？"

庄山平也是不解："是啊，我正琢磨呢。"

花临风想了想，对他仨道："文相在汉人心中被尊为英雄、志士，于元廷看来，则是'顽臣逆贼'。如今是元人的天下，谁敢公然来此参拜文大人遗骸葬处、瞻仰文大人故居呢？乡民一定将我等视作心怀叵测之徒了。再说，元廷欲毁文大人坟茔之事，我等都已知道，他们能不防范外来之人么？"

三人均感花临风所言有理，聚在一起，商议如何对乡民言说。争论之时，陡然一阵铜锣急响，四周房前屋后涌出二三十位村民，大半老者，也有妇孺间杂，个个手执棍棒、锄头，快步拢来，困住了四少侠。

不待四人开言，领头老爹率先斥问："呔，你等何人？为啥查询文大人住所？不说清楚，今日休想离开此地！"

庄山平连忙面挂微笑，拱手致礼："诸位乡亲，切莫误会！我等乃山东泰安人士，只为久仰文大人英名，专程来此。一为亲到文大人坟上拜祭，以表悼念、追慕之心；二来有一桩大事需要知会各位乡亲，早作防范。"

老爹脸色稍缓："你们对文大人的情意，大伙儿心领了。你等年纪尚幼，却冒生命之虞远道而来，何事值得这般折腾？"

庄山平对花临风一笑："师弟，你叙事清楚，还是你细说吧。"

花临风上前道："师兄所言句句属实。我等虽然年轻，乃是江湖正派中人，奉师尊之命南行，以在抗元历程中磨炼成长。前些日子，我等获江湖朋友传讯，元廷权臣派出贼子，欲到贵乡毁坏文大人棺木，亵渎文大人遗骸。其中一路三人，已被我师兄妹在洪州滕王阁中阻杀。我等唯恐另有贼子行恶，故一路寻问来到贵乡，既向各位乡亲告说此事，也有心为守护文大人英灵聊尽薄力。"

乡民交头接耳，议论不休。

问话老爹与二三长者交谈几句，挥手止住喧哗，对庄山平、花临风道："原来如此。看你等貌端神正，不像作奸犯科之徒，姑且信你所言，你们随老汉进屋一谈。乡亲们，请回吧，有事再劳烦各位。"

众人散去，老爹又对庄山平等人笑道："鄙姓文，是文大人的族叔，受乡亲所推，眼下在村里主事。"

花临风忙道："见过前辈，我等就随文大人，称老人家一声'叔公'吧。"

文老爹"呵呵"生笑，露出两颗缺牙，亲切道："哦，好、好呀，就叔公吧。老汉乃乡野之人，四位少侠不必拘礼。"说毕，与伴他的乡邻举步行去。四少侠愉悦相随，走进文老爹家中。

文大娘听老伴讲了经过，甚是欢喜，忙着煮茶相待。文老汉端椅摆桌，宴请四少侠落座。

庄山平、花临风四人，只觉文大人家乡的民众善良、纯朴，评判是非曲直的标准鲜明、直接——崇敬文大人者皆待如亲。可见，在国破家亡、世风腥膻，叛者弹冠、志士遭难的天旋地转岁月中，正义自存人心，公道仍在民间。元廷凭借强力执掌天下，却扑不灭四野反抗火种、压不住暗涌怒潮。

文老爹又让庄山平等将滕王阁之事细细说了说，陷入沉思。

叶清萌见文老爹心事甚重，也生忧虑："叔公，小女爹爹曾说，文大人为国捐躯，万民景仰，是民族的骄傲，是驱元复帜的精神领袖。我等均对文大人心怀景仰，大人遗体入土不久，岂能再让元贼糟蹋？村里大多老弱妇孺，如何可保文大人在天之灵安不受扰？"

齐五儿觉师姐所言，有情有理，言出自己心声，一旁连连点头，瞪大双眼，看着文叔公，听他如何说。

文老爹看看四位青年焦灼神色，笑了笑，宽慰道："不碍事、不碍事，歹人就是到了此地，也找不着文大人坟墓的。他们痴心妄想而已。"

"找不着？偌大坟茔不是一根缝衣针，这些人心狠手辣，江湖道行十分了得。再说，没有不透风的墙，有一人说漏了嘴，就会让他们恶行得逞！"庄山平终有疑虑。

花临风听了文老爹的话，也难以释怀："文叔公，你老人家可是把我等当孩子哄着吧？只怕误了大事是真。"

文老爹见几位年轻人关切之情溢于言表，心中感动，忙道："没有、没有，老朽怎会轻看你等？仅凭你们在滕王阁除奸之举，就显高志大义，老朽敬佩都来不及呢！且听我说。"文老爹喜欢上四位年轻人了，慈爱地看着他们，续道，"诸位少侠，真的不要担心。文大人忠骸当然葬在此地山中。"文老爹出臂向屋外旷野比画一下，"但除了文大人长子道生和文大人好友张千载先生外，没有第三人知晓文大人坟茔何在。我们都没到过坟上，只在文大人老宅行祭祀之礼。文公子常年看护坟茔，若自己不回家来，寻他不到的。你们说，狗贼再要伎俩，又有啥用？"

陪坐的三村民咧嘴笑了，一人插道："真的，借狗贼几双眼睛，也是乌天瞎地没处寻找文大人葬处的。"

四位少侠心是放下了，却愈加生奇。叶清萌笑着央告文老爹："叔公，你一定知道文大人落葬经过，给我们讲讲，我们太想听听文大人的事情了。"

文老爹闻言生乐："好、好，老汉虽然没能亲手送文大人归土安息，但也听文公子说了一些，就倒给你们听听吧。"

文老爹吸了口旱烟，如叙故事般娓娓讲来——

南宋状元宰相文天祥擎旗抗元、兵败遭俘后，在元都天牢苦熬经年，几拒利诱，坚守风骨，誓不肯降。元帝忽必烈失去耐心，亲下口谕，令权相阿合马监斩文天祥，儆诫天下。一干英雄侠士，潜入都城，大闹刑场，血洒长街，终究没能救得文大人。屠刀下，文大人身首分离，英魂远逝。（详情参看拙作《风神少侠》）

名儒张千载乃文天祥同乡好友，他在元大都埋名长住，狱中狱外，与文天祥相守相望。那日，他挤入刑场最里圈，目睹众英雄相救不及，文大人魂归云天，元兵弹压，观者炸场。只得在混乱中用衣襟裹了文大人首级，急急离去。

张千载请工匠制一精匣，将文大人首级与防腐药材同置椟内；待城中戒备稍懈，冒着风雪，潜出都城，飞马直奔老家。

张千载星夜踏进文家老宅。文天祥长子文道生燃烛焚香，跪迎父亲回家。二人打开木匣，只见文大人颜面如生，双目仍张。

道生抚匣泣告："父亲大人，已经回家了，安心去吧！"

言毕再看，文天祥双眼仍未合拢。文公子、张千载悲上心头，不禁泪如线落，抽咽不止。

当晚，二人轮换守灵。月过中天，文道生独坐烛下，心伤神疲，以手支颐，追念父亲往事。恍惚中，似见父亲文天祥施施然踱了过来，面显不豫之色，责备他："儿啊，为父既已到家，为何还不将我松绑？我好生难受噢！"

文公子一惊，抬头再看，才知夜深至寅，自己打了个盹，哪里还有父亲身影？他心生惊惑，思之不解，天亮后，对张千载说了此事。

张千载也觉奇异，思索一番，与文道生复启匣盖，细作察究，得见文天祥颅上发结，被一条丝带扎成一鬏，僵硬而立。

二人顿悟。道生小心翼翼地将束发之带解开，让父亲头发披散脑后，梳理一整。一切作毕，再看时，文天祥两眼已然合拢，面颊似显笑纹。

文道生、张千载悲喜交加，泪流满面，一再拜谒。

村人闻讯，扶老携幼来到文家，向文大人首级献烛敬香、行跪拜之礼。周边数十里内乡民纷纷赶来，村中家家门上挂系白布长条，以示悼念文大人。众心哀哀，哭声二日不绝。

第三日上，文道生、张千载与文老爹等族老商议文天祥忠骸安葬事宜。

众人都虑元廷难容文天祥首级失踪，遍寻不着后，定来家乡滋扰。

文老爹出一主意："文大人遗骨当然要安葬故土，慰他心愿，但不能落入世人之眼。文大人头颅落葬处，越少人知越好。老朽愚见，如今时局下，唯文公子、张先生二位知之即可。"

村民一致赞同文老爹所说。当日深夜，文道生在张千载陪同下，怀抱供奉父首之匣，悄然离村，走进丛山深处。

之后，张千载不再转回，远走他乡，置身民间抗元组织，行当行之事去了。

文道生也没有及时返家，而在葬父近处筑一草庐住下，每隔三四月，趁夜回村一趟，取些衣食、用具，与文老爹等人稍晤，破晓前即隐没山野。乡人也不知他宿在何岭何谷。

"文公子倒是给老朽留下一柄家门钥匙，托我替他照料旧园。"文老爹停了话语，呷了几口茶水，满怀期待地补叙，"文公子和我们说了，等到驱逐鞑子、恢复汉室后，就将文大人的忠骨迁至村西宗族墓地，让文大人和我们世世代代在一起。大伙儿都盼着那一时呢！即便老朽等不及了，儿子、孙子也定会看到这一天的。鞑子蹦不了多久！"

四位少侠全神贯注听文老爹说完，长舒一气。

叶清萌笑道："这样最好，让那些狗贼瞎忙活去吧。"

花临风叹道："文公子、张先生和各位乡亲的行为，值得世人深谢呢！"

庄山平舒展一下四肢，轻松道："如此，我等也可放心了。"

齐五儿则道："大师兄，既然没有我们什么事了，那我们走吧！"

众人一愣。文老爹立问："夜已深了，四位少侠欲往何处？"

庄山平回道："当初一心奔此而来……欲去……真还没商量过。"

花临风朗道："我等一路南行，本无定处，只求能与民间反元人士在一起，做点力所能及的事就好。"

庄山平思索片刻，言道："回转泰山也行。师父本是叮嘱我等三年左右返回本门的，算来，时间也差不多到了。"

叶清萌不乐意了："现在就回去？本姑娘还没闯荡过瘾呢！"下得泰山，她脱出父母视线，与师兄弟们一块儿行走江湖，率意、刺激，只嫌时光太短；而且，能与二师兄花临风相伴共行，是她最舒心的事。两年来，即便遇逆风、蹚浑水，她也是快乐大于烦恼，哪里舍得半途收篷？

叶清萌话一出口，逗得众人都笑。文老爹道："姑娘不想回去，就暂时不走吧，在村里住上一段日子。"

住下来？四位少侠相顾不言，脸上浮出笑容。

"行！那就在这暂住几日。文大人的老家不是寻常之地，我等的福气哟！"庄山平与花临风轻议一番，欣然代四人表明了态度。

乡亲们喜形于色。文老爹道："你四人虽然年轻，可有胆、有识，侠义过人，值得我们招待。老朽就安顿你等住到文大人旧宅里吧。文公子孤身一人，他不在，家里空落落；你等住进去，被褥、用具现成的，还能给房屋旺气、添喜呢！老朽有他家门钥匙，现在就随我去吧。"

听说落住文天祥故宅，四少侠喜不自禁，齐五儿乐得一跃而起，第一个冲出门去……此时的四位年轻人，绝不可能想到，遥远的一座府宅里，两只奸精贼亮、机深莫测的眼睛，已经盯上这里，一张无形索网正套将过来。

汤仁和感到四名青年可以一用的念头挥之不去。

信州府（今鹰潭市）达鲁花赤召见他之后，汤仁和加快组建"龙虎风云会"，接纳江湖俊杰的心情尤为迫切。

州衙一位师爷，前来天师府拜访汤仁和，转告达鲁花赤要他速去衙门相见。

汤仁和进了府衙，备受礼遇，心中已经猜到几分。知州大人乌木英达请他到书房落座，屏退左右，亲手取出一卷绢文，递给汤仁和："这是本朝吏部颁发的任命书，汤会长从现在起，即任本州同知之职，从五品衔。恭贺汤大人！"汤仁和抑住心跳，站起身，双手接过绢文展开，只见上有蒙、汉两段文字，他不识蒙语，眼光跳过前几行，将后半截汉字定睛细看，果然写的是奉圣上旨意，朝廷任命他为信州府同知，从五品，襄助达鲁花赤乌木英达治理全州地面。

汤仁和抱拳向北，诚呼："卑职汤仁和叩谢皇恩！"又向乌木英达深施一礼，"卑职拜见达鲁花赤大人！还望大人多多提携、关照！"

乌木英达把住汤仁和双臂，温和道："汤大人不必多礼，你我既同朝为官，理应相互照应。只是吏部大员要下官转告汤大人，囿于局势，汤大人公门任职，暂不对民宣布，也不能身着公服在衙内理事。这是伯颜大人的意思，利于汤大人发挥作用。只待地方稳定、江湖得控，汤大人便卸去'龙虎风云会'会长之职，堂堂皇皇进衙做官。上面谋虑周详、深远，却要委屈汤大人一时了。"

汤仁和本有心理准备，坦然道："朝廷、吏部自是正确，伯颜大人乃我恩公，所言岂会有差？卑职无丝毫怨尤，大人勿虑。卑职虽然人不在公门，但心中只存皇上所想，只虑伯颜大人交付之事，只听大人吩咐，定然竭尽心智，报效朝廷和诸位大人的栽培。"

乌木英达知悉伯颜赏识汤仁和，又见他对这般任职心无芥蒂，出言妥帖、周到，立时对他刮目相看，爽道："汤同知见识果异他人，足见伯颜元帅眼光高明、朝廷唯贤是举，下官自是放心。你那应得俸禄，我叫师爷逐月代领并保存，待你回衙时一并奉上。平日，你若需用银两，不论公事、私事，只管开口，我定然满足。大家为朝廷效力，你又身负重任，千万不要客气哦！"

汤仁和与元将、元吏多有交往，知道元人鲁直少文，性格爽朗明快，不似汉官多藏狡诈、钩心斗角、虚言伪语，令人难测深浅，防不胜防；元人则言行实在，容易相处。"唉，层层腐极，官官假面，假话畅行，汉室岂能不易权柄？"汤仁和暗自生叹。

二人重新落座，乌木英达谈起公事："前些日，有三名朝廷所遣的江湖豪士，枉死洪州府滕王阁。朝中要员闻讯，迁怒地方官员辖治不力，责令江南各级衙门，务必尽快肃清反元残余，稳定地方秩序，确保公事运作顺畅无碍。"

"朝政新立，维稳固本是第一要紧之事，下官职责在身，还望汤大人多多出力，尽展所长、以建功劳。届时，下官一定禀告朝廷，绝不埋没汤大人功绩。汤大人前程远大得很呐！"乌木英达知晓汤仁和的能耐，言辞切切，盼他有所作为。

乌木英达行伍出身，从草原帐包前起步，多年征战，出生入死，凭战功做到正五品官。虽然是位"达鲁花赤"，但汉字不识几个，又远至江南，人地生疏，上峰严令迭下，正焦急着，真心企盼汤仁和能助他成事。

汤仁和理解乌木英达所言。于公，自己要对得起伯颜荐举、朝廷赏识，应当竭尽所能；于私，自己本为建功立业、光宗耀祖，方到江湖中拼命。要不，终身守在庐山好了，哪有必要竞逐武林盟主之位？也何必"千里杀将"去往蜀山？更何至落个妻离子散、门派毁损的结果呢？汤仁和自觉走到今日，竞盟主之尊、获会长之位、得同知之职、封从五品衔，固然不易，但也付出多多。只有坚持走下去，才有可能否极泰来，福至运到，封妻荫子，永享富贵。

汤仁和劝乌木英达宽心，自己回去后，尽快组建"龙虎风云会"，与乌木英达大人呼应配合，同治地方，确保"血溅滕王阁"一幕不在本州重演。

乌木英达打断汤仁和长论，告诉他：数月前即收到朝廷公文，言及，刑场上，文天祥首级遭窃，乃刑部百密一疏所致，后果甚坏，已成权相阿合马致死的一条罪状。朝廷大员下令追查此事，直至寻到文天祥头颅葬处，掘坟毁骸，彻底灭绝汉人的反元意识，铲除他们的精神支柱。

汤仁和想到滕王阁内所见所闻，眼前浮现出四名少侠的身影。他神色不变，屏息聆听。

"毁首实是'诛心'，诛反元人士的心。文天祥本宗远在庐陵，即算寻到了坟头，离咱隔着几百里地面。但我等不能掉以轻心，若是朝廷所为在咱辖地受挫，那也担着大干系呢！"乌木英达唯恐汤仁和不将此事放在心上，出语强调，"滕王阁之事是个教训。汤同知务必留心江湖各色人物呀！"

"大人所言，卑职谨记。"汤仁和应得毫不含糊。

乌木英达传话后堂摆宴，款待新任同知汤仁和，唤来三名亲信及衙门师爷作陪，六人皆醉。

隔日，汤仁和回到天师府，只对张天师说是信州府的达鲁花赤乌木英达大人，领伯颜元帅之命，过问"龙虎风云会"筹建情况，约他进衙面谈。其余都不提及，反请张天师引荐江湖人物入会。

张天师见汤仁和心诚，当即推举了两名首领。

一是武夷山桃源洞洞主万木林。

"万洞主年已五旬，是武夷山原土人氏，幼时被父送到雁荡剑派门内，习技二十年。艺成后重归故里，据桃源洞为址，招纳乡民子弟三十多人，立起门户，自称'桃源洞洞主'。贫道因与武夷山几处道观常有走动，故而结识此人。万洞主剑术已有相当火候，手下现已扩至五十余众，大部为山里茶农、猎户、樵夫。他们忙时种茶、采茶、制茶、贩茶，或打猎、砍柴，各司其事，养家糊口，闲时聚集一块谈武较技。只是万洞主不喜结交，不为茶事难得出山行走，江湖中就无甚名头了。"

　　汤仁和道："这样也好。见多识广之人难免眼高手低，给他事做还不肯出力。我倒喜欢朴实、低调人士。只要万洞主确有过人武艺，若肯入会，不妨任个副会长之职，帮在下干点实事。"

　　张天师领首又道："另外一人，乃赣中玉华山玉华观的道长翁雪通。翁道长与贫道相识甚早，他年少时，师从敝观；学成后，由本府前任天师授符赠箓，获开观讲道行法资格。说起来，也算贫道的师侄。雪通刚入中年，道行已是不浅，各地争相请他做法事、摆道场，忙着呢。'玉华'之号，叫响三府。虽然他武功平常，但你若得他相助，倒能旺旺人气！"

　　"哦，玉华道长的武功不怎么样？"汤仁和另有所虑，"敝会毕竟是武林人士会聚场合，若是没有点真功夫，难以服众，也做不了什么大事情。给玉华道长什么名分好呢？"

　　"贫道确实少见玉华道长舞枪弄棍。前任天师说过，雪通练的是内家真气功，我也知他每天破晓时，必登山峰吐纳气息。每天上下一趟龙虎山巅，二三十年了，他的腰腿之力会弱到哪儿去？想来雪通内力胜于常人。"张天师自有想象。

　　"他对元人主政有何看法？"汤仁和还不放心。

　　"出家人疏问世事，庙、观中自有岁月。你请他出山相助，又不是荐到衙门任职，问得深了，反而不好说话。其实，红尘诸般，出家人也是上心的，僧、尼、道不就是江湖中人么？谁又真正脱离了凡尘？"张天师笑道。

　　汤仁和醒悟自己过于拘泥，也笑起来："天师说得对，汤某愚钝，执着了。"

　　"你是主事者，首要知人善任。雪通师侄在会中能摆上什么位置，你只管因材而用，不必虑及和贫道的关系。"张天师坦言。

　　汤仁和大喜，有万洞主、玉华道长入会，加上"长江竹排帮"帮主尚代汉、"九宫山七路烽烟"老大庞青烟，"龙虎风云会"基础已成，框架初具，足可扬名立号了。

　　汤仁和即请张天师具函，前去延请万、翁二位。他先近后远，第一站到了武夷山，在山民指点下，顺利寻着桃源洞，见到了洞主万木林。

　　乍入眼帘，但见万木林身材魁伟，浓眉环眼，手脚粗壮，一副山民状。交谈有顷，汤仁和方知他相虽鲁憨，心思却细密谨慎。

　　"邀桃源洞加入龙虎风云会？这个……得先向大伙说明实益，才能研判、决定。"万木林听了汤仁和所言，首句摆出一道阻障。

　　"这……入会当然于贵帮大有裨益。"汤仁和边琢磨边劝言，"你现在孤单一支，虽有数十名徒众，却常年在深山经营茶园，攒点山货，图个温饱而已……

你等聚在一起，对付偷盗山货、打家劫舍的歹人，自是有余，但人手所限，很难尽出，譬如，贵帮长途贩运茶叶，只能包给镖局或委托富商巨贾代办，这样就流失了大量银钱……要是加入了龙虎风云会，就是江湖大帮大派成员了，买卖大宗茶叶、山珍，山南海北，货再多、路再远，会里都可调配人手助你，且沿途均有照应，可保一路无碍。征集的劳力，你们只须管饭即可。酬资、旅费皆由会里结算。仅此一项，我替贵帮算算，一年足增三分资财。"

万木林生起兴趣："噢，这倒使得。"

"还有第二，你入了会，朋友多了，有事会里也能罩着，大伙出力帮衬，贵帮自然在江湖中起势、叫响，受人尊重。而且弟兄们常在一块聚聚，聊天下事，叙江湖情，通商界讯，眼界、心境之宽阔，远非常年窝在山旮旯里能比的。这叫联谊互助，抱团取暖。多好啊！"

汤仁和又说起少年时观察鸟类呼唤同伴一块寻食的情景，绘声绘色——

那日，他在山野间，看见一只斑鸠正在草棵寻食，便取出早餐时藏在口袋里的半个馒头，捻成碎屑，投给斑鸠。斑鸠见了食物，精神一振，却并不急着跑来啄取，而是兴奋地连鸣不已。几只斑鸠闻声而至，在唤食伙伴身傍收羽落下，一同欢快地争食着馒头碎块。啄食中，还不忘你挤我夺，鸣叫不休。

汤仁和见状，豁然开悟：鸟儿争食，本属天性。但它们发现食物却不独食，反倒呼朋唤友，共同享受。这可是一种生存之道呀！若一只鸟儿有食私自享用，那它获取的机会就很少很少，挨饿的可能则数倍增加。食物共享，让每只鸟儿生存机会天然增加。奋力竞争，可能活得好些，而懂得互助之术，抱团生存，则能共荣共长。

"唉，想不到鸟儿都能明白此理，大约是一切灵物的天生之性吧。"汤仁和感叹不已。

万木林边听边点头，咧嘴笑起来："汤盟主言之有理。看来入会大有好处。此事可以考虑……可以考虑。"

汤仁和也不催万木林当即应承，话且到此，转聊起武夷山景色名胜。万木林是土生土长的山民，扯上这一面，自是话语源源。二人神侃海聊，越发投机。

天色暗下，汤仁和欲辞。万木林邀他在桃源洞歇息一夜，并令人设席，摆出山产野味十数道，以自酿果酒盛待汤仁和。宴后，两人烛下放言，汤仁和结合钓鱼城抗元的经历，纵谈江湖事。万木林听得乐不知疲，夜深方眠。

第二天早饭后，汤仁和坚辞，万木林便送他下山。双双一路行走在葱翠树林中、淙淙溪水畔，心情愉悦。

汤仁和已知万洞主性格，却不摸他武功深浅，更不知他剑术究竟，囿于初识，不便出手考较，虽说走得轻松、欢快，心里终揣着这点事情。

江湖帮会的首领人物，武功如何，确是重要素质，马虎不得。汤仁和想了一会儿，见分手在即，只好直言："万洞主性情爽快，为人朴实，甚投在下脾胃。这次得识，实是在下的荣幸。在下还听说万洞主剑术高明，可惜，此行仓促，无缘得赏洞主身手，望日后能让在下开开眼。"

万木林听话知音，他也懂得江湖规矩，人家既许诺"副会长"之职，掂一掂自己斤两也是情理中事，当即停下脚步："呵呵，汤盟主考较在下了。只恐在下微末伎俩难入盟主法眼。"说着，万木林俯身拾起一截臂粗断枝，抛向空中，一声，"万某献丑！"已然佩剑出鞘，迎着落木，连削不止。

那截断木在剑尖闪动颤翻，竟不坠落，似被剑端吸住。汤仁和眼利，看出断枝已着十数剑，早已炸开，只因末端寸处剑力不至，还是完整一圈，没有裂成细条、四扬一散。

万木林最后一剑，运力轰散木端；一篷木箭飞射，直入四周树干寸把深。

万木林还剑入鞘，对汤仁和一笑："还请盟主指教。"

汤仁和环眼看去，十数支棍条如木筷一般粗细、一样长短，插进树干后仍颤颤不止，禁不住赞叹："万洞主好剑法！汤某开眼了。佩服、佩服！"心中思忖：万木林剑术造诣不在武当弟子王飞扬之下，技巧还胜了一筹。是一强助！

万木林望着汤仁和，似笑非笑道："万某技拙，只怕不能担当副会长一职，盟主得另请高明呢。"

汤仁和觉出万木林话意，仰面而笑，又正色道："万洞主过谦了！龙虎风云会成立之日，汤某在天师府恭候万洞主、万副会长！"

两人欣然作别。

拜见玉华观观主翁雪通，因有张天师的渊源，谈话融洽得很。

翁道长竟然熟悉汤仁和以往种种。坐定后，翁道长即问："前几年，汤盟主组建了一支抗元义军，入川参战。怎么又回到这一带建起帮会？不反元了？"

汤仁和有点尴尬，支吾道："这个……道长消息灵通……是的，前几年，汤某不忿大宋江山易帜，百姓涂炭受难，一时生起英雄心性，到巴山蜀水战事尚激处走了走……也没干成啥事。后来，想明白了，江山有代谢，百姓操不上心，烦不了神，还是顺应时势好。老话也说，人强强不过运，心狠狠不过命！队伍打散了，汤某侥幸存生，也就随大流混吧。在江湖中讨生活、过日子，不知变通不行呀！"

"机缘、机缘！出家人眼里，一切都是'缘'字。随缘好、随缘好呀！"玉华道长泛泛而赞，理解汤仁和所为所想。

汤仁和顿感释然："要不，江湖中怎说识时务者为俊杰呢？汤某做不成英雄，只想做一个达者，自己活得舒坦，也为朋友谋点方便。"话锋一转，引到正题，

"这次筹建龙虎风云会，还想借助道长之力，一块为江湖朋友做点实事。"便说出恳请翁雪通道长出任副会长等事。

玉华道长静静听完汤仁和所言，将拂尘往虚空挥了挥，开言道："张师叔荐你到此，则是贫道尘缘未尽，命中之事，避不开呀。贫道虽说才浅力薄，也只能承命了。"

汤仁和听道长语已应允，仍不放心，追问道："道长修行高深，洞悉法机。这么说，道长答应入会、出任副会长一职？"

玉观道长颔首而笑："贫道入会即是。副会长不副会长啥的，若有高明者，汤盟主另当别选。贫道说在前头，贫道入会，定然做好会内的事情，本观道众也听会长调用，只是本观不收会里丁点财物，还望汤会长成全。"

"道长何必如此？入了会，就是一家人了，江湖朋友本是通财互惠；贵观道友为龙虎会出力，应得酬劳还是要拿的。"

"本观一向只收做法事、办道场的费用及善男信女供奉道观的香火钱，其他财物一概不取。建观起始即如此，贫道不能破了规矩，还望汤会长理解。"

汤仁和不宜勉强，也不愿过于计较，点头答应："行，听道长的。只要道长入会，就为龙虎会增光添彩了，诸事自然以道长之意为准。不过，副会长一职，还望道长不要推辞。否则，不仅冷了汤某的心，还拗了张天师的情呢。"

玉华道长略一沉思，微微一笑："贫道从不与人斗狠争强，更不曾上阵厮杀过，可当不了帮会的首领人物。"

汤仁和胸有成竹，坚持道："道长过分谦虚则是看不起汤某了。汤某听张天师说，玉华道长内力修为精湛深厚，非寻常舞枪弄棍的武人可比。"

听了汤仁和的话，道长似乎生出情趣："哦，张师叔这么说吗？真是折煞贫道了。贫道除了蓄几斤蛮力，没什么可示人的。"说着，将手中拂尘一伸，对汤仁和道，"不妨玩个游戏助助趣，你试试能否出手将拂尘取走。"

汤仁和知道，玉华道长也想摸一下他的武功根底，两人倒是一般心思，立时生出兴致："好哇，道长考量汤某，汤某试一试吧。"说着，伸出二指，挟住柄头，一点点发力，要将拂尘拖脱玉华道长之手。

不料，汤仁和直将功力提到五成，拂尘犹似在翁雪通掌心生了根，半丝移动不得。

汤仁和又加了两分力道，那柄拂尘生起颤动，在二人指掌间抖个不住。玉华道长脸上也泛起红晕。

汤仁和心里清楚，只要再添一分力，便可将拂尘取了过来，只是将势使尽，则伤了玉华道人的颜面。该道长能与自己抗衡七分，内力已是远胜他人，当在尚代汉、庞青烟之上。初次见面，不可唐突，谅玉华道长心里也该有数，见好就收为妥。

汤仁和探到底细，便一点一点收力，松开手指，夸了一语："道长内力雄浑，汤某知难而退，取不到这柄拂尘了。副会长一职，还望道长莫嫌卑微，屈就了吧。"

玉华道长心智甚明，知道汤仁和不仅武功修为在己之上，处事也有分寸，心里已是服膺，连忙收起拂尘，竖掌胸前，致礼道："惭愧、惭愧！汤会长高明，贫道见识了。贫道能得汤盟主高看，受之有愧呀！"

二人都知晓对方不仅武功深湛，而且灵智明澈，不由得惺惺相惜，均生相见恨晚之慨。这终是玉华道长乃方正之人，不察汤仁和为虎作伥、内心藏奸在先，汤仁和又圆滑处世，待人接物拿捏老到的结果。

汤仁和明知翁雪通不谙武艺，仍然坚持用他，除了见他内力自成一功，又系张天师举荐之人，笼络了玉华道长，等于拴住了张天师的口与心；还因为，玉华道长虽不是冲锋陷阵的"杀将"，但他智通性和，行为口碑甚好，尚代汉、庞青烟、万木林等辈难能相提并论。汤仁和是要干大事、建大功的人，身边需要各种人才，各类"特色"高手。这样，才能以备不时之需，以应各种场面。

"古代圣贤，不弃鸡鸣狗盗之徒。其中之理，足供我等后人领会、效仿。对了，那四个'细伢子'也要收入麾下哦！"玉华道长哪能洞悉汤仁和诚恳笑容后面，隐藏着些许念头。

三、攀附元廷展身手

汤仁和迫不及待了。他明知筹建龙虎风云会还有许多事情未做，成员也不够多、不算强，但方寸心海，被建功邀宠的欲望，焚烧得波涌浪滚。张天师架不住汤仁和数次催请，择一吉日，将天师府道观前院借他举办"龙虎风云会"成立仪式。

那日，天师府内外锦旗招展、异彩弄影，前来祝贺的江湖人士和看热闹的民众，前坐后站，熙熙济济，哗声喧天，场面不逊汤仁和竞选武林盟主时的热闹。

仪式开始前，信州府达鲁花赤乌木英达亲率十数吏员，在百多元兵护卫下，昂首踏进寺中，镇得全场鸦雀无声。汤仁和倍感提气。

当地最高长官大驾光临，既给足了汤仁和面子，又令"龙虎风云会"与元人政权间的关系不言自明。座中头脑清醒者，明白了八九分，对元人桀骜不驯的正直人士，当即泄了一腔热气，十许人悄然抽身，退场远去。

汤仁和犹如置身登上武林盟主尊位时的境遇，只是心态较那时沉稳了。经历诸般世情、家事后，他已经知道机遇与危险共存，地位与职责同等，名声与毁誉交织；收敛了张扬、得意，抑下了喜悦、兴奋，满面笑容，一口谦辞，善待、敬待场中每一人。许多初识他者，好感顿生。当乌木英达宣布汤仁和出任"龙虎风云会"首任会长时，众口欢呼，群情拥戴。

乌木英达、汤仁和相视而笑。他俩对这般声势十分满意。

随即，汤仁和以会长身份，任命玉华山玉华观观主翁雪通、九宫山七路烽烟老大庞青烟、长江竹排帮帮主尚代汉、武夷山桃源洞洞主万木林四人为副会长，并请四位上台与众人见面。

四人带来的属众，在场下鼓噪，掀起阵阵掌声、欢呼，闹腾不已。台上众首领笑得合不拢嘴，一圈圈抱拳互贺、长揖相庆。

汤仁和当场言明：以上四家乃本会第一批集体会员，往后还将甄选新人入会，望江湖朋友相互转告，踊跃自荐。汤仁和强调：龙虎风云会虽是民间组合，但广揽精英，以纳天下英雄为荣，入会大门始终敞开，有心者早晚遂意。几句言辞说得一班大汉热血沸腾，又加后院酒坛开启，阵阵酒香直飘而来，群豪众杰未饮已醉，争先恐后高呼报名，直将仪式推向高潮。

庆贺宴上，乌木英达将一万两银票交给汤仁和，作为龙虎风云会创立初期的活动费用。汤仁和激动不已，若不是众人在前，恨不得立向乌木英达叩拜以谢。

酒阑人散，庭院归于宁静。汤仁和独坐净室红烛下，醉意朦胧，自忖：龙虎山真是自家命中福地。第一次到此，得任十四届"江南武林盟主"；第二次归来，又领"龙虎风云会"会长之职。人生有其一遇，当为大幸，自己连中二元，花开并蒂，不是到了命中福地又做何解？

由此想来，汤仁和更觉此生不遇伯颜，必定仍在胡乱闯荡中，岂当于数年内，既为江湖中的盟主、会长，又在公门里荣任从五品的州衙同知？绝大多数人，穷尽终生也苦挣不到一衔呀！若无贵人相助，地位、荣誉、财富，怎能纷至踏来？自己结识的不是"伯颜元帅"，而是"伯乐圣贤""命中贵人"！

汤仁和思前想后，更加坚定了报答伯颜知遇之恩、为元人尽心效力的意念。他急切想做几件实事，展现"龙虎风云会"的能力、实力，表达自己的忠心、才干。

也是汤仁和走到了人生又一个高峰期，诸事皆顺，想啥来啥！没过几日，乌木英达遣人请汤仁和"过府一叙"。

乌木英达告诉汤仁和：赣北白沙岭一幅万亩阔地，依山傍水，地缓林疏，通达湘、鄂、赣三向，极宜骑兵部队长期驻扎。元军有心收购这方林地，建成军营。

此块地面属铜鼓山富豪邵重英名下，他见官府谋地心切，报价一亩地售百两银钱，万亩地则计要价一百万两白银。

元军不愿接受此价。当地公门战后重建，诸事待办，别说百万银子，一座县衙掏空了，也难凑万两银钱。官府派员与邵重英洽谈，提出先用地，再分期付款的方案，邵重英拒不接受，以致激怒军中、衙门首脑，生出强征硬占之心。只是，战争已经结束，公然动用兵队占领民地，必会引发公愤，不利政局稳定。州、县官员与军队将领数番磋商后，将除掉邵重英、占其地产之事，交给"龙虎风云会"暗中运作。

"汤会长，办理此事，难度不小吧？"乌木英达关切相问。

汤仁和心想："当然难度不小啰！但我能不去办吗？天下有不难的大事可做吗？正因难，才显出我汤某的能力、显出"龙虎风云会"的作用！"

曲肠九转，汤仁和岂能示弱："既然上峰有令，再难，卑职也不惧的。十日之内，大人静候佳音！"

汤仁和盘算，此事由"九宫山七路烽烟"老大庞青烟去办较妥。在致其密函中，汤仁和将邵重英描绘成横行一方、巧取豪夺，置下良田千顷、聚积万贯银钱并为富不仁、鱼肉乡里，民怨极大、顽冥不化的恶霸强人。强调，本会成立伊始，若拿如此人物开刀，必定提振会众心胆。又在函中殷殷关照，此事暂不宜公开打出"龙虎会"旗号，待看衙门、舆情状况，容日后适时说出。一旦灭邵，邵宅浮财均归"七路烽烟"，由庞老大一手调分。田地、屋院则由官府收入公门，"七路烽烟"不得染指。否则，当生后患。望庞老大深明其意，缜密行事。汤仁和函末指出，庞老大除邵后疾退九宫山深处，避住数月，待自己打点妥当了，再率部重返江湖。

快马急件送出后，汤仁和就在天师府静静等待了。他知道，以庞青烟的脾性与行事风格，接他手札后，断无违抗之虞。

第九日上，汤仁和接到州衙公文：前日深夜，一伙悍盗洗劫了邵家庄。邵重英全家均遭杀害，大宅掠夺一空。案发后，府、县官员十分震惊，极为重视，当地主官更是第一时间赶到现场勘查，尽遣衙门捕役侦骑，沿匪踪一路追击。只因山高林密，缉凶人员无功而返。衙门将捕匪不止，破案可期。

汤仁和再见乌木英达时，已是数天之后。乌木英达告诉汤仁和，尚未追寻到那伙匪贼，辖地官员已将邵家名下田产收进公门；待事态稍缓，建筑营房、马厩的工程队伍即会进驻当地，所需建材正在筹集，将源源运去。附近村庄的乡民，情绪稳定，无有异动，只盼官府早日剿灭匪人，以保地方安宁。

乌木英达面生喜色，对汤仁和道："以民治民，这一招管用呀！下官已在功劳簿上为汤会长、龙虎会记了一笔，并且呈文报予上司。看来，汤会长与贵会日后大有作为哦！"

汤仁和开张告捷，官府记功，却不能宣扬此事，他怎可四下里说道"劫洗邵氏家园，乃我会所为"？一众人前，他反要激愤不已地谴责"盗匪横行无忌，龙虎会为保江湖安宁，少不得要多多出力才是！"

好在没过多久，他就接到一桩可以打出"龙虎风云会"旗号为之的事情。

乌木英达这次给汤仁和下达的任务是：武林大佬"江南霹雳堂"，根深基厚，资财充盈，在江南武林中俨然以"龙头老大"自居。该堂经略兵器制造、火药研用，行止诡秘，外人难窥其奥。可恶的是，"江南霹雳堂"在元军南进时，顽固站在宋廷一边，放胆与元对敌。恶劣战例，尤数元军围攻常州府时，"江南霹雳堂"援助常州军民守城抵抗，不仅输送大批火器炸药、锻造各式兵械、派员指导军民使用，更遣堂内众多武功高手，混在民众间上阵搏杀。致使元军在常州城外旷日鏖战，久攻不下。一直等到城内实力耗尽，战力大损，才得破陷。元军为泄心中戾气，政令失制，屠城多日，杀得全城只余四百妇孺。

讲述中，乌木英达有意将元军暴行说成，"为泄守城军民坚拒不降之愤"，更有暗示，乃"江南霹雳堂"种种所为而致。"若不是该堂捐物出人，常州城不至于如此难打，本军折损也不会这般巨大。江湖悍徒，不识时务，螳臂当车，殃及他人，更污了本军名头。"

"唉！"乌木英达深表遗憾、重重生叹。

汤仁和乍听"江南霹雳堂"，立即想到一人：安徽六县总捕头雷龙正！他不就是该堂弟子吗？随即，被雷捕头盯梢所累，遭他揭破真相之险，回闪汤仁和脑间，他怒从心头起："江南霹雳堂的诸般行为令人可恨！大人提起这帮逆贼，可有卑职与龙虎会效力之事？"

乌木英达道："方才所说都是过往之事。本军踏破临安府后，南下心切，又加该堂老巢散布在太湖深渺处几个岛屿上，弄桨使帆非本军所长，一时搁下了这班刁民的事。近年来，江南霹雳堂似在江湖上销声匿迹，难得有其出头露面、惹是生非的讯息。但他们并非真正消停，只是行事愈加隐蔽罢了。近期，屡获探报，浙东仙霞岭黄沙腰镇上有一所名为'天外居'的酒店客栈，常有民间逆反人士出没其间。而且，该店实际掌控了附近龙泉乡的龙泉刀剑制造业。坊间所制刀、剑、枪具，皆由该店派员收购，暗中用车、船运往北地。我方密员探查到，此店极有可能是江南霹雳堂蔓生最远的一处秘密分舵。"

"那还不尽快灭了它？"汤仁和脱口直言。

"这不正和你商量么？若真是霹雳堂的分舵，就成了我们的眼中钉、肉中刺，岂能容它坐大、久存？地方官员本就守土有责！问题是怎么搞它。'天外居'明着是饭庄、客舍，加以何种罪名，才可公开抄了它、封了它，并且要一劳永逸？

唯其掌控的产业可做这篇文章。"

"灭了它的产业链，从源头毁了它？"汤仁和悟道。

"对！但还不仅于此。"乌木英达诡秘一笑，"要叫霹雳堂的这处分舵在龙泉乡站不住脚，关门走人，方可长治久安。"

"关门走人？保不准卷土重来，借尸还魂。卑职认为，与其关门走人，不如灭门重建，为我所用！"汤仁和恶从胆边生。

"那敢情好！"乌木英达赞道，"只是衙门里不便如此行事……"

"大人的意思……"汤仁和明白了八九分，"由龙虎风云会出头……"

"这事还得交给你呀！江湖中争地盘、夺利益，打打杀杀寻常得很嘛。"乌木英达至此言破。

"江南霹雳堂是家百年老店，高手云集、手段层出，否则，也撑不到现在。虽说大元一统后，他们不敢嚣张了，但百足之虫，死而不僵，不知仅靠龙虎会的人手拿不拿得下来？"汤仁和心有忌惮。

"上面已经查明，'天外居'以经营为主，并非'霹雳堂'的战斗组合，武力薄弱，善战者不多，又远悬总堂之外，远水近火，难有援助。你们攻击一止，抽身立退，当地官府自会派人清场。当然，为了防止有失，这次，你亲自带队，靠前指挥，以维护龙泉乡村民利益为由，直赴'天外居'寻衅。这次闹腾，打得越激烈越好，懂吗？龙虎风云会凭此一战扬名江湖吧！"

汤仁和不负乌木英达所望，谋划、准备月余后，调集了"七路烽烟"中的四十名好手，绕路武夷山秘径，突然出现在黄沙腰镇上，打了"天外居"一个措手不及，摧毁了江南霹雳堂一条重要财道。

经是役，"龙虎风云会"名声大振，江湖小帮弱派闻之胆寒，无敢撄其锋者，或躲避不及，或报名入会，各寻自保法门。

只是，沉浸在亢奋中的汤仁和不知，他与江南霹雳堂系下了死结，致命后患已然伏下。

接着去做的第三件事，乃汤仁和得意之举。因为，这才是完全由他一手定夺、策划、实施的行动。

汤仁和去武夷山桃源洞巡视时，听万木林言起，近来，北地元商包买了武夷山岩茶，交付"桃源洞人"运送到离鄱阳湖最近的一个渡口。届时，有徽商接货，分一半茶叶走水路，运往元大都；另一半茶叶走陆路，远销塞外草原、蒙人故土。

茶叶是元人日常生活不可或缺之物。他们常年食用牛羊鲜肉、乳制馕饼，更以奶酪、韭蒜等热物佐餐，腹火甚大，每以茶解。茶叶在元人开门七件事"柴、米、油、盐、酱、醋、茶"中举足轻重。而武夷山特产"岩茶"，汁液醇厚、芳香，很合北人口味，甚受草原牧民青睐。

万木林因与元商成交此笔大生意而欣欣然，话也滔滔然说了不少。汤仁和听在耳中，灵机触动，能不能在这件事上做出轰动效应，为元人再立一功？他调动储存在大脑中的信息，排列、筛选，一个设想渐渐清晰：以茶叶为诱饵，替元人再除隐患，以显己能，巩固与执政官员的关系，博取更大荣誉、更高地位。

何为隐患？曾在滕王阁中现身的四名年轻人？他们显然与元政为敌，又做下凶案；若不能为我所用，除之，必讨元人欢心。但这四个愣头青失去了踪迹，在不在赣地还难说，一时半会儿上哪里找他们？

汤仁和从四青年联想到暗助他们的乞丐：听口音，要饭的好似江浙人氏，不知离去没有？丐帮一贯暗地里与元人作对，在江湖中不是秘密。而且，这些叫花子行踪飘忽、来去不定，实是生乱的祸端、滋事的根苗。若是能将丐帮在本地的势力铲除一尽，日后也可了却麻烦。卧榻安宁，当是衙门盼望之事。

汤仁和等万木林说到尽兴，方顺其意开了口："万洞主此笔生意不小呀，可得做稳妥了。元商放心、满意，日后买卖才会兴隆。这条财路断不得呢！"

万木林正有此心，忙道："汤会长所言极是，我也在寻思如何运作，确保不出差池呢。"

汤仁和正色道："万洞主在武夷山一带行走，乃自家地头，熟门熟路、熟人熟事，谅不至有什么闪失。不过，一上通衢大道，世象繁乱，龙蛇混杂，则不好说了。若是半途出点差错，两头没得靠，最烦人了。去年，尚帮主就是在长江边，差点被庞老大踏翻了船，幸亏遇到在下，不打不相识地成了朋友。但这种巧事，哪会常有呢？"

万木林连连点头：："以往桃源洞茶叶生意，一趟贩出山去三四千斤就不算少了；万斤起运，还是头一回。望汤会长多多指教。"

汤仁和从容应道："指教不敢当，主意倒是想到一个。咱会里弟兄做啥的？相互帮衬乃是第一所为。长江竹排帮尚帮主不是本会副会长吗？叫他出把力，在鄱阳湖码头接下这批货，运抵安庆，再由徽商接手转走水路、陆路。运费让谁赚不是一样？肥水不流外人田，老尚有生意做，自然高兴。弟兄间好商量，他少赚几个，你也能多落些。"

"好呀！有尚帮主相助，在下求之不得。给谁运不要钱？不如便宜自家弟兄。万一途中出点事，尚帮主还真能帮一把力。打虎亲兄弟么！"万木林听运费有省，安全无虞，当即拍板，"汤会长，就这么定了，尚帮主那里请你说合，在下自会感谢会长……"

汤仁和回到天师府，立即差人请来尚代汉，将万木林与元商的茶叶交易说与他听。尚代汉为竹排帮接到一票运输生意高兴，连向汤仁和道谢。

汤仁和点拨道："尚帮主，茶叶不是什么大买卖，也非贵重财物，此趟护运对竹排帮来说，小菜一碟。汤某只是提醒一句，第一笔生意要做得漂亮，双方日后才能常来常往。这批货是与元商的买卖，务必多加小心。大局虽定，但元人根基还不稳固，民间反元势力不可小觑。凡与元人有关的事情，出丁点闪失，都难落好。"

尚代汉明白此理，应答不已："会长提醒得对，属下谨记。到时，我加派人手，挑选坚固船只，一路小心，决不马虎就是。"

"水上势力谁强过你？要出问题，只怕货在陆上时。鄱阳湖码头装船，安庆港码头卸货，物见天日，定落人眼，尤要多加戒备。"

待万木林洞主带人将万斤武夷岩茶肩扛担挑运出大山，再转驳车载，往鄱阳湖行进时，汤仁和便主动到信州府衙拜见乌木英达，将自己的谋划详详细细向他道出。

"望大人动用衙门潜伏江湖混混间的'眼线'，令他们尽可能地向丐帮人中散布此讯，鼓动丐帮尽调人手，伺伏鄱阳湖南陵渡附近，茶货到时，乘夜放火烧其一尽。为什么诱使叫花子纵火焚货呢？丐帮有帮规，其弟子不得偷盗，他们不会取走货物。即便想要运走，又能藏到何处？这伙人连睡觉都没块床板。所以'烧'是上策。只要提一提，叫花子们自是心领神会。一俟他们举火，本会所伏人马立出，既名正言顺又轻而易举一网打尽了叫花子。"汤仁和边说边解释，侃侃而谈。

"近来，街面上的乞丐越来越多，其间鱼虾混杂，有确因生活窘迫，流离失所，举家乞讨的；可大部是四处流窜、与我大元朝一意作对的顽劣刁民。对这帮东西，宽恕不得，务必铲除！不过，鼓动他们放火，不会真烧了这批茶叶吧？要是弄假成真，焚毁了货物，不仅得罪了大商人，朝廷也会责怪下来的。这不是你我担待得了的事哦！若弄巧成拙，得不偿失，就无趣了。"乌木英达一时拿不定主意。

"大人勿虑，卑职既有此策，当然会妥善布置。只要叫花子一现身，别说真的燃开火头，只怕碰都碰不到货物就玩完。"

"这样最好。行，下官安排衙门里的人助你行事。最后关头，你要好自为之，出了差错，可得兜承下来哦！"乌木英达将话语扣紧。

"这个自然。此事若成，全仗大人支持、协助；办砸锅了，卑职岂脱得了干系？大人宽心即是。"汤仁和已知官场行事规矩，连忙表白一番。

"那就看你的了。下官祝你马到成功！"乌木英达相信汤仁和之能，乐得助其行事，同享功劳。

二人计议已定，分头行事。

一切都在汤仁和策划、掌控中——

万木林的人马将货物运到鄱阳湖南陵渡时，尚代汉及其手下已早早到来，等候整日了。尚帮主十分重视此行，调出三艘双桅木船，船坚帆挺，冲洗洁净，无一丝异味。万洞主仔细查看后，甚觉满意："这三条船不错！适合装载茶叶跑长途。茶可娇气了，串染异味，就卖不出好价钱了。"

尚代汉经汤仁和授意，指挥两拨人将货包卸下，就地堆成数垛。

天色看着暗了下来，尚代汉对万木林道："万洞主，大伙赶了一天路，又卸了这么多货，先吃饭歇息，待明日天亮，再装船出发。夜航不安全，湖里暗礁、浅滩啥的，瞧不清呢。"

"既然货已交到尚帮主手上，一切听你的。"万木林也看出手下疲乏不堪，爽朗回应。

夜深时分，一众酒足饭饱。尚帮主记着汤仁和"外松内紧"的提醒，布下暗哨，安排竹排帮、桃源洞两下七八十号人员，各寻船舱、车下、货垛间和衣歇了。

喧腾的渡口在夜色中渐渐沉寂，唯闻湖水拍岸、风行旷野的天籁之音。

子夜刚过，码头四周冒出幢幢人影。片刻间，三四十条汉子潜至货物十数步外，一声暴喝："烧了鞑子的货呀！"随即火把连连燃起，映出一片光亮。

看货众人从梦中惊醒，慌忙翻身执械，从各自隐歇处跑出，拦截来袭之徒。

尚代汉、万木林职责在身，入睡甚浅，又提前被守哨人员推醒，早将敌踪看得分明，率先阻击犯者。

尚代汉"嘿嘿"冷笑："果真有找死之人！弟兄们，敢夺本帮货物者，杀无赦！"

来袭者正是一群丐帮弟子和江湖人士。他们突见对方不仅人众，一个个还手执器械，并非传言"只是一些劳力脚伕"，显是落入圈套，但退走不及，只得硬着头皮接住厮杀。

一阵搏战，挡不住万木林、尚代汉武功高出太多，丐帮人马终不能敌，或亡或伤或擒，只有四五人借夜幕遮掩落荒而逃。

经此一役，赣地丐帮丧失多半弟子，擒者又被衙门关入牢中，元气大损，二三十年没有再生大的动静，元人治下果然少了纷扰。汤仁和又为元廷立了一功。

三战三捷，"龙虎风云会"声名鹊起，汤仁和的武林名头更胜夺得"盟主"称号时。他手握实力，背依权杖，终于有了"势起时当立风头，运顺者方有可为"的感觉。

　　"龙虎风云会"成立后，张天师将道府侧院的房屋拾掇出七八间，交由汤仁和作为会所使用。汤仁和将其中两间打通，为首脑聚议与接待厅堂。又在尚、庞、万三名副会长部属里，选调八名武艺出众、识文断字、长相周正的年轻人入住天师府，每日搭道士灶上伙食，承担会内联系、传讯、办理文案等日常事务。汤仁和从中再挑出两名机灵者做了自己的随从、侍卫。"龙虎会"的工作班子搭成了，汤仁和也有了令出人诺的"首脑"派头。他踌躇满志，面上却不显现，每天早饭后即到会所办理公务，督促做事。

　　那还是汤仁和忙于筹划拔除"江南霹雳堂"仙霞岭分舵"天外居"的日子。一天上午，天师府大门值守道人匆匆找他："府外来了一位道友，自称是汤会长旧相识，从千里外专程到此。允其进见否？"

　　汤仁和有些纳闷，自己只识张天师与玉华观翁道长，哪里还有什么道人中的"旧相识"？不觉生了兴致，传话让其进府一见。

　　片刻工夫，颠颠簸簸地走来一位道士，汤仁和细看之下，陡生感叹：天下之大，何事不可发生；天下之小，何处不逢故人！原来，面前身着一袭灰布长袍、蓬头垢面的邋遢老道，竟然是他在进蜀途中，攻打深壑独木桥时的"敌手"——牛道士。

　　汤仁和虽然惊讶，但"旧相识"之说则不假，何况，人家又是主动上门，他无暇多思，出言招呼："哎呀呀，可是青城山老前辈牛道长么？失迎、失迎！你怎到了此地？"

　　见汤仁和认他，疲态毕现的牛道士立时呵呵开颜，作了个揖，大声道："往日之事误会、误会！难得汤会长还能认我……认我这个朋友。"

　　"朋友？对、对，当然是朋友！那日多有得罪，真是误会呢！呵呵……"汤仁和忆起旧景，忍俊不禁，笑出声来。

　　待牛道长进屋坐定细说，汤仁和方知，牛道长伤后，元人不再用他，无处可投之下，只得四处云游，在所遇道观中借宿蹭饭、疗伤度日。伤愈后，他又投入一队元军，与攻打钓鱼城部会合，编作一旅，从而得以结识西门朝宗，并在闲聊中扯到了汤仁和那支义军。西门朝宗也觉造化弄人，武艺不凡的牛道人竟失手山旮晃。再见他伤后功夫失了三成，元军并不高待他，只作劳役使用，便劝他离蜀，东去赣地，投奔"龙虎风云会"会长汤仁和。

　　牛道人初听要他去找义军首领汤仁和，十分不解，这不是往仇人剑下撞去吗？西门朝宗不便对他多说，只道："彼一时，此一时，你听我所荐，但去无妨。见了汤会长，只说是我让你来的，他定认你这个旧相识。你在他那里，远胜大材小用被元人劳役。"

牛道人半信半疑,一行半载,终在龙虎镇上打听到"龙虎风云会"和汤仁和的准信,找上天师府来。

"汤首领改做'会长',那就是不反元啦?好极、好极,咱俩终是一条道上的人了。贫道早就看清,天下已是元人的天下,还反啥子,没鸟用的,只配让人家砍脑壳哟!皇帝龙椅不是他老赵家包坐的,换换人有啥子不好?格老子,天下人本该轮着出出头么!"牛道人一通乱嚷嚷。

汤仁和知他是一条莽汉,细说不清,待他收声,即关切询问:"牛道长所受之伤好了吧?"

"好了,好了!亏得贫道功力深厚,换作他人,早就废了。嗯,就是到了阴寒天,腿上筋脉时有抽痛,不比以往好使了。哎哟,阴沟里翻船,着了瓜娃子的道道儿!不过,汤会长放心,贫道不会白吃饭,让你养着的。若这样,我也不好意思投奔你呢。贫道现在的功夫,虽然只有昔日七成,但十个八个龟儿子还扳不倒我!"

汤仁和知牛道士心眼实、性子憨、说话拖沓,任他扯下去会没完没了,笑着抢过话头:"牛道长宝刀不老,说什么白吃饭的话?又是西门将军推荐来的,以你的资格、武功,汤某欢喜还来不及呢……这样吧,委屈你在本会任个总管之职,把会所杂事统理起来,几个年轻人也交给你调教。多多费心吧!"

牛道士大喜过望,慌忙立起,拱手深揖,欢声道:"太感谢汤会长了,到底是老相识、老朋友呀!龙虎风云会就是贫道的家了,贫道一定尽力而为、死而方休!"

汤仁和要的就是牛道长这番言语,立将几名年轻人唤来,与牛道人相见。恰巧,张天师闻报有一道人进观,也走了过来。汤仁和急忙引见,大致说了牛道人经历。张天师听说是青城山道友,又系汤仁和旧识,也就不作细究,允他在观中住下;又唤来一名道人,领着牛道长去沐浴、更衣、用餐,熟悉观内情况。

牛道士一入龙虎风云会之门,就荣任总管,又得众道友高看,劲头十足。驱逐"天外居"时,汤仁和派他领先攻打。牛道人果然卖力,大呼小叫,拖着拐腿,一冒一冒地冲在头里,打得"天外居"人仰马翻,甚长自家队伍的威势,显示了厉害战力。汤仁和自觉得一强助,下意识感到牛道长还另有可用,这尊"煞神"在会里镇着,只怕四名副会长对自己愈加俯首帖耳、言听计从了。

谁知,牛道人却是第一个给势头正处上升的汤仁和带来麻烦的下属。

汤仁和为铲除丐帮势力,精心布局,频繁外出,心思不在会所。牛道人少了管束，多了闲暇，便觉日子枯燥乏味，一日上午，独自溜出天师府到龙虎山景区耍去了。

山水风光，牛道长在蜀中看得多了，并不过多留意，只对二尊巨石造型甚感兴趣。一具酷似男根的冲天长石，令牛道长惊讶不已，连叹："壮观、壮观！非神人不可有也！"待见另一处女阴象形岩时，牛道长又羡又艳，目光再不移开，盯视半晌，口中喃喃，"真像、真像！他奶奶的，一模一样呀！"以致流连忘返，一立良久。

天近晌午，玩得累了，牛道人跑进龙虎镇，寻了家饭铺，点了鸡、鸭、鱼、肉四味，要了三碗老陈酒，好吃好喝，解了月来在天师府吃道人之灶积下的"馋痨"。酒足饭饱的牛道士，醉眼蒙眬，认不准回路，在宽街狭巷间乱走，迎面只见一幢张灯结彩的青色砖楼，虽脑中迷糊，也猜到这是啥样场所，不由停下脚步呆看。当门两个浓妆艳抹的女子见状，连笑带扯将他拖进门去。

牛道人酒后头重脚轻，双腿浮得不听使唤，又加刚刚观瞻了阳具、阴物一双神石，心头向往；他在男女之事上干渴已久，软玉温香扑上身，乐得顺水推舟，被二女子拥进内室，放倒床上，卸去衣裳，埋进红帐锦被中折腾起来。

牛道长虽然年逾七旬，但长期习武，身子骨硬朗，又常服金丹药酒，练习吐纳导引，耳濡目染道家房中之术，一经诱惑，如鱼得水，扪乳摸臀，连御三女，尚有余勇。这般闹腾，在楼内传开。牛道人不及出屋，已有十余粉头、杂役、好奇嫖客散聚廊上柱后、厅前院内，只待一睹"神勇老道"尊容。

事毕，牛道人却出不得屋了。他到镇上玩耍，本未想到后来种种，待要得尽兴，穿衣欲辞时，才发觉囊中携资不足。嘻嘻哈哈的三女子，立时笑颜变冷脸，吟声转恶斥，围上去扯拉拽撕，将牛道人刚刚穿上的灰袍又脱去半边。

青楼管事带着四五壮汉闯进屋来，按住牛道人，上下搜身，强索嫖资，房门也被看热闹者堵得水泄不通，嘲骂之声不绝于耳。

牛道人恼羞成怒，吼道："别说老子真没带钱，就是有也不会给的！一个女子、三个女子还不一样要？只怪她们不经搞么，凭啥多收老子的钱！龟儿子欠揍呢！"

牛道长话落拳出，手起脚踢，将几名壮汉打得东倒西歪、满地跌爬。三女惊恐尖叫，夺门而逃，看客慌忙避让，妓院顿时乱作一团。

牛道士索性将本已掏出、放在桌子上的十几个碎钱装回衣兜，横身直冲大门处。守门汉子作势阻拦，被他推出丈外。

牛道人对身后斥骂充耳不闻，大步出门，扬长而去。这时，他酒已醒透，径自奔回了天师府。

回到会所，牛道人不与伙伴言说只字，一头闯进自家房中，酣然睡去。

妓院老板获悉情由，第二天清早，带着一伙人，围堵了天师府大门，高声喝骂："不要脸的臭道士，滚出来！""老牛鼻子吃白食，真他妈的丢人！"

值守道士关上大门，急忙派人报知张天师。

张天师纳闷不已：府中道人一贯安分守己，近日又无外出者，怎会与妓院这种场所生出纠纷？他不禁想到了新近入府的汤仁和会所总管——牛道士。

张天师问明汤仁和昨天深夜已返回府内，便令人请他过来，对他说了原委，婉转点出牛道人有疑。汤仁和睡得晚，醒时也隐约听到府外吵吵声。一知情由，不敢有怠，赶忙寻到了牛道长。禁不住汤仁和严词追问，牛道人吞吞吐吐承认了惹下的事端。

汤仁和气恼不已，担心府外这般闹腾，不仅坏了"龙虎风云会"名誉，也有辱天师府清誉，定惹张天师不悦。他顾不上斥责牛道士，抓了几块银子，直奔出府，迎上了妓院老板。

不待老板细说，汤仁和先将银块塞其手中，连道："掌柜的，莫气、莫气！那道长并非天师府中人，只是在下的旧识，寄宿于此。也怪在下管束不严，方出此事。现在，他已知错，愧于见人，托在下将欠银奉上。不知够否？"

妓院老板常在场面走动，识得汤仁和，又见他塞上的银两只多不少，当即降下火气，应道："汤会长这么说，我等也没啥话了。进了楼子，做了事情，不付娱资，一跑了之，坏了行规，本院日后还做生意不？汤会长，别怪我等这样行事哦。今天看汤会长尊面，到此为止。还望代向张天师请罪。"

老板领人走远，汤仁和松了一口气。这几日，他暗地里四下运作，欲借尚代汉、万木林之手，铲灭赣北丐帮势力，又不能对尚、万二人言明真情，真是煞费苦心。不料，生出牛道士大闹妓院的事，让他在张天师和一众道长前顿失颜面。汤仁和本想痛斥任性、随意、不知顾忌的牛道长。但转回屋去的数十步间，他压下了胸中怒气，自忖不值得为这点事情坏了与牛道人的情感。这是个粗人，行事自是鲁莽。何况，几个小钱就能摆平的事情，算不上什么"事情"。自己欲行大事，得有容人、纳事的气度。心思几转，汤仁和再次出现在牛道长跟前时，面容已经平静如常。

牛道士倒是气色委顿，神不守舍地呆坐着，见汤仁和进屋，慌忙起身，张口结舌说不出一句整话："汤……会长……那帮龟儿……走……走了？"

汤仁和缓言道："走了。你坐吧，坐下说。"先自寻张椅子坐下了。

牛道长迟疑着在凳边落下半个屁股，怔怔地看着汤仁和，待他开言。

汤仁和道："你也真是的，既然要去那种地方，怎么不带足钱呢？弄得人家上门追讨，只怕张天师要埋怨咱了。"

"本来……本来也没寻思上那里要。唉，全是那几个姑娘闹的，生拉硬扯的，架不住哇……又要收我三份银钱……她们自说自话过来三人，就收三份钱啦！要是进屋七个、八个的，还得备下七份、八份钱呀？讹人呢，算啥子哟！这帮砍脑壳子的！"

牛道长反生忿忿。

"算了、算了，事情已经过去了，别再掰得碎碎地计较了，只怪你缺心眼。那种地方，道道多得很，水也深，你是个直肠子、一根筋，稍不留神，弄不过人家的。"汤仁和不再与他细辩，话语中关怀多于责备。

牛道人低下头"哧哧"一笑，神色缓和多了："会长教训得对，贫道要是仍在蜀中，'掰到门槛狠'，怕啥？流落外乡，不低头不行哦。"

汤仁和见牛道士虽然时有蛮横，但一忽憨态可掬，也觉此人有趣，稍稍沉吟，笑道："道长年有七旬了吧？常人到了这般岁数，精枯力衰，欲振乏力，难行房中之事，更别说一御数女了。道长却龙马精神，金枪不倒，了不得呢！"

牛道长乐了："呵呵，不算啥、不算啥，咱道家'房中秘诀'里有一门'御女术'，道友中久练此术者，那才叫人惊煞、羡煞呢。贫道只是初窥堂奥，小试而已、小试而已。呵呵呵……"

"御女术？"汤仁和初闻此道，奇由心生，"还有专门研究这'学问'的？"

"有、有、有，这门学问虽然不入正道，更非武学，但练好了，健身强体，老而弥坚，还可延年益寿！民间有句话'八十八，结个瓜'，就是这个理。贫道有个玉奇师弟，专攻此术，要他来讲，神乎大得很呢。我仅与他扯过几次，就学了好几招。常日练练，润颜醒脑、顺气爽神。贫道虽未深涉，已感悦性有趣，身健如昔。呵呵，要不，七十出头的人，还能闹出昨日之事？只怕连那院门也不敢迈入一步哟。"牛道人面呈得意，大说一气。

汤仁和除了与妻子行闺房之事，仅有一次外遇，在野地里奸过一名年轻村姑，都无牛道人绘声绘色的感受。"春光院"里也曾一宿十日，只是有心为恶，更因纵欲过度，弄到脚软腰酸，气喘头晕，元气大伤，最后没一点快乐之绪，如逃一般挣出门去。从而深戒此举，再没荒唐过。从牛道人口中得悉，房中之事竟然大有学问，入得巷里，不仅无亏身子，反能健体添力，真是趣事、奇闻。汤仁和兴致大增，隔三岔五，就此话题向牛道长讨教、探询。

汤仁和自妻遭掳，当了盟主，杂事缠身，少近女色，内心早已不耐枯渴。尤其这些日子，生活稳定，事业势头已起，色心复萌。夜晚，一人孤卧床笫，辗转难眠。现与牛道长虽然只是口头谈兵、意淫快活，倒也有减长夜难熬之窘、之急。

汤仁和对牛道人倍觉亲近，还生感慨，人生何患无友？这道长年龄虽是大了点，倒是自家的"忘年交"呢！相比其他朋友，牛道长少了文气，却令自己减了戒心，添了快乐，更为解趣。

因牛道长惹得青楼人物闹上门来，汤仁和感到愧对张天师。得元人高看，张天师俨然东南丛观的领袖人物，天师府尊居道家洞天第一圣地。牛道人所涉，难上台面，足令天师府蒙诟。事后，张天师虽不出怨言，却几天不到"龙虎风云会"办事之屋，显有不愿待见牛道人之意，隐与汤仁和生出远来。

汤仁和知道理亏，便主动拜访张天师，向他说了牛道长为人行事的实情，诚恳向天师致歉，尽责自己律下不严之过。张天师乃通达之人，世事洞明，养性功深，消了胸中芥蒂，不出责怪牛道人、汤仁和之语，理解道："风月场中，本是两相情愿、现钱交讫的事情。牛道友若是携足银两，就不会发生后来之事。汤会长不必过于自责，日后多多提醒他吧。习道者中也确有钻研此术的，贫道不介意，汤会长宽心释怀则是。"

听老成持重的张天师也说道友中有研房事者，汤仁和愈加信了牛道长所说，禁不住探问："牛道长既有此好，汤某担心他长此下去……如何才能引导他自遏自持呢？"

张天师略略聚眉，凝重道："按常理，修炼者皆遵'老不泄残精，少不食壮火'之戒。牛道长年岁已高，照例心性当收，若不是酒后遭那班女子挑逗，不至于自不检点、全无控制。汤会长无须过虑，平时多加管束，言语间提醒他即可。"

汤仁和佩服道："还是天师看得透彻。汤某入府多日，看出贵观道长循规蹈矩，修持有心。天师教导有方啊！"

张天师悦色道："说不上教导啥的，既是同道中人，即有共同生性。食、色之欲，乃人天性，只看如何引领疏导，也在各人自悟、自持，不全是管教得了的。"

见汤仁和虽然颔首赞同，但面有不解之色，张天师缓缓又言："修习道学者，生活清苦枯寂，虽以素淡食物果腹，一袭道袍御寒，但是色心自存，有时反更涌动。因为，道友为了修炼，不时服用一些丹石药物。日子一久，五内燥热，丹田之气上攻下窜，情欲旺盛。有些道人就另辟捷径，研习房中之术，辅修道行。只要不行歹事，这于身子也确有益，所以道中并不禁止此类行为。大多数道友则能自我克制、调正意念，以解欲望，这在修为上就进了一层。另外，本教也有'散热'一法，以助消除绮念淫思，效果不错。"

汤仁和饶有兴味："'散热法'？愿闻其详，望天师指教。"

见汤仁和甚是诚心，张天师娓娓道开："服用有助练功修性的丹石、药材之初，体内易生热潮，阳血充血勃昂，令人欲急。这时，可除去内衫，着宽衣大袍，到清静幽秘的丛林、山谷间疾走、长啸，一借凉风拂体，吸拔内热；二以运动消耗，驱出多余能量。一个时辰后，体内冷热均衡，药性业已尽吸，欲念平复，功力得增。循环往复十多年，修为深厚者，不必再用此法，只将身躯作为炼炉，行吐纳之术，热、寒之气则融汇一体，再无苦楚，只觉通体舒泰，身心愉悦。"

"那好，只要牛道人一旦发热，汤某就带着他，去河边、林中走上一个时辰，解他躁动，熄他虚火。"汤仁和打趣道。

"对他这把年纪的人，也不需如此管束，由他所愿好了。不过，常人有闲，多散步、散心，走动走动，倒是有益身心的。贫道每日都要在后花园里走上个把时辰呢。好吧，我们也坐得久了，出去走走。"张天师邀道。

汤仁和很愿与张天师交谈，欣然起身，伴随张天师向府后走去。

龙虎山因山形绵绵、具龙虎状而得名。民间也有一说，开宗天师张道陵在此修道，炼制"九天神丹"。丹成之日，忽有青龙、白虎显形，绕坛护鼎、盘桓多时，入云而去。

东汉张道陵是华夏道教创始人，从龙虎山入蜀传教，组建"五斗米道"，继而盛行于世。多年后，其曾孙张盛领父命，重回龙虎山一脉传承，开坛宣教。又过经年，龙虎山下修建起"天师府"，聚旺了龙虎镇人气。

"此幢府院建于唐朝，历经天灾人祸，多次重修，已非旧貌。不过，有一处古迹，汤会长可能有兴趣。"张天师指点着，离开石径，向荒草残垣走去。

汤仁和亦步亦趋，紧随张天师身侧行了百多步，来到颓墙塌院前。汤仁和不解废址有什么可看的，把眼望向张天师。

张天师知他心思，上前拨开一蓬蒿草，回首道："汤会长，请移步一看。"

汤仁和瞧见一口石井陷伏在荒草藤蔓间，井沿宽大，非四人不可环抱，一片沉甸甸的厚石板遮盖井口，板上覆满尘埃，显是久未移动。

"汤会长一定听说，前朝宋仁宗时，有洪太尉亲上龙虎山，无意间揭开一口深井上的石盖，放出三十六天罡星、七十二地煞星，聚集山东梁山泊，乱宋闹世的事吧？"

"哦，可是坊间说书人言及的水浒一百单八将造反之事？"

"对，这就是传说中的那口古井。一百零八尊'煞星'从这口井里闯投尘世，闹腾出一串故事。"张天师摇头叹息。

"哎呀，真有此事？"汤仁和拔步走到井边。他曾听庐山老者和茶坊说书艺人谈及这番逸事。当年，宋仁宗遣太尉洪信前来龙虎山召张真人入朝，设坛作法、攘灭民间瘟疫之灾。洪太尉却在天师府"上法宫"内，不听真人劝阻，将八、九两代天师封在古井石盖上的符箓撕去，引发被长年镇伏深井中的一百零八个魔君，化作金光冲腾而出，转瞬消逝在天师府外。以致，乱大宋一朝世情，造一部民间词话。不想，今日竟然亲见镇妖古井。

汤仁和如梦似幻，呆立片刻，伸手去推井上石盖。张天师道："这石板重逾千斤，非四五壮汉不能搬移，待贫道去唤上几人。"

汤仁和笑道："这般粗事，汤某倒是做得，无须劳烦他人。"说毕，扎稳下盘，双臂贯注真气，将石盖一寸一寸移了开去，露出大半井口。

张天师赞道："汤会长功夫果然了得！"

汤仁和伏首井沿，但觉一股凉寒湿气扑面而来。他屏住口鼻，尽张目力，只见三丈深处，水光泛泛，难辨他物。

"也是老赵家的江山从他人手上夺来容易，太平岁月不长，就磕磕绊绊，风生水起，难有安宁了。夏、辽犯境，金、元攻伐，战战和和，一直命悬虎狼吻下。加上内乱频生，宋江、方腊、钟相、杨太先后造反，朝廷从北迁到南，直至疆域沦丧、河山易帜，苦了天下百姓。可叹、可恨，也可怜哟！"张天师一旁言语，似说与汤仁和听，又似自叹自吁，更有对空洞深井倾诉之意。

汤仁和默默无言，走到石井另头，运力推移盖板，重将井口复得严丝合缝，不露一隙。少顷，应道："道长所言极是。妖魔煞星乃随运而起，乘势而为。大宋若不自弱、自乱，谁能奈何？不可全怪洪太尉呢！"

张天师点头赞同："汤会长此话也成一说。洪太尉误放妖魔，搅得大宋雪上加霜，苦不堪言，伤尽实力，也是天命注定的事。社稷欲出妖孽恶人，先是自身先腐，救活不得了。只愿世人审时度势、自省自惕。进，秉持正道；退，洁身自好。那样，再多几个洪太尉，也无大碍的。"

"天师见识高妙，机意深邃。令人敬佩！"汤仁和在心中品咂天师话意，直到返转住宅，还浸淫其间，不住琢磨天师领他去看古井，究是为何。

四、尽享权势意生淫

干了几桩大事，汤仁和身心俱疲。鄱阳湖南陵渡一役后，有意松快一番；想到在滕王阁上，"长江竹排帮"帮主尚代汉曾邀他去其总堂视察，不由动了兴趣。便与尚帮主约下时日，指定牛道长照应会所常务，带上两名亲随，兴致勃勃登程而往。

汤仁和的随从，一为黄姓青年，少时读过三年私塾，肚中有点墨水，常为汤仁和起草文稿，遣词造句也合汤仁和心思，无须费神大改。另一人，则是在庐山大林禅寺菜农丁老爹的末儿小丁。小丁不耐山里清静生活，年岁稍长，离山远走，专寻热闹场所干杂活、打短工。一次，汤仁和去鄱阳湖附近与尚代汉会面，无意间在码头扛包汉子中认出了小丁。看在丁老爹与他家的交情上，汤仁和将小丁招进"龙虎风云会"，留在自己身边走动，也有老家旧识，用着放心的缘由。

汤仁和三人到达南陵码头时，尚代汉已亲至迎候，招呼他们换乘大船，快帆速橹，驶往湖中岛屿。汤仁和站立船首，沐风观浪，神情愉悦。约莫半个时辰，船泊岛岸。夕阳映照下，湖波闪亮，碧水染红，一望无垠，偶有金鲤跃出，弹腾嬉水。汤仁和如临仙境，心旷神怡，长吐一气，凡尘浊息尽驱出怀。

尚代汉似知汤仁和感受，上岛后并不忙着登堂入室，先领他仨环岛漫步闲逛，将景色大致观赏一番。

但见，岩石累累错迭，巨树片片成荫，凉风穿林摇叶，湖水拍岸声喧，静寂中不乏生气，时空里透出从容。汤仁和赞叹不已："尚帮主，这里真是世外桃源！神仙之居，不输龙虎山呀！""老尚的总堂口扎在此岛，选了处风水宝地哟！"

尚代汉介绍不迭："鄱阳湖里，大大小小有几十座山岛呢，不过住有人家的岛子也仅十数座。本岛最大，六七十户，老少二三百口，人气兴旺。所以，本帮总堂才选在此地。"又挥臂指点隐约可见的三四座岛屿，告诉汤仁和，"那几个岛上都住有本帮兄弟，和此岛守望相助。帮内弟兄，走船运货，召集到一块干；闲时，捕鱼捞虾、采藕割蒲，各自在湖里讨生活。大多弟兄都有家有口的，总堂管理时把握宽松，由他们自己过日子。"

汤仁和问道："贵帮名'长江竹排帮'，总堂却在鄱阳湖内，又多用船只，不见竹排。怎么回事？"

尚代汉呵呵生笑："这个么……'长江竹排帮'，一是名头叫着响呀；二来本帮走货，大都沿长江水道上下航行，主要靠长江吃饭么。鄱阳湖则是本帮弟兄的老家旧居，祖辈住下来的。大伙不舍故土，不愿出湖度日，总堂就一直扎在本岛上了。汤会长说到不见竹排，真是心细。本帮初起时，穷汉子聚一块儿，无钱买船，只好制些大竹排走货。当时，只能叫'竹排帮'啰。这些年来，帮里攒钱造了十多条船，很少再用竹排运载货物了。那家伙，在长江大湖里遇上风浪，确实不及船只稳当可靠呀！本来也想换个名字，议了几次，总觉得不忘过去，才能图谋长远，就一直沿用着没改了。"

说说讲讲中，暮色垂落；湖面微风送爽。尚代汉见天色将晚，便引领大伙踱进了总堂大门。

厅堂上，已经摆开两桌酒席。尚代汉请汤仁和在首桌贵宾位落座，自己与帮里四名主要头目相陪。六人宽松地围着大圆桌坐拢，汤仁和感到舒适、自在。被安顿在次桌上的小黄、小丁，也有数位堂口重要弟兄伴着。尚代汉的安排，既体现了尊卑有别，又各取宽松热闹。两桌人员均感满意。

主菜——端上。汤仁和看去：盐水湖虾、清蒸鲜鲤、红烧鱼回鱼、浓汤白鱼、松鼠桂鱼、油淋软兜……清一色的水珍，更有一盆巴掌大的湖蟹，香味四散，另用鲥鱼做出三味款式：脆椒鱼头、砂锅肉圆鱼头煲、清汤鱼丸炖鱼头。

酒至三巡，尚代汉举杯敬道："属下敬敬汤会长。汤会长，前些日子，劳你牵线，敝帮得以和桃源洞万洞主联手。那批茶叶运抵安庆府，元商验货后十分满意，当即与万洞主谈妥，每年春、秋二季，分收武夷山头等岩茶一万斤。万洞主也够意思，随后与我商定，运茶之事皆交竹排帮打理，运资从优。这生意好哇，货源稳定，时间固定；在自家地盘内走货，无须调用过多劳力，既不影响其他生意，又无大的风险，敝帮得益多多。属下代表本帮全体兄弟，感谢汤会长牵线搭桥，居功之首！"

汤仁和笑答："先谢尚帮主盛情款待，菜肴尽显贵帮特色，真让人过意不去！再贺贵帮生意兴隆！都是'龙虎会'的兄弟，满意就好，言谢反倒生分了。汤某身为会长，全心全意替众兄弟谋福利是分内事，能不尽力么？哈哈……"

"汤会长既怀善心，又谋事周密，属下佩服！若不是你多次提醒，属下再料想不到叫花子也会前来打劫呀！差点让他们将货物毁之一炬！汤会长，你能掐会算，料事如神！属下定要谢谢会长。我干了，会长随意。"尚代汉酒意上涌，说个不停。

汤仁和却不愿在这件事上多扯，喝了杯中酒，重又斟满，截住尚代汉话头："来、来，汤某回敬尚帮主。祝贵帮事业如鄱阳湖水，一波连一波，一浪高一浪，滔滔汇大江，奔流入东海，前程无限量！"

两席人士开怀大笑，一并立起，举杯相碰，仰颈而饮。

当夜，汤仁和、尚代汉一众皆醉，尽欢而散。

第二天清晨，尚代汉邀汤仁和到总堂内院自住屋中饮香茶、吃早点，并唤出妻子、妹妹与汤仁和相见。

尚代汉的妻子，面盘舒朗，眉浓眼亮，身子骨透着壮实，显是劳作人家出身的女子。一经交谈，果是本岛渔民的女儿，从小随父母下湖捕鱼，上岸织网，荷锄种菜，入厨做饭，屋里屋外的活计，样样拿得起、做得好。幼年时，是尚代汉的玩伴，长成后，是尚代汉的贤内助、持家人，深受岛民嘉许。

尚代汉的妹妹尚红菱，年逾三十，身材瘦削却无骨感，面貌透着秀丽。她二十岁嫁到岸上人家，丈夫在元军席卷湘赣、锋指岭南时，参加义军抗元，一次夜战，中箭身亡。尚红菱不曾生育，丈夫丧命不久，公公、婆婆也死于瘟疫，房屋又被元军烧毁，她只得重归湖里，住进娘家，做了嫂子操持家务的帮手。

　　尚妻性格直朴，汤仁和有问，她必作答，话语不多，洒脱自然。尚红菱则面含羞涩，陪坐嫂子身边，呷着茶水，常生笑意，极少开口，偶尔抬眼看看汤仁和。

　　待姑嫂俩退下，尚代汉道："都是乡间女子，少见识，让汤会长见笑。我这老妹，平时不多言多语，内心却灵透得很。想那少年时，爹爹请了一位私塾先生上岛，教我学习诗文。我天性读书不行呀，老先生要我背诵唐诗，十多天，我硬是一首也没记完全。在隔壁纺纱捻线的妹子，反倒听得熟悉了，一边干活一边念叨，什么'春眠不觉晓''床前明月光'，一首一首背得完完整整，半句不错。爹爹听了，又好气又好笑，拧着我的耳朵，骂道：'你有你妹妹一半的脑子，我也就满意了！'哈……"

　　汤仁和也觉有趣，乐呵呵地笑出声了。

　　尚代汉忽问："哦，会长夫人也住在天师府内吗？"

　　汤仁和只得将家中变故简要说了："你嫂子自被元军押解北去，至今没有音信。伯颜元帅允诺查寻，还没个结果。唉，不知生死呢！"言语中流露几许无奈和伤感。

　　尚代汉自怨问话太直，触动了汤会长心事，告罪后宽慰道："汤会长不必过于担忧，想伯颜大人何等能耐，他答应的事，还办不到吗？一定会有准讯告诉你的。再说，汤夫人自有天佑，说不准，汤会长腾达之日，就是夫人归来之期呢！"

　　尚代汉稍顿，见汤仁和仍不言语，接道："汤会长诸事繁忙，身体倒是要紧的，身边得有知冷知热的服侍人。"

　　汤仁和一愣，支吾道："这两年，一人惯了，也没觉不好。"

　　尚代汉摇摇头，关切道："长此下去，终不是事，还是要有体贴女子陪伴身边。会长生活安逸了，我等做属下的才能放心。"

　　汤仁和懂得尚代汉所言，抬头一笑："尚帮主的好意，汤某心领了。这事得看机缘，日后再说吧。"

　　汤仁和与尚代汉聊过家事，便觉与他亲近了几分，又知晓竹排帮一众多为劳苦之人，不同于庞青烟那伙人手，两拨人马不宜一般看待、使用。他心里多了些计较。

　　在岛上的三天生活，汤仁和轻松、愉快，告别时精神焕发，仿佛年轻了十岁。

　　小黄、小丁在岛上、湖里玩个尽兴，每天好吃好喝，比在天师府吃道士灶上的饭菜享受多了。临走时，尚代汉又送上数篓湖味山珍，让他俩捎回会所，伺候汤会长慢慢享用。两个年轻人快乐地伴随汤仁和返回龙虎镇天师府。

听小黄、小丁将在外种种一摆谈，牛道长心里直痒痒，连叹自己错失机会，没能搭上此趟美差。他找到汤仁和直言，下次外出公干，千万莫把老牛撇下了，"能与会长同行最好！"

汤仁和从鄱阳湖"长江竹排帮"总堂返回后，寻思尚代汉一众的状况，与武夷山桃源洞万木林所率成员甚为相似。"帮""洞"中人大多为出力干活、抱团谋生的劳苦之众。他们吃苦耐劳，凭力气、技艺获取生活资源，以养家糊口为生存底线，只要自身利益不受侵害，一般不理江湖是非，但若祸临头上，也有胆气、血性反抗。"帮""洞"大致属"内向型"群体性经济组合。在动用这两股势力时，不可使用驾驭"九宫山七路烽烟"一般手段。

"七路烽烟"不事生产、经营，以流动出击、打家劫舍、替人助拳等方式存于社会、兴于江湖。他们属于只要有利可图，顾忌全无，无所不用其极；稍受触犯，锋芒毕露，报复心强，破坏力、杀伤力、各类火力全开的"外向型"攻击集团。在江湖利益纷争中，"九宫山七路烽烟"的徒众往往较宜使唤，悍勇凶狠，用之更为得心应手。

汤仁和想清析透，觉得笼络"九宫山七路烽烟"更为迫切、实际。他不耐久等，半个多月后，再次巡视，专往庞青烟处去了。这回，他仅带上牛道长一人。他隐约感到，去庞老大那里，牛道人相伴较为适宜。

汤仁和进了九宫山深处，骑在马上放眼望去：几十里连绵山体中，计有七座寨堡筑在山岭险峻处，或陡峭坡顶，或幽曲谷底，或绝壁崖畔，或密林深径。各寨坚石筑墙，圆木为栅，时有人影登上高处监看动静，倏忽失了行踪。

七座山寨，间距开阔，守望相顾，显是精心构筑。若非大军到此，小股武装力量奈何不了其中一寨，何况七寨连环、攻守有据呢！

汤仁和心里震撼：难怪"七路烽烟"横行多年，元军一直没能将其捣毁，除了元军主力无暇顾及荒山野岭之域，"七路烽烟"也自有很强的生存能力。伯颜元帅要是知道，我能将这股悍盗控在掌中，自是对稳定元政又一功劳呀！

庞青烟想不到会长汤仁和不告而至，乍闻禀报，惊喜不已，一路小跑，来到寨前，喝令大开栅栏，躬身迎接汤仁和、牛道长。

庞青烟将汤仁和、牛道长请到大堂坐定，令人敬上香茶、果点，重新施礼相见。汤仁和也得隙向庞青烟介绍了牛道长。

"噢，原来是会里的新任总管，又从蜀中远道而来，难怪庞某眼生呢。望道长见谅！"庞青烟欠身施礼。

"不敢、不敢，庞副会长在上，贫道这厢有礼了！"牛道人感受山寨气势迫人，不敢怠慢，连忙起身整一整袍服，深施一揖。

庞青烟也将陪立一侧的三名亲信介绍给汤仁和、牛道长："这三位是庞某贴心兄弟——江山、胡和、席君。你等见过汤会长、牛总管。"庞青烟一一点着三人姓名。

那日，九江口岸，庞青烟率人劫掠竹排帮货物时，汤仁和出头干涉，江、胡、席也在现场，见识过汤仁和的手段。此时重见"汤会长""汤盟主"，三人心怀敬惧，忙施大礼，躬身而拜。

"三位请起、请起。你等的名氏好哇！'江山如画一带系，胡笳和声夺先机。席中诸君怀嗟叹，一帘残梦到漠西。'"汤仁和一时兴起，以三人姓氏吟成一诗，漫声道出。大意：眼前如画江山依旧，却已被异族全占；座中之人难奈时局，空有议论，只能梦中去到黄河北域、大漠西端看看了。

诗意一可认为汤仁和感叹沧桑，依恋故园，却回天无力而伤悲；也可解作汤仁和规劝属下，接受现实，服从元廷，莫作他想。

审时度势，乘运而为，本是汤仁和处世拿捏要点，可叹座人胸无点墨，不知其咏何言，只是点头、赔笑而已。庞青烟不愿场面冷落，大声赞道："好诗呀好诗！汤会长文武全才，小弟佩服不已！"至于此诗好在何处，庞青烟当然也不能言。

汤仁和随口一吟，以抒胸怀，无意在这班粗鲁之士面前卖弄，故也不再多说，陪着大伙笑了几声。

庞青烟奉上佳肴美酒，款待汤仁和、牛道长。三名亲信劝酒不止，牛道长眉开眼笑，喝得酣畅淋漓。

汤仁和看桌上盘盘碗碗，所盛又与尚代汉处不同：麻辣山鸡块、红烧野猪头、清蒸双鹧鸪、酱香酥猪手、肥肠杂菇煲、干菌焖腊肉、圆葱烤蹄筋、瓦罐臭豆腐……热气腾腾、浓香扑鼻。汤仁和夸道："庞兄口福不浅，赛过山中神仙，令人羡慕哟！"

酒至半席，庞青烟对三名下属使了使眼色，江山悄悄离座，带进两名苗家服饰的年轻女子，指点她俩搬来椅子，坐到汤仁和、牛道长身旁。

汤仁和不明所以："老庞，怎的还搞这个？"

牛道长却兴头大增："哦，喝花酒。好！有趣、有趣！"

庞青烟笑呵呵道："这二位姑娘酒量甚好，有她们作陪，汤会长、牛总管才能吃好、喝好，尽兴而欢。来，姑娘先饮三杯，让贵客看看。"

苗女闻言，连饮三杯，接着就向汤、牛二人敬酒。三巡过后，苗女面颊泛出红晕，眼中流动波光，牛道人一对乌睛就只在两名女子的脸上、项间、胸前滑来溜去了。

庞青烟醉意乍起，仰身靠在椅背上，指点江山等："你三人……一定要让会长、总管高兴……会长刚才作了一首诗……这么着，你等行个酒令，助助兴……

快点……"

江山宏声道："老大发话，岂敢不尊！好，属下先起个头。只是，咱没有汤会长的文墨，粗俗之处，会长、总管莫要笑话。你们要是破了谜底，我自罚三杯！"

大伙兴致高涨，七嘴八舌地催促江山"快快行令""看你出啥谜来"。江山端起酒盅，呷了一口，诡笑道："我的谜面是：身子坐坐稳，屁股挪挪正；头子搓搓硬，眼子对对准。嘿嘿，打一活计。哎，老胡、老席不要说哦，让贵客猜。"

两个苗女脸蛋羞红，掩嘴哧哧地低笑。汤仁和若有所思，觉得谜面下流不堪，难以言说，便稳住神，不开口。牛道人却劲头十足："你这是出的啥谜？莫不是……格老子的，咋说呢……"

庞青烟、胡和、席君显是听过此谜，俱不吱声，咧着嘴偷乐。

江山瞥了苗女一眼，逗道："你二人干此活计，倒是在行。"

二苗女索性埋首胳膊肘里，不肯举面望人。汤仁和惊讶江山言语露骨，暗藏秽意，心中埋怨庞青烟此举太过，脸上生出不悦。

牛道人看不出三四，嘻嘻笑语："呵呵，江老弟可是说的……那个事？""牛总管，你'那事'是何事呀？明说了么。"胡和打着边鼓助趣。

"嗨，说不得、说不得……"牛道人也觉难以启齿。

庞青烟哈哈大笑："牛总管，误会、误会了！江山不是说了，打一活计吗？就是妇道人家做针线活时，穿针引线呀！"

汤仁和松颜露笑：可不，四句顺口溜，正是穿针引线的几个细微动作，涉及只是线头、针孔之物。

"好小子，真有你的，糊弄贫道瞎想半天。这酒令行的……还有悬念呢！庞副会长说破了，老江你自罚三杯！"牛道长哈哈大笑。

江山自斟自饮了三盅酒，转对胡和道："胡兄，轮到你出题了。"

胡和道："好说、好说，我也出一谜面，献献丑。这谜说的是'朝天一个洞，洞里暖烘烘；进去硬硬的，出来软软的'也打一活计。"

汤仁和只觉越发地淫意外露，但虑有先例，只怕另藏玄机，便坐等胡和自家说破。

牛道人口中念念，回味中亢奋不已，倒是没敢开言。

两名苗女听了，便欲逃席，被江、席二人扯住，离不了座，口中连道："不来了、不来了，臊死人了。都说些啥子么？"

庞青烟察见汤仁和脸上绷绷的，便圆场道："好了、好了，看你们只会说些啥？让客人笑话。胡和，自己解了吧。"

胡和道："我是学江哥的套路，打一街角买卖一炭火炉烤红薯！"

众人回过味来，也觉是这么回事，又都笑了一番。

汤仁和细察苗女神情，已然醒悟，她们实是知道这些"酒令"含义，只为配合场面气氛，故作羞态，增添客人情趣而已。更觉江湖底层的水也深得很哦！

稍缓，席君张嘴欲言，牛道人抢道："你们的酒令，贫道已经摸着路子了。我照葫芦画瓢，也出一谜，保准应得上老江、老胡。"汤仁和阻拦不及，牛道人已然念出四句："'轻轻放，慢慢移；捅到底，快快提。'哈哈，也打一活计。猜猜吧。"

哥仨料想道人出的谜与他们一样，不能从字面去猜的，哪敢率先发话，面面相觑，呆坐在位子上。

牛道人见他仨一时无语，得意地笑了："呵呵，猜不出了吧？也别想歪了哦。告诉你们吧，这是贫道当年在青城道观过苦日子，与那班龟儿子在汤桶里捞菜叶的动作。桶深菜少，人挤勺乱，不讲究点技巧，吃不到嘴呢。怎么样，贫道这谜和老江、老胡的有一比吧？"

"异曲同工，各呈其妙！"庞青烟拽了二句文，见汤仁和没吭声，不知其心何意，笑道，"老江、老胡乱说一气，要不是牛总管解围，只怕污了汤会长耳朵。老席就不说了吧。闷声发大财、闷声发大财！来，大伙敬汤会长一杯。会长高人雅量，与下属同乐，亲民、亲民，真是咱们的好首领！"

汤仁和听了半晌，也觉江、胡二人的酒令不乏俏皮，藏平民狡黠于内，不宜以常理褒贬，自己还是逢场作戏，莫要扫了这班粗人的兴致。于是，满面堆笑，饶有兴致地对众人道："庞老大这么说见外了。各位弟兄风趣得紧，逗乐有方呢。我难得看见牛总管这般高兴，也是头一次听他解题！"

牛道长见汤会长夸他，不由咧嘴大笑，还将憋了好久的一个屁，"噗"地放了出来。围坐之中，甚是响亮。二苗女忍俊不禁，掩面偷乐。

汤仁和略感扫兴，忍不住斜了牛道人一眼。牛道人却全然不觉，反粗门大嗓地嚷嚷："你两个妮子莫笑哦，没听说'英雄脚臭，好汉屁多'的话吗？英雄为啥脚臭？走天下，理万事，跑得路多了。好汉为啥屁多？有口福，吃八方，大荤大腥，肚里憋气。放出来，不就轻松了？"

见江、胡、席三人也拿眼看他，牛道人兴头更足："嗨，贫道比不得你们年轻人哟，年岁大了，后门关不紧喽。再说，庞老大这里没外人，贫道还能让一个屁逼得心不舒、意不爽？放了、放了，放了才了！"

众人哄笑一堂，气氛愈加浓烈、欢快。

月上树梢，酒席方散。喝高了的汤仁和、牛道人，被那两名娇艳苗女搀扶着，各自进入一间净室歇息。庞青烟和三名手下相视生笑，自离院去。

　　汤仁和、牛道人逛遍九宫山，尽览七大寨，顿顿酒宴，夜夜销魂。五天后，方恋恋不舍、满载而归。临别时，牛道长兴致勃勃地邀请庞青烟去龙虎山游历，一同观赏阴、阳神石。江、胡、席三人听了，呵呵而乐，向往不已，力劝庞青烟早日成行。一众在畅笑中分了手。

　　汤仁和此行，与苗女夜夜欢娱，成了最为惬意的经历。两名苗女在床上各有擅长，但都腰肢细腻柔软，韧性十足，轻轻松松变换姿势、转体挪位；汤仁和无须费力折腾，已是应付不暇。尤其苗女饱满雪臀，浑圆结实，坚挺而富弹性，汤仁和摸抚抓捏，爱不释手，整夜将那两片白股搂抱一紧，甜甜而睡。以致，辞出十几里远，还意犹未尽，回味不止。不过，他也带走了几许遗憾：在那二女的屁股上都没有找到一点印记，可说"完美无瑕、完美无瑕"。他不会想到，二苗女虽然淫娱日久，也为汤仁和的"恋臀情结"、牛道长的"为老不尊"而感叹、窃笑了好几天。

　　一路上，牛道人大呼"此行过瘾"，叹服"苗女耐战"，"跟着会长就是受人厚待"，唠叨没完。以致，临进天师府时，汤仁和不得不对牛道人下了"封口令"，嘱他不可随意乱扯此次行程，"苗女"啥的，更不可露出半句。汤仁和唯恐牛道人口无遮拦，透出有损颜面的事。某些事，做则做了，不可言破。汤仁和觉得牛道人终归不与自己一个层面，他咋说咋做，别人不会计较，而自己是一个人物，像一杆旗帜插在江湖之中，很多事情说不得，更不可传扬出去。

　　汤仁和口风甚紧，也不许牛道长再提艳历，其实，他心里并非抹去了那五日的痕迹。从九宫山回来，稍有闲暇，汤仁和脑中常会浮现与苗女承欢做爱的场景，激奋之情难以自抑。

　　那夜酒后，苗女入室侍寝，汤仁和下意识中也欲推却，但久渴之下，被苗女搂抱入怀，肌肤相贴，情火立燃，冲垮了仅存的一丝清醒。汤仁和将牛道人所授"房中之术"试用几招，大增娱趣。苗女本是风月场中的"姑娘"，被庞青烟金钱聘至。汤仁和有心寻欢，苗女自然曲意逢迎，浪态撩人，陪汤仁和尽兴一宵。

　　既与牛道长同在，二人不免交流体会，牛道人乘机说了如何可收"返精补脑""舒张百骸"的效益。汤仁和白天闻道，晚上操练，还和牛道人易女而御。二人恣意四夜，弄得久经战阵的苗女也觉疲乏，只盼"贵客"早点走了才好。

　　回到天师府后，牛道人精神依旧，汤仁和倒有些顶不住，在室中静歇两天，才缓过精气神来。牛道人笑他："毕竟道行还浅，慢慢来吧。"相识在前，同僚于后；当初视为敌手，今日一同寻欢。汤、牛已成至交，相互再无隐瞒之事。汤仁和有时也在心中自嘲：怎的堕落于此？竟然与这个牛鼻子成了"好友"？变坏了，还是本性即此，只遭牛道长开发了？哎呀，也别讲究在不在一个层次上了，人的原始本性、深层心态，原来都是一个样呀！

汤仁和看重牛道长，还有一个缘故。

龙虎风云会建立后，做成了几件事，汤仁和却一直觉得会中少有武林高手支撑，几个帮派拉出来，黑压压一干人，却没几个"狠角色"。打场群架、众殴一团，倒也势强气壮，若要遇上单打独斗的场合，就露出色厉内荏的窘状，对方必定识破真相。首领中，庞青烟、尚代汉、万木林那几下，对付寻常壮汉绰绰有余，碰上高手，则输一筹或更多；翁雪通道长内力恢宏，但击技平平，也难经阵仗。这些"副会长"，还不抵早先的王飞扬、唐浩品诸人，何堪大用？唯有牛道长尚可放到江湖争斗中，与强者搏上一搏；他若不是独木桥那战伤了筋骨，汤仁和自忖也难凭一己之力拿他下来。所以甚为倚重他，有意与他走得亲近，指望他竭力助己，生死关头豁得出来。

汤仁和几经风浪，已然明了：身为领袖人物，左右没有几个死心塌地又具真才实学者，难以成就大事业；欲在江湖、武林出人头地、叱咤一方，更需要一大批艺高胆大、战力过人的悍将。龙虎风云会声名鹊起，但缺少武功高强者，这难以久瞒。自从与"江南霹雳堂"结下梁子，汤仁和就一直担心他们终来报复。论当下实力，"龙虎风云会"是难以和"江南霹雳堂"全面对抗的。他心中隐存焦虑。

也应了"人若走运，想啥来啥"的民谚。一日午后，雨过天晴。天师府踏进一名壮汉，指名要见"汤会长"。

求见者年约三旬，中等身材，肌腱强壮，双睛亮堂，雄赳赳地立着，显是习武有成，却半点也不认识，汤仁和略觉诧异："这位朋友何方人氏，我们没有见过吧？"

壮汉一揖，朗声道："在下乃浙西天目山人，姓陆，名佩令。"

"哦，陆朋友知道汤某人？"汤仁和笑道，"汤某从未到过贵乡呀。"

"在下少时投入武当山八卦剑门学艺，和王兄飞扬同一师尊。王师兄与汤会长两年前赴蜀义战，本门皆知，大伙很是敬佩。所以，在下听说过汤盟主的大名。"

"哎呀呀，原来是飞扬兄的师弟！真是故人之旧！幸会、幸会！"汤仁和兴奋地握住陆佩令双手，将他又一端详，"陆朋友英风爽朗，原来是武当高手！怎的来到此地？"

"在下去年十月学成，辞别师门转回家乡。不料，数年前战事过境，家中老宅焚毁，父母也不知流落何地，原籍再无亲人。本人不悉农活，乡里又少习武孩童，谋生无计，只得四处游历，打工度日，寻访年迈双亲。前天走到龙虎镇上，听说汤盟主创立了龙虎风云会并出任会长。在下便到此拜访。飞扬师兄仍与汤会长一道？"

"唉，飞扬兄已经为国捐躯，战死蜀中了。也算不负前朝吧。"汤仁和说了，见陆佩令面生哀色，劝慰道，"你也别太难受了，心中记着他就行。时过境迁，还是做好当下，不负此生为是。你正年轻，应当有自己的事业，闯自己的前程。"

陆佩令抬起头："汤会长说得对。王师兄有他的抱负，在下也该有自己的追求，我们都不会辱没武当八卦剑门声誉！"

听说是与王飞扬同门学艺，汤仁和动了心："陆朋友既然寻到此地，是与本会有缘。若没有其他打算，不妨就留在龙虎风云会一块儿干吧！"

"陆某暂无一定去处，若汤会长不弃，留下也可。只恐在下无甚长技，辜负了汤会长的心意。"

"本会初创，正是用人之际，陆朋友不必过谦。你乃武当山来的，谅武艺差不了吧？"汤仁和试探道。

"这个……但凭汤会长考量。"陆佩令爽道。

汤仁和是"武林盟主""一会之长"，与人较技，赢了，是必须的；若有闪失，则大不妥当，自思不能亲与陆佩令过招。但不经摸底，又难以测出陆佩令真实手段。他稍一寻思，着人去唤牛道长。转对陆佩令道："武当技艺汤某向来佩服，不试也行，但会里也该对陆朋友量才适用。所以，过过手也好……这位是本会总管牛道长，艺出蜀地青城派，由他接你几招吧。"

见陆佩令点头认可，汤仁和又关照牛道长："牛总管，和陆朋友初次见面，大家点到为止，不可伤了和气。"他唯恐老牛不知深浅，划出道来要他遵守。

"好说、好说！"

牛道长听说要他考较新进之人，立时精神抖擞，大步走到场中，拿眼瞅定陆佩令，催他上前。

陆佩令面带笑意，朝牛道长抱拳施礼："还请牛总管指点一二。"言毕，抽剑出鞘，一挥递上。

"到底年轻，嘴快手快。且看他能在老牛掌下走得几招。挺过二十招，就算可用一员了。"汤仁和注目细看，心中有想。

牛道人大大咧咧地当面站着，不虞陆佩令一剑甫出、贯胸而至，惊了一炸："奶奶的，龟儿偷袭老子，睡扁头了！"口中嚷了声，"好你个瓜娃子！"双掌一竖，硬向剑锋抓去。他一生苦练掌上功夫，"一掌定乾坤"在道上叫得山响。今见陆佩令肆无忌惮一剑到胸，全无尊他为老的意思，不觉心中火燃，有心卖弄己长，只想捏住剑刃，一记拗断，煞煞年轻人狂傲之气。

陆佩令剑似有灵，不待牛道长抓实，变招神速，破空斜削，转而刺向牛道长右肩胛。

牛道长一招落空，急忙塌肩滑步，闪过来剑，即以左脚为轴，扑身倒向陆佩令，双掌交错，翻飞疾拍，抢打快攻，重将势头夺回，迫得陆佩令回剑自保，退了两步。

陆佩令虽退不乱，剑剑招式分明，守得稳定、牢固，只将牛道长拦在身前三尺，任他狂攻狠打，难进寸步。汤仁和暗暗点头，知道陆佩令剑上功夫已得武当真传，绵密细腻中隐藏反击弹力，较之师兄王飞扬，虽不及其狠，却更显扎实。牛道长双掌攻击凌厉，一时半会儿却也难降陆佩令，只怕打得久了，反被陆佩令扳回态势。

不出汤仁和所料，牛道长十数招打出，气稍有泄，掌势缓得一缓，就被陆佩令一隙抓住，"嗖"地撩剑，冲破牛道人掌劲，距他面门三寸。

牛道人骇然变色，疾起一掌将剑刃拍出，侥幸没有刺中，面颊却被剑气灼得一痛。

牛道人怒气更盛，重提真力，移形变位，掌力愈加凶猛，则已不敢托大，脚下留有退势了。

两人攻守之势未变，战力几成均衡。陆佩令出剑之姿隐含气度，身手从容洒脱，略胜牛道人半分。

二人斗得兴起，场中风生尘扬，惊动了会所其他成员，一群年轻人涌来观战，低声评议。

牛道长一见人多，争胜之心尤烈，口中呼叫连连，长袍大袖飘飞翻舞，气势迫人。

陆佩令则仍是不愠不火，不急不躁，八卦剑式连绵使出，如在身前织下一张剑网，竖起一壁高墙，将牛道长滚滚掌力拒之、解之、化之。二人一气又斗了十数回合，攻守互换，煞是好看。

汤仁和心中已有计较：牛道长若是未伤，功力当在陆佩令之上，三五十招后即可伤其或迫其认输。只是牛道长已没了往日神勇，身姿、力道、速度均打折扣，喘气粗浊可闻。再看陆佩令仍有余力。久战下去，伤了谁都不为好，更不能让牛道长失了颜面。一念至此，汤仁和轻轻拍掌，笑道："打住、打住，不必再战了！二位武艺伯仲之间，都是高手呢。"

牛道长战得兴起，又见对手一式不让，自己实是未占上风，更别说"赢"了，众目睽睽下，颜面挂不住，再听汤仁和话语，并无夸他之意，不由恼羞交加，不愿收手，吼声连连，仍旧一味强攻。

汤仁和又道一遍："请二位住手！"牛道长仍充耳不闻。陆佩令剑取守势，牛道人不停手，他难以收招。汤仁和心中不悦，抽出铁杖上前，一杖格住陆佩令飞落之剑，一掌疾出，轻轻按在牛道长胸前，吐出三分掌力，迫得牛道长连退数步。

汤仁和目光一厉，先斥牛道长："牛总管，你没有听到本会长的话吗，怎不住手？伤了陆壮士如何是好？"

牛道人闻言，知道汤仁和明着责他，暗里往他脸上添彩，心中一喜，反倒笑了："嘿嘿，人老了，手脚不听使唤，收不住招了。陆壮士莫要笑话哦。"

陆佩令见汤仁和在他与牛道长斗得最激时，毫不着力就化解了二人发出的剑气、掌力，格住长剑的铁杖上，大力重滞，令自己五指酸麻，几乎握不住剑柄，即知汤仁和有心示威，警诫二人。他知趣地收了招式，谦恭一笑："与牛总管过招，在下获益良多；汤会长更是武艺过人，不愧武林盟主之誉！在下见识了。敬佩、敬佩！"

汤仁和见陆佩令虽然年轻，却能与牛道长打成平手，显然武功造诣已深，实是自己企盼之人，心中满意，脸上生色，夸赞陆佩令道："陆壮士出自名门，不逊师兄王飞扬呢。好吧，你正式加入龙虎风云会了……先屈尊担任本会巡卫总哨一职，协助牛总管打理会内会外的事情。各位兄弟，都来见过陆总哨。"

陆佩令忙向汤仁和俯身一拜："谢汤会长高看，属下一定尽心竭力，效忠本会！"

一旁观看比斗之人纷纷上前施礼，与陆佩令相见。牛道长再无小觑这名年轻人的心思，收敛了平时的"总管"神态，笑嘻嘻上前道贺，主动引路，带陆佩令前去安顿。

汤仁和得一强助，当晚设宴，与牛道长、陆佩令一同畅饮阔论，称其二位是自己的"左膀右臂"，"日后定要精诚合作，共图本会大事"。将二人比那四位"副会长"还要高看、高待几分。

三人酒酣耳热，畅谈江湖趣闻逸事。汤仁和听多言少，借机观察牛、陆二人脾性，倒也有所发现：陆佩令宽阔、白净的脸盘上，眉额间生有数粒天花遗痕，浅浅的，并不惹人注意；不过，此时相坐甚近，又被酒精一催，那斑痕隐隐生红，映入眼帘。汤仁和端详不止，双晴化出幻觉，幼时所见霞妹子粉白圆臀上那两点痕迹，和陆佩令面部所显的三五斑印，交错显动，一时难辨眼前究是小陆俊脸，还是霞妹嫩股。霞妹子的眉眼、神情早在汤仁和记忆里消逝，唯有那撅起的玉股形状，一直烙在他脑海中。此刻，酒热血涌，体内生躁，目睹陆佩令脸上的"麻点"，恍惚回到数十年前得窥霞妹诱人雪臀的场景，心猿意马难控，萌生了隐隐冲动。"怎么回事，难不成这段时日断了性事，老子染上了'断袖之癖'，对小白脸儿也有了想法？哦呸！还不至于堕落如此吧！"

汤仁和过了几天闲散、惬意的日子，信州衙役到来，报说达鲁花赤（长官）有请面叙。

乌木英达待汤仁和坐定，先对他近期所为赞许有加，告诉他，已将其功劳尽奏朝廷。"汤大人前程看好，可喜可贺！"乌木英达抚须而笑，"只怕汤大人这般做下去，官职还要高过老夫呢！"

"大人说笑了！大人与皇上共族同旗，乃皇室亲信，又受伯颜元帅青睐，上马领军，下马治民，卑职岂能望及项背？还望大人多多提携，汤某感激不尽，不敢相忘！"汤仁和心里清楚，元人一统江山后，对汉人从不相信，任用力度还不及北域西疆族人，很少能担任正职的。所以，不将乌木英达的话当真，一味低调示谦，免招乌木英达忌妒。

乌木英达闻言含笑，语含激励："汤大人谨言慎行，忠心谋事，非一般汉人可比，只管放手做吧，大元需要你这样的人才呢！"话锋一转，"今日请汤大人进府，实有两件要事商谈，请到内堂细叙。"

……

从乌木英达处回来，汤仁和令人传讯，邀翁雪通、庞青烟、尚代汉、万木林齐到天师府会所议事。

四位副会长如期来到。汤仁和先将牛道长、陆佩令介绍一番。

座中除庞青烟款待过牛道人，翁雪通道长也听说过"青城山牛道人"名头，知他一些往事，尚、万二位则对新任"牛总管""陆总哨"一无所知。但见汤仁和已将二人正式任了职务，便顺水推舟予以认同，"贺喜牛总管""贺喜陆总哨"，各施以礼。翁道长对牛道人执同教中礼，含笑道："牛道友乃当今西南武林重镇青城派掌门人的师叔，资格、身价高得很，屈尊本会任个总管，操持杂务，真正是放低身段，不计虚誉，难能可贵，贫道佩服不已。"

众人正品咂翁道长话意，牛道人已粗嗓大气呵呵一笑："惭愧、惭愧！道友莫提啥子师叔不师叔，青城山那班龟儿子少调教呢，目无尊长，不当老子前辈待。和他们搅和一块儿，没啥意思，贫道出来透透气，散散神，才是真舒心。亏了汤会长识人，量材适用，贫道当个总管快活得很。贫道啥时也去翁道友观中耍耍，一块乐呵乐呵！"

一众听了，禁不住笑出声来。

汤仁和脸上有点挂不住，担心牛道长再出惹人笑话的言语，咳了一声，抢先开言："大家既已见过，都是会里的好弟兄，还望牛总管、陆总哨常听四位副会长教训、指点，做好职内之事，为本会多建功劳。"随即转说正题，"今天，请四位参会，牛、陆二人听会，实有两件重大事情相商。"

见六人神态关切，汤仁和放缓语速："州衙达鲁花赤乌木英达大人，日前与我说起，朝廷为治理南国区域，要以临安城为起端，修筑一条官道，穿越赣地，分达粤、桂几座繁市、要塞。平时，运送物资、便利行旅交通；若起战乱，则快速调动兵马，以靖边关祸患。经过信州的一段快速车道，约二百里距，交由本州筑建。衙门正筹银两，即将颁布告示，招纳筑路人员。"

汤仁和端起茶盅呷口水，歇了歇。翁雪通道长插言："元人筑路，公门中自会做的，与我等有何干系？"

他人也感不解，望定汤仁和，促他续说。

汤仁和以丝帕掩了掩嘴角，抹去唇须边的水渍，点头道："元人筑路，与我等有关呢。乌木英达大人说，战事初定，国库不盈，财政窘困，一时难集筑路用资。朝廷下令，官道经处，先向地方、民间筹集资金，日后算利偿还。大人要本会也出力相助……"

"噢，要用咱们的钱办衙门里的事？想得倒美！"庞青烟坚声道，"老子一向是出力不出钱的！"

"也不能说全用咱们的钱。实是朝廷拨一点，官衙出一点，民间筹一点，大家伙集资办么。"汤仁和笑着解释。

尚代汉道："这路离庞老大和我那里甚远，边都挨不到，出啥钱？再说，本帮走的是水路，用不上车道呢！"一副事不关己的口吻，触动庞老大连连点头呼应。

万木林则问："日后算利？利是多少？"

"乌木英达大人说，各地不等，信州衙门给出二分利，不算少了。"

"'日后'是什么时候？要多久呢？"万木林细问不止。

"大约四五年吧。衙门连本带利一次性还上，大人亲口保证的。还说要出字据为凭，盖府衙大印的，想来，不会有错。"汤仁和说得很是肯定。

万木林点点头，心里默算本息之数。

翁雪通不咸不淡道："贫道那座小观，没多少油水，凑不了几个钱，恐怕派不上用场，也想图个利息，可惜赚头不大呢。"

汤仁和见座人对集资筑路兴趣不高，想找一个突破口，扭转僵局，便目视万木林，启发道："怎么样，万洞主想清楚了吧？利息一年二分，五年到时，一百两银子即是二百两，一千两变两千两，一万两则是二万两，赚头不小。回去与众人说说，大伙凑一凑，当可多集点数目的。"

万木林道："银钱闲放着，不会自生一点点，真有这么高的利息，也是一条生财之路。咱山里人，除了种茶、摘果，收点山珍野货，没什么一次性大钱可赚。好，回去合计一下，再向会长报告。"

见万木林松口，汤仁和有了底气："各位副会长，衙门出面筑路铺桥，利惠于民，咱们能帮衬一些银钱，也是为民众做善事。万洞主带了好头，汤某也不能落后。牛总管，清点一下会所的备用资金，看能凑上千把两银子不？我再将私蓄全部拿出，也过千两的，算会所投资两千两银子吧。牛总管、陆总哨，咱们和会所里的弟兄，过一段清苦日子，没什么意见吧？"

牛道长早唯汤仁和马首是瞻，忙不迭道："没意见、没意见，会长做主，有啥话可说的！"说完，横了庞、尚二人一眼。

陆佩令轻语道："对，听会长的。"稍顿补道，"这种事本该量力而为的。"

众人一时弄不懂他的话意，窒了窒，满座沉寂。

汤仁和不愿冷场，又提话头："噢，乌木英达大人说了，衙门征集筑路劳力时，咱龙虎风云会的人，优先录用。筑路工钱不少的，还管宿、管饭。一冬四个月干下来，也能攒点钱，补贴家中开销。万洞主，天凉了，山里的活计不多，你那班弟兄正可出山筑路，开了春，再回去采茶，两不耽搁。"

万木林点头道："汤会长所言甚是，可行呢。"

尚代汉有点动心："咱竹排帮的弟兄，要是一时手头无活，也可组队到筑路工地上干些时日，赚些零用钱。"

"好吧，我回去和手下凑凑，集上两三千银两，总不能驳了会长的面子！"庞青烟坐不安稳，再难缄口。

"贫道那里出不了劳力啰。会长自掏腰包了，敝观也凑上一千两银钱。再苦不能苦了会长，苦了在会所干活的弟兄，要不，贫道也无颜到会所坐坐呀！"翁雪通语含戏谑，众人咧嘴笑了，气氛生出活泛。

"在下那班弟兄，散漫惯了，干活出不了力的。人数也是进进出出，没个准头。集个资，五年才本利还清，少有耐心等的。真他娘的麻烦！"庞青烟心有不甘。

汤仁和感到再说无趣，一笑道："大伙这么支持汤某，很是情重了。我找找张天师，请他也出点力。老庞，你无须过虑，怎么也不能亏了你那班弟兄。待会，汤某还另有要事托付你做呢。"

牛道长对庞青烟配合不力甚不满意，但想到在他那里快活五日，便忍下发作，强笑道："庞副会长有实力咧，这里数你财大势众，何必太谦。凭你面子，再向另几个山寨借点，没问题的。哎，汤会长，你还有第二件事情没说呢。"

"噢，那事就不劳烦诸位了，我与庞副会长单独商议吧，刚才说了，只需要'七路烽烟'出头即可。"汤仁和因众人在集资修路的事情上各持态度，不能令他满意，心中另生计较，改了口气，不愿在会议上说出"第二件要事"了。他也知，这帮"会员"虽然同在一个组合中，但各自的部属、图谋差异很大。

独钓江湖

　　"九宫山七路烽烟"的成员，不同于"长江竹排帮""桃源洞"中的"苦哈哈"。宋时，地方养有武装"团练"，团丁在当地农民中招募，离土不离乡，属半军半农的组织，行使防盗缉匪、弹压骚乱、维护乡间安宁的职责。"九宫山七路烽烟"原是九宫山四周七乡"团练"。宋亡后，"团练"头目和一些团丁不愿解散归农。这帮人抗元无力，扰民有术，不事农活，吃喝卡要惯了，成了游手好闲、自成体系、横行乡里的特殊群体。一朝散了伙，各自谋生，远不及农人吃苦耐劳。又加做人处事的善性、韧性、熬性退化殆尽，实是一群"歹人""废人"。宋政溃亡，元军横扫九宫山地域，七乡团练失了归属，名义上不复存在。残存人员重新组合，纠集成伙，从七个乡所躲进九宫山四岭安营扎寨，自成山头，号称"七路烽烟"。这些当年"维护法律"的吃公粮者，摇身一变，成了打家劫舍、巧取豪夺的悍匪，反成地方祸害。"七路烽烟"从世事中学得乖巧，盘踞荒山僻岭，干得一票即缩回寨中躲避风头，从不和元军、元衙滋事生衅。元初，诸事未定，一时也没顾及他们，致使"七路烽烟"得以生存。"七路烽烟"顶着一个名号，实是松散至极，各自存活。庞青烟因在七个头领中年岁最大，手下人马略多些，被其余六人尊为"老大"，其实调动不了任何一路。"七路烽烟"经历使然，又蜕变成"山中强人"，行事之狠、出手之凶、匪气之盛，远非"竹排帮""桃源洞"一众能比。

　　汤仁和正是明了于此，待众人离去时，独请庞青烟"暂留一步，尚有话说"。

　　乌木英达在信州衙内，告诉汤仁和的"第二件事"，即元廷为斩草除根，遣人暗至庐陵文天祥老家，寻其葬地，掘棺毁骸，以绝后患的方略没有改变。只是，派出的几拨人员，不是折在半道，就是人到地头绝了踪迹，别说成事了，竟无有回报者。朝廷权要颁下密令，改由江西各衙的达鲁花赤亲自督办此事。洪州府、庐陵县承担首责，其余各地尽力为之，论功行赏。

　　乌木英达道："我等食君俸禄，当然忠于朝事，想皇上所想，急皇上所急，为朝廷分忧担责。现今，上头指令全力办妥这件事情，我等不能因为远踞庐陵县，就认为与己无关。凡是关系到国家政权长治久安的大计，就和我等有切身利害关系。还望汤大人利用隐伏江湖的便利，尽展所长，抢在他人之前结了此事。届时，本官脸上有光，汤大人更是奇功一桩呀！"

　　汤仁和十分认同乌木英达的看法。与其忙活诸般杂务，不如干一件朝廷政要心系之事，事半功倍，出"政绩"呢！他当场承接了此项"朝令"。请庞青烟留步，就是要和他谋划这件"大事"。

　　庞青烟懂得掘坟、毁骸之意，对"以绝后患"却不甚明了："可是要杀尽文家后人？听说文天祥妻儿已遭元人捕掳，儿子女儿病死于押往大都途中。文家还

· 196 ·

有谁人？"

"文天祥有三个儿子。长子当时随父在军，逃了一命。他这种人，死守儒学之理，听说已潜返家乡，估计一时不会远离。你先派人去文天祥老家查探一番。不过，文天祥在家乡深孚众望，行事者不能暴露身份、意图。那里民风彪悍，犯了众怒，只怕脱身都难。"汤仁和也有忧虑。

庞青烟更是作难："干这种事，就是明着为元人出力了，不得人心呀！元人虽然建朝立号，占稳了江山，但百姓大都不尿他们这一壶呢！"

"你既知元人天下已稳，还担心什么？戚戚草民能拿你咋样？可是得罪了元人，兵马出动，来真格的，'七路烽烟'能燃烧几时？不都如鸡蛋遭巨石压碾般，顶个？真英雄就应识时务、顺大势。'七路烽烟'不随元人，蹦跶不了几天，即使人家不出兵剿杀，也离自生自灭不远了，快活日子能过得多久？我也是看你有点势力、能办事，才留你单独说的。那几个，就是想去，本会长还看不上呢。"

汤仁和话语软硬夹杂，说得庞青烟再难开口，只得接下此事，返回九宫山布置去了。

不过月余，汤仁和还未将州衙分摊下来的筑路款项凑齐，庞青烟已有密报呈至。

庞青烟函告，他三次分派得力部属（即江山、胡和、席君）带队，到文家近地探访，均没有问出文天祥埋骨之处，也寻不到文家有何后人存世，文家老宅已被数名外乡来客暂住。近日，庞青烟只得亲扮商旅，路经文天祥老家，并在村中借一农户落脚吃饭。虽然仍不能打探出文墓所在，却因在屋舍四周溜达，竟然识出，入住文家老宅的四名青年，正是滕王阁中阻杀元廷遣者的年轻人。他们已在文天祥家乡盘桓数月，并在文家长宿。特做禀报，供汤会长详查。

汤仁和读毕此件，知悉了几名少侠踪迹，精神一振，午餐时多吃了半碗米饭。他为元人建勋立功的心弦，敏感地被这一讯息触动了。

汤仁和苦想半夜。晨起，不及梳洗，伏案先书一函，大意为：那日有缘，得在滕王阁上一睹少侠神勇风采，更佩少侠义胆热血，诛杀元人走狗，振奋汉民爱国情怀，诸般常在念中。偶闻少侠行踪，甚喜。不揣冒昧，派员造访，以圆结识少侠之心愿。敬请四位前来龙虎镇天师府面叙，共商加入龙虎风云会、同主江湖大义之举。万望少侠抽暇屈尊一顾，以解汤某悬望之苦。

汤仁和叫来陆佩令，嘱咐他藏好信函，快马直去庐陵文天祥故乡，造访文大人旧宅，拜望四位少侠。都是年轻人，心性相通，务必劝说他们前来天师府。

陆佩令不负汤仁和所托，十来天后，领着两名青年，踏进了天师府大门。

到者乃是庄山平、花临风。

四少侠见到陆佩令，看过汤仁和所书，又问了龙虎风云会诸般情况。知悉会长汤仁和系第十四届"江南武林盟主"，组织过义军入蜀抗元。四青年也生仰慕、结识之心。略一商议，庄山平、花临风即随陆佩令赶赴天师府，面晤汤仁和。

汤仁和见四青年中二位年长者欣然到来，知他们毕竟年轻，阅世不深，已经信了自己，心情松快，设宴盛情款待。庄、花二人认出汤仁和即为那日滕王阁酒楼包厢中正坐者，自觉能被江湖首领人物赏识，得以结识"武林盟主""抗元义士"，日后返回泰山，向师门报告，又有一番经历，故对汤仁和尊敬有加。

宾主各有所思，融融把谈，和谐、欢快。

汤仁和瞅准庄山平、花临风所思，将入蜀抗元的过程渲染一番，瞒下"千里入川，只为杀将"的图谋，恍叹最终城破之憾，更为与众英豪在血战中被乱军冲散，不得不辗转而归痛惜不已。二位少侠听得唏嘘感叹，只恨没能投身保卫钓鱼城一战。

汤仁和长叹道："唉，好汉不提当年勇。这些都过去了，不说也罢。当今元人天下已定，再真刀实枪地硬干，既无济于事，也不识时务。所以，只将余生创立龙虎风云会，结交天下英雄，在江湖中做一些善义之事，以抚战争创伤，也慰生平未遂之愿。"

说了一番，汤仁和乘兴而问："诸位少侠经滕王阁一战，怎的到了庐陵县，又在文大人故乡落脚长居？少侠有何谋划呀？"

庄山平早被汤仁和说得热血沸腾，立道："说来话长，我等本为返回泰山前瞻拜文大人陵寝，略表崇敬之心，以有生能踏上文大人故土而荣幸。不料，在文大人乡里四处寻觅，不见文大人葬地。经与村民交谈，方知，文大人头颅被挚友张千载先生携归故里后，即由文大公子和张先生二人秘密送往山里，掘地深埋了，地表上没留半点标识物，更无第三人在场，村人无一知晓文大人忠骨落葬之地。"

汤仁和"哦"了一声，插言道："原来这样。乱世之下，是该提防心怀叵测之徒，谨慎为上。文大人墓地寻找不着，当可理解、当可理解。只是，你等愿望不就落空了吗？"

花临风接道："也不全是。虽然没能亲到文大人坟前拜上三拜，但村民见我等心诚意真，又闻元廷图谋挖掘文大人墓地，毁坏忠骸，便留我等在文大人旧居住下，协助村民防范宵小。近月来，确有几拨人到村前野外乱转，还探头探脑地询问文大人葬处，却没遇到持刀执枪、强逼硬闯之徒，我等也没有做出啥事，闲住了这些日子。"

"那你们见没见到文大公子？"汤仁和似有心又无意，轻轻一问。

"文公子只身隐居山中，为父守护灵寝，难得回村。我等仅与他见过一面。文公子有乃父之风，学问、见识都令我等敬佩。见子如见其父，我等心愿也算有遂。"花临风眼中生光，流露追慕。

"确如师弟所言，见到文大公子，真是我等幸事。仅此一面，我师兄弟妹均感三年江南之行值了！"庄山平跟着抒发心中之慨。

"少侠崇尚英雄，胸怀大义，汤某深感与四位少侠相识，乃是可遇而不可求的幸事。汤某诚邀四位少侠加入龙虎风云会，合力共襄，在江湖中卫道除魔，做一个无愧文大人遗风的正直人士，追求人生最大价值。不知二位意下如何？"

"龙虎风云会聚召天下英雄，我等心向往之。若能加入，求之不得呢！"庄山平慷慨而言，表明心迹。

汤仁和看向花临风。

花临风则道："只是师尊有嘱，吩咐我等三年为期，返回泰山。算来，三年之约已近，我等在这里难待长久。"

庄山平被一语点醒，也面生犹豫："这……这倒确是……"

汤仁和忙道："不妨、不妨。入了会，该走照走。江湖中人肝胆相照，意气相投，入会只是个形式，表明志同道合，即便散处天涯，仍可各有作为。"

庄山平、花临风被他说得点头不止。

"那好，二位就算正式入会了！"汤仁和语音未落，庄山平抢道："不，是四位！叶师妹、齐师弟没来，但我四人心意相通，在下与花师弟可以代表他二人！"

"好呀、好呀！四位少侠入了会，本会又添强手，发展潜力更大了！"汤仁和兴奋直露，高声对侍立一旁的陆佩令吩咐，"陆总哨，日后四位少侠到来，庄、花二位即为本会副总哨，与你一同担负拱卫会所的重责。你们要多多亲近才是！"

几天来，陆佩令已与庄、花二人厮混一熟，闻言上前，与他俩重新执礼见过。

庄山平道："我与师弟蒙会长看重，甚是感激。只是，文大人家乡若少人照应，一旦歹徒生扰，乡民无力阻止。我等四人虽然入会，只怕还不能前来天师府效力，望汤会长理解。"

汤仁和思忖片刻，应道："若一味在文家苦候，反显被动。况且，文大人英名远播，去其家乡寻访、瞻拜者中，别有用心的人只是极少数。现在，元政已稳，假以时日，他们不会再惧怕文大人影响了，若或发生对文大人灵寝不敬之事，反而有污当政者名声，难拢民心呢。他们不会蠢到连这点都不懂的。"

"汤会长的意思……"庄山平不解。

"我的意思是,越往后,文大人乡里祸患越少。你等加入本会,今后所作所为,也都是会里的事情了。不如这样,本会将保护文大人灵寝列为会里神圣职责,我等共同守卫文大人陵墓。"汤仁和毅然道。

"我四人一直担心势单力薄,难挡大敌,又因归期临近,心生不安。汤会长举全会之力来为文大人看护陵地,守卫旧园,确是极好之事!"庄山平喜上眉梢,尽吐肺腑。

"你俩回去后,见到文公子,可将此事告诉他,并说动他带你俩去一趟墓地,认认路,一来防止公子有啥不测,文大人坟前连烧香焚纸的人也没一个,让英烈何以瞑目?牺牲者流了鲜血、献出生命,还让志同道合者伤心不成?另外么,本会也可调集好手,轮番前去文大人坟墓近处守护,以分文公子之忧。这样,就不惧歹人胆敢摸到坟前胡作非为了。"

听汤仁和这么一说,庄山平、花临风也觉在理,应允回村后,见着文公子,定然转告此意。

庄山平、花临风在天师府住了两宿,第三日清晨,吃了早饭,便向汤仁和辞行。

汤仁和余兴尚存,召来牛道长、陆佩令,说是同去看了天师府一方趣处,二位少侠再走不迟。

四人随汤仁和信步往后院走去。牛道长耐不住好奇:"汤会长,你要领我等看啥稀奇呀?不如,让我带二位少侠看看阳、阴神石,那可有趣多了,也好开开眼呢!"

汤仁和笑道:"你别成天惦着那两方石头,这里值得一看的物事多着呢!你们听说过前朝山东梁山泊一百零八人聚众造反的传说吧?"

牛道长顿时来了兴致,抢道:"当然听说过啰。茶馆说书人的话本么!"

陆佩令接道:"属下小时候,爷爷常说道的。"

庄山平、花临风记得师父叶印竹讲过梁山水浒好汉反贪官污吏的故事,跟着应声:"咱山东的英雄,咋能不知呢?"

汤仁和道:"传说这一百零八人的前世,乃天庭、地殿的煞星魔头,他们就是从天师府里挣脱符咒,硬闯出去的!"

众人露出惊讶之色。汤仁和便将洪太尉误毁"伏魔大殿"千年古井的镇符,放出三十六天罡星、七十二地煞星的故事,对四位说了,一指前面:"拐弯有块荒地,乃'伏魔大殿'遗址,殿中那口古井至今仍存。我领你等见识见识。"

四人兴冲冲地随汤仁和快步行去。过了残墙拐角,刚刚看见杂草丛生处,一方硕大的太湖石后闪出两条黄衫身影，一晃落径，挡住了众人去路。只见两名中年道士，袍服束冠，并肩而立，手执拂尘，拱身行礼，口道："各位施主，请止步，转回吧。"

汤仁和微笑开言："二位道长，我乃龙虎风云会的会长，只是带他们看一看那眼古井。"

"此处乃本府禁地，外人不可轻入。"一名道士和言以释。

"贫道与师兄看守有责，还望汤会长包涵。"另一道人也正色劝阻。

"前些日子，在下随天师到此看井，没见过你俩呀？再说，我等既住府内，不能算是'外人'吧？"汤仁和心意不改。

"你与天师同至，当然看得，我俩岂能现身过问？今日非比那日，还望施主明鉴。本府规矩，若无天师亲允，到者皆系'外人'，不可往前再行半步。"为首道人言辞一丝不松。

"啥破地方，这般当真？你等怎么与青城山那班龟儿子一副德行、一样死心眼呢？看本道行得行不得！"牛道长不耐道士唠叨，心头火起，硬往道士并立处撞去。

二道士并不作势，念声："无量寿福！道友莫要如此！"

汤仁和阻拦不及，眼看牛道长横肩撞了上去。"砰"的一声，牛道长身势一顿，那二位道人则面不改色，纹丝不动，如同钉在当地。汤仁和有数：牛道长这一撞，少说也有二三百斤的冲力，二位道人却如无事一般，显是身负高深武功。他不禁想起了那日与张天师看井时，天师本欲唤人移动如磐井盖，大约就是召此二道吧！不能小觑他俩哦！

为首道士神色如常，朗朗开言："道友为老不尊、耍横施泼，天师若知，大伙儿都落不了好。"

另一位道士也言："这位道友信口胡言，辱没同道，即是辱没自身！"

牛道长一肩撞上，不见开出指宽缝隙，脸上一红，又听二道轮番教训，愈加羞愤，蓄起大力，再要撞去，被汤仁和一把拽住胳膊，迫停了身势。

不待牛道长开言，汤仁和已朝二位道人施礼致歉："我等不知府中规矩，得罪之处，还望谅解、宽恕。二位道兄修养高深，也莫与这位朋友一般见识。我等回转便是。告辞了。"

在这期间，陆佩令、庄山平、花临风只是一旁看着，没有言语，更无动作。听汤仁和这番话后，三人均对二道士微笑致意，拱拱手，转身离去。

牛道长还要争执，却被汤仁和扯着，挣脱不开，口中嘟嘟囔囔，甚不服气，硬被汤仁和拽转身来。

扫了兴致，几人一路默然，直至步出天师府大门，方恢复谈讲。又相伴着走出里许，到了龙虎镇尽头，迈步即是田垄了，才依依作别。

牛道士为挽回颜面，故作兴奋道："那口破井想来也没什么好看的。二位少侠再临此地，本道还是领你们开开眼，看看阴阳二巨石吧！天工造物，鬼斧神工，那叫个像哦！不亲眼看看，可是人生之憾呢！"

众人在笑声中执掌分别。

五、忍辱求伸觅捷径

他人难为之事，汤仁和却把握到解结之术。他将一条长长的线，悄然投放到文天祥家乡，连钩上之饵都不自知，还有谁觉察到他玄机所在呢？如捕钓者设下网、做好窝，只须耐心等着。汤仁和不急，他等得起。

此时的汤仁和，已非当年满腔意气、愤世怨俗、强冲硬闯地要在名利场上出人头地的汤仁和了。他经历了从庐山迈出仙人洞，到踏进天师府，得授"十四届江南武林盟主"桂冠的打拼、磨砺，承负了家破人亡、妻离子散的大悲大恸，忍辱遵从伯颜元帅的计谋，潜入义军，在与亲儿相逢的惊喜中，不改初衷，杀将献城，终成元廷功臣，封从五品衔、领信州衙同知职，继而组建龙虎风云会，为元政除逆招顺、稳定一方……经历过的磨炼、变故、搏杀、谋划，已将汤仁和锻炼得沉潜、油滑、机诈、大度，他熟谙江湖、官场两道生存定律；混迹其间，如鱼得水，游刃有余。眼下的汤仁和，羽翼丰满，进退有术，如春枝萌芽，秋风催熟，只待时机。

汤仁和的势力日渐强大，内心也越发沉稳、自信。甚至，连何时能与妻儿团聚的亲情大事，他也看开，淡化了早先的迫切之念：一切都看机遇、待来日吧，时机不到，急煞自己，无半点用处。

但是，也有令汤仁和惶惑的事。

探看古井不成，自是一桩小事，可两名看守道士，身负功夫不逊牛道人，坚不让路的执着神态，在汤仁和心中烙下阴影。看来，天师府表面平静、祥和，实是藏龙卧虎、实力潜存呢。全府七八十名道人，与这二位道士功力相近者，当有几人？还有更强的"高手"隐在其中否？原先，汤仁和以为，龙虎风云会总堂驻在天师府内，也可护卫道观安全，张天师对他有所倚重的。现在才明白，自己这十多人，好似置身虎穴龙潭间，生死还在他人掌心里攥着。一干道人也并不把他这个"盟主""会长"放在眼里，没有张天师准许，他就和所有"外人"一样，不能多走半步。平日，自己在府中似乎可以随意行止，那是人家愿意让他走动，不允起来，难越雷池一步。

　　这事让他警醒。汤仁和感悟到：自己还是微不足道、无足轻重哦！不论江湖地位、元人眼内，都不及一个出家人—张天师呢！他怀揣几许悲哀，告诫自己：我还得奋发，还须图强，一定要凭自身实力，让江湖、朝廷都敬重有加，才称得上是一个横行世间、笑傲天下的"好汉子"！

　　汤仁和一面自我反思、自我勉励，等待着四少侠的信息，一面加快为元人筑路筹集资金、征召民夫。

　　不多日，"长江竹排帮"帮主尚代汉送至四十多人，成为筑路队伍中的第一批劳力，襄助汤仁和拉开了工程序幕。

　　"冬天到了，长江水浅，本帮运事正值淡季，就让弟兄们到这儿赚点钱。开春后，生意一忙，得抽一半人手回去，先与会长说好了。"尚代汉解释道。

　　出乎汤仁和意料，尚代汉将他的妹子尚红菱也带了过来，随其前来的还有四名妇人。

　　"让红菱姐妹几个，给干活的人烧茶煮饭、洗衣缝补，大伙生活便利点，精力也可放在筑路上。红菱就专门照料会长吧。你管着多少人、操心多少事呀，身边没有妇道人家服侍咋行？"

　　"这个……"汤仁和不虞尚代汉有此安排，一时吞吞吐吐，"这个……给筑路的劳力做些杂务，帮帮他们，倒有必要……可让其他路段的工队效仿。至于汤某么，倒真没啥劳烦红菱妹子的……"

　　"看吧，到时就有她干的活了。"尚代汉轻描淡写地笑笑，"一个妇道人家，能侍候会长这样的汉子，是她的福气。汤会长不必介意，就这么着吧。只怕红菱笨手笨脚的，做不好事，惹烦呢。不说这了，你还是给大伙派事做吧，他们闲久了，身子一松，没力气干活了。"

　　汤仁和不便再说，转而分派人手，领着先到的这批劳力，四出购回竹、木、板、席等建材，寻一幅平坦的缓坡，搭建居住棚屋。

　　赣东筑路，是汤仁和体系率先破土开工的。由此，修筑快速官道的工程，全线陆续启动。

　　刚进初冬，无雨无雪，土地也没冻硬，修路进展顺利，二十多天后，已经夯实了五里地面的路基，拢出了路型，筑牢了路牙。汤仁和见众人手底出活，干得卖力，便隔三岔五叫尚红菱几位妇人在伙食中添肉加菜，还购进几十坛烧酒，每晚就餐时，让大伙喝上半碗，驱寒生暖，解乏散心。待几路劳力来到，工程全面铺开，分段掘进，汤仁和就带着会所十多人，全力扑在筑路事务上，巡回督促、监理，几乎夜夜宿在工地陋屋中，难得回一趟天师府。

　　在工地住长了，用着红菱的地方多起来。汤仁和独居一室，晚上铺展被褥、燃旺炭盆，早晨拾床叠被、清洁房间，都由红菱抢着做了。汤仁和换下的衣衫，也是红菱抱去洗涤一净，折叠平整，放入箧内。后来，一日三餐，红菱专从伙房盛来，送到他的桌上。尚红菱照料得无微不至，汤仁和几乎无事交亲随小黄、小丁去做，索性将两小伙派到工地，检查质量、收集情况去了。

享受着红菱的服侍，汤仁和细想尚代汉说得也对：妇道人家就是为男子而生的，有男人可侍候，有男人要她们侍候，体现了她们的生存价值。何况，自己也不是寻常的"男人"，在江湖上有地位，在衙门里有公职，和尚红菱早先所嫁汉子相比，不是差距可言，而是天壤之别。自己应允红菱近身，确是她的"造化"。

汤仁和不仅内心有想，也切身感受到，红菱每天在他房中走进跑出，屋子整洁不说，还漾出缕缕温馨气息，使他有一种"家"的感觉。这几年，汤仁和门庭离散，奔东涉西，在刀枪阵中搏命，又揣着几副面具应对世事，少有神宁心安的日子，哪里还有心情去寻觅、感受"家"的舒适。现在，这种熟悉的氛围不寻自来了。

尚红菱每晚诸事忙完，炭盆燃旺，便做告辞，掩门离去。汤仁和从未有心留过她。

小寒。冬至。岁月匆匆。汤仁和忙碌时，心怀暖暖的。尚红菱一步一步走进了汤仁和的生活中、情感里。

元旦那日，汤仁和下令犒劳筑路人员。他吩咐厨间烧了三大锅羊肉杂碎萝卜汤，捧出一坛一坛的老白干酒，趁天未黑透，派员挨着棚屋唤人去伙房取肉分酒，各回住舍聚餐。又领人在旷地上燃放了几筒烟花、点了几挂爆竹，以贺新年伊始，祈愿福禄降临。工地上洋溢起欢乐的喧闹。

汤仁和冒着寒风跑了十几所工棚，敬酒、被敬酒地与大伙轮着喝了一圈，待回到自己屋内，已是人至半醺。刚摸着靠椅坐下，尚红菱又用盖篮端来四大碗佳肴：红烧羊肉、宫保鸡丁、醋熘鳜鱼、爆炒腰花。红菱进屋也不多语，只将竹盖揭开，依次摆菜。

汤仁和嗅着浓浓的菜香，笑嘻嘻道："酒喝了不少，菜倒没顾上吃几口，你送来得正好。"

"这是大厨韩老爹为你单做的。他说，会长忙成啥样，难得有今天，怎能和大伙儿吃一样的饭菜？看，还要我捎来一罐红米陈酿呢。你慢慢吃吧。今晚，大伙高兴，早睡不了，你吃个通宵又咋的？明天，不是还休工吗？"尚红菱边说边将酒、菜布妥，又去炭盆拾掇。片刻间，盆中跃起串串红焰，屋里生起许许暖意，缭绕的炭烟里渗着酒香、菜香，别有一种气氛。汤仁和心里酥酥的，身子慢慢暖和也点点软和了。

他对尚红菱莞尔一笑："你哥将你送来，自个儿回去了，这会儿一定在家里和你嫂子喝酒呢。到了腊月底，你也回去，和哥、嫂家人团聚团聚。今天，且陪我喝上几杯吧。”

红菱脸上沁出羞色，推辞道：“汤会长，我没酒量的，陪不了你。要不，去找两个能喝的人来？”

“不、不！就你我二人喝。代汉要你照应我，你做得不错。今儿，让我侍候侍候你。坐下、坐下！”

红菱忸怩着坐了半边椅子，垂下头，心里生乱、一时不知说啥。

烛光下，汤仁和眯眼看去，见尚红菱肤色虽不算白皙细腻，面庞却清丽秀气，细长的黑眉下，一双眼睛光泽温润。他心花一荡，笑自真出：“来，我先给你倒上这盅酒，再挟上一块鱼，算是侍候开始。请！”汤仁和端起酒杯，送上去，轻轻碰了碰红菱面前的酒盅，仰面尽饮。

尚红菱轻轻一笑，捧起酒盅稍稍抿了抿，嗫嚅低言：“谢谢汤会长。”

“快，吃点鱼肉，压一压。”汤仁和见尚红菱沾了几滴酒液，便眉头生皱，似咽苦汁，忙提醒她吃菜，意味深长地一笑，“红菱啊，我与你哥啥交情、啥关系？咱和别人不一样，谢个啥？往后，你我在一块时，别‘会长’‘会长’地叫，改‘哥’吧。叫哥好，我也是你哥么！”

不知是酒气催的，还是听了汤仁和这几句话，尚红菱的面颊生出浅晕，双睛忽闪闪瞭了瞭汤仁和，温软地“嗯”了一声。

汤仁和“嗞”地将酒盅吸尽：“那好，哥先称你一声‘妹子’。妹子，请！”

尚红菱娇颜生笑，红唇花绽，露出一点白齿：“谢谢哥！”

汤仁和哈哈大笑：“瞧，怎的又谢了？俗……俗了，认了兄妹，就是一家人么！”

汤仁和仰颈一口吞下杯中清液，饶有兴致道：“红菱啊，听你哥说，小时候，你比他学习诗文强多了。不错么！”

红菱面生羞意，笑道：“我哥小时读书是笨，爹爹常常教训他。长大后，哥却干起大事业，给尚家挣了脸面。”

汤仁和即道：“人各有所长么。你这么聪明，日后差不了！”

尚红菱微微一叹：“还是哥你行呀！用咱家乡戏文中的话说‘文武兼备’‘人中龙凤’哟！”话未尽言，红菱眼中已满是倾慕，“妹敬敬哥！”手抖的杯中酒液洒出了几滴……

汤仁和屋中的红烛，燃至子夜方熄。尚红菱第一次没有离去，与汤仁和一铺宿下。

汤仁和反复抚摸红菱温热柔臀，似乎妻子回到了身边，久违的情感流遍全身，脱口长吟：“噢……菱妹……菱妹……老婆、老婆……”

汤仁和充分施展组织能力，合理协调各方，将会中各家所遣、社会招募和州衙征集到的五百余名劳力，分成两大拨。一队二百来人，由牛道长统领，前往赣江捞取沉沙，去几座岩山开挖碎石，将沙石运到工地后，糅以别处取来的黏泥，制成坚硬紧实的"三合土"。陆佩令则领着另一队三百来人，开掘路型、夯实路基、铺垫厚土，再用滚木、圆石将硬土层反复碾压，直至平整紧密如石板。

汤仁和还使激励之策，鼓动牛道长、陆佩令两下人马展开竞赛，一方停工待料，另一方就输了一阵。这招激起劳伕好胜逞强的本性，牛、陆二人各驱手下尽力忙作，时有加班加点。飕飕朔风中，两边劳力攒足劲，也较上了劲，各将手中活计干得风风火火，难分高下。

汤仁和请动张天师，派了观中四名识文断字的老年道士，到筑路队伍中管理财事、处理杂务。老道中规中矩，将账目分理得清清楚楚、一目了然，半月向汤仁和一报，使得汤仁和对钱款所用，掌握于胸，筹划在前，不曾耽误工程半时片刻。

汤仁和早早到龙泉乡去过，下令"龙虎风云会"所控工匠、作坊，一律停下其他生产，选用精材，赶制锹、镐、钎、凿、筛各一百副，限期送到筑路工地。劳动器械称手，数量充足，施工者按需领取、换用，各得其具，干活劲头愈加充沛不懈。

汤仁和掌管修筑的路段，在整个工程中启动最早、进度最快，临安府知府身兼筑路总监官，闻讯很是满意。知府大人除了请准朝廷，行文嘉奖信州衙门乌木英达，还组织了其他路段头头脑脑三十多号人，齐聚赣东工程段，由汤仁和现场向他们讲述经验，参观既成路面，和劳夫面对面交流，获取直接感受。

汤仁和在如此气氛下，灵智迸发，当场即兴说出一篇豪言："弟兄们，这项工程，是本朝建国大业，各级官员无比重视，朝廷也看着我们。大伙可要卷起裤子、撸起袖子、伏下身子、甩开膀子，大干一场呀！不要怕苦怕累怕流汗，本会长保证：一日三餐，尽管放开肚皮使劲嗨吧！干活卖力者，另有奖赏！"

欢呼四起，一众官员点头示赞，乌木英达更是用力拍掌，对汤仁和笑道："汤会长四个'子'，概括、提炼得形象、深刻，有水平呢！"

修筑快速官道的工程，在汤仁和负责区域出现了一个高潮。

做出的业绩被元衙认可，又结识了江湖、官场上的朋友。那几日，汤仁和说话、走路劲头十足，晚上，更是恣肆纵乐。有尚红菱伴宿，汤仁和的情事、情趣也被激发出一个高潮。只是，他与红菱宿在一起的那晚，褪去红菱衣裤后，汤仁和的目光，首先关注的是红菱双股上有没有纠缠他二三十年的那几点印记。摸了、看了数遍，方才确信，红菱的臀部洁白无瑕、光滑如玉。汤仁和无奈地偷偷笑了："哎，我真他妈的有病呀，怎么总是牵记这事呢？"

农家出身的尚红菱，虽然已是经历房事的妇人，但前夫所为只是寻常惯行。自与汤仁和暗通款曲，则耳目一新。起初，不适应他变化多多的诸般行为，喜亦含羞，羞还藏惊，往往拒多迎少。汤仁和泡过姑娘，又经牛道长指教，更在苗女身上尝过甜头，故而吸骨知髓，屡试不爽。几番之后，尚红菱也就欲拒还迎，由着他、配合他去做了。

白天的汤仁和、晚上的汤仁和，都生活在得意、快活的浪尖上，以致长时间不再思起下落不明、生死未卜的结发妻子，更是忘却了弃他而去、追随楚天行无处觅踪的儿子汤清远。

汤仁和也难得与牛道长一叙了。自开展筑路竞赛后，牛道长一根筋地发誓，要赢了陆佩令。他带着手下劳力，掘沙开石，车载担挑，源源不断地将筑路用料运到地头，迫得陆佩令四下吆喝，督促大伙"加油干""别让牛总管他们小瞧了大伙呀"，忙得团团转。

牛道长偷看陆佩令忙得焦头烂额，四顾不暇，背地里乐个不住，愈加卖力地监督众人疯了般出力干活。即使有闲，到汤仁和屋里小坐，也是只顾闷头大口吃肉、大碗喝酒，图个肚腹痛快，无暇与他讲谈、交流房中之术。牛道人不知道，尚红菱已常在汤仁和屋里宿夜。否则，少不了兴致大发说上一通的。

汤仁和见牛道长发长、衫脏，满脸风尘劳碌相，对酒、肉贪婪不已，知他劳作辛苦，也不好意思往情事上聊，只在牛道长酒足饭饱临去时，鼓励他"要保持优势，也要注意身体"，其余不多说了。

汤仁和正内外、昼夜地忙碌，信州衙门快讯传到：乌木英达大人邀汤仁和即去州衙一叙。

汤仁和琢磨，大约是修筑官道和寻觅文天祥首级葬处之事，不敢怠慢，将手边事务稍作料理，上马直往州衙驰去。一路上，他纵马放缰，有心晚上能赶了回来，和红菱乐上一乐。

汤仁和进了衙门，被差役引到后堂书房，与知州大人相见。

乌木英达果然问了寻找文天祥坟地和后人的情况，却不提筑路之事，显是近情已知，不再赘言。随即，乌木英达话题一转，告诉汤仁和：伯颜元帅已经平定漠北少数贵族的叛乱，提兵折返，回到京城大都。伯颜戎马倥偬，乃关注江南政况是否稳定，并不忘汤仁和所托寻妻之事。伯颜现有一封书信到来，特请汤大人过府一阅。

听说伯颜凯旋，汤仁和自然高兴，又闻专书送己，一颗心就"怦怦"跳动，难以安坐了："哦，伯颜大帅天纵英武，平叛神速，为朝廷立下大功，可喜可贺！唉，难得伯颜大人操劳军国大业，还将卑职家事挂在心上，经年不忘，令卑职敬佩、感动。"汤仁和起立，拱身朝北深深一拜，又对乌木英达施了一揖。

乌木英达神色凝重，从书案抽斗中取出一封信函，递给汤仁和："信中所述，汤大人看过便知。"

汤仁和双手接过信来，封口已被撕开，封皮书字：交乌木英达、汤仁和亲启，显是伯颜手迹。

若这样，乌木英达当然可以启信先阅了。汤仁和双指捻开封口，取出信笺。

"汤大人，坐下再看不迟。"乌木英达轻声延请汤仁和落座。

汤仁和一颗心跳动更凶，他从乌木英达神情中感到了不祥之兆，不由悄吸一气，稳了稳心态，方展笺细读。

伯颜学识深厚，通晓汉语，用汉字书写，明白晓畅。他在信中，先向乌木英达、汤仁和二人概要叙述了奉旨北上、平定贵族叛乱的过程，挑几处主要艰辛和战果说了说。接着，专为告诉汤仁和：汤仁和寻妻之托牢记在心，只因军队调动频繁，各部驻地少有定踪，以致端倪难寻，无有收获。待叛乱平复，诸事稍缓，才得以责人分赴南下复返的军队，尤其经过庐山附近、成建制北归的队伍，逐一不漏地排查、询问，终在大都禁卫军一部中，搞清了事情原委。

伯颜在信中写道：该部系我军精锐，杀至江南后，是攻克常州城的先锋，军中将领骄横，兵士暴戾，军纪甚劣。经用多种手段、反复研判，才得口供：该军一支百人小队，奉命从庐山经鄱阳湖过江北折，调大都戍守。军至开封，驻扎数日，筹船待渡黄河。一天晚上，兵营中醉酒军士强暴所掳汉妇，计一十八名妇人遭受凌辱。第二日上午，船至黄河中流，八名受辱女子，纵身跃入浊滔急湍，失去踪影……

看到这里，汤仁和心中惊悸，双手发颤，不敢再看。他略顿一顿，才能续读。

伯颜写道：被掳人员来自多地，一路还有参入者，无法核对八名投水女子的姓氏、籍贯。但因至今没有找到汤夫人的行踪，待过黄河后，也无人见到她。据此推测，一二可能半途趁乱逃脱，但八九当在溺水亡妇之内。

汤仁和目光停滞在这一行字迹上，脑中一片空白，身子如同坠入冰冻雪窟，寒颤难禁。

乌木英达虽然已知信中所述，见汤仁和这般模样，也难过地垂下脑袋。

汤仁和不愿在乌木英达面前失态，极力控制感情，泪水仍禁不住滑落脸颊。他闭了闭眼，抬袖拭去泪滴，轻叹一声，俯首再看信中所言。

笺上续写：虽然令人难以接受此番结果，但又找不到另解，更不宜盲存侥幸以自欺。汤夫人若遭不测，追根寻源，那晚军中行淫之徒难辞其咎。伯颜做主，将凌辱妇人最恶的三名军士，押送信州衙门，交汤仁和处斩，以告慰汤夫人在天之灵，消弭已亡人遗恨。

伯颜信末向汤仁和致以深切的慰问，望他节哀顺变，理性对待发生的惨痛之事，保重身体。鼓励他：大丈夫何患无妻？英雄好汉立身处世，当以功名为重，若不行差踏错，自有享不尽的荣华富贵。最后，伯颜以"他日，大都朝堂上相见再叙"为约，表达了对汤仁和的期待、对未来的憧憬。

汤仁和将末页信笺拿在手上，反复看来看去，品咂琢磨，久久没有开言。

半晌，乌木英达起身道："汤大人，伯颜元帅已将话语说透，你莫要过度悲痛，身体要紧。"他踱了几步，又道，"那三名兵士，已经押至此地，关在后院囚屋，下官叫人提出他们，汤大人问斩即是。"说毕，走出书房安排去了。

室内静静的，唯闻汤仁和呼吸声。他将信笺拍到几案上，默默端坐，出神不已。

虽说是活不见人，死未见尸，但妻子凶多吉少已是定数，确实存不得侥幸之念。凭伯颜之能，若妻子尚在人世，不可能寻查不到。深陷沮丧的汤仁和，灵台依旧清明。

伯颜元帅说得对，大丈夫不能因亡妻而失态，不能因悲伤而崩溃。妻丧可以再续，若沉沦颓废，不仅失去现有的一切，更熄灭了将来的"光焰"。心伤可以在时光中抚慰、痊愈，悲摧则会"乱思""邪思"。我若因此一蹶不振，言辞不逊，就是伤害了与伯颜的情感，更是怨及元廷。这意味着什么？汤仁和心底深处冒出凉气、钻出惧怕。

关键是，即使不顾理智地闹上一通，又于事何补？能让妻子复活吗？不能！

汤仁和从巨大的哀伤中，挣扎着梳理思绪，心里颠来倒去地权衡、比较着"得"与"失"。

门外传来乌木英达脚步声，汤仁和赶忙调整神态。踏进门来的乌木英达，看到的是一个已恢复平和、沉静的汤仁和。

"三名军士押到后院，请汤大人移步。"乌木英达从墙壁上摘下自己的战刀，当先出门。汤仁和随着起身，跟他行去。

二人来到后院，只见三兵已被六名衙役扎缚一紧，推跪在尘埃里。

汤仁和走到元兵身前，逐个盯视，见三具硕壮身躯绑成一团，头盔均被卸去，乱发披散，三张灰黄阔脸上，鼻头扁塌，嘴唇肥厚，横肉挤堆，满腮扎须。

三名兵士见了汤仁和，知道死期已至，目光闪躲，面浮惭色。只是生性顽硬，又乃沙场厮杀之徒，既已犯事，羞于开口求饶，只待引颈就戮。

汤仁和瞠眼盯视致妻惨死的元兵，心如滚油泼过。他双拳紧握，力道所至，几枚指甲深陷掌肉，刺出点点血痕。

乌木英达知汤仁和恨极这三名元兵，默默抽刀出鞘，递到他手上，看押的差役也退出几步。

庭院阴处，寒气迫人，树梢间风声低吟，几片枯叶在地面飘浮移动。

汤仁和执刀上前，顿了片刻，挥刃斩出。

仨兵双目紧闭，头皮一点刺痛，待三人魂魄归窍，惊恐睁眼，只见几缕长发，轻轻落至各自膝下。

乌木英达一愕，不解地看着汤仁和背影。汤仁和慢慢转身，双手捧刀递交乌木英达："有劳大人费心，卑职谢过大人！"

乌木英达犹豫着接刀入鞘，少顷，恍然道："你……放过他们？"

汤仁和点点头，苦笑道："卑职已将三人杀了，有劳大人送他们回转都城吧。请转告伯颜元帅，卑职对他感激不尽，诸般恩德日后定当报答！"

乌木英达轻舒一气，赞道："好，下官一定向伯颜元帅禀告你所作所为。汤大人果然提得起、放得下，气度非常人能及。是一条汉子、好汉子！走，喝酒去！这次，咱俩饮个痛快，不醉不休！"

酒杯一端，乌木英达就像换了一个人，说话直率多了。三杯落肚，他绝口不提适才惩戒元兵的事情，对汤仁和体贴一笑："汤老弟可谓大人有大量，前程不可估测呀！别看眼前只是从五品，日后定然超过老哥哥，四品、三品地往上升哟！"

汤仁和慌得一口酒差点呛出喉来，搁下玉盅，拱手连道："哪里、哪里！大人高看汤某了。惭愧、惭愧！"

乌木英达抬手阻他再谦："汤老弟的心思，老哥哥还是看出一二来的。老实说，只要踏进官场，一个人的想法就和以前不一样了。譬如本官，当初在放羊、当兵的时候，想法很简单，无非吃饱、睡好、多杀敌人、留得命在。后来，上峰给了个'百夫长'的位子，老哥的心里就不对劲了，只想若能再升一级官阶，那就满足了。可是升了一级后，又想着如何再往上走走。就这样，十几年就琢磨这档子事了。到了今天，不大不小的五品官衔，耗尽了老哥哥一生的时光。眼下，也弄不清值得还是不值得呢。我看，汤老弟心里也有'再上一个台阶'的念头吧？"

汤仁和被他说中心事，面红耳赤，心想：岂止也有，而是强烈得焚心烧肺呀。口中却辩道："不、不，在下才疏学浅，又无战功，哪敢与大人比肩？只要能稳稳当当地混下去，让大人及伯颜元帅不至小瞧，也就心满意足了。"

"你说啥呢？在尘世上混、在官场中拼，一个人怎么能轻易就生满足之念？进了一步，还想再进一步，本来就是人的本性，是向高处攀登的原动力么。这绝非羞事、丑事。官家、朝廷就喜欢这类人。都不求上进，办事干活没有那么一股劲头，衙门、皇上还能信谁呢？真正会用人的官，专门任用想当官的人、想当官的官。这可是公开秘密，稍稍用点心，都知道的。汤老弟呀，你有才、更有能，老哥哥心里透亮。你快到四十岁了吧？这可是人生中的关键年岁哦，加把劲，冲一冲；真过五十之后，虽说知天命，但也无力尽人事了。拿老哥我说，就要跨进五十门槛了，一切都看到头了，能在这把椅子上安安稳稳退职，就是万幸。这也叫'人到中年万事休'，不服不行哦！哪有心气和汤老弟比。所以说，你起点高，一定超过我的，跻身朝廷、位列公卿都可望可及！气宜鼓不宜泄。好好干吧！"

汤仁和惶恐变色，口中嗫嚅："大人高看、大人高看，愧煞卑职了。"

乌木英达"呵呵"而笑："汤老弟放不开、放不开，和老哥哥也不掏心里话。好、好，那就不扯这档子事。来，老哥哥敬你一杯，你今日处置那几个大兵，做得漂亮。下官一定上报伯颜大人。你静候佳音吧！来、来！干了这杯酒。"

汤仁和在州衙喝得酩酊大醉。傍晚，四名差役驾着马车，将昏然沉睡的汤仁和送回工地，抬上床铺，方才回转。尚红菱见汤仁和喝成这副模样，绞了热巾，替他擦拭面颊、额角、颈项，拉开半幅厚被，将他身子盖严实，带紧房门，回自己住处宿了。

第二天早上，一夜没有睡踏实的尚红菱，端了伙房熬好的热粥，配上酱萝卜片和盐渍黄豆，来看汤仁和。

汤仁和仍在铺上躺着，床前地面一摊呕吐物弥散着腐酸气味。尚红菱忙将房门半启，让室外新鲜空气吹送进来，又将地上秽物扫清揩净，一番忙碌。汤仁和始终闭着双眼，无声无息仰面躺着，若不是胸腹缓有起伏，直如死去一般。

尚红菱心中着慌，俯身轻唤："哥……哥……"见汤仁和毫无反应，只得搬张椅子在床边坐下，看护着他，心想：怎会醉成这样？以往也多喝过，他有酒量的么！昨天去州衙定是遇到事了……

其实，汤仁和躺到下半夜醒转过一次。他只感腹中难受至极，恶心上涌，侧首床沿吐尽肚中食物，身子软绵绵的，没有一分力道。汤仁和脑中迷糊，但心里实存明白：自己已被"伤"了。先被妻子的死讯伤了心，后又借酒浇愁，以消胸中块垒，反让过量酒液伤了胃、伤了身、伤了元气。仅此一日，自己还有什么没被伤的！"情"？什么"情"？"夫妻情"？结发之妻已死，谈何"情伤"，那是人何以堪的"情殇"呀！情未老，却已殇，中年丧妻，人生大悲。如今，我已摊上了！不、不！阅读伯颜来信时，我顾及的"情"，好像不是夫妻之间的"情"，而是和元人的感情。这种"情"，伤不得！我伤了没有？好像没有。是的，我最终并没有杀那三个本该千刀万剐的兽兵，不正是担心伤了与伯颜、与元廷的感情吗？我虽"伤心"，却没"伤情"，不损大节，没生错失哦！

汤仁和迷迷瞪瞪中，内心交织、碰撞，神疲智乏。

尚红菱进屋时，汤仁和刚刚又醒，他不想说话，也不愿起身，努力一丝一丝地重聚回忆，向更深处想去。

伯颜为何不直接斩杀那三名元兵，千里迢迢押解到此，让我"亲斩"？莫非他理解我的心情，最大限度地让我消愤息恨？莫非借此测试我的内心，看我如何处置此事，以把握我对元廷亲近、服从到何种状况？是的，我意识里定也感觉到了伯颜的玄机，才没有格杀三个狗东西！汤仁和脑中疑问连连，思前想后，确定了自己"不杀"的必要性、正确性。而"以发代首"的惩戒则是不可或缺的，哪一位有血性、有情感的丈夫，能对结发之妻遭侮辱、被迫死无动于衷？那一刀若不挥斩，反显"矫情""做作"，定让元人、让伯颜起疑，要揣测自己忠诚的真实性、可靠性了。

可怜的妻呀，我对不住你！既不能保你生前平安，又不得雪你身后之辱。汤某枉为人夫！妻啊，你可理解我、体恤我、原谅我？我不得不这样做哇！

汤仁和心里悲呼祈求，恨不得将心房撕开，向亡妻尽表。

对伯颜元帅，汤仁和尊崇、恭敬，真心愿意为他做事，博他赏识。但汤仁和潜念中也有提防之意：伯颜要我"千里杀将"时，曾许我功成后奏请朝廷，授我四品正将衔，领江南巡察职。结果，我冒九死一生之险，从蜀地回到江南，朝廷只给了一顶从五品同知纱帽。从五品？不仅和正四品差了两个级衔，并且屈为副手，还是一个不能公之于众的虚职，官帽也戴不得。伯颜承诺没能真正兑现，在汤仁和心底留下了挥之不去的失落感。这当口，又重新刺激了他。

朝中权贵甚或皇帝老儿，不放心我是一个汉人，不敢即时授我实权。可我汤某为何认了？还不是没了回头路可走，一朝踏上元人这条船，终生就得与它同舟共济了。为了日后扬名立万，以享安乐，现时只能吞下屈辱之果，咽下羞愤之泪，若是半途与元廷断情、绝交，那一切灰飞烟灭，再续此梦，只怕身在九泉了。

"唉，老天爷呀！你若有心让我'好'，又何必如此'难'我？"汤仁和心潮翻涌，似麻错织，一腔怨恨，几多伤悲，无处宣泄，迸成一句问话，遥向无限虚幻。

汤仁和两天滴水不进，粒米不沾，也不言语，躺在床上，双眼空洞洞地瞪着屋顶，满面忧怨，神色郁伤。尚红菱吓得不轻，向牛总管、陆总哨报告了几次。牛、陆二人每天来探望，对他这副状态不明所以，束手无策，愁烦不堪。

张天师闻讯，过来看望。他听尚红菱说了原委，心中明白三分，既不施术治疗，也不开药留方，径往信州衙门去了一趟。

从衙里回来，张天师即叫两名道人随他赶到工地，将汤仁和抬上马车，载回天师府所居。张天师瞥见尚红菱关切的神情，略一思索，嘱她同去天师府，专门照料汤仁和病中起居。尚红菱急忙收拾衣物，伴随汤仁和进了天师府，被安顿在汤仁和居所隔壁一室住下。

张天师在汤仁和房中书案上，看见一页纸笺，上书几行小楷，随手取过一读，原来是汤仁和前几日写下的两首短诗。

一

长剑久不拭，
匣中鸣锋芒。
唤吾挽天河，
振衣昆仑岗。

二

意气日徘徊，
心羽垂大荒。
回眸江湖路，
步步皆断肠。

张天师阅毕，沉吟半晌，微叹一气，自语道："唉，志大、路遥，事烦、心累。凡夫肉胎哪能顶得住？诗中气已泄了，只怕他难以行远哟。"

张天师在道观医房收藏的珍贵药材中，挑出十几味，配制了一副汤剂，分成五包，叮嘱尚红菱按每日一包的剂量，晨、昏各煎一碗浆汁，让汤仁和空腹咽下。

五包药物服用之后，汤仁和果然缓过生气，脸颊灰暗之色日渐褪去，双眼也常转动，环视四周。一次，瞧见尚红菱目中含泪，满面焦虑地盯着他看，汤仁和怔了怔，咧嘴向红菱微笑了一下。尚红菱多日忧愁被这一笑驱散，俯身轻唤："哥……哥！"

汤仁和挣着点头以应。尚红菱破涕为笑，俯首用力贴了贴他的面颊，以抒心中之情，又倒了半碗温糖水，一口一口喂他服下。

汤仁和从喝一碗米汁开始进食，三天后，一餐已能吃下半碗米饭、一个肉圆、几茎蔬菜。又过数日，汤仁和面色红润，饮食如常，下地行走了。

病中之事，汤仁和记得清楚，尚红菱日间守在床边，端药送汤，倒茶喂饭，侍厕擦身，照顾得体贴周到；每晚还要过屋数次，递水掖被，查看炭盆。生怕天寒地冻，冷了汤仁和；又担心炭火过燃，燥了汤仁和……

汤仁和自打记忆以来，也想不起爹、娘、妻子何曾这样关切地照看过他。

张天师每天都来探望汤仁和。他进了屋，先看汤仁和的气色，"观气"后，再问饮食便溺，从不涉及其他话语，还劝阻龙虎风云会几个首领探视汤会长，说是人来人往，气场紊乱，对会长病体有害无益。告诉他们："当无大碍，当无大碍。"

十多天内，汤仁和眼中除了尚红菱，就是张天师的身影。以致自己能走出屋门，见到蓝天、白云、树木、屋宇、来往道士时，有一种重回人间的真实感。

汤仁和精神一复，主动攀谈的第一人即是张天师。张天师在他病时不多言语，汤仁和却从天师眼中看出内心有藏，也知道，凭天师的资格、地位，定能从乌木英达处打听到真情实况，没有啥事瞒得了张天师。他急于听到天师究有何说。

见汤仁和大病初愈即来拜访，张天师知他心思，笑着请他坐下，敬上香茶，主动开言："病来如山倒，病去如抽丝。汤会长不要着急、不要着急！再说，此病也因你自身而起，要怨嘛，也得多怨自己哦！"

汤仁和诧道："元兵辱我妻子，迫她死于非命，怎还怨我自己？"

"贫道之意是，元兵伤你在前，可你自伤于后呀。"

汤仁和不解："我自伤于后？"

"你不杀元兵，就是自伤！"张天师直言。

被天师言中痛处，汤仁和欲辩无语。他想了想，方问："天师的意思，那三名元兵……当杀？"

"杀，自该；不杀，也可。"张天师目光深沉，言语简练。

汤仁和脸色微变，口中喃喃："愿闻其详。"

张天师嗒然道："当杀不当杀，在你一念；解不开，即自创成伤。自伤，难治。自伤得深，当然病得也重。大悲大愤又狂饮至醉，雪上加霜，火中添炭，人乃血肉之躯，岂能经受得起？说到底，不怪你自己，又能怪谁呢？"稍顿，张天师复道，"欲说元兵，确也兽性昭彰，对大恶之徒，杀之本合道意。唉，人性中的恶、贪、私等念头，乃属本性，须后天时时压抑、矫正。不如此，则人皆为魔。"

张天师将手中拂尘轻轻一送，含蓄笑道："井淘三遍饮水甜，听得人劝有路走。其实，汤会长乃灵性之人，心里是明白的，贫道说与不说都一样。日后的路还长着呢，你好好休养、调理，保得有用之躯，雄心壮志或有展时。当然，万般最忌忙中求，诸事更宜缓中做，急行无好步嘛。一切还得看势、看运、看命。贫道且送你四句话：向高处走，寻平处坐，往宽处行，朝深处想。你可慢慢品悟。你大病初愈，回去歇着吧，改天再聊。"

张天师送汤仁和出屋，跨过门槛停下脚步，忽出一语："贫道观红菱女施主对汤会长倒是一片真心。意诚，情也可期。不知汤会长怎么看？"

汤仁和面上一红，掩饰地笑笑："多谢天师指教，汤某领会了。汤某脑中乱得很，且想静一静，日后再向天师问道。"

"好、好！道家修心养性，首修一个'静'字。静以蓄精，静乃养气，静可怡神，静中出慧。施主只要静上些许时日，胸中块垒自消。"张天师含笑目送汤仁和离去。

汤仁和待身体康复，便搬回工地住下，先将正在修筑的路段巡查一遍，又听理财老道将费用、耗资细细捋了捋。他见工程进展顺利，资金使用得当，心感熨帖。

慢慢地，汤仁和又回想起乌木英达喝酒时的一番话，琢磨也是这老小子难得的肺腑之言，道理并不错。汤仁和怀中生出暖来，他看到了自己企盼的前景正在不远处闪闪发光呢。"好！那就先争取再升一级吧！"汤仁和生机复萌，便将张天师的十六字真言搁置一旁，无暇细思深究了。

腊月二十，天空呈铅灰色，云层低垂，北风呼啸，吹刮猛烈，显有大雪欲降。汤仁和算一算年关已近，便将牛道长、陆佩令及分领施工队伍的会所人员召聚一室，宣布：三天之内，各段各摊的筑路队伍均停下劳作，集中管存好工具，逐人领取应得酬薪，返乡回家，休息二十天。过了春节、元宵双节后，再返工地干活。

听者顿感欣喜，议论纷纷，牛道人声音最高："会长若不提，贫道真没想到快过年了，这些日子累得不轻，是要好好歇一歇。你这一说中听、中听！"

陆佩令笑问："不回家的人，会长如何安排？属下就是不回去的。"

汤仁和道："留下人员，劳烦陆总哨清点一下，组织起来，在工地值班，看守工棚、器械、财物。他们可以吃得好点，另外加算工钱。这事，你负责。将人员统计好了告诉我，再去账上领银子。"

陆佩令欣然应允："好，会长想得周到！属下一定办妥，会长放心。"

汤仁和接着又说了第二件事："各位，汤某患病期间，多蒙'竹排帮'尚帮主的妹子尚红菱全心照看，汤某感激不尽。汤某妻子失散多年，至今下落不明，汤某有心迎娶尚红菱为妾，以解生活诸多不便。所喜，红菱妹子已经接受汤某所求。现告各位知晓。今晚，汤某就在本会会所设席，在座各位都去喝上几杯薄酒，见证汤某婚事，同喜一番。"

不虞汤仁和说出此事，大伙表情各异，有悉情者，如小黄、小丁等会心而笑；懵然无知者，惊而转喜，向汤仁和道贺不迭。牛道长闻言，讶异地张大嘴巴，傻了片刻，然后"哈哈"狂笑，指着汤仁和嚷道："好你个会长，贫道没想到呢，真有你的！好，这样好！今晚的喜酒，贫道可要喝个痛快！"

陆佩令起身拱手而贺："属下恭喜会长！只是属下来得匆促，随喜之礼，明日补上。"

他一带头，座中人都"哗"地立起，齐向汤仁和致喜道贺。

汤仁和回礼不迭："大伙的情意汤某心领了，切莫再提'随礼'的话。自家弟兄，说这些见外了。"

晚宴上，自是又一阵热闹喧嚣。待到席散人辞，屋中红烛映照，汤仁和与尚红菱含笑盈盈，相对而坐。虽然前几日就听汤仁和说了此事，此时此刻，尚红菱犹在梦境。

尚红菱贴心侍候汤仁和，和他有了肌肤之亲。临来工地时，哥哥尚代汉反复叮嘱她，要好生照顾汤会长，待他要胜过亲兄长。尚代汉告诉妹子，汤会长夫人只怕回不来了。弄得好，你红菱做他填房，也算丧夫之妇不错的归宿，有后福可享呢。所以，尚红菱真心对待汤仁和，心甘情愿地与他同床共寝，满足他的欲望。不料，汤仁和没有将她"填房"，而是叫她做了"偏房"，理由是尚未确定妻子生死，妻的正房之位不可更改，望红菱体恤此番心愿。红菱想到，自己终是一名村妇，又系丧夫再嫁，能被汤仁和这样的强势人物相中，不是后福是什么呢？再说，他原配生死未卜，确有归来的可能，自己也只得先"偏"着、不能"填"的。尚红菱想通后，答应了汤仁和，方有今晚酒宴庆喜。

汤仁和不愿对外透露夫人已殁的惨事，即使最亲近的尚红菱，也没有告诉她，免她知道后另有所想，欲谋"正室"。汤仁和不仅是江湖中的风云豪杰，他还实授朝廷官职，原配夫人丧了，日后再娶，应选一个门当户对人家的女子。尚红菱性格温和，体贴周到，容貌清秀，但出身低微，有过婚史，少见世面，做他的正室夫人尚有差距。依其性格、人品，纳为偏房，日常生活中照料自己，最为合适。

二人各有所思，但各有所求，故都不减愉悦心情。当夜，斗室内，炭火红旺，巨烛擎亮，锦被涌波，帐幔摇香。虽说是旧相识，却也不老调重弹，照葫芦画瓢。郎情畅，妾意浓，从头来，试几曲新唱。

汤仁和抛却胸中一腔郁闷，将牛道长所授倾囊而出，屡试不疲，弄得尚红菱欢喜不尽。汤仁和兴致如狂，不加节制，全无中年男子的从容不迫、温和柔肠。

疯狂狠劲，狰狞面目，终令尚红菱生出害怕，婉言相劝，告饶不已。汤仁和全然不理，一意孤行，直至五更时分，几将前些日子蓄养的精神、精力耗尽，方搂着红菱沉沉坠入梦乡。

腊月二十八，汤仁和携妾尚红菱去了鄱阳湖"竹排帮"总堂口，拜见尚家亲属，以尽礼数。

尚代汉闻知妹子已被汤仁和纳为侍妾，虽不觉称心，但也高兴。这个老妹，自夫丧后，归居娘家数年，眼见人过三旬，寡待着，终不是事。父母均已亡故，他这个做兄长的揣上了心思。自从结识汤仁和，知道他家庭情况，尚代汉就有了想法。正好，筑路工程启动，尚代汉将妹子红菱送到汤仁和身边，指望他俩日久生情，结为半路夫妇，也好过二人一般的孤寂。现在，两人倒是好上了，好到了一处，但红菱只是侍妾身份，比起正房"会长夫人"来，还是差了一截，这令尚代汉意犹未尽。不过他仍想开了：红菱总算又有了归宿，填房、偏房，日后也可变化的。

尚代汉夫妇令人操持宴席，为汤仁和、尚红菱缔姻庆贺。除夕那日，总堂口内外摆开十五桌酒席，尚家亲戚、朋友、帮内骨干弟兄齐聚。午时，爆竹连连，隆重开宴。尚代汉站在席首，宣布三喜降福：一喜新年将至，一岁更新在即；二喜汤会长再次莅临，总堂蓬荜生辉；三喜汤会长、尚红菱花开并蒂，梅放二度，龙虎会、竹排帮亲上加亲，事业越加兴旺。

尚代汉话语连被欢呼打断。酒席间，祝词频频，笑语满堂，酒香四溢，盏碰盘响，人们沉浸在欢乐中。汤仁和也被氛围打动，首次感受到，和这些底层民众相处，有一种发自内心的快乐。这些人言语直率到粗鲁无忌，脾性纯朴至棱角分明，赤裸裸地袒露真心，没有虚假，不加掩饰，无须提防。这种轻松、无忌的"欢乐"，才是真正的"欢乐"呀！

酒宴一直持续到月上柳梢。

汤仁和心甘情愿地再次喝醉了，醉得不呕不吐，不迷不糊，只感浑身酣畅生酥、五脏六腑直似融化。他的脸上一直挂着笑容，最终笑着醉倒在红菱怀里，香甜睡去。

在鄱阳湖岛屿上，汤仁和住了六天，身心一新，愁绪伤情尽解，重生般鲜活、畅快。他不舍得离岛，却又丢不下几件正做之事。稍松心弦后，归意复萌。正月初四，汤仁和留下尚红菱在娘家暂住，嘱她过了十五元宵节，与筑路劳工一同返回，到天师府和他相会。

尚红菱问道："此时，何处不在年节中，有什么急事，非要赶了回去？"

汤仁和神情松快道："也没什么要紧事，只是我肩上担责，又与人有约，一旦误了事情，不好向衙里交代。我去他处一转，拜访几位朋友。元宵节前，定回天师府等你到来。"

汤仁和谢却了尚代汉夫妇的挽留，乘船渡湖，拢岸后取回寄养在客栈的乘骑，单人匹马，直往庐陵地界飞驰而去。

雪花纷扬，爆竹乱响，灯笼映红，炊烟飘香。沿途村镇，遥传喧音；阡陌田埂，人行欢忙。战创初愈，烽烟远逝，又逢春临，百姓生活重漾喜乐祥和。

汤仁和如同置身世外，不能安心将"年"过完，并非真的与人有约，实是一桩大事沉甸甸地压在心头，难以放下。

借居文天祥老宅的四名年轻人久无音讯，汤仁和唯恐他们年少忘事，将他的吩咐弃之脑后。修筑官道，只是国家建设中的一项工程，固然重要；而寻觅文天祥首级葬处，掘坟毁骸、铲除文家后人，绝其在民间的精神影响力，关乎治国大略。汤仁和掂量得出，元廷更加看重后者。囿于天下大局已定，元廷不宜再生杀戮，也不愿冒天下大不韪，公然去做捣坟鞭尸的忤逆之举。于是，只能将此类事，交付"民间人士"暗中行之。汤仁和心领神会，才竭尽心力自觉参与其间。此刻，他手上紧紧攥着两件事，明着修路，暗中掘墓。他执意两手抓、两手硬，两手都要抓出结果来。四少侠不找他，他就主动寻上门去。大过年的，"盟主""会长"披风踏雪专程看望四名年轻人，正显一番诚意，还不虞这帮小家伙出远门，错过相见。

汤仁和边走边问，待到文天祥家乡时，已是三天后薄暮时分。

听说是四位少侠的朋友，又是岁长许多的"忘年交"，村民们自是热情，按规矩，先将汤仁和领到了文叔公家中。文老爹对乡邻早有叮嘱，凡陌生人到村，必须待他审视过再作理会，以防行歹之徒哄骗村民。

文老爹见一位四十多岁的汉子，自称四少侠新近结交的江湖朋友，便问得细致、深入，汤仁和何等心智，早将各种说法备下，有问必答，一一解了文老爹盘问。文老爹察看汤仁和眉眼端正，面容透着文气，曾是"抗元义士"，现又担着"盟主""会长"之职，阅历丰富、感人，下意识信了他，领着他去了文道生家。

庄山平、花临风四人围着炭盆，与文公子聚谈正欢。文道生常居深山陋屋，为父守灵。岁末那日，在父亲坟前燃纸、焚香，以作祭奠。初二夜间潜回村里，先给长辈拜年致礼，谢过村民尊崇其父、照看旧宅，方到家中小住，与四少侠相聚。半年来，道生已与四名青年相识、相熟、相知了。仅仅见面三四次，但年轻人心性相通，又都是名门正道的热血之士，一朝结交，相见恨晚。四少侠在村中住下，既防歹徒骚扰文大人陵寝，守护村民安宁，也为文公子看好家园。文公子心感四青年的诚意、侠举，上次返家，即主动提出，与四人结为义兄义弟。

文道生亲切道："在下二弟佛生、三弟环生均被元兵掳走，病死北地。我等若能结义，道生不仅又有了兄弟，还有了妹子，先父母九泉之下，也感欣慰！"

文道生年岁小于庄山平，做了"二哥"。这一结拜，喜坏了四少侠。尤其是叶清萌、齐五儿，一直将文天祥视作天人，现今，不仅在其家中久住，目睹其后人风采，更不承想，做了文大人的义女、义子。叶清萌将这番奇遇、喜遇，视作下泰山、闯江湖的最大收获。"爹娘若是知道，该多高兴啊！"她对花临风道，"我恨不得马上告诉他们呢！"

花临风逗她："只可惜，你以后要叫我三哥了。"

叶清萌微啐道："叫'三哥'不好吗？你想要我叫你啥？"

花临风笑道："叫啥，回泰山再说吧。到时候，该叫啥就叫啥，最后不都听师父、师母的吗？"

叶清萌脸颊一红："美得你！我就叫定'三哥'了，你咋办？"

二人心里高兴，嘴上斗仗，脸上笑靥越发绽得开了。

一边立着的齐五儿突地嚷了起来："哎哟，现在我可真的成'五儿'了，难不成爹娘给我起名字时，预知今日我会与众位哥哥、姐姐结拜吗？"

庄山平笑道："预知啥呀，你爹送你到天尊门时，说一直叫你'吾儿'，你家中不是只有一个姐姐、一个妹妹嘛。师父说，还是叫'五儿'好，'吾儿'不是啥人都能叫的。我在一旁听得清楚呢。"

众人大笑。

结义后，四少侠对文公子更加关心、爱护。文公子再回山去，四人结伴将他送进丛岭里许，看着他的身形隐没密林巨磊，四周没有异状，才恋恋不舍地折回村来。

只是文道生从未提及过带四位金兰兄妹一瞻文天祥埋骨之地。四少侠敬重文公子端庄、沉稳，一身书卷气，几次话到嘴边，都不好意思说出。

这次，趁过年回村，道生在家里多住了几宿，明天凌晨即要进山。当晚，大伙开开心心吃了一顿丰盛的饭菜。叶清萌又给文公子收拾了几碗菜肴，一布兜馒头、包子，用一只大竹盖篮装了，让他带进山里，吃上几日。

五人珍惜相聚时短，饭后围坐炭盆边，谈讲不休。

文道生微笑着听了一会儿，诚恳开言："庄大哥、花弟、叶妹、齐弟，家父遇难三年多了。开春天暖，清明节时，兄弟我想请四位到家父坟前，与我共祭。那时，我等再补行结拜仪式，家父地下若知，定然高兴！"

四人闻之，喜上眉梢。

庄山平道："不瞒文弟，我等早有心到义父坟前一拜，不知何时提出为妥。

现在你有此话，真是太好了！我们一定要去的！"

花临风眉开眼笑，朗声道："文大人是我等父执，咱们不仅要到坟前拜上一拜，更要竭尽全力维护老人家在天之灵安宁祥和。"

叶清萌眼珠一转，抢道："大师兄、临风，你们曾提起，还有江湖人士要来为义父守卫墓地。忘了？快对二哥说说！"

文道生一怔："哦？你们……"

庄山平道："赣东南民间有个龙虎风云会，会长姓汤，前几年博得江南武林盟主之位，还到蜀地钓鱼城参加过抗元战斗。前些时他邀我等加入龙虎会。汤会长知悉我四人不能远离庐陵，就说，文大人万民敬仰，葬骸之地，日后应建成忠义之士瞻仰处，以示不忘先祖、激励后人。汤会长并道，守卫文大人坟茔，是江湖正直人士的共同责任，他有心参与其间。我等尚在琢磨，故不及对文公子提起……"

文道生默然点头，沉思片刻，方道："此人所说并不差，但眼下还不能想那么多、那么远。家父灵寝公开天下之日，当是驱逐鞑子、朝政归汉之时。否则，家父魂魄难以安宁。在下可能看不到家父遗骨重葬、公祭的一天，但想来也不会太久的。"

叶清萌道："我等下山时，爹爹说过，天下归汉不会遥遥无期，百年之内当有沧桑变化。二哥期盼之时一定到来！"

花临风赞同不已："文二哥所言极是。世事难料也可料，人心相背即天时。师父曾多次提醒我等：江湖上风波险恶，深藏机诈，遇事要多思多想，小心驶得万年船。所以，我和庄大哥听姓汤的会长说了，心里还是踌躇，一直没与他再有联系。"

正说到此，屋门铜环被人"砰砰"扣响。五儿一跃起身，抢着前去开门—迎进之人正是文老爹与汤仁和。

六、龙吟虎啸霹雳紧

汤仁和听文老爹说"这位即文大人长子文道生"时，耳中如响炸雷，心中闪出的第一个念头是：杀了他！

杀了文道生，大功唾手可得，自己更被元廷重赏、重看、重信、重用！

汤仁和一颗心"突突"狂跳，热血直飚脑门，他几欲去抓掖在腰后的铁杖，以至没有听见周围的人在这一呼一息间说了什么。一刹那，他如处于幻、如立于空。

但是，汤仁和毕竟是汤仁和，冲动一瞬，他即看清了场面：虽然偶遇文天祥长子，此时此刻非但杀不了他，甚至不能有一丝异动。簇拥在文道生身边的是"四少侠"——这四名年轻人在，还少有高手能三招之内取了文公子性命，自己也不做到。滕王阁上，汤仁和见识过四位少侠的武功，他有定论，若四人联手攻他，最好的结果只是战平。就是说，他在四少侠的刀剑之下，可以全身而退，但无取胜可能。如此，他何以杀得了四侠拱卫下的文道生呢？

汤仁和收敛心神，脸上浮出浓烈的笑意，一步上前，紧紧握住文道生双手，摇晃不止："哎呀呀，久仰文公子大名，今日总算有缘得见。太好了！"

继而，庄山平引见了叶清萌、齐五儿，汤仁和再次热情招呼。

直至夜深，众人谈兴方尽。汤仁和辞出文家老宅，到文老爹院中西厢房宿了。他在草铺躺下，心里忍不住念叨：今日不能取文天祥之子性命，一大憾事也！天既佑我，天也违我！

汤仁和心乱难眠时，文道生在四少侠护送下，迎风沐寒，趁夜深人静回转山里。分别时，他对四少侠道："就此别过，改日再见吧。我有三点看法说与大伙儿参评：第一，这位汤会长来得突兀，极有可能久等不到你们的讯息，致使在年头里远涉此地。这表明，他不仅看重和你等合作，而且心里焦急、企盼更甚。第二，此人进门后，听叔公说到我时，脸色陡变，走神愣怔一瞬儿，不是后显的惊喜神态。你们注意没有？当是内心想法大起大落使然。第三，他言语中屡问家父葬处，数表组人护灵守坟之意，我婉谢后，他仍复提。初次相识，交浅言深，有违君子相处之道。兄弟我无有所长，唯自幼熟读经书，涉猎《易学》《相学》等籍。观此人面貌，大廓有忠厚诚实之状，可是额纹密乱，双目深凹，额骨凸起，则显久历世情、内心机深。俗话说，人不可貌相，可以有两种理解：一是不能以貌取人、弃人；二是人的相貌、举止，是可以用心思来控制、调正、掩饰的，甚至能让你看到他希望你看到的表象。所以，对此人，我等尚需谨慎辨察。当然，眼下并非断定他心存不良之意。没有证据，不应胡乱猜疑，更不可随意贬损正道中人。你们继续与他结交，只是要有防范之心。"

庄山平四人觉得文公子言之有理，点头应是。

文道生续道："现在，社会上公开、激烈、大规模的反元行动已经不再，各地抗元组织转入暗中活动，元人政权日渐稳固，这也是大势所趋。但是，抗元之火不仅没有熄灭，反在地下燃烧愈炽。我虽然隐在深山，仍和千载叔保持着密切联系，我要将这位汤会长的情况告诉千载叔，请他们查明此人的底细。然后，我等再决定如何与他交往、合作。有了准信，我一定尽快告诉你们。好吗？"

庄山平道："行，道生弟目光犀利，行事沉稳，我等要向你学习。放心吧，我们听你的。"

花临风则道："张千载先生虽为书生，却侠肝义胆，当年冒着生命危险，携义父忠骸千里归乡，也是当世英雄呢！二哥与张先生他们保持来往，真叫人羡慕。"

文道生略一踌躇，爽朗以应："好吧，大家既是兄弟，我该告诉你们，家父生前与千载叔约定，我娶他二女儿为妻。只等守孝期满，我即离开此地，去找千载叔，并与他女儿完成婚事。"

四少侠听了，均为文公子高兴。叶清萌瞥了花临风一眼，嘴角隐生欢笑："小妹恭贺二哥了！"庄山平、花临风不约而同攥住文公子双手，使劲握了握，以示心意。

齐五儿道："我已有大嫂，很快就有位二嫂了！啥时能有三嫂子呀？"

庄山平笑道："五儿别急么，快了！"叶清萌红了脸，低下头去。花临风咧嘴笑开来。

……

待到天明，汤仁和重回文家老屋，才知文道生凌晨离村进山了。

"文公子真是忠孝两全的好青年。文大人有子如此，也可含笑九泉了。"汤仁和虽感意外，却也触景生情，想到了儿子汤清远，话语中透着真诚。

"汤会长，天寒地冻的，你专程到此看望我等，真是叫人感动。我们虽说入了会，可寸功未立，日后有用得着咱的地方，汤会长尽管开口。"庄山平正色道。

"你四人守在此地，就是一件功德。这样做，已让本会增光、汤某长脸。你们也要注意安全，别累着、伤着，以免父母、师尊操心担忧。"汤仁和目含赞许，笑眯眯地环视四位青年。

"年轻人多做点事是应该的。再说，我等在此也待不久了，过些日子，就要回转泰山，师父、师母盼着呢。"花临风感叹道。

汤仁和心中一动："哦，你们快回去了？在外面待久了，亲人确实会担心的，回去也好、也好。几时走啊……为文大人守灵的事……"

"清明日，我等要到文大人坟前磕首祭拜。做了此事，再确定归期。"叶清萌一旁插言。

"祭拜文大人？这事该做、该做。知道文大人坟地在哪儿了？"汤仁和随意问向庄山平。

"那还不知道。届时，文公子自会带我等去的。"

"这样吧，清明给文大人上坟，汤某也一块去，一来表个心意，二来认个地方。日后，你等离开了，为文大人护墓守灵的事情，我就安排龙虎风云会的朋友接着做。正义之事，要后继有人，不能断了。"汤仁和神色坚决，言辞恳切。

四少侠点头赞同。庄山平道："这样就好，我等离去也放心。"

汤仁和心里暗笑：到底年轻，这么大的事，被我轻而易举探查到了。清明之日？好，那就清明见吧。

汤仁和知道心急吃不了热豆腐，担心在这方面问得过紧、过细，会惹四小子生疑。他不敢轻视这四人。那日，滕王阁上见过他们出手，布阵多有策略！在江湖走动，至今没有翻船，可见也是四个鬼精灵。

汤仁和进村不到七八个时辰，已然弄清，文天祥葬骸之地确实不在村庄附近，远在数十里开外的丛山之中。大致方位有了，出动大批人手去查，就非难事。眼下，绝不可操之过急、打草惊蛇。村民与文公子有了戒备，事情就会起变化。再等两个多月，清明时节到了，让这四个年轻人领己前去，事半功倍。

汤仁和盘算一清，只觉在此久耗无益，话语多了，露出破绽，徒生麻烦。便向四青年告辞："汤某此次前来，得知四位少侠近况甚好，还有幸见到了文公子，可谓不虚此行。汤某俗务缠身，仅几日得闲，该回去了。讲好了，清明前一天，我即来此，与你等共同祭拜文大人英灵，再作详叙吧。"

汤仁和所言"不虚此行"，确是他真实感受。他在争功邀宠的仕途上又跨了一大步，清明之日，即可为元廷献上一份"厚礼"。只怕伯颜大人也想不到自己能量如此之大呢！到那时，皇帝老子能不授我正四品官职吗？哼，老儿乌木英达也得落我身后！汤仁和一路想，一路得意，急盼立即回到天师府，搂着红菱乐一乐。"红菱也该回来了吧！当真要过了元宵节才返吗？她不想我吗？"汤仁和欲火攻心，急待宣泄。

回到天师府的汤仁和，见屋内地面蒙尘，四壁冷清，显是尚红菱未归。一算离正月十五还有两天，只得自叹一气，强抑欲火，马不卸鞍，转去了筑路工地。

到了工棚区，汤仁和推开陆佩令屋门，一眼看见，坐在桌子上方的灰衣老者正是牛道长，陆佩令陪在下首，执壶斟酒。

见汤仁和进屋，牛道长让座不迭："哎呀，会长来了！会长坐、坐！"边说边移走自用的筷子、酒盅，给汤仁和腾出首位。

陆佩令取来洁净餐具，替汤仁和斟了满满一盅酒，笑道："会长来得巧，牛总管刚从临安府耍了归来。这不，没喝上第三杯呢。"

春节期间，牛道人无处可去，既回转不得远在蜀中的青城山道观，又嫌憋在工地闷得慌；龙虎山麓那二块阴阳石，也看得熟了，如刻脑中，一闭眼就显现眼前；牛道士兴致大减，懒得在寒风中去那旷野呆立，于是，独自去临安府逛了数日。游山赏水，吃肉饮酒，宿娼狎妓，逍遥快活。算着开工临近，匆匆赶回，正巧与汤仁和同日抵达。这增添了牛道长兴致，人也兴奋起来。他喜滋滋地端起酒盅："汤会长，贫道敬你一杯，祝愿会长新春展宏图，人生再得意！"

汤仁和笑着与牛、陆二人干了一杯，吃了几口菜，肚里升起暖意，看看牛道人的神色，打趣道："牛总管，去临安城玩得尽兴吧？西湖景色美不美？"

"天下人都说西湖美，可在贫道眼内，只是一环青山绿水，何处没有？贫道早在川中看得够够了，有啥稀罕的？倒是楼外楼酒庄的大菜，嗨，好吃、可口！贫道连去三日，换着品尝，还没吃过瘾呢！"

"哦，什么好吃的？道长啥没尝过，还能馋坏了老牛？"汤仁和凑趣道。

"好菜多着呢！像'宋嫂糖醋鱼''东坡红烧肉''龙井茶爆虾仁''金华火腿莼菜汤'……嗨！叫你吃了放不下筷子呀！"牛道长口中生涎，连夹了两筷肉菜进嘴，压了压馋液。

陆佩令听了，心生向往："听牛总管一说，在下也想去楼外楼尝个新鲜了。只是开工在即，三月半载没闲时了。可惜，前几日没随总管同行。"

牛道长笑道："你可是责任在身，会长不是叫你负责留守事务吗？去不得、去不得的。"

汤仁和接道："道长说的这几款菜，名气大得很，在下也曾耳闻，却无缘品尝。好吧，等这段快道修成了，本会长请总管、总哨同去临安城，共赏西湖美景，一块儿尝尝各种佳肴。如何？"

牛道长忙道："要得、要得！到时候，贫道带路，咱仨耍个痛快。对了，临安自古出美女，西湖更是美人窝。汤会长、陆兄弟，错过了可惜呀。哈哈，山水如画，佳肴好酒，美人在怀，人生快事啊……"

陆佩令笑了起来："牛总管，听你这几句话，谁还信你是修道之人哟。"

牛道人摇头晃脑，不以为然："这个你就不懂。老子修道是修身不修嘴，修心不修鸟。全都入道'修'起来，这辈子还活个啥名堂？白来世间走一遭！"

听牛道长满嘴跑舌头，说出如此话来，陆佩令不好再言。汤仁和出语阻道："牛总管，你喝高了。"

牛道人摆手道："今天还没喝多少，贫道清醒着呢。讲几句真话，有啥子？对了，汤会长，贫道在西湖还撞见了一个人……一个熟人……"

"哦，遇见谁了？"汤仁和随口问道。

"你猜不着的……遇上了用爆弹打断老子腿筋、伤了老子手掌的那个龟孙子！"牛道长突生愤懑，令陆佩令愕然。

"谁？"汤仁和惊异不止，"打伤你……唐门小子？"

"不、不是小小子，是那老小子！当时，贫道看得分明，打我的是小子，给他爆弹的则是隐在后面的那个半老头子。撞见的就是他！"

"雷……雷龙正？"汤仁和脱口而出。

"雷……贫道不知他姓甚名啥，但他那副模样，贫道不会忘记，肯定是这个龟孙子。阴阳怪气，一脸皱褶，比我还老相！"牛道人恨极雷龙正，损言迭出。

"他看见你了？认出你没有？"汤仁和急问。

"那就不知道了。老龟孙子两眼贼溜溜地乱转，也不知看到我没有。贫道也是一瞥间，觉得这张鸟脸有点熟悉，走过十多步才缓过想来。回头找他，人流中已难寻见了。要不，老子也放不过这个砍脑壳的！"牛道长回忆起场景，气犹难平。

陆佩令默默看着这二位，不知他们说的啥人。

汤仁和见陆佩令面有不解，便放缓语气，微笑道："陆总哨有所不知，牛总管可能遇到一个我俩的旧相识了。说起来，老牛一时大意，在他手上吃了一点亏。也怪汤某不好，没能及时阻拦……"

"汤会长，你后来与这老龟孙分手了？分了好！这龟孙又奸又狠，你搞不过他的。"牛道长突兀一言。

汤仁和不愿牛道长复提往事，呵呵一笑，轻语带过："能在外乡见到熟悉之人，也是趣事，与他有点缘分呢。看，冷落了陆总哨。来，喝酒、喝酒！"

酒又饮起，汤仁和内心再难平静：雷龙正竟然从四川兵乱中全身而退，还到了江南；怎不去安徽衙门复职，跑到千里之远的杭州城做啥呢？牛道长话糙理不糙，这老小子确实又刁又狠，倒是汤某一块心病呢！

这几天，汤仁和除了想念尚红菱，心中也常浮起儿子汤清远的身影。自先见了四少侠、后又识得文道生，汤仁和就禁不住拿这几位年轻人与儿子相比较。若是儿子仍在身旁，定是一员强助，用啥人也不如用儿子省心、放心。可叹清远与自己不是一个脾性，又与楚天行厮混日久，受其教唆，不识大体，冥顽不化，逆天行事，如今，不知是死是活。妻子已然亡故，红菱又不能生育，汤家只怕要绝了香火。真是这样，千般辛苦，所为何来？万种荣耀，能享多久？即使现去捡得、抱领一个儿来，待他长成，又是猴年马月的事？看来，老子还得把寻儿之事放在心上。清远现状，要尽早弄个明白。活着，引导他认祖归宗、回转家园；死了，莫作他想，趁年岁未老，快快得嗣。我的儿子我清楚，即便逊于文道生，也强得过那四个自以为"侠士"的山野小子。三十年后，老子年过七旬，让儿子接过他爹我一切名头，江湖继尊、衙门承职，财富田产，统统传他手中，汤家就由二代富、二代官始，传承下去。"汤门"既富且官，夸于朝、炫于野，黑白两道谁不称羡？

汤仁和本是美了几日的，不想牛道长一言说出"雷龙正"，顿时扫了兴头。这姓雷的真是附骨之疽、追影之魅、我汤某人命中对头。这回，他既显出形来，就是他大限之日将临。他若不来惹我，还有几天生路可走；倘不知趣，再寻老子晦气，就怨不得老子心狠手辣，一刀宰杀，彻底了断。汤仁和喝着酒，心中发出毒誓。

汤仁和寝食难安中，迎来了正月十五元宵节。早上，天师府道人送餐时，添加一碗四味汤圆，请汤仁和品尝。

汤仁和见佳节既到，尚红菱归日可期，又见道人客气、热情，心绪好转，饶有兴味地将四粒汤圆一一细品：麻蓉馅的，齿舌生香；豆沙馅的，绵软酥糯；红枣馅的，甜津四溢；虾肉馅的，满口鲜汁。汤仁和一粒一粒吃了，意犹未尽，全饮汤汁，呵呵生乐，喃喃自语："原汤消原食，甚好、甚好！"他很想再来一碗，但寄居天师府，终是客人，又自恃身份，开不了口，只得忍下馋虫。心里计较，待红菱回来，要她照这四味去做，与牛道长、陆佩令吃个畅快、爽透才好。

从尚红菱又想到，元宵节一过，劳力陆续返回，工地即将忙碌，得提醒牛、陆二人早做预备。

正喝着茶想事，只听门扉响起轻叩声。

汤仁和猜，八成是尚红菱到了，便喜滋滋起身开门。

门启处，汤仁和脸上笑容凝结。

当门而立者，竟是他最不待见之人一雷龙正。

"咦，怎的是你……看守大门的道人，怎会放你进府？"汤仁和面容一肃，出言不逊，以示拒意。

"呵呵，雷某人真想进府，也不必惊动门前守卫的。怎么，汤会长不请老朋友进屋坐坐？"雷龙正神色淡定，语含调侃。

汤仁和无奈，不情愿地慢慢挪开身子，让进雷龙正，随手一指木椅："坐坐无妨，却莫说什么'老朋友'。你我算什么'朋友'？时过境迁，今非昔比，何必再假惺惺呢？"语含硬气，将二人间的距离拉开一远。

"好说、好说，雷某并非'假惺惺'。'老朋友'不同于'好朋友'，朋友分'新'与'老'，更讲究'好'与'坏'。有益友、净友、挚友，也有损友、谄友、毒友。不过，你这个朋友，虽可称'老'，却只能归于后一类圈子了。你不爱听，不称'朋友'也罢，算是老相识、老战友行吧？总归一度并肩冲杀过，要不，也闯不进钓鱼城去。"雷龙正坐下，仍喋喋不休，"当然，雷某后来才知道，你我进城目的大相径庭，差点将命送在你手上，钓鱼城也毁于一旦。统统拜你所赐呀！"雷龙正语含讥讽，冷冷泛笑。

汤仁和斥道："钓鱼城破是早晚的事，汤某去不去一个样，这是大势所趋，可叹你不懂。要说你的命倒够硬，小唐的那什么'酥'，都治不了你。啥时亲眼见你入土为安、不再现世？"

"雷某属猫的，九条命，你耐心等吧，不定谁先呢。哎，你忽人忽鬼，变化多端，机诈百出，不嫌累得慌？听说又改当什么'会长'了？"雷龙正嘴角生嘲、目光斜睨汤仁和，"我一直想不透，你不在庐山做'门主'、称大王、享清福，却跑到江湖中撞大运、拼生死、博虚名，是脑子进水呢，还是别有所图？你可知江湖水深、风波险恶吗？你种种所为，铁定是难有好了，却仍不知收手，当真是不见棺材不落泪吗？"

汤仁和不答他语，反问："你阴魂不散，怎会来到此地？"

"雷某三十年捕快生涯，找个人不算啥。自打张钰将军被俘身亡，又与楚大侠失散，雷某也知抗元难继，只能寻路回转，重返徽州衙门。只因离职日久，位置已被他人所领，便在衙内挂个虚名，领得一份干饷。后听江湖人传，赣东成立一个帮会，为首者乃'十四届江南武林盟主'。在下心想，不会就是你汤某人吧？便禀告上峰，将你所犯命案重启查办。"雷龙正收了油滑，一脸正色，缓缓言事。

汤仁和讪笑不止："哦，雷捕头重操旧业了。如此说来，你见了我，还得尊声'汤大人'呢。"

雷龙正悟出话中味道，微微一笑："汤会长所言不差。雷某在六扇门里跑腿出力，不算当官的；往雅了说，仅是一员小吏，蒙上峰抬举，雷某得享从七品待遇。听汤会长话意，元人赏你官职了？以你为元人所立功绩来看，不会低于六品吧？同奉一朝，雷某叫你一声'汤大人'，也在情理之中。只是雷某春节前已辞出公门，全裸入江湖了。你的官再大，也与雷某不搭界，'汤大人'就免称了吧。"

"哦，你不再是'六县总捕头'了？"汤仁和神情一振，语调中透出欣然。

"是的。一来雷某领份闲饷，心中有愧；二来，雷某是前朝留用之人，又在义军做过，不愿侍候现今当官的，走了、走了，一走即了，眼不见心不烦；第三嘛，也是为你而辞的公职。"雷龙正幽幽而言。

"为我？"汤仁和佯作不解。

"可不是为了你吗！雷某掌握你所有涉案之事，从中析出：你身后定有元人权要支持、指使。你果是有后台的人物，这不当上官了吗？我若仍在公门，就算有你犯案的充足证据，可能也扳不倒你。以你罪恶，大宋刑律定然'斩无赦'。现在元人掌政，用元律量罪，你又有官职护身，动你很难。公门走不通，咱改行江湖规矩，用别种方式做一了断。总之，雷某决不放过你这个伪君子、真奸人！"雷龙正说到后来，声色俱厉。

汤仁和听了，哭笑不得，脸色数变，涩声道："老雷，你真是死心眼！犯得上为我如此吗？江湖规矩？你知道我在江湖中的地位吗？你知道我手上有多少人马吗？你单枪匹马不说，武功又低，咋能搞得了我？更别说我是朝廷命官，直通权贵，上达朝廷！你能奈我何？动得了老子一根鸟毛？真他娘的扯淡！笑话！荒唐！"汤仁和火上心头，冷笑中连声斥责，爆以粗口，有意放出官威。

雷龙正面不改色，侃侃然道："你和那个被青城山道观逐出师门的老牛鼻子搞在一块了吧？实话告诉你，我正是在西湖岸边看见了他，一路跟着，找到这里的。知道你在江湖、官府有势力、有依仗，但雷某为人处世也有定规。你别忘了，雷某是'江南霹雳堂'的人。天下武林四大家：少林寺、武当山、蜀中唐门，还有就是本堂了。四家各占北、南、西、东，更有丐帮遍地走、吃八方，偌大江湖哪个不知、谁又不晓。你这点势力算个啥？你武功是比我强些，但与真正的顶尖高手相比，只属微末。就说楚天行大侠吧，你何堪一比？"雷龙正轻蔑而笑。

"哼哼，贵堂大号是响，但你不过是堂中一个小角色，搬出门派吓唬我吗？对，武功强于我的多了去，但我只要胜你一筹，就够够的了。惹火了老子，你今日就走不出这扇门！信不信？"汤仁和不甘示弱，恫吓雷龙正。

"你别把话讲大了。雷某敢只身上门找你，当然有备而来。屋外数丈之内就埋伏着我的人。你敢妄动，落不了好的。"雷龙正说破真情，"可以告诉你，雷某在本堂虽不是大佬，但新挂'东南巡察使'一职，在外走动，随时都可联络本堂中人，消息灵通得很。数月前，你带人砸过本堂设在仙霞岭的一所分舵一天外居，并且，霸占本堂设于龙泉乡的九处器械作坊，都在总堂挂上号了，时机一到，即要清算，总堂首脑已有部署。汤某此次巡视浙江、江西地面，即与此有关。你等着瞧好了。"

汤仁和怒从心头起，恶向胆边生，"嚯"地立起："等什么等！瞧什么瞧！不用三招，我就灭了你，门外有人怎么着？"

雷龙正并无惧色，端坐不动，露齿而笑："杀人灭口的事，你干得多了。雷某了解你，敢登你门，敢说真话，当然早有防范。不仅屋外有接应之人，还有这呢。"雷龙正掀起外衣一角，露出系在腰间的一个布包，用手指轻点道，"看仔细了，这里有两粒爆弹。只怕你未及递出一招，雷某就先引爆此弹了。巴掌斗室，你往哪儿躲？任你刀剑功夫胜我多多，在这方寸地内，也只有与我同归于尽了。你若舍得抛下一切，被我带去地府，就尽管动手吧！"

汤仁和见识过雷龙正爆弹威力，又知他真有玩命之心，说得出做得到，不由僵坐椅中，一点点压下胸间怒气，挤出笑容："老雷，若说你又臭又硬，那不礼貌，你也不要听。好，你有胆有识，有勇有谋，汤某佩服。其实，你我无须闹到鱼死网破的地步，有话好说。来，我给你沏杯香茶。"

"茶就不用沏了。既然汤会长不想对我下毒手了，雷某还有另事要办。暂且告辞，改日再叙吧。"雷龙正起身欲走。

汤仁和忙道："你且慢走，汤某有事相询。"

雷龙正收住脚步，望向汤仁和。

汤仁和接道："那日钓鱼城破，我看见清远儿随你等一块冲出城去，不知后来情况如何？清远是死是活？活着又在何处？"

雷龙正挖苦道："哦，你这才算句人话，还没忘记是个当父亲的人。想到儿子了？"

汤仁和怒道："废话！老子眼睁睁看着父与子两下分离，悲惨心情，岂是你能体会的？"

雷龙正道："你关心儿子，倒是正事。告诉你吧，重庆府失陷后，我就未曾见过他。不过，前些日子，听说清远仍在楚大侠身边。雷某以为，你这儿子能与楚天行一道，比随着你好呢。"

雷龙正一言忆起往事，话头又起："楚大侠救下你儿，收他为徒，教育、培养他成长、成才。你不但不心存感恩之想，反倒向他痛下杀手。这般品行，配得上'盟主'之位吗？是一个侠义人士所为的么？你应当知道自己是个什么东西！"

汤仁和乍闻儿子有了下落，心里一松，又觉雷龙正说话句句不中听，便冷笑着立起身来："我与儿子间的事，不劳你费心了。我的行为，更不需你烦神指教！"说完，拉开门扉，"请！恕不远送。雷捕头、哦，雷大侠走好。"

雷龙正走后，汤仁和郁闷不已，独坐桌边，陷入沉思。

江南霹雳堂的复仇行动来得迅疾、猛烈。

正月十五晚上，汤仁和邀牛道长、陆佩令到天师府一聚，请道观伙房做了六个热菜，开了两坛陈酿，三人边喝边聊，细研节后开工的事情。汤仁和半句不提雷龙正上午到访和江南霹雳堂有心寻仇的话。他要想一想，把情况梳理清楚。

时交三更，牛、陆二人辞出天师府，回工地棚屋歇息。

汤仁和躺在铺上，仅合了合眼，未及睡沉，就听有人重重敲门。他忙披衣下床，开了门扉，只见牛道长当面而立，口中嚷道："汤会长，出事了！贼娃子放火烧咱工棚……火太大，烧成一条龙……"

汤仁和大惊，脸色骤变，一把扯住牛道长："到底怎么回事？给我说完整了！"

牛道长一路赶得急，调了调气息，续道："贫道与陆总哨回去后，各自进屋睡了。躺下没多会儿，就听见众弟兄大声呼叫：'失火了，快救火呀！救命哪！'贫道急忙冲出屋去，陆总哨先到了现场。我俩一看，棚区中段燃起大火，直向两头烧去。二十几间屋子瞬间陷没在烟火中，救都来不及救哇！"

"全烧了？"汤仁和一急，冲口道，"你们怎这般无用？"

"汤会长，你知道的，全是木料、芦席搭建的屋子，又逢天干地燥，一遇明火，烧得那个快。格老子，噼啪爆响、火头冲天，场面吓人半死，谁敢上前哪？再说，大部分筑路劳力还没回来，十几个人根本没法子灭火呀！"

汤仁和无心再听，急道："好了，别说了！走，去看看！"

到了劳工住宿的棚屋区，余火仍燃，烟正弥漫，陆佩令与几人立在废墟边发怔。见汤仁和到来，大伙围拢上前。汤仁和已然看清，整片棚屋，除了单处一隅的自己所居和牛道长、陆佩令住宿及两间办公的房子，全都付之一炬了。

"什么人烧的？"汤仁和阴沉着脸，直问陆佩令。

陆佩令尴尬地摇摇头："属下听到动静，冲出门时，大火已经燃开，没有见到纵火之人……而且，有好几处起火点……"

"入你先人板板，吃了熊心豹子胆，敢来烧咱们的房子？"牛道长吼道，"老子抓到放火人，活撕了龟孙子！"

"没伤到人吧？"汤仁和又问。

筑路劳工七嘴八舌道："还好，没有伤着人。""幸亏大多还没回来，要不非出人命不可！""大冷天的，堵在屋里，这一烧谁跑得了！"

汤仁和有了几分明白：纵火者目的只在烧屋，无意伤人。若是晚几天燃火，死伤者就……

看来，这场大火既是惩戒又有警示之意了？莫非是江南霹雳堂所为？雷龙正不是说，他们的首脑已定下寻仇方案了吗？

汤仁和盘算不已：烧了房舍，筑路人员大批返回后，如何安顿？重建棚屋，一需财力、物力，二需劳力、时间，必然延误筑路工期。烧毁、损坏了的被褥、衣物、炊具等，重新添置也非一时之事。看来，不操持一阵子，很难复工呢。

汤仁和按下乱想，与牛道人、陆佩令议论善后之事，破晓时分，才回到天师府中和衣歇下。

汤仁和哪里睡得着，仅眯了会儿眼，就起身到灶上喝碗稀饭填饥。刚放下粥碗，又有急讯呈报。来者乃是"龙虎风云会"安置在仙霞岭"天外居"客栈的头领——王掌柜。

眼前的王掌柜，鼻青脸肿，衣衫不整，一匹马也被他骑到力疲，四腿颤抖，几欲倒地。

汤仁和见状，情知不妙，脱口而问："怎么……出事啦？"

王掌柜大喘几口气后说出原委：前天半夜，一伙武装人员，突然袭击"天外居"，将"龙虎风云会"派驻的二十几名兄弟，砍死五人，大部打伤，占领了客栈。并言明系江南霹雳堂人马，到此驱逐夺楼之人。公然放话：只要龙虎风云会的人出现在仙霞岭、龙泉乡，见一个灭一个，遇两个收一双，有来无回！龙泉乡的刀剑铸造工坊，也被他们重新霸占了。

汤仁和气得愣了好一会儿方问："死伤弟兄如何处置的？"

"属下离开时，给乡民一些银子，托付他们先将死者葬了，受伤的弟兄暂且安顿到附近村民家中休养，紧赶着先来向会长报告。"王掌柜惊魂未定，抹了抹额角的汗水，小心回应。

"嗯，只有这样了……你先避避风头，过些日子再回去看看动静，将受伤的弟兄接回来，给亡者家里送些抚恤钱款。本会长立即将此番情况报到衙门，官府自会处置的。现在嘛……你吃了早饭，休息会儿。然后到筑路工地找陆佩令，帮他督促修建棚屋。'天外居'的事，不要对弟兄们详说，以免乱了人心。我自会料理的。"

汤仁和打发王掌柜离去后，跌坐在圈椅中，怒火直贯脑门：好哇！突然袭击，双管齐下，江南霹雳堂下手够狠！行，老子先将工地上的事收拾妥了，腾出手，再与你们算算这笔账。真是不识马王爷三只眼！等着瞧好了！

汤仁和忽起一念："霹雳堂"时机抓得倒准，工地上的劳力回家过年未及赶回；"天外居"客栈中，没有高手常驻。拳拳打中老子虚处、痛处，情况摸得挺清楚。这不像是姓雷的老小子一人能干得了的，看来，以前对江南霹雳堂的势力、能量都小觑了。

汤仁和自责自怨一番后，趋于冷静，恢复了理性思维："天外居"得而复失，筑路工地遭侵，是龙虎风云会的两大耻辱。龙泉乡制械工坊失去掌控，精良刀剑器具将流向民间，大部或被"霹雳堂"收藏，犯了元廷禁忌。工地棚居焚于一旦，导致筑路工程延误，乱了元廷对中南地域的军力部署、物资调运，关乎国事。江南霹雳堂明是打击"龙虎会"，实是伤及元人统治，一石二鸟哇！元人能坐视不管？汤仁和搁下手边急事，去了一趟信州衙门。

乌木英达赞同汤仁和对事态的分析。磋商时，乌木英达明言："修筑快道，是本朝施政的一个重点工程项目。当下，首要之举是尽快修复工棚住所，稳住人心，早日开工，咱这里不能拖整体进度的后腿。龙泉乡制作坊也不可被江湖其他门派控制，兵器非同常物，岂可在民间流散？下官当呈报上峰，研究措施。你我分工，这事你别管了，一心抓好筑路吧。"

汤仁和心里有底，不再多说，辞了乌木英达，返回工地，专心忙碌建屋、筑路诸事。

隔日，尚红菱随家乡修路的劳力回来，见大伙所住棚屋均遭火过，毁损甚巨，心里慌乱，顾不得其他，直奔天师府来见汤仁和。

见红菱到来，汤仁和忧闷心情稍有缓和。前几日，急盼她回来颠鸾倒凤、腾云布雨的炽热情欲却已剧减。与红菱上床后，亲热一番，便歇了手脚，仰面出神。

"你出汗了？"红菱怜爱地转眼望着汤仁和，喃喃轻问。

汤仁和微闭双眼，口中"嗯"了一声。

"这些天累着了？"红菱从枕下掏出一方香帕，柔柔地擦拭着汤仁和的额头、面颊、颈项……

红菱见汤仁和没什么回应，以为他愁于工地的事，淡了性趣，就不敢扰他，静静地躺在一侧，自想心事。她怎会猜到，汤仁和除了心烦工地之乱，还要算计江南霹雳堂有何后续动作，更为清远仍在楚天行身边而满腹惆怅，无可奈何。雷龙正那句"你儿子能与楚天行一道，比随着你好"，深深刺痛了汤仁和的自尊心。亲生儿子与己道不同，不相谋、不相亲，以至不相认，长久下去，如何是好？汤仁和觉得，这令自己丧失了"父亲"的尊严，成了一块最大的心病。已经失去了妻子，不能再失去儿子！妻可以续，唯一的儿子没了，现在拥有的一切，还将拥有的更多，就全无价值可言。

这才是汤仁和心烦意乱的根源。只是他将其隐藏于心之深处，秘不示人，牛、陆不知，乌木英达不知，尚红菱也是不知。汤仁和独自咀嚼、吞咽这枚苦果。躺在天师府中的汤仁和倘若获悉，此时此刻，儿子汤清远正在信州城内"进贤"客栈，仅离他数十里地时，只怕更要寝食难安、五内俱焚了。

楚天行携汤清远离了黄山，一路南来，先到洪州（南昌）城郊、赣江边一所村落租房小住，联系江湖朋友，获取了许多消息，其间即有汤仁和组建"龙虎风云会"、集资修筑快速马道的详细报告。楚天行便移至信州城往下。

楚天行查出，蜀中一别后，汤仁和载功而返，羽翼已丰，成为当地元政的强助。公开惩戒汤仁和，元人必然武力卫护他；若寻机挑起事端，引蛇出洞，以江湖械斗方式除掉汤仁和，老奸巨猾的他不会轻易受激，不敢孤身涉险。凭汤仁和现今身份，也不会没有高手侍卫。楚天行最大的顾忌：不可在汤清远眼前置汤仁和于死地。不顾亲情、伦理、师德率意行事，有悖道义，非君子、贤人行事方式。

受江南霹雳堂所遣，"东南巡察使"雷龙正前来拜访楚天行。二人深谈，都觉得汤仁和罪恶当诛，但也囿于以上忌讳，没有找到一个妥善之法。

"只要汤仁和不正在行凶犯恶、置他人于危境，老夫还真难取他性命。"楚天行踱到窗前，看了看披着月色、仍在院中练剑的汤清远，叹道，"清远尊老夫为师，我却手诛其父，如何能让清远接受？他还小，只怕一辈子挣不脱如此丧父的阴影。若因而刺激心理，改变灵性，反倒害了孩子。"

"汤仁和武功很高，又有随卫人员，楚大侠不出手，一时找不到制得住他的人。这家伙活着，终是祸害！"雷龙正忧心忡忡。

"贵堂首脑有何高见？"楚天行转问。

"本堂自然已将他视作眼中钉、肉中刺，除之而后快。主要是不齿他趋炎附势，谄媚元廷，无半点民族气节。又及，他率人砸了本堂在浙江的一处分舵，强夺了龙泉乡九处兵器作坊，令本堂蒙辱损益，也断了江湖朋友精良器械的重要来源。本堂的策略是，分批次打击汤仁和势力，压缩他活动、生存的空间，摧毁他在元人前的信任度。已经采取了若干措施，但还没有颁下'立杀令'。若是下了'立杀令'，必然出动'虎堂'高手，除去姓汤的，就非难事了。"雷龙正一倾所知。

楚天行久经江湖，熟知江南霹雳堂。

奉宋廷旨意，江南霹雳堂搁下器械操习，公告江湖"封刀挂剑"、退出武艺之争，一心研究工程机械，尤攻爆炸一术，将诸般火器制得机巧百出，令人闻之色变，在江湖、武林独树一帜，威震天下。该堂爆燃之物巧夺天工，皆因内部职责明确、细致、配置妥当、有效。总堂内设"蜂""蚁"两工部，专事火器、兵器研制，聚起大批能工巧匠、制作好手。又设"犬""鹰""虎""龙"四分堂，各司其职："犬堂"负责收集江湖、公门、集市、帮派的各类讯息，逐层筛选、上报总堂，供首脑决策参考；"鹰堂"专司飞鸽传讯、内外联络、运输递送诸事；"虎堂"系武功高强人士组成，攻击目标、抵御外敌、搏击格杀、冲锋陷阵；"龙堂"则用谍中枢，成员如变色龙般潜伏江湖、公门甚或敌对帮派，忍辱负重、坚韧苦熬，短的一年半载，长时二三十年。

四个分堂各有总堂首领分辖，横向间从不发生关联，由总堂亲信人员分别传函、口授，指挥各地行动。"东南巡察使"雷龙正就隶属总堂特遣人员。

追问他人门派中的机密，本是江湖大忌，楚天行对江南霹雳堂敬重在先，又听雷龙正说了这么多，显是对己信任，便适时沉默，不再置词。

雷龙正洞悉楚天行所想，不待有问，缓一口气，续道："夺回'天外居'和龙泉乡器械作坊、火烧筑路者宿棚，表明本堂对汤仁和的打击、压迫已经开始，是在下传达的命令。虽够他受的，可还有后招呢。"

雷龙正略显亢奋："本堂遵循'三不'准则：一、不主动触犯别门别派的利益。有自尊、尊人之意，也是为了在江湖中少结仇家，走动方便。此乃本门行事底线。二、不与官府勾结行事。这是为了维持本堂江湖地位和特立独行的一贯宗旨。三、不轻易夺人性命。凡事尽可能不至做绝，留下后路可行，是一切尽可能存有回旋余地的策略。但无论是谁，先向本堂寻衅生非，则不会轻易饶恕，定要以牙还牙，以血讨血。所以，本堂对汤仁和将继续打击，打得他痛入骨髓，伤及内腑，尽失元气，彻底崩溃，方且罢手。这家伙虽然狡猾，但也是防不胜防的，'龙堂'已在他身边投下'潜子'，对他的一切，洞若观火。"雷龙正深沉一笑。

"贵派是江湖五大势力一支，百年长盛不衰，行事果然有定力、有预策。"楚天行听雷龙正讲得头头是道，不觉笑了，"好，那你们就依规行事，我等再做商议。总而言之，汤仁和不除，有违天理，也难向为国捐躯的张钰将军、抗元义士交代！"

"楚大侠说得对！凭他进川之前犯下的几桩命案，于法于律就当服刑。他与元人沆瀣一气，自以为有了靠山，刑律对他无可奈何，越发大胆胡为。当年没能擒下他，以致养虎遗患。雷某白吃多年公门饭，想想惭愧呀！"雷龙正自责不已，续对楚天行道，"前几天，我去天师府见过汤仁和。一来要亲眼证实他的所在；二来也想探探他的近况。看来，此人是不可能回头了。他甚至动了当场了结雷某性命的念头。好在我早有防范，才唬住他不敢贸然出手。在下虽是江南霹雳堂的弟子，但我与汤仁和要算的是另一笔账，可不受堂内指令约束，当与楚大侠站在同道同理上处置他！"

"汤仁和既有坏心，更具恶能，此贼不除，后患无穷！不过在具体操作上，我等还需等待时机，做出详尽、周密的安排。"楚天行面无豫色，言辞决然。雷龙正至此完全信任了楚天行的"除汤"之心。

汤仁和自雷龙正造访、工棚被焚、"天外居"遭夺、龙泉乡沦陷连串事端发生，就清楚江南霹雳堂来者不善，自己不全力应对，很难渡过此坎。汤仁和一边向乌木英达禀报江南霹雳堂的报复手段，一边采取措施自卫。他急令庞青烟调遣二十名武功强者，前来"龙虎风云会"会所报到，专司修筑快道工程巡卫之职。又从"长江竹排帮""武夷山桃源洞"各征三十民夫，充实筑路一线的劳力，以求尽快缩短工期，腾出精力、人手，应付可能的变故。

过了十多天，三路人马先后到齐。

汤仁和甚感满意，觉得自己这个会长，令行禁止，权威还是有的。汤仁和安排巡卫人员白天休息，夜晚分成四组，无间歇地沿路段巡逻、守卫，严防可疑人员靠近宿区，不听劝阻者，可擒之、杀之，凡事由他承担。同时下令，劳力住地实行宵禁。三更后，任何施工人员不得出入棚屋，违令一次，扣除十天工钱，重犯者逐离工地，分文不得。

经汤仁和一番整治，十里筑路段面井然有序，白天干活，人头攒动；夜晚一片静寂，除值更巡查的护卫，不见其他人迹。连续十多天，没有异端再生，快道修筑顺利，直往南域延伸。

汤仁和不存稍息之念，夜夜宿在工地，早起迟歇，将一切盯得死紧，每晚睡眠不足三个时辰，脸庞瘦削一圈儿。

连续操心劳神，令汤仁和身心俱疲。一日午时，他趁隙回了一趟天师府，将换下的脏衣交尚红菱洗涤，又与红菱一块吃了午饭。饭后上床休息，忍不住大白天和红菱做了一场。略略休息后，汤仁和起身欲返工地。穿衣时，从窗棂隙间瞥见张天师施施然行过，往殿后花园而去。

多日不见张天师，汤仁和升起与他交谈的欲望。偌大的工地、几百号人，汤仁和还真找不到一个配与自己推心置腹深谈者。

汤仁和快步出门，赶上张天师，热情招呼："多日不见，道长可好？"

张天师闻声止步，回首笑应："噢，原来是汤施主、汤会长。多日不见、多日不见。贫道一切如常，无甚坏，也无甚好。汤会长怎么样？听说前些日子遇到些麻烦？解决了就好。"

汤仁和料张天师知他近况，强笑道："道长洞察一切，汤某近期不行顺运。还望天师指教。"

张天师微笑道："指教不敢，一块参详参详。"手中拂尘一指园门石阶，"你我不妨就地小憩，聊上一会儿。"

两人席地而坐。张天师道："汤会长面显疲态，眉眼锁愁，精神较前差了不少。呵呵，敢情纳妾后少了节制？"

汤仁和脸上讪讪，忙道："那不至于、不至于！都是公务烦心呀！"

"公务烦心？这是汤会长自找的，为之而烦，大可不必了。"张天师语气淡淡。

"想必道长听说了，工地几十间棚屋一把火烧了，误多少事呢！还有……本会在浙江的一处买卖也让人砸了，损失不小。哪能不烦啊？"汤仁和索性讲开。

"做啥事只进不出的？你讲的这些都是偿还，还谈不上损失。"张天师一副不以为然的神态。

"道长，是不是因为汤某替元政做事，就有人这样待我？现今是元人天下，人家坐稳了江山，我等一介小民，要想存活，再图活得好一些，不听命他们行吗？谁做皇上，江山归谁，就听谁的，也是千古之规。我遵之循之，有啥错？"汤仁和激动不已。

"这个嘛……说你有啥大错，贫道也开不了口。元人、大汉，虽不同族，但均系炎黄后人，同在华夏地域生存，俱为长江、黄河哺育的子孙。民族各异，血脉一承。大宋虽是汉人为帝，但它不行了，蒙族崛起，取而代之，本是天道、天意。大部百姓不能接受现状，贫道分析有三：一来，汉族掌政时日久远，异族地偏人稀，经济、文化难望项背，无力染指中原，很难一统称帝。这成民间定见，乍然有变，百姓无法适应。二来，以游牧为生的蒙人，凭武力夺取天下后，一毁民脉，即排斥、打压儒学，切断中华文化源流；二毁民力，即收缴、管制各类刀具、以弱民间血性、战志；三毁民权，即汉人为官皆系副职，对社会无实际掌控之权，也有失社会公平竞争之律；四毁民生，即烧杀抢掠，强征劳役，迁外域百姓入居中原，企图以劣同化，不料造成劣胜优汰的结果。统治者这般施政，杀戮过重，血腥气浓，野蛮不已，令一向以耕读诗书传承的汉人反感、憎恶，从情感上不能认同元廷。三来，还有个朝代更迭的方式，汉人未曾遇到过，这也令众人茫然无措，难以接受。"

"从未遇过的权力更迭方式？"汤仁和愕然，他还不曾想到有此一说。

"是的。当年，本府三十五代天师张可大先祖，曾有言传下：他为何能测出元人二十年灭宋？只因宋政腐朽日久，病入膏肓，丧失了自我更新的能力，只能被外部强势推翻了。而蒙族则顺天应时，得享地利，经年征战，兵强马壮，具备了摧枯拉朽的军事力量。宋、蒙交战，时日久了，宋则必败。有宋以前，历代皇权或可依仗内部新生力量，或社会崛起力量实行、完成朝代更迭。汉人久历此种易政方式，理念上已经接受。所以，一旦蒙人侵入，元替宋纲，乃外力强为，世间蓄积了极大的逆反心理。元人又以杀止杀，马上得天下，马上治天下，激化了社会矛盾，国号虽宣，公信已失；汉人血性志士，必然前仆后继，反元不息。日久，元人不是被我大汉同化，就是重新被逐回大漠。总之，元廷一时半会儿垮不了，但也坐不长久，不可能千秋万代这么着的。"

汤仁和听了张天师这番话，惊得目瞪口呆，久久无语。这些言论超出了他的认知范畴、学问层面，无半点心理承受之力。

怔忡片刻，汤仁和试问："那么，是不是可以说，汤某听从元廷，为元人做事，也是顺应大势，并没有错？而反元志士驱逐鞑子……元人，企望恢复汉政，也是必然之为、依道而行？"

"可以这样看待世情。"张天师赞同，"所以，分别所为，不能简单以对错而论。只是一计于近，一谋于远。"

汤仁和疑道："反元人士谋得远？汤某只是顾及当下？"

张天师点头道："是这个理。大家都做自认为对的事情，最终一切看结果吧。"

此语又令汤仁和不安："汤某真糊涂了，我做自认为对的事情，却不一定有好的结果。是吗？"

"自己认为该行之事，他人可能看法相反，这是常情。还有即使事理不错，但方式不妥，也结不成善果。"

"依道长所见，汤某行事方式不妥吗？"

"你所行之事，贫道难以全评、难做定评。只是提醒你牢记两个字：一戒'急'，二防'过'。急于事无补，反促事毁，急行无好步啊。这话，我前几日也曾对施主讲到的。'过'犹不及。智者贤士讲中庸、讲平衡、讲双赢，讲退一步海阔天空。就是这个道理。"

汤仁和心尤不甘："汤某倒要请教了，道长你等奉元、侍元、受元廷敕封，又做何解？"

张天师不以为意，一笑道："出家人本是既在红尘，又不在红尘，没有什么'奉'不'奉'谁的区别。道中观事，不看谁做，只问对错。这可作一解；往早了说，本道全真教派的领袖人物邱处机前辈，曾率一众弟子深入大漠，追随蒙人成吉思汗铁木真，陪侍左右，谈兵论道，讲机释疑，观星测相，并长年与大军征战，西向万里杀伐，甘苦共尝。故蒙人一向殊待本教，才有忽必烈用兵前，征询我三十五代天师之事。不过，蒙元攻宋，本教却无人助蒙，没有损益宋廷，只由他们自争天下。本教中人可有攀附元廷、依仗权贵做过大逆不道的事吗？再如，本道中人，纵习武艺，只为强身延年，从不卷入纷争，更不为虎作伥，不齿于世。贫道所荐玉华观翁道长，也仅只身入会。这都是本教依天顺时，奉元受命，却又遵道守本，循机缘、尽人事的生存、作为、发展实情呀！"

见汤仁和还欲再问，张天师即道，"汤施主打住、打住，贫道已是说了许多。也是贫道观你日渐事多，往后恐难有长谈的机会，才尽其所说。凡事自有天机，天机不可泄露。泄露天机多了，当毁贫道修行；呵呵，也折贫道阳寿呢。贫道最后还有一语奉君：施主既然已经走上自己选择的道路，这就是天意使然。天意非人力可违。施主凡事就尽人事而看天意吧。好自为之、好自为之！"

张天师边说边站起身来，一扬拂尘，指指地面："石阶凉意过重，不宜久坐。久坐伤身，伤身也折寿呢。贫道就不陪你了，各人自便吧。"

汤仁和一惊而省，随着立起，拱手施礼道："多谢道长指点！"

张天师行了几步，忽而转身，笑道："对了，汤会长日前纳妾，贫道还没随礼。待会儿，贫道叫人送一张雕花大床到你屋中！"

汤仁和知道，此地雕花床具系楠木、花梨木等名料制作，匠艺精细，价值不菲，哪敢轻言收下，忙做推谢。

"没啥的，本是观中旧物，修道之人无福消受，闲着也是闲着，你正好用上，享受、享受吧。人生苦短，转眼，贫道也近八旬之龄了。无量寿福！"张天师轻宣道号，含笑举步。

汤仁和如在梦中，伫立良久，看着张天师飘然而去，逝了身影。

七、攀枝折花拥娇娃

"高人！高人啊！"与张天师一席深谈，令汤仁和心生感慨：为什么自古以来，旷达智者大多出在僧、道间？皆因出家人持平常心、处无为道，万事不以己牵系，故而灵性透彻；修习越久，道行越深，心智越异常人，故能见人所不能见，言人所不能言。唉，汤某是做不成这般高人了。话讲回来，活得再明白、再超脱，又待如何？到老，终归一死。男子汉大丈夫不能炼成世外高士，就当做人杰、为豪雄，干一番大事，立几项殊勋，如伯颜元帅——在世间留叱咤之声，于汗青凿骄人英姿，成为国之栋梁、朝廷干臣。汤某听得进圣贤人士谈经论道，可终须凭己禀性立世做事，确保足踏成功之径，手扣不二法门！

汤仁和拿定主意，铆足劲头，全力推动筑路工程。他只想早点完结此事，以免日长事多，夜长梦多。若差错频出，实在乱他步骤、占他时间、耗他精神、毁他形象。汤仁和心里酝酿的"清明计划"，才是握在掌中的最大赌注，他将未来的荣华富贵押了上去。"只待春雷一声响，汤某身或在龙廷"，他编了两句词，时而默念，自我勉励。

汤仁和心中揣着朝廷，朝中权贵也没忘了他。不几日，乌木英达请汤仁和回衙一叙。

乌木英达见了汤仁和，满面堆笑，粗嗓高音地开言："前些日子，汤大人受了不少辛苦，难为你了。你们汉人常说，好事必多磨，好人有好报。这不，你的好报来了。"

汤仁和见乌木英达不像往日般神态矜持，一时也猜不透他所言"好报"何指，但料情势利己，连忙笑应："卑职在大人麾下做事，不辛苦。只要大人高兴，就是卑职的'好报'！"

乌木英达连道："不能这样说、不能这样说，汤大人过谦了。"说着，取出一信，递给汤仁和，"你看看，不是'好报'是什么？"

汤仁和目光落在信封上，立知是伯颜给他二人的来信，乌木英达先阅，知道了内容。看来，真有好事呢！汤仁和成天盼的就是这类事，忙不迭抽出信笺，抑住心跳，一行一行仔细看去。

伯颜在信中，简约说了说全国政事，夸了几句信州一地民无大乱、经济始兴、圣上满意、望图新进的话语，主要写了一件直接与汤仁和有关的事情——汤仁和宽恕的三名元兵，回到京都，向营官禀报了详情，营官又上报伯颜知晓。伯颜既理解汤仁和悲伤心情，又赏识他不斩元兵之义。伯颜下令，将那三名元兵各责二十军棍，发配军中饲马三年。并将此惩戒，写信告知汤仁和，以慰他心。

伯颜有感汤仁和对元朝一片忠心，体恤其丧妻之痛，再三思忖，从平叛俘获的贵族女子里，挑出一名年龄适宜的寡居妇人，许配汤仁和为妻。元朝本有规定，蒙、汉不得通婚，但此事系伯颜做主，以为特例。

伯颜亲做大媒，置陪丰厚嫁妆，遣员送此妇人前来信州，由乌木英达主持汤仁和婚礼。

见此信时，妇人已在路上。伯颜殷殷叮嘱二人"早做准备""早成好事"。

汤仁和将信笺反复看了三遍，悲喜交加，喜胜于悲，只觉伯颜做事晓理、通情，关怀周到，赛过自己的亲爹娘。

乌木英达一旁观察汤仁和神色，知他认可了此桩婚事，即道："亏得伯颜大人考虑周详，汤大人的终身喜事妥妥成了。蒙古贵族王室的妇人，我等都难得亲近，万不敢想娶为妻室了。本官婆娘，即是老家邻居的女儿，层次低、层次低。小时候，她和我在一块草地上放羊，吃了不少苦。汤大人艳福不浅，可喜可贺，羡煞本官呀！"

汤仁和虽觉乌木英达语含夸张，但所说不假，伯颜元帅真是送来了一份大礼。这些年来，自己含辛茹苦，遵从伯颜旨意做事，又在处置"待斩元兵"事上决断正确，才成就了这段"姻缘"呀！已婚妇人？好得很！汤某年过四旬，难不成找一个黄毛丫头来填房？张天师又要感叹"伤身、伤身"了。看来，纳红菱为妾，让"正室"空缺，也做对了。汤某今非昔比，若是娶了红菱为"正室"，必叫江湖朋友、公门官吏看低。瞧乌木英达那副羡慕相，"蒙古贵族妇人"，压住你一头了吧？

想到这般，汤仁和心中自赞自叹："嗨，老子于大事情上，倒是一贯正确呢！"

汤仁和想归想，说的却是："多谢大人美意。到时，一定要多喝几杯喜酒、捧捧场哦。卑职全仗大人呢！"

"好说、好说。咱蒙族汉子实心肠、爽性子，朋友好，咱就为之高兴。怎么样，大元朝不亏你吧？咱们也不是只懂打打杀杀的人，伯颜大人心真细，体恤人情，事情办得漂亮！"

汤仁和听乌木英达一说，越加开心。他却不知，乌木英达心中也有别想。此人虽是牧羊少年出身，但久经战阵，在行伍中，从一名百夫长，凭军功升至正五品长官，绝非单纯、平庸之辈，爽朗脾性中暗藏机心。乌木英达知道，因反叛而遭镇压的贵族家人，战败被俘，就失去了拥有的一切，由上等人立沦为奴，没有丝毫尊严、地位可言。汤仁和所娶，实是一名"女奴"，哪里谈得上"贵族妇人"身份。伯颜既不言明，乌木英达当然更不会说破，他要做的是，往大处说，配合伯颜将汤仁和笼络好，哄他死心塌地为大元效力卖命；从小里言，就是用活、用尽汤仁和所强，为信州衙门做事，为自己做事，收以汉治汉的成效。

汤仁和沉浸在兴奋中，迫不及待地借取乌木英达书房中纸墨笔砚，伏案疾书，给伯颜回函。

汤仁和在信中抚今追昔，剖腹掏心，倾诉对伯颜大人的感激之情，直言"三生有幸""屡蒙大人厚爱""没齿不忘"。将自己近期状况大致汇报后，又和盘托出下一步重点谋划的"清明计划"。该"计划"一直在汤仁和心底密藏，从未对他人说起一字。此刻，按捺不住激动的心情，对伯颜一一述说，并恭请伯颜在大都庙堂"静候佳音"。

汤仁和见乌木英达一直在书房内喝茶坐等，并不回避，便知趣地将写好的复信递他看了，才封口盖鉴。

乌木英达看了这信，方知道汤仁和除了忙于筑路，还在苦心落实朝中权贵指示，筹办惊世大事，对他好生佩服，表示"鼎力相助，共建殊勋"，并遣专人携信，快马急递大都，直呈伯颜元帅。

乌木英达待信使离去，又提醒汤仁和：与蒙古贵族妇人成婚指日可待，只是，婚后既不能仍住天师府，更不宜还宿工地棚屋了，在何处安家为好？

见汤仁和踌躇不决，乌木英达主动提出，由衙门买下信州城中一处适宜民居，重新维修。婚后，妻子长住信州，汤仁和则信州、工地、天师府三处轮住，既保持自由之身，不误公事，也可免了妻妾一室，诸多不便。

"女人很麻烦的，事情多，心眼小，时不时要点性子。一个，就少不了闹心，两人成天在你身边，你那点乐趣还不抵忙乎的呢。"乌木英达体贴相劝。

汤仁和禁不住笑起来，他正有此虑，当即表态，称赞乌木英达"所论甚是"，拜托他"多多代劳"，并顺势言出："承蒙大人关心重用，卑职一定摆正位置，决不贪天功为己有，一切成绩归于乌木英达大人，归于大元皇上。"

乌木英达心花怒放，即摆酒席，与汤仁和把盏言欢，俩人尽撤樊篱，无话不谈，直至称兄道弟，尽兴而散。

自从雕花大床替换了那席陋铺后，尚红菱眉间眼角都是笑。她待在家里，闲下来就绕着花床看，越看越新鲜，越看越喜欢，将床上雕刻的鱼、虫、花卉、人、器、兽禽一一细数，告诉汤仁和：这张古床，共雕五朵牡丹六棵菊，三株梧桐七凤凰，四只鸳鸯一池荷，九条锦鲤同戏浪。只是不识床前顶板上，八个各携器物者是何方神圣，聚在一块儿要干啥。

汤仁和便向尚红菱细说民间传说中的"八仙人"，他们凑在一块，是要棹舟东海，登临蓬莱仙岛修炼呢。

尚红菱的兴致，即由花树鱼鸟转移到了"八仙"身上，缠着汤仁和说道他们的趣事。汤仁和说着说着，就将迎娶新娘的事情夹带着讲了出来。

尚红菱听了，快快不乐，但自知是她无奈之事，反对不了，愣怔半晌，对汤仁和道："你娶妻，妾认了，谁叫咱身贱命薄，比不得贵族家的女子。不过，有一事你要答应我：这床不能搬走，得留在这里归我专用。"

汤仁和原是准备尚红菱闹上一闹的，见她还算通情达理，仅此一求，顿觉松快，忙不迭笑应："随你、随你，不搬就是。再说，我还是要常住这里的，这床仍是咱俩专用。你有眼光，这床好看不说，还宽敞，躺在上面动动，舒坦呀！"

尚红菱听了，羞得垂眼低眉，举帕遮了半面，浅笑道："你呀，想哪里去了！省省心吧，迎娶新人了，够你忙乎一阵的。"

汤仁和心间一荡，乘着酒兴未散，搂住红菱肩胛，嘻嘻一笑："这种忙乎我乐意，只怕没得忙呢。"说着，双手一使劲，不顾红菱挣扎，抱起她走向雕花大床，"既然你喜欢这床，咱就好好使用它。"

红菱见他近期难有这般心情，不想扫他兴致，双手将汤仁和颈项环紧，喃喃低言："看你猴急样，先把房门拴了，我又不会跑了，嗯……"

汤仁和将迎娶新妇之日定在"二月二"，这日子吉利一"龙抬头"。

他很快见到了未来的妻子。妇人名叫德清桑娃，暂且住在衙门内院。德清桑娃没了贵族身份，用不得使唤丫头、老妈子了，乌木英达临时派了两名汉族女子服侍她。

汤仁和一见德清桑娃，就被她的气质折服了。德清桑娃身遭家族败亡、亲人囚禁的苦楚，面容仍平静、从容，虽不生笑，也无滞板苦涩之颜。这妇人不是那种美艳如花、令人夺目的佳丽，也不似江南闺秀婀娜纤弱。她长相端正，身骨壮实，面庞开朗如圆月，肤色白皙似润玉，双眼亮晶晶的，细眉舒长且黑，白狐绒筒帽下，一头乌发瀑散在肩。果然不似汉女神貌，别有一番动人风韵。

汤仁和初进屋时，德清桑娃只是静静然端坐着看他，待乌木英达引见后，方缓缓起身，敛衽一福，轻声道："小女这厢有礼。"

乌木英达告诉汤仁和，德清桑娃少识汉字，也讲不了几句汉语，近来，勉强学说了一些礼仪之辞，失笑之处，还望见谅。

汤仁和被德清桑娃靓丽大气的外貌慑服，温和生笑，改用手势请德清桑娃坐了。

汤仁和不知说什么好，德清桑娃则难以尽言，二人相互打量，汤仁和炽热的目光，看得德清桑娃羞涩涩垂下睫毛，遮住了眼睑。

亏得乌木英达多说，汤仁和才知道德清桑娃三十岁时，夫婿在征战中死于沙场，守寡已有五年。本要择婿再嫁，不料，叔叔听人教唆，不顾兄长阻止，举兵叛乱，反对忽必烈。伯颜大军北征平叛，交战中，叔父被乱箭射杀，所部一败涂地。族中壮男，不死即俘，妇孺都被押解到京城大都。只因德清桑娃的父亲曾出言劝阻弟弟叛乱，故全家得免一死，贬为奴仆，分入官宦人家做役终老。

乌木英达与汤仁和都不知道的是，德清桑娃原被遣送伯颜帅府充为女仆。伯颜察她身在乱中，高雅之气不失，容貌端正靓丽，不是做"奴婢"的命相，有心不让她做粗俗杂活，留在身边随侍，又恐惹出非议，辱了自己清名。伯颜为官日久，沉浮中，深谙官场虚伪、狡诈，权谋杂生，向来谨慎，从不行差踏错。思忖一阵，决定将德清桑娃嫁出府去，免了日后生绯闻、惹是非，令己沾腥。嫁给谁呢？伯颜想到了汤仁和。

伯颜要为汤仁和丧妻之痛作出补偿，安抚他心中的悲伤。于是，德清桑娃只能乘一驾马车，被人送到远在江南的信州城与汤仁和结识了！

汤仁和知德清桑娃是奉命成婚，没有什么愿意不愿意的，自己不也是无可奈何吗？唉，说到底都是同命相惜、同病相怜的天涯沦落人呢！

虽不能选择，但汤仁和对德清桑娃很是中意，只觉品相不在原妻之下，眼中流露赏识真情。德清桑娃系过来人，也知男人习性，性格又直率朴实，当乌木英达用蒙语问她，对汤仁和印象如何时，德清桑娃明确地点点头，抿嘴一笑。

汤仁和明白其意，禁不住晕了晕，也报以笑容和点头。

乌木英达哈哈大笑，祝贺汤仁和"相亲成功"！

汤仁和虽然知道，这门亲事出自伯颜之意，不可能更改，但还是为被德清桑娃认可沾沾自喜。既然是做夫妻，当然要双方都能接受才好，这是情投意合、互敬互爱、白头偕老的前提。俗话说：捆绑不成夫妻。汤仁和即使再娶，也很看重这一点。

乌木英达请出妻子，与汤仁和、德清桑娃一块儿吃了顿饭。汤仁和暗生当晚留宿德清桑娃房中的愿望，但德清桑娃没有一点这方面的表示，又碍着乌木英达妻子在场，汤仁和不好主动示意，只得依依不舍地辞别德清桑娃，披着夜色回转天师府去了。

楚天行获悉汤仁和又欲娶妻，听雷龙正说的。雷龙正得知此事，则是本门"鹰堂"中人递的讯。

"贵堂讯息倒是畅通、快捷，连江湖中一个帮会首脑的生活私事也收集的这么及时。"楚天行深表赞佩。

"总堂在江湖中广结眼线，犹如撒开一张蛛网，只要有一丝触动，中枢部位都能及时掌握。何况'龙堂'早在汤仁和身边安置了'卧底'。总堂有规定，各分堂横向间不得擅自联络，但信息资料却可共享。上面知我一直盯着汤仁和的案底，所以凡他诸种行迹，均传与我知。"雷龙正坦诉。

汤清远听说父亲再娶，预感母亲恐不在世了。他抹了抹泪水，默默走出屋去。

楚天行目睹清远神态，长叹一声，对雷龙正摇了摇头，以示无奈。

"汤仁和种种行为，太伤清远的心了。天底下少有这种做爹的！"雷龙正愤愤斥道。

"只怕他伤害清远的事，还在后面呢。"楚天行面含忧色。

"哦，楚大侠莫不是知道了什么？"雷龙正敏锐发问。

"我的老友、南方抗元领袖人物张千载先生，派手下告诉我：近几月来，文大人家乡不太平静，常有可疑人员在村前地头转悠、打探，寻问文大人骨骸葬处。张先生分析，可能是歹人秉承元廷旨意，要查找文大人埋骨之地，骚扰文大人英魂不得安宁。"

"这般违人伦、逆天道的恶行，他们也做得出来？真是无耻之尤！"雷龙正既惊又气。

"这不奇怪。元兵攻占临安后，挥师绍兴，将南宋六陵残暴蹂躏，皇陵遭掘，尸骨曝野；元将竟用理宗先皇的头骨盛酒狂饮，然后又当尿壶使用，以图摧毁汉人自尊。前例不远，此次，妄图毁坏文大人坟茔，践踏文大人忠骨，本是同出一旨！"楚天行愤道。

"这种手段，既野蛮又卑鄙，伤天害理，人心尽失，暴政天下长不了！"雷龙正愤慨不已。

楚天行认同道："暴政酷刑只能维系一时，当然长不了！"少顷，又告诉雷龙正，"张先生要来人转告，文公子与他常有书信来往，近期报讯，有一个姓汤的'龙虎风云会'会长，到过文大人家乡，还见了文公子……"

"汤仁和？"雷龙正愕然。

楚天行冷笑道："想来是他了。文公子说，姓汤的多次表示对文大人的敬仰之情，主动要求在清明之日，随文公子同到其父坟前一拜，寄托哀思……

"这怎么可以！汤仁和知道了文大人葬处，还有好吗？他定是和那班歹人一样的用心，只是花言巧语、伪装存世罢了。这是他的强项呢！"雷龙正断然而言。

"张先生不了解汤仁和，但也生疑虑，故派人传话于我，托我调查一番姓汤的底细，再决定能否让他随文公子祭奠文大人。"楚天行释道。

"还用调查吗？"雷龙正又好气又好笑。

"是啊，我当即向来人讲了'汤会长'以往的行为，尤其是混入义军，襄助元人破了钓鱼城的事，这足以让张先生、文公子认清汤仁和本质了。张千载先生虽一介书生，却明大义、具侠胆，与文天祥大人深交多年。文大人被俘，押至大都天牢，张先生于大牢近处租下民居，一住四年，成了与文大人相距最近的挚友。他的行为不仅从道义上提升了自己，也从气场上给文大人无形的激励。文大人遭斩后，又是他从刑场抢到文大人首级，冒着极大风险送文大人回归家乡，和文公子一块令文大人入土为安。张先生是一位有胆有识的贤者，他一定会妥善处置有关汤仁和的事情。你我尽可宽心。"

雷正龙敬佩不已："这位张先生称得上是读书人中的侠义者啊！"

楚天行赞同道："古往今来，读书明理之士，都是社稷为上、百姓为上，也都是国家大事藏胸怀，天下荣衰入眼来的贤、侠、礼、义人士。一味清高避世、唯己为善，则系俗子、庸人自怜、自惜而已。这类人，即使不作恶、不害人，也是格局小了、品位低了，少了崇高的境界，缺了处世的追求，一味沉浸在个人、小我的愉悦中。真正大儒、侠士是不会这样的。"

"楚大侠说得对。可汤仁和这厮太狡诈了，我担心张先生终归是个读书人，少有和汤仁和这类人物打交道的经历，对江湖险恶认识不足呢。"雷龙正焦虑于色。

"你放心，楚某既然知道了这件事，就不会不管。我等应当清楚汤仁和不会弃恶从善、更非有心行善之辈，要有最坏的预想。"

"这就对了！我说过，你不出手，还真少有人收拾得了他！"雷龙正喜道。

"听说文公子身边，聚集了山东泰山'天尊门'的几位青年侠士。'天尊门'是江湖正派一支，楚某与其门主叶印竹有过一面之缘。他调教出的门人，想来也是正直之士，可以信任的。一时半会，文大人墓地与文公子的安全还不至有危险。我等可以细细商议如何参与其间，不负张千载先生所托。另外，汤仁和再娶之事，也可以静观其行。既然贵堂已关注于此，恐不会让他安安逸逸地享福吧？"楚天行语含探询。

"那当然、那当然！上头有话，他胆敢侵害本堂利益，就要打得他伤筋动骨，不敢再有第二次之想。嘿嘿，睚眦必报有失君子之风，但这是本堂一贯做派，改也难呢。"雷龙正自嘲一笑，不无得意。

楚天行也笑："理解、理解。霹雳堂雷家能在江湖屹立不倒，行事没有过人特色还行？你且宽坐，我先去看看清远，这孩子亲娘若在，心中创伤也不至如此深重。"

自从见了德清桑娃，汤仁和一颗心就落在她那里了，睁眼、闭眼常是她的倩影。有了"妻子"的名分，虽然还没肌肤之亲，汤仁和已将她与别的女子区别开来。"她是我的妻子，我可随心所欲地拥她、亲她、睡她……"想到这般权利，汤仁和怀里如揣二十五只老鼠一百爪挠心，稍有闲空，便勒不住心猿意马，想入非非。这种急迫的心情，与纳红菱为妾别有滋味。对于红菱，汤仁和盼的多是亲亲切切的泄欲情感；想到德清桑娃，汤仁和则少生唐突之念，怀一番对女性的仰视、膜拜感，幻一种拥她入怀，嗅其体芳，闻之气息，尽享软玉温香在抱的想象。

待之不及的汤仁和，只得在熄了烛光、躺在雕花床上时，将红菱意念为德清桑娃，宣泄内心激情。以至红菱觉出，汤仁和狂热的动作中，夹杂着不可名状的小心翼翼、细致呵护、一脉殷勤，不似以往直率、赤裸、恣意妄为。尚红菱见他即将"填房"，对自己却更懂温柔，怨气不由消减，重拾日后生活信心，曲意逢迎汤仁和，讨他高兴。二人房事融洽，尤胜以往，情感也甜甜如蜜。

汤仁和择定成亲日子后，忙碌不堪。他看了乌木英达替他选下的屋舍，两进院落，大小六个房间，宽绰而不奢华，很是符合心意。

筑路工程加强警戒后，未生事端，井然有序，每天都能修成新路百八十丈。汤仁和提防之心不懈，叮嘱牛道长、陆佩令将工地上的事抓得牢牢的，自己每日巡视一次，唯恐再有乱事。

汤仁和累着，但身心快乐，整个人如同装了弹簧，足不停点，目不遗漏，掌控、督促着所有人员。

一次，总哨陆佩令见附近无人，对汤仁和笑言："汤会长，人逢喜事精神爽，这话不错呢，属下真不见你有累的时候。我等什么时候能拜见会长夫人，喝上你俩的喜酒呀？等不及了哟！"

汤仁和则道："诸事迫人、诸事迫人，还顾不上那些。"

不知是不解汤仁和所说，还是另有他想，陆佩令长瞧他一眼，默默含笑，点点头，没有再言。

汤仁和提醒他："你身为总巡哨，不能只管施工，要有防范意识，要把安全放在第一位。我所讲的'防范''安全'，不仅是干活中的伤亡事故，还应关注环境、场面有何隐患潜险，尤其要负起御敌的职责。像元宵夜火烧工棚的事，不能再发生了。"

陆佩令听了，面生惭色："汤会长说得是，属下记住了。再有此类事情，会长处罚属下便是。"

汤仁和放缓语气："我等一块来做吧。真要再出什么事，汤某也不怕，让它来好了。来多了，也能搞清其中蹊跷。"

陆佩令还在琢磨汤仁和话意，汤仁和已走到别处去了。

工棚被烧，使得筑路劳夫的生活质量、施工进度都受影响，令汤仁和极度不快。陆佩令身为"巡察总哨"，疏于防范之责不可推卸。汤仁和虽然没有明言过，但心内芥蒂一直耿耿。以致陆佩令话中隐含轻薄时，忍不住出言"点醒"他，不乏诫勉之意。

说也奇怪，筹办婚事时，汤仁和虽欢中生躁，坐立不住，只想"动"。婚期将临，汤仁和反倒渐趋安定。婚前三天，他一颗心静了下来。汤仁和用"静了的心"去思索、去安排，将一切有条不紊地铺展开来。

请柬几日前已发送有关人员。乌木英达在信州城最大酒楼"上品香"二楼大厅，订了六桌喜宴。这是汤仁和确定的额数。他要将婚礼控制在既热闹又安全的范围内。请的客人少了，气氛不够，淡了江湖朋友间的情义；人来得过多，难免鱼龙混杂，出事可能性倍增，乐极生悲，喜事可能坏在"酒肉朋友"上。汤仁和更担心江湖上视其为敌者借机寻衅，场面不可收拾。所以，他婉谢乌木英达"大办一场"的提议，只要了六桌酒席，并亲到"上品香""察看现场"。然后，才按数发出请柬。

汤仁和计算一细：第六桌，牛道长、陆佩令率"龙虎风云会"会所人员；第五桌，"九宫山七路烽烟"的七位首领及老大庞青烟手下江山、胡和、席君；第四桌，尚代汉夫妇、尚家主要亲友、帮中头目；第三桌，武夷山桃源洞洞主万木林夫妇及亲信；第二桌，张天师、翁雪通道长和一干道友；首桌，信州府乌木英达夫妇、汤仁和、德清桑娃、尚红菱以及州衙的几位官吏。另外，又在楼下安排两桌同等质量的酒席，以便让为婚礼跑前忙后的办事人员也可畅快地吃喝一顿。

接到邀请者纷纷回应：届时定然到席。不少人先将贺礼送了过来。唯张天师派人致话：天师依循惯例，不出席婚庆仪式，观中其他道友自便，第二桌请翁雪通道长首座。

汤仁和抱定宗旨，婚礼前后三天内，对一切人与事持愉悦心态待之，绝不动气生怒。除了亲儿汤清远不能出现在他的婚礼上，系内心最大缺憾，汤仁和可以对其他任何事情暂且一抱"无所谓"的态度。他不愿让点滴小事冲淡、干扰、毁坏了喜庆心理。汤仁和清楚，这样的良辰吉时，一生难得再有。往后想品尝这般滋味，只怕不可求了。所以，他要把正在发生、即将发生的事情当作"享受"来享受，而不是寻常的"经历"来经历。

婚礼吉时将临，汤仁和实施了严密的安全措施，以防不测。

分送的请柬中，都附有善意提醒：天下初定，乱象未绝，为防不测，敬请赴宴者，各作防身之预。

汤仁和认为，所请者大都是武林中人，这些人若携带器械、齐聚一堂，婚宴上无虑有人煞风景、扰风情，也不惧对头胆敢前来滋事骚乱。

汤仁和又建议乌木英达，衙内官员前来时，多带亲兵侍卫，千万不可因社会日渐太平疏忽大意。多年闯荡龙潭虎穴，出入刀丛箭树无恙，却一朝跌落酒池肉林，毁于笙歌鼓乐，则是人生最大憾事。乌木英达深以为然，言定：提足兵力，守卫当场，确保婚庆仪式顺利进行。

汤仁和还不放心，又叮嘱陆佩令加强筑路工地的守卫力量，除原有的巡哨人员外，再抽调四十名壮汉，在工棚附近轮流值守。

汤仁和两头布置停当后，方感宽怀，心想保得三天快乐，足以快慰平生。三天一过，自己如常视事，天塌地陷也不怕了。

"二月二"上午，汤仁和携尚红菱前去信州城新屋检视，再往"上品香"过问婚宴准备情况。他不忘关照牛道长，吩咐伙房晚饭多增两个大菜，购陈酿四十坛，让工地上的劳夫们也一并"同喜"。

开宴前刻，各类人员持柬携礼，陆续来到"上品香"。因酒楼正常营业，散客甚众，汤仁和便在二楼阶梯口，设了"签到台"。四名原在工地管钱理财的老道，在一张方桌前接待嘉宾，录写名姓，收受贺金、礼物，很是忙碌。汤仁和唤亲随小黄、小丁过去帮忙。二楼大厅本可摆出十张圆台，现在只设六席，空旷许多，小黄、小丁辟出一角，专门堆放礼品。楼梯口一时忙碌纷呈。

待乌木英达夫妇将新娘用四抬花轿送到"上品香"酒楼前，爆竹连响，唢呐齐鸣，鼓乐高奏，声彻街巷，观者济济，围得"上品香"水泄不通。

汤仁和不用旧礼，不让新娘独自一人待在洞房，让她伴己同坐一桌，饮酒共乐，款待宾朋。一是双方均系梅开二度，经过之人，免了俗套，换个新鲜，更添情趣。二是德清桑娃本是蒙古人，也不必用汉族礼制生搬硬套，令她拘束。草原上婚礼大庆，新娘不饮酒、不歌唱、不跳舞，反让来客扫兴。三是汤仁和觉得，与新娘在一起放心。待酒阑人散，两人一同回住屋、入洞房，不致分散自己精力。

汤仁和实在担心周围的"大环境",忧患意识潜藏,挥之不去。

乌木英达夫妇送至的贺礼为:十个金元宝、八百两银锭、二十匹绸缎。他本想多送一些,但又不宜超过伯颜所赠,犯了官场忌讳。伯颜元帅早先已随德清桑娃乘驾载来了贺礼:白银两千两、十颗龙眼明珠、一张斑纹虎皮、两张白狐软皮、两张红狐软皮,心意甚为诚实。汤仁和既感动又感激。乌木英达也从"礼"中看出伯颜对汤仁和的器重、厚待,意识中将汤仁和的安危置于高端,排出两百名精兵,守卫婚宴场所。

"下官将新娘交给汤大人,完成了伯颜元帅所托。祝你俩相敬相爱、白头偕老!"乌木英达将德清桑娃引至汤仁和面前,贺喜不已。

"谢谢大人关爱!大人、夫人……娘子,请上二楼。"汤仁和朝乌木英达夫妇深执一礼,又对德清桑娃殷勤一笑,头前引路往楼上走去。

随同乌木英达前来的元兵,在队长指挥下,沿酒楼四周一字散开,延续站了半条街。汤仁和踏着阶梯,回首看见,心头大安。他知道,这班兵在,无人有实力、有胆量能于此时此地动他一根毫毛。

婚礼自开席开始,喜气洋洋,笑语连连。司仪按程序一一宣声,新郎、新娘照礼仪件件去做,众宾客循环敬酒、贺词迭起。三巡过后,满楼酒香弥漫,主宾兴酣面热。

楼上渐入佳境,楼外传来一阵竹竿击地声,响起几曲"莲花落"唱词——

"二月二"是个好日子,
"上品香"前聚花子,
不为金银铜板子,
专程祝贺汤公子,
哎呀呀,祝贺汤公子。
今天真是个好日子!
莲花那个莲花落呀喂。

汤公好副身板子,
纳了小妾讨娘子;
梦里做个风流子,
可惜失去亲儿子,
哎呀呀,失去亲儿子。
今天真是个好日子!
莲花那个莲花落呀喂。

汤仁和闻声勃然变色。座中客人听明白的低声议论起来，拿眼去瞟汤仁和。

小丁急步奔上楼来，走到汤仁和身边，低声报告："会长，是八九个要饭花子在对面屋檐下唱的。"

汤仁和知道当地习俗，每逢红白喜事，都会有乞丐上门唱唱念念。一来助兴，凑个热闹；二来讨几个银两。这些上门花子得罪不起，不给赏钱，就唱念不着调，什么损词都会编出来，让人哭笑不得，还难发作。他忍住心中不快，唤小黄、小丁取了些碎银，速去打发要饭花子："叫他们快快离去，若不识相，就让元兵撵了走！"

小黄、小丁正去间，楼下唱念之声又起，这次改打竹板、念起"数来宝"了：

> 打竹板，响板子，
> 叫花子邀你猜谜子。
> 竹板做成靠竹子，
> 汤公发达靠啥子？
> 哎、哎，汤公发达靠啥子？
>
> 叫花子敲响竹板子，
> 保佑汤公添娃子，
> 成双成对龙凤子，
> 女像爹爹男靴子。
> 哎、哎，看得大伙笑肚子！
>
> 南北老少一家子，
> 一座屋里过日子，
> 牛羊鸡犬和鸭子，
> 叽叽喳喳咬嘴子，
> 哎、哎，只怕愁坏汤公子！

一楼的食客纷纷拥出门去看热闹。二楼中少许人侧面偷笑，更多者东张西望，心绪不宁。德清桑娃听不懂唱、念之词，只觉曲调朗朗上口，甚有韵律，反觉有趣，满面含笑，侧耳细听。汤仁和涨红了脸，一声不吭，等待小黄、小丁出楼后的变化。

果然，唱念之声变得稀稀拉拉，间闻小黄、小丁派发赏钱和劝去之语。俄顷，显似乞丐仍不肯离开，又生元兵驱逐吆喝声。好一阵，叫花子才驱散了。

汤仁和心知肚明，这群乞丐有备而来，后面当有指使者。谁又存心选这个日子与我作对呢？莫非是江南霹雳堂？难不成丐帮残余也听他们指使？

汤仁和强持镇定，佯装对那些唱念之词不做理会，邀新娘随他挨桌敬酒谢客。

一众宾朋觉得汤仁和大人有大量，稳得住场面，撑得起颜面，均收拾心思重回场景中。一时酒宴欢声又起，大厅内热闹依旧。

谁知，片刻消停后，楼下却生出吵闹，似有不少食客卷进纠纷，骂至激烈处，引发打斗，桌翻凳倒，杯碎盘砸，呵斥四起；有几人追追打打，慌不择路，竟登二楼，引得守在楼梯口的八名元兵横枪执刀，拦截不止。

骚乱败坏了楼上宴庆气氛，一干客人停笑置杯，交头接耳，十数人离席，跑到楼梯处向下探望。乌木英达脸上挂不住，唤人下楼，传令元兵立即驱尽一楼食客。

数十元兵闯进"上品香"大门，连拽带打，生拉硬扯，将闹事客人赶离店去。掌柜、伙计追着索要饭资，也遭元兵斥骂。满厅乱成一锅粥。

待楼下声息渐渐平静，汤仁和悬着的一颗心才稍稍安稳。他有心理准备，先就告诫自己，遇到任何变故都要尽力克制，不发怒，能包容，尽量不让局面变得更坏。所以，任乞丐讥唱、楼下生乱，他都稳坐椅中，劝酒夹菜，不为所动。他知道有乌木英达在场，无须他去张罗忙乎。他是新郎官，自己救自己的场，那就塌了台面，以至无颜了。

汤仁和所在这台圆桌，是全场的重心，置于大厅上首，他自居中，主宾位上坐着乌木英达夫妇，左手便是新娘一他的妻子德清桑娃，新娘身边即尚红菱。近百来宾，目光聚处，只在这几人身上。尤其是德清桑娃更成全场关注的亮点。

在宫灯彩绶、红烛喜幅烘托下，德清桑娃光彩照人，清丽闪烁。

出轿时，德清桑娃戴一顶红狐绒帽子，搭一条白狐绒围脖。上楼落座后，侍女帮她除去绒帽，解下围巾，亮出一截白皙颈项；一头流闪溢光的乌发，盘挽成髻，高耸脑后，发中插一支半尺余长的晶红玉簪；身着的一袭鹅黄色锦花夹袄，光滑柔泽，剪裁得体，衬她体态婷婷、曲线曼丽，举手投足，绽颜轻语，流露出高贵、端庄气度。座中一干江湖人士自惭形秽，不敢逼视。

酒入柔肠的德清桑娃，眼波生光，颊染红晕，笑靥频频，犹如花苞绽放，直叫观者神迷心酥，遐想自生。

虽然时有闹腾，德清桑娃因听不懂汉话，不明所以，也就不分心，反因难得置身这般环境而兴奋、好奇，多与乌木英达妻子隔座交谈。两人用蒙语乌哩哇啦说个不停，间或还伴朗朗笑音，惹得他桌客人不时望将过来。

尚红菱举止自持、得体。她坐在德清桑娃身旁，时而比画着说上几句，时而拿起公箸替新娘夹菜，或伸手为新娘捋理衣带，自然、亲切，犹如小姐妹般相熟、贴心；席间，还与德清桑娃约定，日后教她学讲汉话。

汤仁和很高兴德清桑娃与红菱热络无间，这符合自己不愿因情事干扰心绪的本愿，感到妻、妾和乌木英达婆娘三个女人挺替他长脸、撑场面的。

乌木英达妻子身材高大健壮，虽为官眷，终因放牧出身，长年辛劳，缺了德清桑娃的风采。两人一经比较，乌木英达妻子不仅长相显得粗陋，举止也俗了不少。汤仁和见乌木英达时不时拿眼瞟向德清桑娃，不由暗自得意，心中生嘲："你的官做得比我大，但婆娘没有老子的漂亮。虽然，女人的姿色会随着岁月每况愈下，而老子的官却一定会做得比你大。"想到开心处，汤仁和脸上涌出一波波笑纹，惹得不明所以的乌木英达邀着妻子，双双擎杯，向汤仁和夫妇敬酒："郎才女貌，神仙眷属。难得、难得，我夫妇再敬……"

话未说完，突闻街前、巷后、四面八方轰隆隆一串爆炸，震得"上品香"酒楼颤晃不已，桌上杯盘"叮当"互碰，众人大惊失色，因不知缘由，一时呆若木鸡、噤若寒蝉。

瞬间，凄厉尖啸的破空之音飞逼而至，"笃、笃、笃"连击声中，七八支"火溜星"飞箭射在窗扉上，"呼"地引燃了大片窗纸，亏得天气寒冷，窗户栓锁严实，若是敞得大开，火箭必定伤人了。

"有敌来犯！"座中大部宾朋再难保持风度仪容，呼叫离席，慌乱走避。一些暴烈之士，虽不见敌，已将兵刃操在手上，立起身来只待厮杀。

"火溜星？""江南霹雳堂的火器！"有识货者厉声叫破，引发更大骚动。"江南霹雳堂？不得了！怎会惹上了他们？""坏了！这帮家伙来了，今晚只怕出不了'上品香'！""他妈的，早知如此，今天就不该来，算老子倒霉！"

汤仁和心中有数：江南霹雳堂又来寻仇了！单挑今晚，就是存心让他难堪。他们怎么会将时间、地点掌握得这样准确？莫非有人暗地里通风报信？这人是谁？

乌木英达怒道："他奶奶的！老子连杯喜酒也喝不安宁！"喝骂中，亲赴楼下，指挥元兵搜索、追捕可疑之人。

酒楼掌柜正忙着收拾一楼乱场，又悉楼上着火，急领伙计端盆提桶，冲上楼来，泼水灭火。好在窗扉贴纸燃力不足，没有烧及木框，连连浇淋下，一会儿就焰熄烟消，终未酿成大祸。掌柜的目睹场面混乱，直在心里呼痛：本指望今晚做了笔大生意，不料弄成一团糟。瞧吧，至少停业两天，还坏了店铺声誉，真是赔了老本倒贴银子呀！

事既至此，大伙儿失了继续吃喝的心情，连闹洞房的兴致也没有了。胆小者担忧，待下去指不定还会出啥事情，纷纷辞去。

座中一些外地来客，已在信州客栈订了房间住宿，改天再走，所以还能坐得住。但他们觉察出汤仁和强颜欢笑，神魂已然到了别处，便也知趣借口"闹洞房去啰"！放下了酒盏、竹箸。汤仁和见状，只得领着新娘德清桑娃、侍妾尚红菱，随众人一块下阶出楼。

乌木英达处置完街巷乱事，返回"上品香"酒楼前，见汤仁和夫妇步出楼来，知婚宴已散，忙令元兵用车载上贺礼，护送汤仁和、德清桑娃、尚红菱前去新居。

乌木英达与汤仁和告别，不忘打趣："汤大人，咱那搭子的婆娘，可是喝牛奶、吃羊肉长大的，身子骨壮实，性子大，没点长力降不住哦。"

汤仁和因闹腾而有点败坏的情绪，被此言撩拨得兴奋，忆起西门朝宗谈及对付女子的方式，会心一笑："大人放心，卑职喝了不少酒呢，借杜康之力，还是可以撑得一时的。"

元兵傍着车辆缓缓前行。汤仁和辞别了乌木英达夫妇，临上马前，又唤来牛道长、陆佩令，嘱咐他二人多多辛苦，立即连夜返转工地，以防再生事端。筑路地段远在数十里外，鞭长莫及，此刻成了汤仁和牵心之处。

牛道长喝得醺醺醉，连连拍着胸脯表态："请……汤会长……放……放心，有咱老牛……在……放心……"

汤仁和眼珠一转，落到陆佩令脸上，蓦然发现，他面部的几点印痕，生出光亮，格外醒目，似乎跃动着，欲从他笑容可掬的脸上蹦跳而出。"咦，陆佩令神色怎的亢奋难抑？"汤仁和心生疑惑。他本欲想上一想，但眼前一花，仿佛霞妹子臀状又要幻形而出，赶紧揉了揉双眼，匆匆关照，"陆总哨，可得上心哦。前车之鉴不远呀！"

陆佩令似乎没喝多少酒，神智依旧清爽，听出汤仁和话中之意，点头应是，不出壮语，即去牵马。

见他俩纵骑远去，汤仁和才带着小黄、小丁翻身上骑，直追花轿、车驾。

骑在马上，汤仁和想起刚才乌木英达的关切提醒，暗自生笑："这个老鞑子，不知汤某没白和牛道长相处一场，学到不少手段，还怕制不住你'那搭子'婆娘！"他急着与德清桑娃上床了："老子倒要试试，你'那搭子'婆娘和汉家女有什么不一样的！"随即想起那年在钓鱼山时，西门朝宗告诉自己被两名西域女子蹂躏的遭遇，心间又沉了一沉。

　　紧走一程，看见了夜色中的元兵队伍，汤仁和对乌木英达倒深怀谢意。今天亏了这批元兵压阵，否则不知乱成啥样呢！看来，"江南霹雳堂"明着警告汤某人，他们有的是对付我的办法。若不知趣，一味跟他们作对，日后难有安稳日子呢！这些家伙隐如鬼魅，掌握着我的一举一动，难不成是雷龙正这老家伙使的坏！

　　汤仁和一路骑行，一路琢磨，直至屋前，才抬眼环顾四周。

　　但见信州衙门派出的八名捕役，腰挂佩刀，在附近驻守。这也是乌木英达的安排，他令一干衙役分作三班，在"同知大人"府外巡哨，三天内不得间断，以护"同知大人"新婚时期安然无恙。

　　起初，汤仁和以为不必如此，他的安危自在掌控之中。现在看来，并非多此一举。有公门中人在，江湖人物多少有所禁忌。汤仁和暗暗生叹：唉，这日子过得提心吊胆，娶个媳妇也如临大敌，终不是事哦！

　　汤仁和眼光扫处，看见新居门前，另站一溜壮士，个个手执器械，守卫俨然。他认出均是原在工地专值巡夜的那批劳力。这些从庞青烟、尚代汉帮会中调选的武功较高者，是守护工地的主力。咦，不是严令他们守土有责、不得擅离吗？怎的全部来了此处？陆佩令是怎么搞的？

　　汤仁和急忙叫小黄唤他们的头目来见。一问才知，今日下午，陆总哨离开工地前，又传新令，要这二十多人随他同往信州城，直奔汤仁和新婚居处，为汤会长燕尔之夜值更守卫，以保会长夫妇高枕无忧、欢度良宵。

　　"什么？"汤仁和听了，既恼又急，更为陆佩令见了他不曾提起此事而生疑。他心中冒出不祥之感。

　　"你等立即赶回工地，不得有误！明天早上，本会长到工地巡视，若有差池，定拿你等是问！"汤仁和厉色严词，喝令这干人员撤出警戒，跑步前往工地，执行巡夜任务。有句话，汤仁和憋在心里："陆佩令搞什么名堂？老子撤你的职！看谁还敢违我之令？"

　　一番折腾，众人才得进了院门。汤仁和唤人倒茶、捧糖，端上果盘、点心，与大伙说笑不已。但前来闹房的朋友，见他一副强颜欢笑、心不在焉的神态，不好意思多待，走了走过程，先后离去了。

　　客人散尽，汤仁和吩咐小黄、小丁到前院睡了，又安顿尚红菱去另房住下，随侍德清桑娃的两名侍女，则宿在主屋西厢。各作安顿后，汤仁和才舒缓心情，踏进"新房"，返身插上门栓。

　　屋里烛光闪耀，熏香缭烟，系红挂彩，插花植青，温馨可意。汤仁和抬眼看去，垂幔挂帐的大床上，锦被绣枕，双铺双盖。新娘德清桑娃颔首端坐室中圆桌旁，神态美艳、安详。听得汤仁和步入，德清桑娃抬眸相迎，两道含情脉脉的目光，顿令汤仁和一颗心怦怦直跳。

汤仁和眼中燃起炽热的光芒，快步走到德清桑娃身边，紧依着她半蹲下来，两只手在她膝盖上抚了一抚，又握住她的双手，轻轻搓捻；继而，双臂环去，拢住她丰腴的臀部。德清桑娃嘴角绽笑，星眸含羞，款款站起身来。汤仁和拥抚她柔软生温的腰肢，喃喃轻言："总算安静了，现在只有咱俩了！"说着，手中使力，将德清桑娃抱在怀里。

汤仁和嗅着德清桑娃散着乳香的体息，脑中晕晕的；德清桑娃只觉一片滚烫的面颊贴到了自己颈项间，接着，灼热的双唇印落下来……德清桑娃全身酥软，再难持立，喘息轻吟："床……床……"汤仁和的身子抖个不住，搂着德清桑娃向床边移步。

两人刚刚倒在软铺上，房门被人急促敲响："汤会长、会长，属下小丁，有紧要事情！"

汤仁和身子僵住，从半迷半醒中缓过神，长吁一口气，放开德清桑娃，起身整了整衣冠，抽栓开门。

"会长，有弟兄快马急报，天黑透后，又有歹人窜到工地纵火……"

"啊？又来纵火？"汤仁和一惊。

"是、是，这次不但放火烧棚，还抢了大件筑路用具，装了好几马车驮走了。"

汤仁和心血上涌，头重脚轻，身子晃了晃，直欲倒下。小丁慌忙扶住他，唤道："会长……汤会长……"

汤仁和脑中一片空白，强挣着不至晕去，从小丁手中挣开身子，扶着门框，半晌说不出话来，一张脸憋得铁青，双目浸血，大口喘息。小丁从未见过汤仁和这般神态，吓得不知进好还是退好。

"立即备马！你和小黄随我去工地！"汤仁和恢复意识，嘶声下令。小丁赶忙"诺诺"而去。

汤仁和定了定神，回身进屋。

德清桑娃见他转来，只当事情已了，复迎上前，伸手牵他。两人手掌一触，德清桑娃吓了一跳：转眼工夫，汤仁和已是双手冷凉，汗渍点点。

德清桑娃惊讶地看着汤仁和，见他满面忧愤、目赤气促，不由心中慌慌，松开了双手。

"我有急事要办，马上得走。你自个儿睡吧。明天……明天晚上，我一定回来陪你。汤某失礼了！"汤仁和连说带比画。德清桑娃似懂非懂地点点头，神色落寞。

大婚之夜，汤仁和终没能在"洞房"度过。他留下妻子独守空床，孤对长夜，自己顶着星辰，呛着寒风，赶去收拾一摊烂事。一路上，他怒恼交加，百味攻心，只欲仰天而啸，又想大哭一场，以吐内心苦楚，更生杀人之心，以泄胸中怨气、戾气。打从遇上雷龙正，自己就与江南霹雳堂有了牵扯，被他们弄得烦透。姓雷的和他所属组合，当真是老子命中的克星不成？汤仁和心中诅咒不已。

汤仁和策鞭催马一路狂奔，心态略略平复；待到工地时，他已恢复常态，脸色不再狰狞吓人了。

工地一片狼藉。这次，亏了劳夫都在，人多势众，扑救及时，来袭者点燃火头后，一心劫掠工具，装车载走，分散了破坏之力，只有三成工棚被火烧毁。

先于汤仁和到达的牛道长，正吹胡子瞪眼地忙乱不堪，见汤仁和赶到，慌忙迎前："会长，贫道来迟了、来迟了。格老子的，大部守卫人员竟被陆总哨调去信州，替会长守……否则，不至连工具也遭抢了。"

"陆佩令、陆总哨呢？"汤仁和冷冷发问。

"陆总哨？贫道正纳闷，他不是找你去了？咋没一块儿回来呢？"牛道长奇道。

"找我去了？什么时候找我去的？"

"昨晚，咱俩一块儿回来。不到半途，他告诉贫道，有一件急事忘了向会长禀报，要转回一趟，叫贫道头里先走。"

汤仁和心里一抖："糟了！陆佩令是内奸！"

"内奸？"牛道长吃了一惊，瞪眼瞧瞧四周，似乎要找出陆佩令来。

"不要再找了，他根本没去我那儿！也不会回来了。这小子溜了！"汤仁和恨声道。

"他……他……"牛道长难以置信，"龟儿子……吃里扒外……近来的事件都因他而起？"

"他原本就是个'外'，上这儿卧底来了。"汤仁和道，"看来，陆佩令是江南霹雳堂的人！"

"啊！"牛道长醒悟道，"咱捣了天外居客栈、夺了龙泉乡作坊没多久，陆佩令就上门投奔你来了。格老子的！不是江南霹雳堂的奸细又会是啥？难怪'霹雳堂'对咱的情况十分了解、准得很！"

"昨晚酒宴间几次闹场，均是江南霹雳堂和丐帮搅我好事。"汤仁和悻悻不已，"雷龙正在明，陆佩令在暗，汤某失察呀！不过，这小子挺会装佯哦！"

"平日里不多言语，不显山露水，闷得很！格老子的，小白脸男人多虚假哦！龟儿子！入他先人板板！让老子逮到，非剥他皮不可！"牛道长咬牙切齿，痛骂起来。

"只怕不会再见到这个陆佩令了，姑且还叫他'陆佩令'吧。不过，走了也好，估计江南霹雳堂一时半会难来再找麻烦了，还是考虑早日开工筑路的事吧。"汤仁和反倒生出侥幸。

八、魂销舟沉无路行

失却工具，筑路就停顿了。重建棚屋容易，两三天即修缮完好，可一时上哪里筹齐三四百副锹、镐、钎、筛？龙泉乡的精器良械弄不到了，汤仁和只得派员到临近的几座县、州城里找铁匠铺子购买、定制。令他头痛的是，连续两场大火烧得人心惶惶，劳力胆战心惊，群心涣散，有人公然扬言：拿命换钱太不值了，还是放咱回去吧！更有甚者，已是出工不出活了。眼看汤仁和负责的路段难在期限内完成。这段"快道"不能按时竣工、交付使用，犹如堵了瓶颈，整条官道贯通不得。临安府筑路指挥使、洪州府衙都给信州衙门发来公牒，严词督令地方官员抓好此事，延误全路通行，当追究责任、从重查处。

乌木英达当即把责任转嫁给汤仁和，给他看了上司来函，要他赶紧将工程进度赶上去，万万不可再出漏子、失面子。汤仁和也知官场微妙，你纵然建功立业，但稍有疏失，立马就被无法预测、难能先知的因素击得一败涂地；即使一件微不足道的小事，也能致使名损誉坏，一蹶不振。官场由多股势力、多环圈圈组合、杂糅而成。你不可能长期面面俱到、八方逢迎，这就决定了你昨日会赢，明朝全输；今日虽去，后天又可得复的不可知性。

"朝臣中不是唯伯颜大人有话语权，皇上更是兼听则明的圣君，你还是小心从事、好自为之。"乌木英达几近直白地警示汤仁和。

汤仁和掂量出乌木英达的话意。他一连三天食宿工地，既为防止祸患再生，更为督办重新开工的诸般事宜。三天没能返回信州城内的"新房"，汤仁和心中煎熬不堪，但他硬是忍了下来。他明白公事、私欲孰重孰轻、孰缓孰急。当前局面下，他岂能犯下荒唐、低级的错误？

"起了大早，赶个晚集。"汤仁和瞅着空空旷旷、蜿蜒曲折的"快道"自忖、苦笑。月前，这段路面何等风光，名动全线。如今，只怕落到末尾还收不了工。汤仁和心焦神乱，直怨自己招惹了"江南霹雳堂"，对其估计不足，才有今朝。

"江湖中的水有多深，汤某还是探不到底呀！"他暗自沮丧，怀疑起自己的智慧、能力来。

这当口，信州衙门快马递讯：大都城伯颜元帅令"八百里快骑"送至要函。

乌木英达大人请同知大人过府"共参"。

不久前汤仁和曾致伯颜一信，此时闻其发快件到来，估计和自己有关，忙丢下手边杂事，纵马赶往信州府。

果不出汤仁和所料，伯颜至函，全是为他，对其所呈，条分缕析，一一剖说。

伯颜首先指出，汤仁和追随旁门左道，欲寻文天祥坟地，掘墓毁骨、诛其后人的计划，极不明智。当前，政权已定，秩序初稳，首倡社会安宁，人心拥元。文天祥之案已成过去，再生触动，只会激起民众旧思，重肇事端，背离了元廷稳定大局、抚慰人心的基本国策。时过境迁，再拿文天祥说事，有百害无一利。万望汤仁和洞察内由，不要盲从朝中个别妄狂无知、另有图谋者。若误判形势，错上贼船，既有损本朝大业，又无益个人仕途。可恶、可悲之事，智者不为也！

伯颜在信中不仅有"苦口"之言，更为汤仁和送至"良药"：龙泉乡的器械制作，质精量大，全国闻名。兵器、工具都与国计民生紧密关联，汤仁和应该谋划与实施，尽快将龙泉乡各个器械作坊重新控制在手，形成垄断，独享经营。这于当前、今后，对官府、民间都大有裨益。伯颜透露，朝廷正在制定新策，欲将全国民间的兵器械具强行收缴，纳入严格管控，直至五户人家共使一柄菜刀。龙泉乡的铁制器具，将和各地所营一样，成为国家掌控的特种制造业。官府不宜公然经商，汤仁和则可占得先机，拿下此类生产、经营权利，日后发展空间甚大。

伯颜知道龙泉乡兵器制造与江湖门派的关联，在信中明确告诉汤仁和：朝廷将颁新政，各地民众不得修习武功，严禁拉帮结伙，原有武林组织，一律解散，不可存世，凡舞刀弄枪者，皆以"图谋不轨"定罪处罚。只待法令颁布，如江南霹雳堂类将冰消瓦解，至少不敢肆意活动。汤仁和若去接管龙泉乡制械工坊，不必担心"霹雳堂"再有反扑。其若妄动，官府大可依法惩处，或出动军队弹压、剿灭。伯颜承诺，届时，"龙虎风云会"解散，汤仁和即到州衙任职，并有另调高升的可能。当下宜"稳住"。

伯颜语重心长、言辞切切，既指导汤仁和如何行事，又晓以利害，破除他可能会有的顾忌，并且，点明未来，指出前景，可谓用心良苦，谋划周到。

汤仁和看了信，脑中一团乱麻。便问乌木英达："大人，对文天祥掘坟毁骸的指令，不也是朝中权要下达的吗？怎与伯颜元帅所论……"

"朝中诸臣本非一势一派，伯颜大人虽然位高权重，但有的权臣分量也不轻，同样在吾皇面前说得上话。本官认为，对文天祥之事穷追不舍，可能是已故宰相阿合马手下一帮人下的令。阿合马生前即与伯颜大人政见有异，做事又狠毒决绝。他虽然死了，但团伙仍存。阿合马将文天祥恨之入骨，死前所做布置，下属仍在运作，不会轻易中止。除非皇上开口，伯颜大人还管不了阿合马的旧属。"乌木英达也有朋友在朝，知晓宫中情况，说出来的话有凭有据，汤仁和听了不由不信。

汤仁和知伯颜所言，确是为了他好。但他也有另想：重去龙泉乡强领所有铁器作坊，必定又一次触犯江南霹雳堂的利益。此堂实力雄厚，行事诡诈，已是领教过了，龙虎风云会与之抗衡，很难讨得好去。陆佩令突然销声匿迹，也可视作"霹雳堂"已然放过自己，暂且不会再来寻衅滋事。只要不主动招惹他们，当是渡过一劫。若依伯颜所说，再捋虎须，重返龙潭，惹得对方报复又开，自己存活都难了。等到朝廷取缔江湖帮会，龙虎风云会一样不复存在。届时，孤家寡人、孤掌难鸣，更是防不胜防！只怕，朝中新令未颁，自己已遭人噬。这般结果，谅伯颜高处庙堂，不能体会的。

"我若明智，就不可再捅那个'马蜂窝'！"汤仁和念头越来越清晰、明朗。他又问乌木英达，"听大人这么说，卑职若按原计划行事，刨了文逆墓地，铲除他家后人，纵然伯颜大人不悦，但朝中另有权贵，甚或皇上则可能高兴。是这理吗？"

"也可以这样认识此事。怎么做，还得汤大人自己拿个准主意。虽说伯颜大人要本座与你一同参详，但行事者是你，你与伯颜大人的关系又非同一般。想来，你自会估摸、掂量个中利害的。"乌木英达言辞模棱，语焉不详，说毕还朝汤仁和笑了笑。汤仁和难以吃准他究是何意。

不过，汤仁和多少听出点门道：其一，朝内并非伯颜一人在皇上面前说了算，他人有时也能左右圣驾意念；其二，即便伯颜大人不乐之事，只要符合圣上的心思，做成了，也能获"利好"之益；其三，自己系伯颜一手栽培，偶尔违其旨意，伯颜不至过分追究。

汤仁和怕了江南霹雳堂，不敢再去招惹他们。于是，他放任自己对乌木英达这番话的理解，决定了行动策略："清明计划"不变，力争做出实绩，以奏当朝，获得褒奖，减筑路不力之过。管控龙泉乡的事，先搁置一旁，待朝廷政令颁发了再说。只要"禁武令"一下，江南霹雳堂就不再可怕了。那时，由官府出动军队，自己伺机而动，龙泉乡工坊接收之事水到渠成、瓜熟蒂落。虽有迟缓，但只要办成，不也没有违拗伯颜大人的指示吗？

两件事都要做，只是分个先后而已。凡事顺序的对与错、效果截然不同。时运与程序同步，自己当立不败之地！

汤仁和主意已定，不愿久待，便作告辞。

乌木英达却挽留他："汤大人，你新婚之夜赶去工地处置事端，一连三天，可是冷落了新娘哦。这样不好。今天，既然到了城内，何不回家住上一宿，明早再走。"

被乌木英达一言点醒，汤仁和笑道："卑职真是忙昏了头，还是大人考虑周详。好，那我就回家一趟。多谢大人！"

汤仁和唤同来的小黄、小丁先去集市购买菜蔬、鱼肉等食物，自己驱马直奔新屋。

德清桑娃、尚红菱见汤仁和不告而至，都很兴奋。尚红菱陪着说了一会儿话，待小黄、小丁买来食物，便知趣地去了厨间，指使女仆预备饭菜。

说起那夜突然离去的事，德清桑娃不免露出哀怨。汤仁和见妻子垂泪欲滴，忙凑前哄道："夫人，那晚是我不对，今日向你赔罪来了。这次铁定不走，咱补上新婚之夜吧。"汤仁和与德清桑娃谈心，有语言之碍，说是说了，见她半懂不懂、睛波含羞、面红淡淡，却无言语。汤仁和索性双手搂抱，将德清桑娃揽在怀里，连连亲吻。

德清桑娃所怀怨意，被汤仁和一番亲热驱散无形，也忘情地将他拥紧，久久贴面，唇齿互吮。

被耽误、压抑的欲望爆发了。两人急不可待地相互往对方身上输送情愫，又互相从对方身上吸吮炽烈的情焰，激荡、催化着自己。两具站立着的躯干，柔软团酥，如饴似蜜般融合一体。

片刻间痴狂的亲密，似乎耗尽了汤仁和与德清桑娃的精力，两人遍体酥软，不约而同分坐到圈椅中，喘着、笑着、含情脉脉地凝视对方，不舍将目光稍移半分。

愉悦中的汤仁和，在心底品味自己拥有的三个女性：原配，可以；侍妾，可娱；续妻，可意。虽然，还未及与德清桑娃一试琴瑟、欢如鱼水，但看着她就心荡神往的直觉告诉自己：尤物在抱，此女非凡品矣！做个男人，三昧兼得，夫复何求？定是老天爷也觉患难降临汤某太多，特意送来佳偶，以示补偿吧？汤仁和已将怀念原妻的一点灵知，抛却九霄云外，反倒有一种不可明言的"因祸得福"之感。他也知道，这种因丧偶而续娶的"得福"念头可耻、亏心，但他再不约束情感了，他只求"人生得意当尽欢，明日再说其他事"！

汤仁和一扫颓唐心态，雄风重注，神采振奋：仅为获取眼前女子的好感与尊重，就应当做一个有胆有识的男子汉、一个有能力荣耀妻子、光大门楣的伟丈夫！

"傲然存世，活出惊天动地的效应来！"

"'清明计划'，势在必行！"

情感在燃烧、奔涌的汤仁和，眼中唯有娇羞如花、明朗似月的德清桑娃，心底只存咆哮不已的两句话。

汤仁和不知，"二月二"他在"上品香"酒楼喜摆婚筵，远在数百里外的庐陵县文天祥老家，庄山平、花临风四少侠正与文道生一聚，话题重点即是谈论他。

文道生回山后很快重返家中，尚属首次，只为他有重要信息急于告诉结义兄弟妹。

文道生对四少侠说：张千载先生委托江湖朋友摸清了汤仁和底细。汇拢三份报告后归纳出：汤仁和建立的龙虎风云会，会众虽有良莠之分，实是元廷操控的一个帮会，一个形在江湖、质属衙门的双重组合。会长汤仁和劣迹斑斑，不仅涉及几起命案，更有暗通元军，破坏义军事业的证据，其狡诈诡异，忠厚为表，内藏奸毒，是一条极其危险的"变色龙"。

张千载得知汤仁和的真实状况后，焦急不已，立即书告文道生，提醒他与四少侠早作防范。同时，张千载认定，汤仁和不除，终有大害。他与朋友商议，决定将计就计，利用汤仁和妄图借清明祭奠行凶作恶、向元廷邀功请赏的心理，灭此奸贼，已将这一计划定名"清明行动"。

"清明行动"四少侠不可或缺。既然汤仁和设局，假手他们寻找文大人坟地，以售其奸，反元志士也可借四青年之力，将汤仁和诱入"局中局"。

庄山平等听了文公子所述，惊得合不拢嘴，后怕不已，想不到差点引狼入室，铸下大错。若不是张千载先生睿智明察，一个月后，四人即成汤仁和帮凶，做下世人唾骂、留辱汗青、遗恨终生之事。那时，岂有颜面回转泰山、叩见师尊？

见四少侠既悔又愤，文道生道："大家不要太过懊恼，姓汤的不是还没得逞吗？只要明白了真相，主动权就在我们这里。张叔叔和朋友已有计较，开始安排了。我等只要做好该做的事，反倒担心姓汤的不来了！"

四少侠听了文公子的话，稍生宽慰，振作精神，你一言我一语地议论开来。最终，大伙担心的唯有一点：汤仁和武艺甚高，若再有强助，如何制服他们？

文道生笑道："此事不难。张先生有一至交，乃江湖人称'黄山隐侠'的楚天行先生。只要他肯出手相助，汤仁和纵有帮凶，也难逞其恶。张先生已派人去请楚大侠，到时，只要你等不动声色将汤仁和引到山里，就等着看好戏吧。"

文公子从怀中取出一幅简图，指点道："估计姓汤的提前一两天就会来此。你等在清明凌晨，带他进山。破晓时分，要到达这里，对，三条小径交汇处，我与朋友们在此等候。只要汤仁和到了此地，回头则难。"

待大伙看清楚后，文道生将图帕折起，递给庄山平："庄大哥，此图交你留着，到时，千万不要走错了道。那样，姓汤的图谋虽是落空，我们的计划也难实施了。"

庄山平将图幅藏进怀里："我等决不误事，请二弟放心！"

四少侠听说张千载先生已有破敌之策，并请到强援，转忧为喜，神情活泛多了。叶清萌早在文公子撩衣取图时，瞥见他内衫兜里露出一角纸幅，上透点点墨渍，不由好奇："二哥，你还揣着啥宝贝？"

文道生一愕，随即领悟，笑问："噢，萌妹是说这吧？"他从内衣兜里掏出一叠字纸，小心翼翼地铺展桌上。

四人围拢一看，原来是一方诗幅。二尺阔、四尺长的宣纸上，浓墨淋漓酣畅，笔划开合雄浑。

"《念奴娇·驿中言别友人》。是一首词？谁写的？字体气势昂扬，夺人心魄，大手笔！"花临风不及细看，已是赞叹连连。

"乃是家父遗墨。"文道生轻道，"系家父入狱前的一幅手书。我日日带在身边，犹如家严犹在！"说着眼内已闪点点泪光。

听说是文天祥的笔墨，四少侠顿生敬仰，俯看不已。

文公子定了定神，续道："家父在广东崖山兵败被俘，押往燕京，路经金陵城时，因病在客栈住了几日，写下此篇词章，请人转张千载先生交我。其间，几经周折，张先生终不负家父所托。"

文道生用手指轻点词句，微吟出声：

水天空阔，恨东风，不借世间英物。蜀鸟吴花残照里，忍见荒城颓壁！铜雀春情，金人秋泪，此恨凭谁雪！堂堂剑气，斗牛空认奇杰。

那信江海余生，南行万里，属扁舟齐发。正为鸥盟留醉眼，细看涛生云灭。睨柱吞嬴，回旗走懿，千古冲冠发。伴人无寐，秦淮应是孤月。

文公子一句一行吟完，四人一时静穆。

文道生知四人年轻，文化功底、历史知识欠缺，难解词意，便将词中大意说了。

"上半阕的前三句，家父借三国赤壁之战，感叹大宋抗元不能得天之助，致使众英雄壮志旁落。后二句是借金陵的残破景象和蜀中子规鸟的哀鸣，抒国破家亡的悲痛心情。接着几句，更写国家灭亡、生灵涂炭，嫔妃宫女被掳，财富宝藏遭劫。'堂堂剑气'二句，是家父感慨宝剑出鞘，依然光芒四射，直冲云霄，可惜自己辜负了宝剑的期望，空负了英雄奇杰的名头。"

"下半阕的前部分，家父回忆抗元往事及战友们在形势不利的局面中奋战不息的志向。接着，歌颂历史上蔺相如不畏强秦、诸葛亮智勇拒魏的事迹，赞叹岳飞将军抵御外侮的壮烈精神。末句流露了心忧故国、夜不能寝而回天无力，只能与冷月相伴相慰的伤感之情。"

听了文公子的讲解，四少侠胸湖泛浪，更加敬佩文天祥的心怀、壮志，周身热血涌动。

文道生缓了缓气息，又道："家父词中感叹尤深的不是个人遭遇，而是国家之难！"

见四少侠待他细释，文道生深沉又言："元人入侵，行为野蛮、肆意屠伐，家父痛心疾首，多次叹息，中华文脉从此断裂了！家父说，河山可收拾，城池可重整，子民可繁衍，唯独国家文化之脉一断，振兴则难矣！文脉不能传承，中华气数则尽。这才是家父最为焦虑、痛苦之事。可惜、可悲，又有多少世人知之！"

四少侠闻言，长吁短叹，不知说何是好。

"家父的遗志，兄弟我时刻难忘。我可以丢下这个家，抛开一切，但唯独不能与家父的此卷词章分离，见字如见家父，如聆家父教诲，一天也不敢懈怠呀！"

文道生将词卷缓缓叠起，小心收入内衣兜中，看了看四少侠，转颜含笑："家父此帧手迹，张千载先生交我之前，亲笔录了一份自藏。你等过了清明，也将返回泰山了。这样吧，我抽空将家父这首词抄写四份，分赠四位，既是咱们结拜情谊的见证，也可将此词分别保存，让更多同道中人得见。我这样做，定然符合家父遗愿！"

举办婚仪三天之后，汤仁和终于得在新屋宿下。善解人意的红菱，叫仆女将屋中央的一盆炭火燃得火舌四吐，暖意融融，满室生温。她悄悄关照汤仁和："春寒冻死牛，小心别着凉哦。"汤仁和心头熨帖，感激地搂她一拥，在她脸颊吻了又吻，方走进洞房。

汤仁和是前度刘郎今又来，却第一次与德清桑娃裸袒相拥在馨香袭人的锦被下。肌触如电，软玉温润；唇齿相衔，清津娇息。汤仁和神志缥缈，如卧仙境。他唯恐唐突佳人，不敢再搬牛道长所授，中规中矩、温柔体贴、按部就班地一味顺从德清桑娃的心意、嗔乐；战战兢兢又魂魄迷乱地完成了房事。虽说少了与尚红菱做爱时的癫狂、恣意，却真切体现了他对新娶娇妻的怜爱、呵护、尊重，颇获德清桑娃好感。

妻、妾、妓，不是一个概念中的女子，不能作一样对待、使用的。汤某不可一上来就自毁形象，来日方长，向德清桑娃展示能耐的机会有的是。待到相互熟悉了，管叫你欢喜不尽、乐此不疲呢！与妻子肢体互缠中的汤仁和，竟然抽暇在心里自品。他埋脸偷乐，甜蜜之意涌满心怀，放胆一捏德清桑娃温香饱满的肥股，惹得她轻轻呻吟，佯嗔羞笑。

红烛映照下，德清桑娃雪白的肌肤敷上了一层银亮光泽。"这可是用牛奶滋养出的胴体啊！"汤仁和痴醉般轻抚着德清桑娃圆润隆起、滑如凝脂的臀部，将面颊贴在弹性颤颤、芬芳隐隐的粉股上，亲吻啮咬。虽然，他屡次提醒自己，不要再无聊地去验找什么"印痕"了，但仍是忍不住将德清桑娃的双股细细看了数遍，心中默念：没有、没有出天花后留下的痘印。接着，又暗自咒骂自己：你患上强迫症了吧？心中这块病灶何时能消除呢？连这点毛病都克制、改正不了，你有啥出息呀！自怨中，走了会儿神。

德清桑娃哪里想得到，伏在她肥臀上喘息的汤仁和正暗责暗怪，恼恨自己如病一般的"嗜好"。德清桑娃沉浸在爱河之中。她虽近中年，早经人事，仍禁不住汤仁和上下抚弄，羞臊不已，埋首枕中，娇喘吁吁。

德清桑娃自幼长成，终年在烈马背上跃动、颠簸，臀肌丰腻、柔软中透着紧实。汤仁和感觉舒适，不忍释手，反复摸抚。

蓦地，汤仁和置入德清桑娃温热臀缝间滑动的手指，感到一丝异样。他曜然一振，仰身掰开指尖所触的臀肌，定睛凝思，果然有一点黄豆粒大的凹陷，清晰地暴露在他眼前。

"哦，看到了、看到了！原来藏在这里哟，总算让我找到你了！"汤仁和如同偶遇失散多年的好友，口中呢喃，双睛放光。深藏心底数十年的隐秘，一朝得解，纠缠意念一生的夙愿，终于有获。他兴奋难抑，冲动地俯身吐舌，痴狂舔吻那点圆痕。

德清桑娃不明汤仁和所思所为，在他短须热唇刺激下，涌起一层层爱潮，不由面红体烫，娇吟连连。

汤仁和闻声欲火复炽，扑倒身子、伏在娇妻酥胸间，双手攥住一对温软挺立的乳峰，忘情揉搓、抬胯复上……

汤仁和筋疲力尽地搂着德清桑娃，沉沉欲睡，脑中执着生思：圣人云"食色性也"，女人果如佳肴，有品位的男子就应该吃最好的食物，拥最好的女人，方不枉此生！汤某姻缘，前两次只是"开胃小菜"，今夜才算"正宗大餐"，幸事啊！

这一夜后，汤仁和隔三岔五从工地回转信州，在家中宿上一晚，轮流和德清桑娃、尚红菱寻欢作乐。他还想生个一男半女，以承家业，延续香火。沉浸闺房之乐的汤仁和，再不惦记前妻，也绝了儿子回头之想。他重新谋划今后的生活了。

可惜，蜜月苦短，"清明"日日迫近，汤仁和只得从欢情欲念中强自拔出心来，着手实施"清明计划"。

汤仁和自恃：只要文公子、四少侠不察自己参与祭坟的真实目的，就不会疑神疑鬼有所防备。四少侠的武功见识过了，若没有新援，自己添几个帮手，还是可以对付的。

为防不测，汤仁和做了两手准备，即时若能掘坟剖棺，就当场动手，免得日长事多，再生变化；如果难以下手，则先认准地头，日后领人重新来过。那时，文公子、四少侠无凭认定乃汤某所为。只要朝廷知我功劳就行，民间街坊不察更妙。汤仁和做多种预想，将各种利弊细析。

防止最坏的可能，争取最佳的效果。汤仁和立出了行事准则。他首选牛道长随己同去，又挑上了九宫山七路烽烟老大庞青烟。至于尚代汉、万木林等，他认为这几人若知道了"清明计划"的真相，八九不会插手其间，哄得去了，也不可能卖全劲、出死力。小心为上，疑人不用。

汤仁和将双方力量比较过：随去的人手多了，会引起文公子等怀疑，极有可能连自己也到不了文天祥坟前，孤独履险，则大不智。牛道长、庞青烟同去，对付那四个小鬼自是够的，万一还有武林高手在场，就可能应对不全。于是，汤仁和又想到了庞青烟手下三员悍将：江山、胡先、席君。对，这三人与他们的老大一个德行，手上也有点本领，只要酬金够多，不怕他们不卖命。兵不在多，贵在精。行，有了这五人，进退无忧也！

汤仁和令人通知庞青烟，带上江、胡、席三人，于清明前两天晌午，秘密到达庐陵县城东关头与自己会面，不得有误！回来后，当有重酬。

待谋划、安排妥当，汤仁和借回信州城与妻妾相会的机会，又专程到州衙内拜见了乌木英达。

乌木英达听了汤仁和的"清明计划"，略生沉吟，正色道："这件事若成，估计是大功一件；但也有可能吃力不讨好，最终得看皇上的心意。你倒是考虑清楚了。下官有位好朋友，曾经告诉我一个官场诀窍。他说，当下属的办事能力固然重要，但最关键的是会准确拿捏上司的意图。'拿捏'二字的含意，汤大人一定懂得，这事就看你如何'拿捏'了。"

"大人勿虑，卑职反复掂量此事，也就是大人所说的'拿捏'，就算赌一把好了。做成了，对大元朝稳固国基、一统民心、杜绝后患极为有利，皇上不至于不赞同。想来，朝中权贵也不敢违背皇上意志操纵此事。至于伯颜大人那里，事后，卑职再对他解释。要骂要罚，汤某一人领受。这次，卑职只带本会数名高手前去，事若不成，也与朝廷、官府无涉，更不会连累大人的，望大人宽心。"

"这个……下官倒是没啥，只要汤大人认为思虑清楚，'拿捏'准确、稳妥，那就干吧。"乌木英达也不多说了，干脆一语。

"时间紧迫。明天上午，卑职就启程前往庐陵县。筑路之事，望大人抽暇过问。不论成功与否，'清明'三日后，卑职当归，再向大人禀报。"汤仁和信心满满，含笑走出州衙大门。

乌木英达送走汤仁和，回到书房独自沉思。夫人进来，见他眉皱成结，关心道："相公，可是汤会长所禀之事不妥吗？"

乌木英达点头示应，顿了顿道："姓汤的鬼迷心窍，不听伯颜大人的叮嘱，丢下公务，非要去掘文天祥坟墓、灭绝文家后人。他毕竟是我下属，这样做，置我于两难之境呀！"

"近期，汤会长修筑快道不顺利，连遭江南霹雳堂打击，难怪他心情不大好。拙妻想来，汤会长立功心切，急于挽回影响，为日后发展铺平道路。还有啊，人家正在新婚大喜的日子里，娶的婆娘又迷人待见，只怕也想做件大事，给自己长长脸，讨婆娘欢喜。他的心情可以理解，你不必多生忧虑，替他着急操心。"乌木英达的妻子娓娓道来，劝慰丈夫。

乌木英达笑道："姓汤的也不全为在婆娘前显摆。他不知再娶时，就有刨坟打算了，只是如今更起劲罢了。为博红颜一笑，不计后果，铤而走险，还将工地烂摊子推给我，哪像大丈夫所为？"乌木英达摇头生叹，尽表蔑视。

"反正是姓汤的自己要做，你几次劝阻过他，此事若有非议，引发上峰追究，也与你无涉。"

"你不懂、不懂的。"乌木英达踱着慢步，对婆娘道，"我是他的直接上司，他所做一切，我都脱不了干系，岂能无涉？"

"你有啥办法与他撇干净了？"妻子转而关心起丈夫。

"我不正在想吗……我应当立即给伯颜大人亲书急函，向他禀报汤仁和所为，言明我屡劝无果。这样，姓汤的即便事成，违背了伯颜的旨意，伯颜当然不会夸他，可也不致迁怒于我。汤某意遂，自有嘉奖他的权贵，我还能沾光。为夫先保个进退无虞，再静观其变吧。"乌木英达有了计较，眉间纹结一松。

"相公真有办法！为妻没看错你，当年放羊小子在官场混出来了。"

乌木英达被妻子的调侃逗得呵呵而笑："这算什么？我除了呈上一信，还有作为呢。过几天，为夫亲率一队士兵，前往文天祥家乡。姓汤的若能成事，我领兵则是襄助，接他回转；他若捅了娄子，那我就是去替他善后、为他擦屁股。哼，我还能被姓汤的左右了？小子差远了，顶多在我掌心里翻几个筋斗！"

"相公谋事深远、周到，只怕这州官的位子还小了呢。"婆娘情绪更为高涨。

乌木英达兴致大发，信口而言："别看姓汤的平日对为夫十分恭敬，可此人眼高于顶，不甘久居我下的。娶了个已贬为奴的半老婆娘，得瑟成那样！说老实话，那婆娘早已成了'嫁乞随乞，嫁叟随叟，嫁根扁担抱着走'的掉价女子。老子懒得多看那骚婆娘一眼，啥玩意儿！小子自个儿乐呵去吧。伯颜大人何等韬略，当今圣上都敬他三分。姓汤的竟敢和他叫板，说什么'赌一把'？真不知自个儿吃几碗干饭，作死呢！"

"姓汤的心真大哟！"婆娘随口嘲道。

"嘀！光心大有什么用？'命中有时终归有，命中无时到底无'，这家伙老大不小的了，却连起码的认知都没有，还出来混？一个山野之人，不自量力，却总想出人头地。白日做梦！"

婆娘抿嘴一笑："相公还别说，谁有前后眼呢？瞧你，原先也是个平头百姓，今日，还不是穿上官服、戴上官帽了吗？"

乌木英达得意大笑："哈哈，倒也是。老子以为和羊群做了十几年的伙伴，与爷爷、爹爹一样，要终老草原了。想不到，被大汗征入军中，又凭战功升为'百夫长'，这就是命中有哦！不过，做到信州衙门的达鲁花赤，我就知足了，告诫自家，别再奢求、别再妄想了，能在这位上平安终老，就是祖上的荫庇。官真做大了，为夫也不能胜任，而且烦人哟。"

婆娘逗趣道："相公怎的忒谦虚呀？我看你这官当得挺好。"

乌木英达兴趣更高了："夫人明察。我只不过把当官仍旧看作牧羊罢了，驾轻就熟按老法子办事。呵呵，夫人别笑，真的，当官与牧羊差不离的。那么多的羊，你只要别让它们饿了、冻了、病了、跑失了，就没啥操心的。当然，也得留点神，哪只羊太过骄横，欺压同伴，就要惩罚它，甩它两鞭子；哪只羊活泛、勇猛，就可以驯养它去当头羊。再大的羊群，只要管好这两种羊，其他羊自会听话。你只管薅薅羊毛，多育羊崽，烹肉制皮，享受好日子吧。管理百姓，也是这理。伯颜大人说过，古书上就将当官的称作什么'牧'。这不表明，做官和放羊、放马一回事吗！"

"嘿嘿，相公这一比，绝了！你早年牧羊，如今牧人，敢情一直操持老本行呢！那为妻要是也坐在大堂上，只怕与相公差不离吧？"婆娘嬉笑不已。

汤仁和深知"清明计划"一旦成功，必然惊动朝野，可能有天壤褒贬，故不愿让身边亲信过早知道，连德清桑娃、尚红菱也被蒙在鼓中。动身前，汤仁和将随侍小黄、小丁派去筑路工地，替代换下的牛道长，加强督促、检视，推动工程进度。也只在临走前夜，才告诉牛道长，"明晨随我外出数日"，却不言明究竟干啥，仅对懵懵懂懂的牛道长说："功劳一件，奖赏不少。到时便知。"

清明日前四天。清晨，东方微露一抹鱼肚色，汤仁和即和牛道长双骑驰离工地，疾速而去，没有一人知道他俩为何走得如此匆忙。

一路上但见树条冒绿，草尖萌芽，鸭嬉水塘，燕掠田畦，行旅单衣，茶亭熙攘。大地生机盎然，阳光暖和人心。汤、牛二人沐浴春色，兴致甚高，全然不觉骑行劳顿。

第三日下午，汤仁和、牛道长在庐陵县东门与庞青烟等会合。六人寻客栈住下，共进晚餐时，汤仁和才对酒足饭饱的下属和盘托出了"清明计划"。

汤仁和从此次行动的意义、影响阐述了重要性；从前期的预备、进展表明了可行性；又从挑调人员的条件、数量强调了信任性。汤仁和所说，倒是实情，唯独首句，扯了大谎："本会长奉圣上旨意……"

他知道有了这一句，其余都可由着自己嘴巴说了。

不出所料，桌上五人听是"奉旨行动"，耸然动容，具为身在其役而荣幸。至于此事的恶劣与后患，既然元人坐稳了江山，又有丰厚奖赏，就无须忌惮了。

"一朝天子一朝臣。当今大元皇帝坐龙椅，文天祥则是前朝遗孽，阴魂不散，惑乱人心。我等能为天子分忧，犁庭扫穴，一劳永逸肃清其毒，是为当朝做出的一大贡献！感谢汤会长对我等的信任。"庞青烟言辞凿凿，率先端出态度。

汤仁和很是满意庞青烟的这番话。果然，众人纷纷跟着赞同，牛道长更是多说了几句，以表心迹："会长这次单独叫我同来，贫道就知有大事要做。方才听会长一说，这事做成了，就是对那些自我标榜'抗元义士'的家伙一个痛击！会长放心，我老牛关键场合决不拉稀摆呆，一定好好教训这些龟儿子，看他们还逆天行事不？"

汤仁和趁势举杯，邀大伙同饮："大家喝好吃好休息好。明天，我等去文天祥老家，与那四个兔崽子会合。后天就是清明，大伙儿一早去给文天祥破坟……哼嘿嘿……"汤仁和语含嘲讽，得意地咧嘴而笑，"来，共同举杯，望大元皇帝保佑我等马到功成！"

见汤仁和一行依时而来，四少侠会心而笑，迎出院来。

庄山平执礼道："欢迎、欢迎！汤会长果是信人，说话算数，来得正是时候。"

汤仁和向四少侠一一介绍同来之人，强调："这五位侠士自愿随本会长前来拜祭文大人，日后，他们将轮换守护文大人陵寝，以免大人英灵受扰。"

庄山平吩咐齐五儿将六人的马匹牵去后院，饮水喂料，即与花临风招呼汤仁和等进屋，叶清萌则忙着布碗沏茶。

汤仁和见四少侠热情款待，全无疑色，心中大定，也放松神情，谈笑风生，义愤评点世事，褒誉抗元义士，言辞真诚，情意拳拳，直令牛道长、庞青烟怀疑他与前日非同一人，暗暗佩服"汤会长演技一流"。

一屋人，热热闹闹地聊到晚饭之后。

六人进村，引得村民关注文家大院。当晚，庄山平叫花临风将文老爹请了过来，与汤仁和等见面。

庄山平告诉文老爹："明晨，我们前往南山，与文公子会合，到文大人坟前祭祀。烦请叔公一同前往，遇事好有个商量。不知叔公意下如何？"

文老爹抚须微笑，欣然应允："给文大人上坟，老朽当然要去的。三年了，老朽也不知文大人英魂落葬何处呢。明天一定去、一定去！"

文老爹辞别时，花临风陪着他走了一程，细细说了会儿话。

夜深了，各怀心事的四少侠、六来客，闲话说尽，分归各屋，和衣草草躺了半宿。

鸡啼头遍，星斗未落，文老爹已然叩门催请。一众携了预先备好的馒头、咸菜、饮水，上马而行，离开了尚在沉睡的村庄。

纵缰疾行半个时辰，天始放亮。众人进入连绵山岭，又走了一程，来到石壁高峻的一处崖口前，庄山平掏出图帕，对照四周地形后，招呼各位下马稍歇，以进早餐。

待大伙休整完毕，庄山平道："再往里进，山路崎岖，不能骑马了。我等不妨将马匹留在这里，有劳文叔公照料。"

文老爹乐呵呵道："行啊，老汉就替各位看马吧。哎，看来今天还是不能到文大人坟前磕头，只好再等下次了。"

花临风笑道："叔公，你此心此意，文大人地下有灵，一定知道的。我等代你敬上一炷香吧。"

文老爹已知即将发生的一切，与四少侠心照不宣，索性再演一回："好呀，老汉只能略表心意了。真羡慕汤会长几位，第一次来，就有这般福分。"

汤仁和等人闻言，相顾而笑，只道："好说、好说！总算不虚此行。"各将缰绳交到文老爹手上，与四少侠徒步走进了深谷。

走着走着，谷底渐趋开阔，入目树木茂密，山石嶙峋，遥闻涧水声起，栖鸟争啼，显是到了山深处。汤仁和为即将揭开文天祥葬骨之谜起亢奋，也为身入险地生不宁，一颗心悬至喉头，双掌沁出些微汗渍。

叶清萌却触景生情，对紧随身后的齐五儿笑道："五儿，这山林可有咱泰山的韵味？"

齐五儿应道："是呀，真有点回到泰山的感觉呢！"

"天下山林大体差不多，你俩想家了吧？"庄山平回首打趣。

"大师兄说的是，三年了，能不想爹娘吗？还有小东平，一定长高了。五儿不就长高了半个头，个子都超过我了。"

叶清萌所言勾起齐五儿回忆："那日下山时，东平弟弟在南天门前那声喊'你们一定要回来哦！'常常在我耳边回响，犹如昨天的情景。三年时光真快，一晃过去了。"

花临风提醒道："待会有事要办，大家别分散了精神，注意力集中点。"

听花临风一说，几人安静下来。

庄山平不时依图寻路，汤仁和等也缄口不语，十人默默拨草避棘，小心而前。一时间，唯闻脚步声、喘息声，空气中渗入了沉闷。汤仁和不停东张西望、前瞻后顾，正生狐疑，便听领路的庄山平朗声喜道："到了！到了！瞧，文公子在前面等着呢！"

大伙抬头看去，一箭遥处，地势陡然平坦；空阔间，一位长身青年静静伫立，浅灰夹袍的下摆，在微风中一掀一掀地飘动，所散气息甚是祥和。汤仁和认出确是文公子先到了，心头一松：四个细伢子还真没有欺骗汤某人！不觉脚下添力，步子又大又快，几乎与庄山平并肩抢近文公子身旁。

"哎呀，文公子好！劳烦文公子久等了！文大人坟在何处？公子快领我等去吧，大伙儿盼着这一刻呢！"汤仁和如遇知交故友，脱口急言，尽露迫不及待的心情。

文道生先与庄山平相视一笑，微微颔首，然后，回应汤仁和："汤会长，咱们又见面了。不用着急，时间尚早。在下先给汤会长引见几位江湖中的朋友。"

"哦，还有朋友在此？那太好了！快让汤某见见，可有熟悉之人？"汤仁和面呈喜色，声调却高得有点突兀。

文道生引着众人往前走了十多步，看见了一堵巨岩旁站立着的三个人。

汤仁和注目间，一颗心急促跳动，几乎蹦出喉咙来，面色急剧变化，以至脸部生出扭曲："你……你……楚……楚大侠……啊……清远、清远儿！哦，还有雷捕头？这……这是怎么一回事？"

"汤会长，看来你都认识，不用在下赘言了吧。"文道生好整以暇地一捋长衫，退至一旁。

楚天行等人与张千载计议后，已在昨天进山，见到了文公子，拜谒了文天祥陵寝，当晚宿在文公子寄身的茅棚内，大清早就候在道口上了。

说话间，后行之人走近。牛道长、庞青烟不及开口，已被汤仁和震怖的神色和颤抖的语音惊住了。他们还没见过汤会长因惶恐、失措、恼怒交织扭曲如此的表情。

牛道长、庞青烟等人的心往下沉去。他们明白：汤仁和遇到麻烦了！汤仁和的麻烦，当然就是他几人的麻烦，也是此行的麻烦。五人一致的念头是：只怕这趟差事要办砸了！

庄山平笑道："文公子，我等总算不辱使命，将几位带来，交给你与楚前辈了。"庄山平不识楚天行，仅听文公子说起过，但看面前老者的神情、气度，也知是谁了。

文公子道："你等辛苦了。有'黄山隐侠'楚前辈在，我等就听他老人家的吧。楚先生，请！"

楚天行一直盯视着汤仁和，见文公子延臂相邀，便踏前开言："汤仁和，蜀中一别不到两年，今日又得以相见，这世界确实太小。"他转目了看汤清远，续道，"清远长大了，你亲眼看见，放心了吧？可你这些年所作所为，对得起自己的儿子吗？"

汤仁和从初始的迷乱、惊慌中缓过神来，见儿子就在眼前，哪里顾及楚天行说些什么，只顾朝汤清远唤道："清远，爹爹找得你好苦哇！过来、快过来！到爹爹这里来！"

汤清远早知父亲汤仁和今日要来，心里有所准备，见了汤仁和，一直冷眼相看，没有半点惊喜。听汤仁和一嚷，不由苦、悲、怨、愤涌上胸怀，泪水几欲夺眶，忙扭过颈项，不去看他。

汤仁和脑中疾转：今天，既有楚天行、雷龙正在，莫不是我的行藏露了底，文公子和这四个小兔崽子已知我真实来意？我纵然带了帮手，但与楚天行相搏，只怕不是他的对手。"清明计划"岂有胜算？识时务者为俊杰，放弃了吧！

牛道长因脚上旧伤，行走不太利索，落在后面，先被汤仁和神色所惊，继而看清还有雷龙正在场，立即大呼小叫开来："好哇，你这个砍脑壳的也在这里？当年，你伤我手足的烂账，可有机会讨回了！汤会长，贫道在西湖岸边遇到的就是这个老龟儿子！"

不闻汤仁和回话，又见庞青烟几人被四少侠迫至一隅，牛道长才察觉气氛有异，却不明所以："汤会长，咋回事？这个老家伙又是谁，还带着个小子来？"他指了指楚天行和汤清远。

楚天行冷然道："这位道长莫不是青城门下人称'一掌定乾坤'的牛

道人？"

牛道长闻言，精神一振："正是贫道！咦，你也知道我吗？"话中透出自得。

"你这个道人，不守教规，为老不尊。在蜀中，被青城山邓掌门逐出师门，又改投元军，参与镇压抗元义士。楚某倒是听说过的。"楚天行淡然而言，语气却透出压迫之力。

牛道长听了不是滋味，怒道："是又怎样？贫道认理不认亲。本门那帮龟孙子算个屁，老子和他们尿不到一个壶呢！元人看得起老子，老子当然为他们出力做事！你还能揪下老子一根鸟毛？"

牛道长大爆粗口，点燃场中对立之火。"老江湖"庞青烟早已看出名堂不对，不等牛道长辱骂有停，立即抢话："怎么啦、怎么啦？我等前来祭拜文大人，错了吗？你等这样对待我们，太不仗义了！大不了，老子走就是了！"说毕，朝江山等人一使眼色，抽步欲走。

"统统站住了！你等既已到此，就别想离去。"楚天行对雷龙正、汤清远道，"守住谷口，一个都不能放跑！"

雷龙正、汤清远闻言，立即纵身跃至谷口，切断了唯一的退身之径。

汤仁和知已落他人局中，事难善了，再听楚天行发话，明显有不让他等生离之意，立时恼怒贯顶："楚大侠莫非要在这里一算旧账吗？汤某也把话明说了吧：你等在钓鱼城中幸免一死，本该珍惜余生，想不到仍执迷不悟。如今，大局又有新进，早非兵荒马乱、杀伐不止的年月。当朝皇帝领天命、顺世意，令动全国，各地抗元之举几近偃旗息鼓，百姓盼望安定生活。这些，你看不到吗？"

楚天行神色庄重道："天下大势只在各人如何来看。我看到的是暴元这么多年，铁蹄踏遍中华，尸积如山，血淌成河，终是夺得天下，也大违天理，尽毁人仪。元廷依仗暴力压服百姓一时，实遭民众鄙夷、唾弃，焉能长治久安、龙廷稳固？反元是我炎黄后人不改志向，抗争方式可以变化，驱虏之薪火决不熄灭。元廷崩塌，不需多久了。你短视、急功，投元人图私益。今天，又利令智昏，冒天下之大不韪，窜到此地，欲窥文大人陵寝，以行不轨。元逆不敢公然做出的事情，你却为他们代行，堕落到何等地步！别说做一个汉人了，你身上连人的善性都荡然无存，竟还厚颜无耻地说上一通。"

汤仁和心中有鬼，被楚天行一顿痛斥，虚怯几分，强颜道："好吧，既然大家观点不同，不论国事也罢。我问你，你怎知道我等来此就如你猜测的那样，而非真诚瞻拜文大人呢？劝你一句，不要以小人之心度君子之腹！"

楚天行又好气又好笑："哈哈……汤仁和，你就不要再装'君子'了，活了半辈子，连明人面前不说假话的规矩都不懂吗？你是何人，贯做何事，我等再清楚不过了。你自以为样样事情瞒得了人，其实，你一直在江湖正派人士的监视之下。你不要高看自己的小聪明，低估了他人作为。"

汤仁和忍不住侧眼看了看不远处的雷龙正，他知道，有这捕头掺和，自己倒真是难在较长时间、难对所有人瞒住什么事的！

汤仁和四顾一番，转问文道生："看来，汤某说啥你们也不会相信了。不过，汤某心中确实尚存一点好奇，文大人的墓地真的就在这里吗？还望公子如实相告。"

文道生正色道："家父葬处，离此不远，但也不近，只在此山中，有缘方可见。明说了吧，你是无缘之人，家父怎会愿意见你？你即使真能摸到他坟前磕头，家父也必定引以为奇耻大辱！"

牛道长早已听得不耐烦，冷地一声吼叫："本道大老远跑到这里，不是听龟儿子说废话、发教训的。格老子的！狗咬吕洞宾，不识好人心！汤会长，咱们走！"

楚天行立喝："往哪里走！汤仁和身负数条人命在前，为虎作伥、暗通元寇在后；你这老道也是命案在身、助纣为虐之徒，哪是什么好人！"一指庞青烟四人，"你几个在江湖中专做天黑杀人、风高放火、劫财盗掠的勾当，邵家庄即毁于你等之手，一十八条人命，岂可白白死去？现又到此不轨，当然也得拿下。你等若认罪、服罪，则缚了交抗元组织发落；若敢逃跑、反抗，生死立判！"

庞青烟不识楚天行手段，听了他这番话，脸上红一阵白一阵，呆了呆，咬牙放出泼言："老子横行江湖，还没怕过谁呢！凭你几句话就自缚当前、束手待毙？做梦去吧！老牛，杀呀！"

牛道长青筋暴额、双目喷血，吼然以应："说得好！龟儿子吓唬谁呀？杀！"言毕，当先拉开架式，虎奔狼突，直扑雷龙正，"老小子，拿命来吧！"

见牛道人猝然发动，庞青烟一扬钢鞭，对三名手下道："杀！杀出去才有活路！"四人发声喊，转身直冲谷口。

四少侠不待楚天行发话，弹身而起，刀、剑齐出，截住庞青烟等，厮杀立开。

汤仁和见事态剧变，再无挽回可能，一跺脚，嘶声道："姓楚的，这都是让你逼的啊！"又向牛道人一声吼，"牛道长，尽管将姓雷的往死里打！他身边的小伙是我亲儿，万万不能伤他丁点！"

牛道长听了这几句喊，一头雾水：汤仁和怎有个儿子在这里，还与他做了对头？哎，这爹当得窝囊！真没劲！好，且听姓汤的这一说，老子就只打姓雷的老龟孙吧！

庞青烟、牛道长各自与对手战开。他俩对汤仁和的武功深具信心，不约而同将他留给了那姓楚的老汉。这二人见楚天行站立如钉，举止收放自如，无一丝破绽可寻，显是武功返璞归真，已入化境；又从没与他交过手，不敢贸然上前过招，但想汤仁和当可以与之一战。却不料汤仁和目睹全场，暗自叫苦。

汤仁和深知楚天行武学造诣，当年，在庐山石门涧小道上，他亲见楚天行勇战数十元兵；钓鱼城张钰府中，他暗拳偷袭楚天行不得，震怖其内力强沛。但到了这般地步，明知不是对手，也只得硬着头皮迎上前去。

汤仁和提足真气，缓缓从腰后抽出铁杖："汤某得罪了！"一招"巨蟒探首"，杖尖陡升疾出，直刺楚天行咽喉。

楚天行身形略略飘移，避过杖头锐风，从容道："看在清远面上，我让你三招，你尽管使出全力好了。"

听说有三招便宜，汤仁和连忙扣住："好，打过三招再说！"一个俯身，第二招"拨草惊蛇"又出，杖身激探如蛇，紧啄楚天行下盘。楚天行不守不攻，又退三步。

庞青烟与三名手下被四少侠困在场中，分割成二。庄山平一柄单刀"呼呼"生风，独战庞青烟，花临风、叶清萌、齐五儿则三剑并出，阻住了江山、胡和、席君的逃路。

汤仁和偷眼看去，识出四少侠又是使出滕王阁上的搏杀伎俩，只是套路变了，上次是先强后弱，这回是先弱后强了。庄山平缠住庞青烟，攻少守多，另三人却是搏杀猛烈，招招抢上，明是企图先制住江山等人，再合力围攻庞青烟。

汤仁和扬声疾叫："庞老大，忘了滕王阁那一战吗？别让他们各个击破了！"

庞青烟将九节钢鞭舞得电闪雷轰，气势十足，迫得庄山平不敢靠近，心中正感得意，听汤仁和一喊，顿时醒悟，忙边打边移，向三名手下靠拢，以求连成一体。

牛道长与雷龙正捉对，打得轻松，双掌功力只使到八成，已迫得雷捕头鼻息生乱，一味防守。牛道长掌风连扫，还有余力说话："呵呵，本道掌上功夫不减当年吧？要不是被你龟儿子的爆弹伤了手，早把你打趴了。你退……你躲……看你往哪儿跑？"

雷龙正不和牛道长斗气，也不理睬他，退让归退让，就是不腾出路来。牛道虽占优面，却一时奈何不了他。

汤清远见状，抽剑助战，与雷龙正并肩挡在山径上。牛道长恼怒不堪，大喊大叫道："好你个瓜娃子！本道看汤会长情面，只打老小子，你倒自个惹上来了。

好，教训你一下。"说着，掌风一拐，横扫而出。

这幕恰被汤仁和瞧见，扬声又叫："牛总管，莫伤我儿！"

牛道长怒气冲冲："瓜娃子先用剑刺我的，你咋不管？好、好，贫道有数，伤不着他。"

汤仁和摄住心神，作势发出第三攻。

楚天行如闲庭信步，随意避过汤仁和的两次进攻，心中也有诧异，他没有使出全力？

面对楚天行这样的高手，汤仁和虽知不敌，但估计自己好歹也能支撑一二十个回合，拖得一拖，再寻机突围。他清楚，强攻硬打徒难收效，故前两招势头虽狠，只是试手。见楚天行撤步不大，对他进攻力道似有轻视，于是，汤仁和打出第三招时，先以左手发出一道掌力，沛然之力，直扑楚天行胸腹；随即，汤仁和乘势猛然跃起，右手铁杖挟裹飚烈罡气力劈而下。

掌劲先到。楚天行再不避让，双脚纹丝不动，竟然挺胸硬受。汤仁和猱身扑上，楚天行以身接掌，衣摆轻轻飘动，面颊一层白气初闪即隐，如没事一般，口中轻言："三招已过！"

汤仁和充耳不闻，只将杖头贯顶而落，心中暗喜：什么三招不三招？你此时气劲尚在胸腹，躲闪之力未逮，这一杖要你好看！他庆幸自己两招迭使，把握住一个稍纵即逝的良机。

汤仁和意念未竟，杖端已距楚天行脑门三寸。电光石火间，楚天行双掌扬起，如拜天参神般十指合拢，将铁杖前端牢牢夹在掌心。

汤仁和双脚堪堪落地，立即发力收杖；杖尖却似与肉掌铸成一体，半分抽动不得。

楚天行缓缓开言："这是第四招。"

汤仁和半句不答，借运力取杖之姿，右腿飞起，直踹楚天行下腹。楚天行坚不松掌，左腿迎上，脚尖到处，将汤仁和飞腿之势格住。汤仁和急忙收招，脚胫却受楚天行内力吸迫，只腿悬悬三尺，架在虚空。

"第五招！"楚天行又是一句。虽然没有再说，但汤仁和明白，自第四招始，楚天行已实施反击；攻、守即刻转势。糟糕的是，自己已然被他控制，无招可出。

楚天行、汤仁和僵峙一处，纹丝不动，姿势怪异。观者以为双方旗鼓相当，功力悉敌，斗成相持。唯汤仁和心知肚明，已落楚天行战道，自己再难作为。

静止间，汤仁和只觉楚天行双掌源源发出大力，沿杖身直攻自己体内，接着，又感右腿脉络也被楚天行脚尖传功锁紧，一口真气难以返转，全身劲力如瘀如塞，不能周转运作。他黯然生出害怕：自己与楚天行相比，武功修为相去甚远，几乎不堪一击！唉，这几年，忙着捞取功名，荒疏习技久矣，竟至不进反退！一念至此，额角沁出点点冷汗。

牛道人单打独斗雷龙正，攻多守少，只是每每要占上风时，就被汤清远左一剑、右一掌地扰个不止。他忌惮汤仁和"千万别伤我儿"的告诫，不敢移力反击汤清远。以致武功虽强于雷、汤二人，但年岁偏高，战得久了，也感疲累、心烦。又打了几个回合，牛道长不堪忍耐，拼出全力，连轰四掌，将雷龙正、汤清远逼出丈外，拔脚急跑，再不回顾场中他人。

雷龙正见牛道长乘隙冲出，连跳带颠地脱身而去，赶忙急追几步，掏出两粒鸭蛋大小的弹丸扔了过去："牛鼻子，你跑不掉的！"

喝声中，二弹一前一后坠落牛道长身侧，"轰"地炸裂。弥漫烟气中，牛道长口内"嗷嗷"痛呼，跌翻在地。

雷龙正上前一看，牛道人满面焦烟，衣破襟裂，身上多处渗出血水。牛道长伤口疼痛，心里火烧万丈，朝雷龙正破口大骂："你个老龟儿子，又来这一套！哎哟哟，格老子的，入你先人板板！这身血……快……快给老子止住血……"

雷龙正笑嘻嘻地摸出一盒金创药膏，用手指抠出一团泥丸，往牛道长出血处涂抹，口中话说不停："死不了的……叫你不要跑嘛，自个儿不听，怪谁呀？雷某本来就靠这一套混饭吃的，你又不是不知道……真是只长年纪、不长记性！"说着，收起药盒，掏出一束捕快捉人用的鹿筋绞绳，将牛道长手脚绑扎一紧，扔在草丛中，叫汤清远执剑看守，自己又跑往阵中助战。

庞青烟和三名手下会合后，已是守得稳定，却也冲不出四少侠的包围。他们一见牛道长遭擒，只得将生还之望转寄汤仁和，盼他能挣脱出身，搭救众人杀出谷去。

汤仁和已是局面危殆，自顾不暇，再无余力照应全场。楚天行掌上之力逐渐加强，汤仁和本欲弃杖，与楚天行脱离接触，但那根经年使用、得心应手的铁杖，已然不听使唤，仿佛不是自己所握，而是杖身吸住了己手，想弃也弃不掉了。

汤仁和不甘示弱，起初还运力与楚天行抗衡，几个呼吸间，就失去了抵御之能，在楚天行攻击下，周身真力全面溃败，从无数汗毛孔中丝丝缕缕往外泄去。片刻工夫，汤仁和脏腑如被掏空，全身虚脱乏力，轻如鸿毛，似欲飘浮而起。他不再流汗，只因无汗可流了。他只想躺下，在地皮上睡一觉，但他的身子半点不听使唤，难以动弹。

"咋这么不经打了？莫非让德清桑娃和红菱掏空了身子？真正是乐极生悲呀！只怕今天要死在此地了！"恐惧笼罩着汤仁和，他满面死灰，脑中第一次漾起濒临死亡的感觉。

楚天行察汤仁和神色、身姿，知他已然意志崩溃，乱了魂魄，武功尽失，本想再攻一会儿，了结他的性命，却从汤仁和眼中看到了绝望、悲凉、乞求、不舍之情。抬眼间，又见汤清远双睛直瞪瞪地看着他俩，脸上掩不住忧虑、惶惑神色。楚天行心中微叹：终是骨肉至亲，万不可在清远面前取他亲爹性命。此人已废，由他自生自灭吧！

一念甫起，楚天行大喝一声，发力将汤仁和震抛丈外，滚至庞青烟等人脚下。

文公子扫视全场，朗朗发声："你们几个还要打下去吗？"

庞青烟见汤仁和已呈昏迷状态，骇了一跳，方知这姓楚的非寻常之辈。他本是江湖中的"老油子"，忙将手中钢鞭一抛，连嚷："不打了、不打了！"

江山、胡先、席君本就苦苦支撑，一见头领认输，再无半点斗志，立弃兵器，举手示降。

雷龙正上前，将四人用扎绳一一绑住。他俯下身，翻转汤仁和躯干，捆他双手时，刚生清醒的汤仁和低声问道："老雷，事已如此，汤某认栽了……我只问你一句，陆佩令可是'霹雳堂'的人？"

雷龙正唇边绽开一丝嘲笑："现在告诉你也无妨，陆佩令确是本堂第三代弟子中'四大新秀'之一，真名雷断金。怎么样，还有两下子吧？"

见汤仁和闭着双眼不吭声，雷龙正口中唠叨："老汤哦，别看我肚里墨汁不及你，可雷某几十年都记着老奶奶的一句话，'为人莫把狼心起，起了狼心不久长。'你呀，就是被一颗狼心害了呀……"

汤仁和苦苦一笑，睁开眼睛，点点头，冷不丁挣脱手来，从怀内抽出一柄利刃，猛然扎向雷龙正颈间。

雷龙正吓得一仰上身，本能地避了一避，刀刃已是割破胸前衣襟尺许，内衣也被划开，泅出一道红线。若不是在山里过夜，忌惮寒气过重，雷龙正添加了一件狗皮背心，又及汤仁和被楚天行废了功夫，刀上乏力，否则，定遭破膛开肚之难。

雷龙正一骇非小，怒冲脑门，不及多思，右手一晃，掌中亮出一粒鸽蛋大的蜡丹。他双指一捻，直探汤仁和鼻嘴，丸裂处散出一股淡紫色的粉状尘雾。

汤仁和屏息不及，吸入的气体直灌肺腑。他心知不妙，但功力已失，不能自行运气驱毒，神志一恍，只闻雷龙正道："好你个狠毒的家伙！亏得在蜀中与唐少分手时，他送我此丸防险，想不到给你用上了。这是你能听懂的最后一句话，认命吧！"

汤仁和的精神、魂魄再难摄拢，神经趋于麻痹，听雷龙正说"认命"二字后，再看他嘴唇翕动，仍有音响，却不明白说些啥了。

汤仁和大脑中枢立被毒坏，意识尽丧，成了痴傻汉子。但他在最后一丝意识尚存时，翻身跳起，疾奔谷口。他唯一还明白的是，自己是从这里进来的，就只能从这里出去。

汤清远守在谷口，一见汤仁和手扬短刃，突奔而至，急忙拦截，挥手刺出一剑。

楚天行看得真切，一声断喝："清远，使不得！"

汤仁和已无分辨外物的能力，眼看雪刃近身，不闪不躲，反挥手欲抓剑体。看着眼前这名俊秀青年，汤仁和只觉好生面熟，却识不出是谁。于是，他笑了起来。汤仁和像一个清纯的幼儿，笑看着、笑等着电闪而至的长剑。

楚天行这声吼糅合着真气，闻者振聋发聩。汤清远功夫尚浅，只觉耳膜"嗡嗡"作响，大脑一蒙，全身力滞，那柄剑刺至中途，再也递不进半分。

当汤清远缓过神来，楚天行已然到他身边，按住他握剑之手，深切道："清远，毕竟是你亲爹，你不能伤他。如今，他已成废人、痴人。这也是天意、报应，由他去吧。"

众人再看，汤仁和已是嘻笑着、嘟嘟嚷嚷、手舞足蹈奔远了。

楚天行拾起汤仁和抛却的铁杖，递到汤清远手中："清远，这柄铁杖你留着使用吧。汤家的'仙人杖法'，也是武林一艺，不能在你手中失传了。以你资质，只要下足功夫，是可以练成剑、杖双绝的。"

楚天行又将捆绑一紧的牛道长、庞青烟等人的大穴封了，交给汤清远看押，以调缓他过分震荡的心怀。

四位少侠这时才得空拜见楚天行。

楚天行笑道："你们的经历，我大致听说了。我与你们师父叶印竹、叶贤弟相识，说起来原本不是外人呀！道生告诉我，你们就要回转泰山了。回去替我向你们的师父、师母问声好。明年有暇，我与清远争取上泰山走一走，和叶贤弟叙叙旧、议议事，商讨南北两地联合抗元的方略。到时，我等又可以相见了。"

四少侠闻言欣喜雀跃。一直面有戚色的汤清远，也露出笑容，重焕光彩。

楚天行与文公子告别："道生，你就陪四位少侠前去给文大人上坟祭祀吧，现在不需担忧了。我与雷总捕、清远押着这几人从山里密道转入闽地，将他们交给张千载先生处罚。"

文道生面有不舍："好，就依前辈所言。楚先生、雷先生、清远，一路多加保重！"

楚天行等人迈步不远，传来牛道长嚷嚷："你个龟儿子、棺材板板，把老子绑得这么紧，真是个砍脑壳子的！快松一点、松一点，格老子的！"又闻雷正龙训斥："呵，这点罪就受不了？日后有你苦头吃的！为老不尊，活该！"

四少侠听了，相视而笑。文道生转言："我们也走吧。再往南十许里，就是家父坟地所在了。"

清晨的太阳，透过树梢洒下斑斑驳驳的亮圈、光束，林间安详、静谧，除了遥遥传至几声鸟鸣，再无他响。巍巍深山将一切秘密隐藏在广袤的腹体中，不让世人知晓……

后　话

"清明"后，汤仁和失去踪迹，与其同行的牛道长、庞青烟等人也从江湖视野里消失了。

正在研丹制药的张天师听道人报说此事，失手将丹粉倾洒桌面。他沉默良久，低言："惜哉、惜哉！"不知是为汤仁和惋叹，还是心痛洒了精制丹药。报讯道人离去时，听张天师对身旁几位老道品评，"看他起高楼，看他宴宾朋，看他楼塌了。也是汤施主心切，把事做向极端、绝处。既急又绝，大不智，大不仁，岂结善果乎？唉，道悟有缘之人！汤施主走到如今一步，乃是天意，本观也尽人力了。无量寿佛！"

乌木英达着人遍查月余，终于放弃了六人生还的希冀，提笔撰文呈报上司，痛陈：汤仁和不听自己劝阻，一意孤行，擅自挪用筑路款项，充作活动开支和奖赏资金，私募人员，自寻末路，辜负了伯颜大人的栽培，也断送了大好前程。可恨、可怜、可叹！尤其恶劣的是，汤仁和选人不察，重用反元逆士，以致快道修筑严重误期，干扰了国家大略方针，实成罪人，死不足惜！自己正全力弥补，消除恶果，减少损失。望吾皇与诸位大臣勿虑！

伯颜读到此件，遗憾不已，下令乌木英达妥善处置汤仁和身后事宜。

乌木英达几经思忖，又与师爷、妻子商量，将汤仁和所有资产折作银两，分成六、四两份。六成银两归了德清桑娃，四成交尚红菱存用，并将她送返鄱阳湖岛乡。尚红菱回转娘家时，带走了那张雕花大板床，其他物件一样未取。红菱终身未再婚嫁，86岁于睡梦中安详逝世。尚代汉的儿子、媳妇，谨遵父母遗命，为这位老姑母风风光光置办了丧事。随同红菱陪葬的，还有她长年保存的两套汤仁和的衣裤、一顶棉毡帽。（当然，这些都是后话中的后话。）

乌木英达见德清桑娃汉语低陋，难与街坊交流，独自生活实有不便。与婆娘多次商谈后，将德清桑娃接进府中，收作了自己的侍妾。二人情浓时，乌木英达许诺："他日，将你扶为正室，不是不可能的。"德清桑娃听得入耳，见乌木英达官大，又是同一方水土上人，生活习性相同，体味嗅着熟悉，语言交流也无障碍，较汤仁和更为中意，心情畅快，伺候得乌木英达爽乐不已。乌木英达去她房内宿夜多了，婆娘不免生出醋意，经常没来由地摔东掼西闹脾气。乌木英达每每隐忍不发，朋友劝他不必畏妻如此。乌木英达笑道："女人么，都是这个德行，见人苦则同情、施怜，见人好就生妒、轻践。本官吃了一辈子酸奶，临老喝几口鲜奶还能咋的？她骂上几句，心里痛快些，我若闹将开来，传了出去，就不雅观了。做官的人，面子还是要的。不是怕，是以官场名誉为重、大局为重！"

汤仁和从人们言谈中渐渐淡出。不到一年，就无人提及他了。

抗元组织倒有三次收到有关汤仁和的情报。

首次言传，玉华观翁雪通道长外出做法事，在看热闹人群中认出汤仁和，便将他带回玉华观养着。还不及告知张天师，隔天夜间，汤仁和乘黑翻越院墙，溜出观去，便再也寻他不着。

再番讯到，有人在洪州（南昌）城外滕王阁下见到衣衫褴褛、蓬头垢面的汤仁和挤在一群乞丐中，手握竹杖敲击地面，和声而歌《莲花落》。他念念有词，却言语含混，时断时续。唱到一半，兀自跑去店中乞食，被丐头提回，揍了一顿。

第三次报说，汤仁和曾出没庐山附近，居无定所，数日后离开，去向不明。

三十年后。

在庐山曾受雇寺院种菜的丁老爹，一天日暮，路经仙人洞附近，见一中年男子搀扶一位白发老妇，于近处徘徊。年逾九旬的丁老爹，神志恍惚，老眼昏花，没有看清究竟何人，便走了过去。好久回过想来：哎呀，那老妪神貌极似当年"得失门"中的汤夫人！中年汉子生就一副汤仁和面廓，难不成是汤清远？丁老汉慌忙踉跄折返，哪里再寻这二人身形？丁老汉终不甘心，一直跑出花径里许，才惘惘然摸黑回到家中。不久，丁老汉撒手人寰，离世前，仅向自己的儿子——当年的小丁——此时的老丁叙说过这番偶遇。

又过了三十年，小丁从老丁熬成了丁老爹。某日，他忽生童心，怀旧情切，去了几处少时玩耍的地方。当他蹉到仙人洞近旁，瞥见斜阳映照的草丛里有光闪亮。丁老爹好奇地过去一拨拉，浮土中显出一柄尺长弯刀。他感到此物眼熟，拾起一看，似是汤仁和会长生前从不离怀的那柄"伯颜赠刀"。可惜，刀鞘已腐，刀体锈蚀，不堪再使。只是，鞘面所嵌的七颗宝石，仍旧毫光闪闪，亮丽如新。

丁老爹心喜，抠下七粒宝石，将废鞘锈刀就地深埋了。

回家路上，丁老爹想：看来，若干年前，汤仁和上过庐山、到过仙人洞。要不，宝刀怎会遗落此地呢？或许，是他有心藏葬于此。虽听说他神志不清，已成痴傻之人，但终对故居怀有一丝情愫吧？丁老爹算一算汤仁和不会再在人间，而自己却终与刀见，长叹一气："造化弄人。天意、天意！"

当"二代"丁老爹的儿子也被人称作"丁老爹"时，大元灭亡，国号改明。天下百姓只知有文天祥，不知有汤仁和了。

七百年后——

人云：庐山丁氏家族藏有七彩玉石，为镇宅之宝，系前宗得于主子汤姓人家，传之后世。据考，七彩宝石原产于西域波斯国，现已难配一全。

丁氏后裔于去年秋季，在"明珠"大都市举办的一场国际拍卖会上，将七颗宝石巨价易手一位富翁。有慧者识出，买家乃现已移民东欧的伯颜后嗣。

又说：鄱阳湖某岛一尚姓人家，收藏一张宋朝红木雕花大板床。因历代主人精心养护，床具品相甚好。十数买家出资千万竞购，均不得。时有前往湖中洽谈者，行情逐年看涨。江西龙虎山一名张姓大富豪，劲头尤足，放言"床不到手，誓不罢休"。闻者惊诧莫名。

世人知悉上述种种，喟然生叹：莫将得失红尘穷，不堪空余仙人洞。最是伤心梦醒时，黄泉路人行色匆。

2013 年 7 月 11 日至 8 月 7 日成稿于金陵酷热中
2018 年 7 月全书定稿于美国加州湾区圣克拉拉市

后 记

一

"汤仁和"系笔者所撰小说中，笔墨渲染较为浓重的一员主角，也是个性复杂、多面的一个文学人物。

汤仁和出身名门正派，本性并非奸恶，少时尚属纯真、聪慧。最终，却由一门之主走向堕落的深渊，虽然自有其轨迹、规律，笔者终篇时，仍不免心怀些许遗憾。

那么，他怎会蜕变如斯？笔者文友、文学评论家吴达宣先生，在《人性的沉沦与坚守——江湖也需节操》一文中，做了合情合理的剖析和逐层深入的揭示。

笔者创作此"角"时，只是信笔写去，欲将汤仁和种种面目、类类言行充分展示于世。一经达宣先生梳理、归纳，汤仁和渐变、剧变过程中的三个"关节点"，便清晰又合乎逻辑地凸显出来。

曾经哺育汤仁和成长的家园——武林一支"得失门"，究竟对他的走向起了何种催化作用？读者均可见仁见智。达宣先生的见解则独具慧眼，透视了"得失门"得失观的得与失。"得失门"十六字"门规"，既如一层坚固的硬壳，护佑门徒免在混沌、纷杂、深不可测的"江湖"中迷失、沉没；又如屏障般，制约了门徒的心眼鼻舌身，致使他们在凶险变幻的"江湖"内，受到规范、压抑、局限、束缚，先天性地缺乏适应、辨识、变通、抗争之力。如汤仁和者，一朝放纵野心、私欲，挣脱"门规"，另寻"捷径"时，只能在喧嚣汹涌的深水激流中随波逐流、覆舟沉亡了。

笔者创作"汤仁和"，有心将他当作"坏人"塑造，却又不愿将他脸谱化、丑陋化，笔下不乏"叹惜"之意。这即让笔者创作时，思绪起伏——既要描述汤仁和心机诡诈、奸滑习钻、淫性贪欲、刻意向恶的心路、作为，又图体现他的凡夫品性、常人心态、人伦潜识。着笔时，虽尽意挥洒，却也颇费踌躇。直至全书结稿，心中闪现古贤"从善如登，从恶如崩"的箴言，方感熨帖。

此上自陈，以示笔者在创作中，自我意识、主观理念很难"一厢情愿""完美把握"，有时免不了反让"人物"牵动笔触，并非完全驾驭得住手中"角色"的。这虽本属文字创作的"自然规律"，但也需要仰仗文学评论来"打通""勾联""明确"了。

优秀的文学理论工作者，本当与原创者相辅相成、互扶互持，犹如二林相邻的绿树，枝叶在半空交缠错接，各作托撑、添气助势，共同编织一座浓荫冠盖，让人得享。

二

这卷长篇小说《独钓江湖》，由相对独立、互为联承的上、中、下三篇组合而成。

上篇《武林逐尊》，2007 年 7 月脱稿；得朋友推荐，以《武林盟主》冠名，首发于《大众文学》。

笔者在江苏文史研究馆的同事老丁，将这本刊物送其夫人——南京大学文学院李教授一阅。

一次，笔者与老丁夫妇偶遇。李教授热情说起了《武林盟主》，评析汤仁和"这个人物有冲击力"！随即真切问道："这人后来怎样了？"

"后来？"笔者不假思索道，"没有后来，小说结束了！"

"结束了？可惜！应当继续写下去呀。这个人物还有写头，可以写出一个完整、独特的文学形象。"李教授诚言建议。

李教授是评析文学的行家里手。她的鼓励、期待，令笔者怦然心动、常萦脑海。续写"汤仁和"的念头萌生了，成为笔者挥之不去的主动追求。2009年 7 月，《千里杀将》诞于案头；2012 年，《武林逐尊》《千里杀将》收入拙作《大丈夫》集内，正式出版。"汤仁和"继续在"江湖"上躁动、发力、作恶……

《千里杀将》的面世，促使笔者安排"汤仁和"的"落场式"。于是，2013 年 7 月，在南京残酷的炎夏，笔者闭门掩窗，伏案挥笔二十余日，完成了《江湖沉舟》的写作。最后写下结笔日期时，笔者容颜憔悴、体虚精疲，出现了肌体劳乏，心神愉悦的人、灵分离状况。这是笔者写得沉重而舒心的一部小说。

当笔者酝酿三篇归一、完整问世的方案时，又于 2017 年，利用在瑞典斯德哥尔摩女儿家闲居之机，琢磨出了三十余个修改点。归国后，即对全书做了大幅增改，方送交出版社。直至2018年7月，到美国加州湾区女儿新居度夏时，改定了样书，心头十二年的承载始觉放下。

溯源《独钓江湖》二次续篇、最终出版，与南京大学文学院李教授的追问"后来呢？"有着直接的关系。

笔者聊以自慰的是，"汤仁和"可算本人文学创作中，塑造得较为多彩、多姿、多面、多味的艺术人物。为"他"的降临，笔者前后花了七年时光，付出了相当多的牵记。虽然，汤仁和没能如其之愿成为一个"光宗耀祖、傲然存世"的"人物"，反落至身败名裂、遗臭门庭。但是，笔者对这个"坏人"，仍怀不可名状的"憎其淫邪，叹其不肖，哀其可悲"之感。因为，"汤仁和"毕竟是笔者炮制出来的大活人，笔者了解他的根根底底、彻里彻外、细枝末节呀！

三

武侠文学少不了示武显侠、抒情仗义、崇正灭邪、报恩寻仇等元素。否则，难与其他类型的小说相区别，也失去趣味性、大众性，更背离了人类的本能心理。这正是优秀武侠文学经久不衰、新枝绽放，广受各层次、各年龄段读者喜爱的根本所在。明白此点，自然理解以"金古梁温"四大作家为代表的当代武侠文化，在华人世界流传、普及、脍炙人口的缘由了。

笔者构思武侠小说，自不能背离其必备的基本要素。但笔者在写作实践中，有意识地掺进了自己的认知——武侠作品与其他小说一样，虽属虚构文本，但也应"虚实相间"，"虚实有度"。

这个"度"，就是宜将人物、情节置放在真实的历史长河中，搏涛击浪，淘沙沥金，以达到风生水起、蔚然成文的效果。虚幻，但不搞"魔幻""玄幻"。别人搞，笔者不多言，但自己坚持以"现实主义"为基调，追求"虚幻"中的"真实性""可信性"，追求让读者阅后有种"信以为真"的"真实性"。书内种种虽是"假托"，但也要假作真言、所言不虚。天马行空，脱不得缰；言之有据，误不得人。小说"如若现实"，读者"如睹现实"，方为上乘之作！

这个"度"，就是所创作品在坚持重视情节、吸引读者的同时，着力刻画"人物"。所谓"着力"，一是细致写出人物的"个性"；二是真切刻画角色的"人性"。力求所塑人物，不同相、不同味；不重复、不走样。个性鲜明，脾性得体，"好""坏"角色都能立得住、识得清。

这个"度"，即武侠文学既有"消闲""娱乐""励志""悦心"的阅读特性，又有不可或缺趣味的感受、知识的存含。江湖、武林即社会，真实的社会不是铁板一块，呆滞乏味，清汤寡水；而是形形色色，光怪陆离，五花八门。笔者对此虽不必详查深究，但也该略知一二，更或食髓知味。读者看小说，不仅读到了故事，若能借此汲取一点社会、人文知识，收益就多了几分；若再可从中获得几许思辨、几多悟觉，则属"开卷有益"，"善莫大矣"！故尔，武侠小说的知识含量不应小觑。

第一度，谓"真实"；第二度，谓"写人"；第三度，谓"知识"。列此"三度"，实乃笔者敬畏之则。

当然，笔者绝非企望人人都来喜欢武侠文学，完全无此可能，也无如此必要。笔者不才，但不至于糊涂到相信"文章还是自家的好"。笔者只为表述自我认识，抒发己心感受而写作，只为有缘读到拙作的亲爱读者、陌生朋友而写作。笔者欣赏"士为知己者死，女为悦己者容"的老话，不妨再补上一句"书为同道人写，理与相合者论"。

以上文字，乃笔者创作过程与创作追求，大部属于理念一系。可惜，个人能力、才力未逮，实际展现往往不如己意，当然更不尽如人意了。一憾！

武林，与"学林""艺林"，林林总总的"林"一样，若想取得丁点成果，投身者不仅需要忘我奋斗，还依有所"领悟"。可以说"武林"即"悟林"，能悟者胜！

本人提笔入刀丛，一搏二十余载。只因先天资质平平，后天悟性凡凡，至今虽仍存"老骥伏枥"之志，但已恬量清楚自家斤两，也明了"不作攀比，尽力心安"的存世之道。何况，文章标尺上不封顶，写作原属"遗憾的事业"。故尔，虽存憾，但无悔矣！

最后点点小说之题吧——

江湖无形，却是客观存在。江湖涌动的并非清澈之水，实如一团遮天铺地的"糨糊"。谁又能辨明"糨糊"内的各层景况、各种存在、各款混物、各类动态？身在江湖者，万万不可"搅糨糊""跟着感觉走"。必得既胆气纵横，又谨小慎微；既明察秋毫，又大智若愚；既拼搏追求，又进退有据；既广结善缘，又洁身自好……

哦，江湖、江湖，不可轻易踏入！

哦，江湖、江湖，一朝踏入，切莫掉以轻心；再回首，则是百年身矣！

笔者

2018 年 8 月 16 日

写于美国加州湾区圣克拉拉市